인어공주:
우리가 몰랐던
이야기

MERMAID: A TWIST ON THE CLASSIC TALE
by Carolyn Turgeon

이 도서의 국립중앙도서관 출판예정도서목록(CIP)은
서지정보유통지원시스템 홈페이지(http://seoji.nl.go.kr)와
국가자료공동목록시스템(http://www.nl.go.kr/kolisnet)에서 이용하실 수 있습니다.
(CIP제어번호: CIP2016014567)

Mermaid

인어공주: 우리가 몰랐던 이야기

Mermaid: A Twist on the Classic Tale

캐럴린 터전 장편소설
정숙영 옮김

문학동네

일러두기

1. 주석은 모두 옮긴이주이다.
2. 본문 중 고딕체는 원서에서 대문자나 이탤릭체로 강조한 부분이다.

내 부모님과 자매에게

물에 들어가기 무섭게 그녀는 깨끗하게 되었고,
빗속의 흰 돌처럼 한번 더 환하게 빛을 발하더니
뒤도 돌아보지 않고 다시 한번 헤엄쳐
무無의 세계로, 죽음으로 헤엄쳐 갔다.

파블로 네루다

차례

1장
공주

언제나 그렇듯 구름이 잔뜩 낀 흐리고 음울한 날이었다. 공주가 그들을 처음 본 날은. 그녀의 인생을 뒤바꿔놓을 그들 두 사람을 본 그날은. 그들이 나타날 거라는 예고는 전혀 없었다. 새들이 떼를 짓지도, 찻잎이 누군가의 방문을 알리는 모양을 나타내지도 않았다.* 오히려 수녀원은 평소보다 고요했다. 수녀들은 이제 막 아침 미사를 마치고 개인 기도를 드리기 위해 각자의 방으로 흩어진 참이었다. 수녀원장은 원장실 안에 틀어박혀 있었다. 오로지 공주만이 정원에 홀로 나와 돌담을 따라 거닐며 바다를 내려다보고 있었다. 그녀가 서 있는 낡은 우물 근처의 돌담은 무릎 높이까지 푹 꺼져 있었고, 그곳에 나 있는 아주 오래된 문을 나서면 저 아래 바

---

* 찻잎 점을 뜻한다. 찻잎을 잔에 넣고 물을 따른 뒤 찻잔을 세 번 돌리고 물을 따라낸 다음 찻잔에 남아 있는 찻잎의 배열을 보고 점을 친다.

위투성이 해변으로 연결되는 계단이 나왔다. 그녀는 털가죽을 겹겹이 두르고, 바다에서 불어오는 세찬 바람에 몸을 잔뜩 웅크리고 있었다. 거센 바람이 주변의 헐벗은 나무들을 마구 흔들어댔다.

사실 이렇게 밖에 있으면 안 되었다. 그녀 역시 방으로 들어가 있어야 했다. 하지만 그녀는 다른 이들처럼 수녀원의 규칙을 철저하게 따르지 않았고, 수녀원장 또한 다른 이들에게 그녀와 거리를 두라고 일러두었다. 그 이유를 아는 사람은 아무도 없었다. 그저 그녀가 어느 밤 세 명의 무장 경호원과 함께 말을 타고 이곳에 왔으며, 경호원들은 가져온 거대한 목제 상자를 견습 수녀용 건물의 2인실에 올려둔 뒤 왔을 때처럼 조용히 떠났다는 것만 알 뿐이었다.

그녀가 북국北國의 공주이며, 남국南國의 침공이 재개될 거라는 비밀 첩보를 받은 뒤 이곳에 몸을 숨기러 왔다는 사실은 오직 수녀원장만 알고 있었다. 다른 이들은 그녀의 이름이 '미라'라는 것 정도만 알았는데, 그녀의 본명인 '마르그레테'를 줄인 것이었다. 대부분의 사람들은 그녀가 영양실조나 우울증 같은 걸 앓고 있다고 생각했고, 몇몇 열성적인 견습 수녀들은 몇 달이 지나도록 그녀의 병이 그 둘 중 무엇인지 짐작하며 시간을 보내기도 했다. 마르그레테가 오고 며칠 뒤 또 한 명의 소녀가 등장했다. 밝은 빨간 머리의 소녀로, 이름은 에델이라고 했다. 그녀는 마르그레테와 금세 친구가 되었는데, 마치 몇 년 전부터 알고 지낸 사이처럼 보였다.

마르그레테는 이런 적막한 벽지로는 절대 오고 싶지 않았다. 이렇게 황량하고 외로운 세상 끄트머리 같은 곳엔 와본 적도 없었다. 그녀는 성을, 불빛을 환하게 밝힌 긴 만찬과 무도회를, 썰매를, 솔방울이 타오르는 작은 난로가 있던 어린 시절의 방을, 책이 줄지어 꽂혀 있던 벽난로 선반을 못내 그리워했다. 특히 그리워한 것은 그녀의 책들, 그리고 부왕의 고문이자 나이든 가정교사인 그레고르와 함께 보낸 오랜 시간들이었다. 책을 읽으며 고대의 전쟁과 사랑과 철학에 대해 공부하던 시간들이었다. 그러나 왕국은 위험에 처했고, 부왕은 이곳이 그녀에게 가장 안전한 곳이라고 했다. 돌아가신 할머니가 설립에 관여했고 어머니가 소녀 시절에 공부를 했던, 세상 끝에 자리한 이 수녀원이 말이다.

그녀는 적막한 바다를 바라보며 어머니를 떠올렸다. 어머니가 돌아가신 지도 어언 이 년이었지만, 아직도 새삼 사무칠 때가 있었다. 마르그레테는 걸치고 있던 털가죽을 바짝 여미고는 바람 앞에 홀로 서서 끈적한 공기를 들이마셨다. 공기중의 짭조름한 기운이 그녀의 혀에 얇은 소금막을 둘렀다. 어머니는 이 바다를 바라보며 무슨 생각을 했을까? 그때도 지금 같았을까? 바다는 검고 거칠었을까? 마르그레테에게 그 색은 슬픔의 색이었다.

이곳에 오기 전까지는 이렇게 살아 숨쉬는 것 같은 바다를 본 적이 없었다. 몇몇 나무들이 최근 불었던 폭풍우에 뿌리째 뽑혀 마치 울퉁불퉁한 손가락처럼 바다를 향해 길게 뻗어 있었다. 모진 바람에 시달리면서 그녀는 바이킹의 배라도 하나 봤으면 좋겠다고 생각했다. 네모진 깃발과 용의 모양을 한 뱃머리를. 그러나 지금 그녀가 있는 곳은 세상의 끝, 왕국의 북쪽 끝자락이었고, 배 따위는 오지 않았다.

그때가 그녀의 인생에서 가장 특별한 순간이 되리라는 걸 어떻게 알 수 있었을까? 이제 곧 모든 것을 단숨에 바꿔놓을 사건이 닥칠 거라고 누가 말해줄 수 있었을까? 그때까지는 마르그레테에게 있어 여느 날과 다를 바 없었다. 그저 아버지의 성으로 돌아갈 날을 기다리며 저멀리 우울한 바다를 바라보는 것, 개인 기도 시간이 끝나고 수녀원의 하루가 시작되기를 기다리는 것뿐이었다. 평소와 다른 것이라면 오후 길쌈 시간이 기다려진다는 정도였다. 삐걱삐걱 베틀 움직이는 소리며, 옆에 있는 물레가 돌아가는 소리, 작업장 곳곳에 퍼져나가는 수녀님의 성경 낭독 소리를 들을 것이었다. 처음에는 그 지루하고 단순한 작업이 너무나 싫었지만 이제는 그런 시간에서 편안함을 느끼고 있었다. 눈앞에서 양털이 옷감으로 변하는 모습을 지켜보고 있노라면 모든 것을 잊을 수 있었다.

어느새 하늘이 서서히 밝아졌다. 해는 잿빛과 은빛의 장막에 가려 무딘 빛을 내고 있었다.

그리고, 바로 그곳. 바다 위! 그녀는 숨을 멈추었다. 혹시 바다의 장난이 아닐까 두려웠다.

물고기 꼬리 하나가 튀어올랐다. 밝고 빛나는 은빛이었다.

마르그레테는 매서운 바람 속에서 눈을 가늘게 뜨고, 어떻게든 초점을 잃지 않으려 안간힘을 썼다. 사람들은 그렇게 말하곤 했다. 이곳, 세상 끝에서는 무언가를 볼 수 있다고. 구름과 파도와 나뭇잎 속에 숨어 있는 얼굴들이나, 나뭇가지가 팔로 변했다가 다시 나뭇가지가 되는 모습 같은 것들을 볼 수 있다고.

또다시 하얀 섬광이 번뜩였다.

마르그레테는 눈을 재빨리 깜빡였다. 바닷바람이 살을 에는 듯 차가웠다. 그녀는 눈가와 볼에 흐른 눈물을 닦아내며 바람이 부는 쪽으로 몸을 기울였다. 바다는 거품에서 물로, 어두움에서 밝은 빛으로 바뀌며 소용돌이쳤다. 저멀리, 바위 하나가 불쑥 솟아 있었다. 전설 속 거대한 물고기의 지느러미나 난파중인 배의 뱃머리 따위로 착각하기 좋은 모양새였다.

그때, 굽어져 빛나는 꼬리 하나가 물위로 튀어올라왔다. 얼마 후 물보라가 한번 더 일더니 창백한 얼굴 하나가 휙 나타났고 이내 나타날 때처럼 휙 사라졌다. 여자의 얼굴이었다. 그 얼굴 뒤로 물고기 꼬리가 뻗어 있었다. 보석으로 만들어진 듯한 은빛이었다.

마르그레테는 고개를 저었다. 추워서 잘못 본 것이 틀림없었다. 그녀는 고개를 돌려 뒤에 자리한 수녀원을 보았다. 십자가와 교회 첨탑이 하늘을 찌를 듯 높고 검게 뻗어 있었다. 다른 여인들은 모두 저 안에, 담요나 털가죽을 두른 채 난롯가에 앉아 있을 터였다. 오직 그녀만이 거기 서서 이 말도 안 되는 바다를 바라보고 있었다.

그녀는 스스로를 비웃으며 다시 바다로 시선을 돌렸다. 하지만 여자는 여전히 그곳에 있었고, 심지어 점점 더 가까이 다가왔다. 날개라도 달린 것처럼 수면 위를 미끄러져 오고 있었다. 그녀의 머리칼은 색은 마치 달과 같았고, 진줏빛을 내며 사방으로 흩어져 있었다. 물 밖으로 나온 그녀의 피부에서는 은은한 광채가 났고, 빛을 받자 다이아몬드처럼 빛났다. 그녀를 앞으로 나아가게 하는 것은 다름 아닌 그녀의 꼬리였다. 인간이 아니었다, 이 피조물은.

인어. 마르그레테의 입에서 그 단어가 절로 튀어나왔다. 마음속에 깊게 뿌리박고 있는 옛날이야기 속에서, 성안의 다른 사람들이 모두 잠든 시간에 난로 불빛 아래 읽었던 책 속에 등장하던 바로 그 존재였다.

더이상 바람이나 추위 따위는 느껴지지 않았다. 그녀는 그 자리에 못박힌 듯 우뚝 서서 인어가 물을 가르며 움직이는 것을 지켜보았다. 저런 것이 세상에 실제로 존재할 수 있는지 몰랐는데, 자신의 두 눈으로 똑똑히 인어를 보게 되자 마르그레테는 세상은 언제나 이런 경이를 담고 있었던 모양이라고 생각했다. 그래, 이런 식이었던 거야. 새로운 세상은 늘 이런 식으로 열렸던 건가봐.

궁정에서 살 때에도 이토록 아름다운 것은 본 적이 없었다. 그 어떤 화려한 연회나 무도회에서도, 한번 열리면 몇 주씩 계속되었던 축제에서도, 음악가나 소설가의 작품 속에서도, 전 세계에서 실어온 풍요로운 향료와 주단, 보석들 사이에서도 보지 못했다. 시녀들에게 둘러싸여 그들 손으로 몸을 씻고 머리를 빗고 코르셋을 입고 얼굴에 분을 바르던 시절에도 말이다. 그 어떤 것도 지금 이 존재가 물고기 꼬리로 헤엄치며 물살을 가르는 모습에 비할 바 못 되었다.

인어가 점점 육지 가까이로 다가오자, 마르그레테는 인어가 무언가를 안고 있다는 걸 알게 되었다. 남자였다. 인어는 품에 안은 남자의 머리를 계속 물 밖으로 내놓기 위해 애쓰고 있었다.

뭍 가까이에 다다르자 인어는 속도를 조금씩 줄이더니 이내 바위투성이 해변으로 팔을 쭉 뻗었다. 그리고 한 팔로 남자를 안고서 아주 우아한 몸짓으로 몸을 굴리며 바다에서 육지로 올라왔다. 사람이라면 살이 찢길 수도 있을 만큼 뾰족한 바위들이 널렸음에도 인어는 전혀 상처를 입지 않은 듯했다. 인어는 부드럽고 조심스럽게 남자를 곁에 내려놓았다. 그녀의 젖은 머리카락이 길게 늘어졌다.

이제 마르그레테의 눈에도 모든 것이 똑똑히 보였다. 남자의 전사戰士 같은 근육질 몸은 온통 상처투성이였다. 그는 인간이었다. 인어는 남자 곁에 몸을 길게 뻗고 누웠다. 그녀의 벌거벗은 창백한 상체는 인간과 똑같았지만, 허리에서 엉덩이로 이어지는 부분부터는 반짝거리는 비늘이 덮여 있었다. 굴곡진 꼬리가 마치 우아한 색깔과 완벽한 맵시의 드레스 같았다. 너무도 아름다운, 초록빛이 도는 은색이었다. 인어는 몸을 일으켜 앉더니 꼬리를 몸 옆으로 끌어당겼다. 찬바람이 거세게 불고 있었지만 여전히 추위 따위에는 아무런 영향을 받지 않는 것 같아 보였다. 피부가 돌처럼 단단하기라도 한 모양이었다. 그것이 인어의 진짜 몸이라는 것을 깨달은 마르그레테는 놀라움과 두려움이 뒤섞인 묘한 기분을 느꼈다. 몸 반쪽이 물고기인 것은 대체 어떤 기분일까? 그녀는 생각했다. 저 몸을 만지면 얼마나 차갑고 단단할까?

남자는 숨을 식식거리더니 이내 기침을 했다. 인어는 그의 몸 위로 상체를 굽히고 그를 내려다보았다. 그녀의 젖가슴이 그의 가슴에 스치듯 닿았다. 인어는 그의 이마에 키스를 하고 그의 젖은 머리를 쓰다듬었다. 꽤 먼 거리였음에도, 마르그레테는 남자를 물끄러미 내려다보는 인어의 얼굴에서 순수하고 환한 사랑을 볼 수 있었다.

저런 걸 두고 황홀경이라고 하는 거구나. 마르그레테는 수녀님들이 무릎을 꿇고 기도하다가 갑자기 그런 표정을 짓는 것을 본 적이 있었다. 자신도 그런 천상의 기분을 느껴보기 위해 주변의 수녀들처럼 해보려 했지만, 스스로도 잘 알고 있는 것처럼 그녀의 심장은 지상에 단단히 묶여 있었다.

그때, 뒤편의 수녀원에서 종이 울리며 오전 미사 시간을 알렸다.

갑자기 인어가 고개를 들더니 마르그레테를 바라보았다. 순간 숨이 멎는 듯했으나, 마르그레테도 인어를 마주보았다. 인어의 눈동자는 새파란 색이었다. 꽤 먼 거리에 있었음에도, 모든 것이 크게 확대되기라도 한 듯 그것을 느낄 수 있었다. 한순간 그 인어가 수녀원 정원에 그녀와 함께 있는 것 같은 착각이 들었다.

이 사람을 구해줘. 나무가, 바람이 속삭이는 듯했다. 그녀의 마음 깊숙한 곳에서 누군가의 목소리가 울리고 있었다. 지금 이리 와줘.

마르그레테는 숨을 멈추었다. 온몸에 감각이 거의 없었다. 인어는 마지막으로 남자를 한번 더 쳐다보더니, 그의 입술에 마지막 키스를 남기고 바위 위에서 힘차게 몸을 튕겨 바닷물 속으로 뛰어들었다.

마르그레테는 소리를 질렀다. 그러고는 생각할 겨를조차 없이 수녀원 문밖으로 뛰쳐나와 해변으로 이어진 수백 개의 돌계단을 정신없이 달려내려갔다. 몸에 두른 털가죽을 두 팔로 바짝 끌어안고, 거의 미끄러지다시피 하다가 균형을 잡으려 얇은 철제 난간을 붙잡았다. 바람이 사방으로 정신없이 휘몰아치고, 계단은 저 아래로 끝도 없이 이어져 있었다. 그녀는 마침내 해변에 도착했다. 바위 때문에 자꾸만 발을 헛디뎠다. 그러나 인어는 이미 자취를 감춘 뒤였다. 오로지 그 사람, 인어가 뭍으로 끌어올려놓은 남자만 남아 있었다. 그리고 그곳, 남자의 손 옆에는 빛나는 굴 껍데기 하나가 있었다.

마르그레테는 바닷가에 서 있다가 바닷물 속으로 걸어들어갔다. 부츠가 젖는 것쯤은 아무렇지 않았다. 그러나 아무리 봐도 그곳에 있는 것은 끝없이 펼쳐진 바다, 군데군데 튀어나온 바위와 얼음, 불안하고 숨막히는 빛깔의 하늘뿐이었다. 순간, 세상이 온통 우울과 절망으로 가득한 것같이 느껴졌다. "돌아와." 마르그레테는 속삭였다. "제발."

여전히 바다는 고요했다. 물 밖으로 튀어나온 바위들은 무심한 신처럼 미동도 하지 않았다. 파도는 해안으로 밀려왔다 다시 물러났다. 철썩 때렸다가, 땅으로 달려들었다가, 다시 사라졌다.

2장

인어

그날 오후, 궁전의 대연회장은 평소와 달리 조용했다. 바다 밑바닥에 자라난 빽빽한 해초 숲과 말미잘, 둥근 산호초 들은 고요했고, 호박琥珀으로 만들어진 벽은 가물가물 움직였으며, 이제 막 피어난 꽃들이 헤엄쳐 지나가는 그녀의 피부를 간질였다. 저 높은 곳에 있는 호박 창문은 활짝 열려 있고, 열린 창을 통해 날카로운 이빨의 은빛 물고기 떼가 쏟아져들어와 어두운 바닷속에 환한 빛을 선사했다. 그 위로 수천의 홍합이 조류에 따라 연신 입을 뻐끔거렸다. 그녀는 혹시 눈을 가늘게 뜨면, 최대한 가늘게 뜨면 저멀리 바다 위에 햇살이 그리는 희미한 빛무리를 볼 수 있지 않을까 상상해 보았다.

그녀의 이름은 레니아였다. 해저 왕국 여왕의 막내딸로 엄마, 아빠, 할머니, 그리고 다섯 언니와 함께 바다 깊숙한 곳 거대한 산호 궁전에서 살고 있었다.

그녀는 대연회장의 끝으로 헤엄쳐 갔다. 그곳에는 커다란 벽난로 위에 묵직하고 뿌연 유리가 매달려 있었다. 유리와 벽난로 둘 다 난파선에서 가져온 것이었다. 인간의 뼈와 온갖 잡동사니, 보물로 가득한 배였다. 레니아는 자신의 모습이 유리에 비치는 게 너무 이상하다고 생각해서, 평소에는 유리와 그것이 부리는 조화를 되도록 피하는 편이었다. 그러나 오늘은 전혀 달라진 기분이었다. 다른 사람들에게도 그럴 것인지 확실히 봐둘 필요가 있었다.

언니들은 아침 내내 그녀를 졸라댔다. 그녀를 바깥 정원으로 꼬여내기 위해 부르는 언니들의 노랫소리가 물살을 따라 궁전의 모든 방에 퍼져나갔다. 언니들은 그녀의 이야기를 듣기 위해 모두 정원에 모여 있었다. 해저 세계의 모든 이들은 언제나 입을 모아 레니아의 목소리가 가장 아름답다고 했다. 자매들 중에서 지상 세계로 헤엄쳐 올라가는 일을 가장 흥미로워하는 것도 바로 레니아였다. 그녀는 자신의 정원, 태양처럼 둥글고 붉은 정원에 인간의 동상을 놓아두었다. 할머니에게 인간 남자와 여자, 그리고 영혼에 대해 줄기차게 물어보기도 했다. 그러나 레니아는 언니들이 모두 물러날 때까지 그저 자신의 방에서 기다렸다. 때를 노리는 중이었기 때문이다. 그녀의 질문에 누구보다도 대답을 잘해줄 이, 바로 할머니 한 분만 궁전에 남아 있는 때를 엿보는 중이었다.

레니아는 유리가 매달린 곳까지 헤엄쳐 올라갔다. 이윽고 유리에 그녀의 모습이 비쳤다. 푸른 눈, 하얀 피부, 사방으로 흩어져 반짝이는 달빛 머리카락, 작은 젖가슴과 분홍빛 유두, 기다란 은회색 꼬리. 꼬리에는 굴 껍데기가 줄지어 붙어 있었는데, 이는 그녀의 고귀한 신분을 상징하는 것이었다. 그녀의 뒤로 문어 한 마리가 이리저리 흔들거리며 움직이고, 해마 한 떼가 둥둥 떠서 지나갔다.

그녀는 유리에 비치는 자신의 모습 쪽으로 바싹 다가갔다.

손바닥을 허리에 가져다댔다. 부드럽고 차가운 피부가 느껴졌다. 그녀는 어쩌면 자신이 좀더, 그러니까…… 인간에 가까운 모습으로 보이지 않을까 생각했다. 그러나 늘 보던 그 모습 그대로였다. 심지어 더 나이가 들어보이지도 않았다.

유리에 비친 그녀의 얼굴이 마치 조롱이라도 하는 듯 빤히 자신을 쳐다보고 있었다. 그녀에게 인간 같은 구석은 없었다. 오팔빛 피부는 움직일 때마다 조금씩 다른 색으로 빛났다. 입술의 분홍빛은 바다 꽃을 갈아 만든 염료로 착색한 것이었다. 목덜미에 있는 작은 아가미로는 바닷물이 들락날락했다. 그리고 배의 곡선 바로 아래부터는 피부가 광택을 띠기 시작하다 서서히 비늘로 바뀌어갔다. 길고 가느다란 은빛 물고기 비늘이 그녀의 꼬리를 겹겹이 덮고 있었다.

그녀는 기억할 수 있는 아주 오래전부터 지상 세계를 동경했다. 열여덟번째 생일이 되면 하루종일 바다 위를 여행할 수 있었는데, 언니들이 하나씩 바다 위로 가는 날이면 레니아는 여행 갔던 언니가 돌아오기를 궁전에서 하염없이 기다리곤 했다. 바다 위로 갔던 자매가 돌아올 때마다 나머지 자매들은 모두 정원에 모여 그녀가 들려주는 지상 세계의 신비와 경이에 귀를 기울였다. 물고기들이 그들의 얼굴과 어깨를 스쳐지나가고, 행운의 자매는 꼬리를 살랑거렸다. 레니아는 언니들이 해변에서 지켜본 반짝이는 도시의 불빛과 달가닥거리는 마차, 별이 반짝이는 밤하늘, 마치 바다 위로 길고 흰 베일이 드리워진 것 같은 백조의 날갯짓, 꼬리가 아니라 다리가 달린 인간의 아이들, 그리고 진주처럼 빛나는 빙산에 대한 이야기들을 숨죽여가며 경청했다. 언니들은 이런 것들이 신기하고 인상적이라고는 생각했지만, 그래도 생일날이 저물면 기꺼이 해저 세계로 돌아왔다. 그러나 레니아에게 지상 세계는 무척 광활하고, 무척 낯설고, 무척 충만한 곳으로 느껴졌고, 그래서 그녀는 다짐했다. 열여덟 살 생일을 맞으면 언니들보다 훨씬 더 먼 곳까지 모험을 하겠다고. 그리고 그 모든 순간을 다 기억하겠다고.

한때는 인어들이 자기 마음대로 지상 세계를 오갈 수 있었다. 선원들 앞에 나타나고, 여행자를 유혹하고, 바닷가에서 아름다운 젊은이를 납치해 해저 세계로 데려오기도 했다. 그러나 요 몇 백 년 사이 인간들의 바다 진출이 늘어나며 상황이 크게 달라졌다. 한 무리의 인어 자매들이 어부들에게 붙잡혀 잔인하게 살해된 뒤, 레니아의 증조할머니는 지상 세계와 더이상 그 어떤 교류도 금지한다는 왕명을 내리며 이렇게 말했다. "그들은 위험하다. 기회만 된다면 우리 모두를 몰살해버릴 것이다." 그럼에도 불구하고, 머나먼 옛날에 존재했던 인어 종족과 인간과의 유대를 기리기 위해 모든 인어들은 일생에 단 하루, 열여덟번째 생일에 혼자 바다 밖으로 나갈 수 있다는 허락을 받았다. 물론 되도록 인간의 눈에 띄지 않도록 조심하는 한도에서.

레니아의 종족에게 있어 인간이란 저급하고 포악한 존재였다. 수명이 짧고, 죽기 전까지 포악하게 살아가다 죽은 뒤에는 몸이 썩어 없어졌다. 대부분의 인어들이 볼 때 이는 우아하지 못한 삶이었다. 인어들은 삼백여 년을 살다가 수명이 다하면 우아하게 물거품으로 돌아가기 때문이었다. 인간의 몸뚱이는 퉁퉁 불은 모양새로 바다 밑바닥에 버려졌고, 인간의 배가 해저로 가라앉으면 이내 쓰레기와 뼈다귀로 가득찬 무덤이 되었다. 최근 몇 년 사이에는 열여덟 살 생일에도 바다 위로 나가지 않겠다며, 지상 세계와의 접촉을 일체 거부하는 인어들도 생겨났다.

레니아의 언니들은 다른 누구보다도 인간 세계에 대한 레니아의 애정을 놀려댔다. 언니 중 한 명인 나딘은 물고기들보다 먼저 선원의 뼈와 썩은 시체를 발견할 때면 늘 레니아에게로 가져왔다. "이것 봐. 얼마나 역겹니." 그녀는 산산조각 난 손가락과 작은 돛처럼 펄럭대는 썩은 피부를 들어올리며 이렇게 말했다. "어떤 꼴인지 보란 말이야."

하지만 가족들의 어떤 편견도 지상 세계를 자신의 눈으로 보고 말리라는 레니아의 열망을 꺾지 못했다. 그토록 오랫동안 고대해왔던 그녀는, 드디어 생일 전날 밤을 맞자 자정이 지나면 바로 떠나겠다며 고집을 피워댔다. 그날 지상에선 엄청난 폭풍우가 몰아치고 있었다. 해저 깊은 곳에서도 느껴질 정도로 거대하고 격렬한 폭풍우였다.

"너도 몇 시간 더 기다리는 게 낫겠다는 걸 알겠지?" 할머니가 레니아를 타일렀다. 산호로 만들어진 사방의 벽들이 덜덜 떨렸지만, 그럼에도 레니아는 할머니의 우려를 뿌리쳤다. 마침내 생일 전야제가 시작되었고, 그녀는 모든 의식을 다 치렀다. 성대한 축제에서 굴 껍데기와 진주를 가득 달고, 궁정을 가득 채운 사람들 앞에서 노래도 불렀다. 이제 그녀는 일 초도 더 기다릴 수 없었다.

"난 전부 다 보고 싶어요." 그녀가 말했다. "가장 나쁜 것까지, 모두요."

가족들은 모두 통탄하며 어떻게든 그녀의 마음을 돌리려고 선물과 온갖 보석을 들이밀었다. 레니아의 어머니는 요리사들을 시켜 엄청난 진미를 차려냈다. 자이언트 대합에 아귀 간과 게와 어란을 채운 요리, 바다 버섯을 곁들인 메기 요리, 수입산 쏨뱅이를 게살로 감싼 요리, 진귀한 캐비아가 수북이 쌓인 접시들을 내는가 하면 불가사리로 두른 커다란 접시에 굴, 거북손, 고둥, 게, 바닷가재, 소라 등등을 얹어 내기도 했다. 레니아의 아버지는 소라 껍데기를 하나 주었는데, 귀에 대면 고래와 셀키*의 노랫소리가 들렸다. 그리고 언니들은 다 함께 힘을 합쳐 가장 오래되고 가장 비극적인 난파선에서 구한 유리로 팔찌를 만들어주었다.

저 위에서 몰아치는 비바람에 금으로 된 파티 테이블이 들썩들썩 움직였다. 그들이 파티를 즐기는 동안 바다 밑바닥의 모래가 쓸려올라와 휘몰아쳤다. 음악가들은 궁전이 덜덜 흔들리고 머리 위로 홍합들이 떠올라 입을 열었다 닫았다 하는 와중에도 꿋꿋이 산호와 뼈와 조개껍질로 만든 악기를 연주했다. 요 몇 백 년간 지상 세계의 태풍이 해저에까지 이토록 영향을 끼친 적은 없었기에 몇몇 인어들은 한숨까지 내쉬었다. 몹시 이상했다. 분명 아주 나쁜

* 스코틀랜드 전설에 나오는 표범을 닮은 요정.

징조였다.

"노래해봐, 레니아." 언니들은 모두 그녀의 주의를 딴 데로 돌리려고 그렇게 말했지만, 레니아는 오히려 그들 모두에게 반항하듯 입을 열어 그녀가 낼 수 있는 가장 달콤한 목소리로 지상 세계의 아름다움을 노래했다. 레니아는 할머니가 말씀해주셨던, 언니들이 다녀와서 들려주었던, 혹은 그녀의 꿈속에 등장했던 지상 세계의 모든 것들을 속속들이 기억하고 있었다. 창공을 날아다니는 생물. 하늘을 번쩍 가르는 번개. 몸속에 깃들어 있다 언젠가는 저 하늘의 별로 올라가는 영혼.

그것이 다른 인어들은 이해하지 못하고 오로지 레니아만이 이해하는 것이었다. 인간에게는 영혼이 있고, 그 영혼은 영원한 생명을 누린다는 것. 죽으면 물거품이 되어 바다의 일부가 되는 인어와 달랐다. 영혼이란 인간 삶의 정수를 담고 있는 빛줄기 같은 것이었다. 추억과 사랑, 아이와 가족. 삶의 모든 것들이 그 안에 집약되어 있다.

"그만!" 레니아의 어머니가 소리쳤다. 레니아의 목소리가 연회장에 미치는 영향을 보았기 때문이었다. 심지어 지상 세계에 한 번도 가보지 못한 이나 가고 싶다고 생각해본 적이 없는 이들도, 지상 세계는 온통 위험으로 가득한 곳이라 생각하던 이들도, 레니아의 노래를 듣고는 마음속 깊숙한 곳에서 끓어오르는 열망을 느끼게 되었다. 결국 인간과 인어는 같은 곳에서 온 존재였다. 이처럼 나뉘어버린 세계에서는 그 누구도 온전할 수 없었다. 레니아의 달콤하고 청명한 목소리는 그들 한 명 한 명의 깊은 곳까지 파고들어

가슴속을 가득 채우고, 비어 있던 한 구석을 환하게 물들였다.

레니아가 노래를 멈추자 일순 정적이 감돌았다. 그제야 손님들은 평정을 찾으려 허둥거렸다.

"가거라, 딸아." 레니아의 어머니는 단념하듯 말했다. 아버지는 늘 하던 대로 여왕의 곁에서 고개를 끄덕일 뿐이었다. 사실 그가 어떤 것에 얼만큼 관심을 갖고 있는지는 아무도 몰랐다. 그는 그저 자기 아내의 메아리일 뿐이었으니까. "거의 자정이구나. 가거라. 그 어떤 것도 네가 꿈꾸던 것처럼 근사하지 않다는 걸 네 눈으로 확인하게 될 게다."

레니아는 궁전을 떠나 곧바로 해수면을 향해 헤엄쳤다. 위로, 위로, 마치 물살에 떠밀리듯 빠르게. 바닷물이 그녀의 주위에서 소용돌이쳤다. 바다 표면은 수 마일 밖에 있었으나, 그보다 훨씬 더 멀게 느껴졌다. 지상 세계가 다른 차원의 우주처럼 머나먼 곳으로 여겨졌던 낮보다도 훨씬 더 먼 느낌이었다. 가까이 다가가면 갈수록 점점 더 심한 조류가 밀어닥치며 그녀를 마구 뒤흔들고, 물고기나 조개를 그녀에게 집어던지고, 그녀의 팔에 해초를 칭칭 휘감았다.

그녀는 가까스로 해수면에 다다라 물 밖으로 고개를 내밀었지만, 엄청난 소리의 벽에 부딪혀 도로 물속으로 들어갈 뻔했다. 울부짖는 천둥, 쏟아지는 폭우, 입안과 폐를 때리는 듯 휘몰아치는 공기. 마치 그녀를 텅 비워버리는 듯한 생소하면서도 원초적인 느낌이었다. 바람은 쉴새없이 불어와 온몸의 세포를 공격했다. 파도가 끝없이 몰아쳐 숨쉬는 것조차 힘들었다. 온통 새까맣던 하늘은 번개가 치자 환하게 불타올랐다. 그녀는 소리를 꽥 질렀고, 물속이 아닌 공기중에 울려퍼지자 묘하게 일그러진 자신의 목소리에 소스라쳤다. 지상 세계의 어마어마한 불협화음 속에서 그녀의 목소리가 그녀의 몸에 부딪혀 산산히 부서져나가는 것만 같았다.

시야의 초점이 맞춰지자 저멀리에서 무언가가 파도 위에 흔들리고 있는 것이 보였다. 지금까지 그녀는 바다 밑바닥에 가라앉은 배밖에 본 적이 없었다. 그렇다보니 폭풍에 맞서고 있는 함선의 위용이란 사뭇 혼란스러운 것이었다. 용 모양의 뱃머리가 세찬 바람에 이리저리 흔들리고 있었다.

그녀는 다시 물속으로 들어가 배가 있는 곳으로 다가갔다. 거친 물살을 손쉽게 헤치며 선체 바로 아래로 헤엄쳐 들어가 배가 좌우로 기우뚱거리는 모습, 노며 상자며 온갖 보물들이 바다로 빠져들어가는 모습을 경이에 찬 시선으로 바라보았다. 마치 바다를 달리는 괴물 같았다. 그녀는 선체 아래에서 나와 물 밖으로 고개를 내밀었다.

그리고 바로 그곳, 배 위에. 바로 그녀의 눈앞에.

인간 남자들이 있었다.

그녀의 눈에는 생생하게 격동하는 그들의 표정이 보였다. 그들은 이 미친 듯한 바다에서 어떻게든 배를 안정시키기 위해 안간힘을 쓰고 있었다. 그러나 그들이 딛고 서 있는 배는 이미 갈라지기 시작했다. 선체가 부서지고 바람과 물살에 휩쓸리면서 결국 침몰하면, 레니아와 언니들이 탐험할 새로운 폐허가 될 것이었다.

한 남자가 배에서 마치 한 조각의 잔해처럼 물속으로 툭 떨어졌다. 그녀는 물 아래로 고개를 집어넣고 그가 가라앉는 모습을 지켜보았다. 그는 어떻게든 물 밖으로, 공기가 있는 곳으로 나가려고 허우적거리며 발버둥을 치고 있었지만 그녀는 그에게 꼭 말해주고 싶었다. 이제 당신은 안전하다고. 저 바다 밑 세계는 무척 아름답고, 그곳에서는 자신이 그를 보호해줄 수 있다고. 그러나 그녀가 바라보고 있는 동안 그의 얼굴은 무섭고 끔찍하게 변해갔다. 그녀는 그에게 헤엄쳐 갔다. 그를 돕고 싶었다. 그를 궁전으로 데리고 내려가서 돌봐주고 싶었다. 하지만 그의 몸은 더이상 움직이지 않았고, 그녀는 그가 죽었다는 것을 알 수 있었다. 그녀는 그의 몸을 붙들고 흔들어보았다. 그의 얼굴에 자신의 얼굴을 대고, 그의 어깨 밑으로 자신의 손을 가져갔다.

이미 알고 있었던 어떤 사실이 새삼스레 떠올랐다. 인간은 물속에서 살아갈 수 없다는 것.

물론 지금까지 수없이 죽은 인간을 보아왔지만, 인간이 죽는 것을 직접 본 일은 없었다. 무서웠다. 인어들의 죽음은 그와 달랐으니까. 인어들은 모두 자신이 언제 죽을지 알았고, 삼백 년이라는 삶은 충분히 긴 세월이었다. 그들은 조용히 삶을 마친 뒤 천천히 물거품으로 변해 물속으로 녹아들다가 완전히 사라졌고, 그렇게 바다의 일부가 되었다. 그녀는 수많은 인어들이 죽음을 맞는 것을 보았고, 살아남은 인어들은 언제나 노래와 축제로 그들이 세상을 떠나는 것을 축하해주곤 했다. 그럼에도 불구하고 그녀는 인간은 불멸의 영혼을 가진 존재이니 그 죽음은 훨씬 더 아름다울 것이라 믿어왔다. 그녀는 할머니가 인간의 몸에서 영혼이 빠져나가는 것을 어떻게 묘사했던가를 다시 한번 떠올려보았다. 반짝이고 아름다운 것이 '천국'이라는 곳으로 들어간다고 했다. 영원한 생명을 누릴 수 있는 바로 그곳으로 말이다.

하지만 주변에서 속속 죽어가는 사람들을 직접 보니 그 말과는 완전히 딴판이었다. 무시무시하고 고통스러운 죽음이었다. 사람들은 팔다리를 마구 허우적대다 이내 축 늘어졌다. 공기가 있는 곳을 향해 죽을 힘을 다하며 발버둥쳤고, 죽음이 가까워 오자 만면에 공포가 번져갔다.

태어나서 본 것 중 가장 끔찍한 광경이었다.

그녀는 잔뜩 겁에 질린 남자의 몸을 놓았고, 점점 깊숙이 가라앉아 이내 검은 물속으로 사라져가는 그의 모습을 바라보았다.

그녀는 위를 올려다보았다. 이제 무수한 사람들이 그녀 주위로 떨어져내리며 물에 빠졌다. 그리고 육지와 공기를 갈망하며 죽어갔다. 그녀는 다시 수면 위로 올라갔다. 배가 거의 산산이 부서져 나뭇조각들이 바다로 빠져들어갔다. 사람들은 헤엄을 치면서 배의 조각 하나라도 붙들어보려 안간힘을 썼다. 그들의 이상하게 생긴 다리는 마구 허우적거렸고, 그들의 외침은 폭풍 속을 뚫고 퍼져나갔다. 그녀는 바닥짐 하나가 떨어져 사람의 머리통을 부수는 모습을 지켜보았다. 죽은 사람들이 그녀의 곁을 둥둥 스쳐지나갔다. 그리고 하늘에선 여전히 번개가 성난 신처럼 번쩍이고 있었다.

혼란스럽고 공포스러웠다. 어찌해야 할지 도무지 알 수 없었다.

그러나 그것은 그를 보기 전까지의 일이었다. 나뭇조각을 꽉 붙들고 있던 한 남자. 그의 시선이 움직이더니 이내 그녀에게 닿았다. 이전에 그를 본 적이 있었던가? 그만큼 그는 낯익었다. 파도가 그를 저쪽으로 떠밀었다. 이제 수면 위에 남아 있는 사람은 거의 없었다.

생각이 미처 굳어지기도 전에 몸이 먼저 움직였다. 이 남자를 구하리라. 바로 이 남자를.

그녀는 죽은 이들의 몸뚱이와 잔해들을 헤치며 그에게로 헤엄쳐 갔다. 그는 얼어붙은 듯, 넋이 나간 듯, 그녀를 쳐다보았다. 비가 세차게 쏟아졌다. 그가 강한 남자였기에 이토록 억세게 삶을 부여잡을 수 있었으리라. 강한 다리 덕에 물위에 떠 있을 수 있었으리라. 그에게 생존에 대한 열망이 꿈틀거리는 것을 알 수 있었다. 살아야 한다는 의지.

"이리 와요." 그녀는 손을 내밀며 말했다.

그는 꼼짝도 하지 않았다.

"나에게 와요. 구해줄게요."

그녀의 목소리가 그에게 마법을 건 듯했다. 그는 그녀를 보고 있었다. 이내 그의 눈이 공포와 경이로 크게 떠지는가 싶더니, 그 모든 상황에도 불구하고 얼굴에 미소가 번져나갔다. 그녀도 그를 향해 미소를 지어 보였다. 할머니는 인간들이 얼마나 쉽게 인어의 목소리에 홀리는지 얘기해주곤 했다. 인간에게 마법을 걸어 죽음으로 몰고 가는 것이 얼마나 쉬운 일인지 말이다. 이제 그 모든 것을 이해할 수 있었다. 이 잔인하고 시끄러운 세상에 울려퍼지는 그녀의 부드럽고 아름다운 목소리라면, 충분히 그럴 수 있었다.

그녀는 자신의 한 팔을 그의 어깨 뒤에 두르고, 다른 팔로 그의 허리를 휘감았다.

"가요." 그녀가 말했다. "날 꽉 잡아요."

그의 얼굴이 그녀의 얼굴 바로 옆에 놓였다. 아직 뛰고 있는 그의 심장이 느껴졌다.

"부하들은……" 그가 말했다. 그의 웅얼거리는 목소리가 그녀에게 들려왔다. "내 배는……"

"쉿." 그녀가 말했다. "해변으로 데려다줄게요."

그는 가슴 위로 옷을 걸치고 있었다. 그 감촉이 그녀의 손바닥에 생소하게 다가왔다. 그녀는 그의 냄새가 좋았다. 비와 바다에 찌들어 있었음에도 그녀는 그의 머리칼과 피부의 냄새, 그리고 뛰는 심장에서 전달되는 온기를 느낄 수 있었다. 서서히 헤엄치기 시작하며 그녀는 자신의 뺨을 그의 젖은 머리칼에 댔고, 그 느낌에 깜짝 놀랐다. 그는 무척이나 부드럽고 생기로 가득했다. 그를 자신의 정원으로 데리고 가서 끌어안고 싶었지만, 참아야 했다. 그러면 그는 죽어. 그녀는 계속 스스로에게 말했다. 그가 살 수 있는 곳으로 데려가야 해.

그녀는 조류를 거스르고 파편과 시체들을 헤치며 어렵사리 헤엄쳐 나아갔다. 그녀는 어디로 가야 하는지 알고 있었다. 그녀의 몸이 그것을 알고 있었다.

놀라운 일이었다. 그녀는 생전 처음으로 두 세계 사이를 헤엄치고 있었다. 몸의 반은 지상에, 그리고 나머지 반은 바닷속에 있었다. 빗줄기는 쉴새없이 그녀를 때렸다. 파도를 헤치는 모험도, 하늘을 번쩍번쩍 갈라대는 번개도, 밤과 비의 아름다움과 저멀리 희미하게 보이는 달도 모두 좋았다. 그리고 자신의 품에 안겨 있는 그의 느낌이 좋았다. 인간에게는 그 정도 되는 몸집의 남자를 데리고 헤엄친다는 것이 여간 힘든 일이 아니었겠지만, 그는 그녀 품에 편안히 안겨 있었다. 그는 의식을 잃은 상태였으나 그녀는 그가 숨을 쉬는지, 공기가 정말 그의 폐를 들락거리고 있는지 순간순간 세심히 살폈다. 그의 고개가 물 밖으로 나오도록 유지해서 숨이 끊이지 않도록 하는 것이 얼마나 중요한 일인지 잘 알고 있었다.

그녀는 자신의 몸이 이끄는 대로 헤엄쳐 나아갔다. 그의 호흡과 비바람 몰아치는 바다, 이 두 가지와 사투를 벌이며 그녀는 점점 일종의 무아지경으로 빠져들어갔다.

잠시 후, 비가 그치고 바다가 고요해졌다. 바다가 철썩이는 소리와 그의 옅은 숨소리 외에는 아무 소리도 없었다. 머리 위로 맑게 갠 검은 하늘이 펼쳐졌고, 하늘에는 수천의 별들이 흩뿌려져 있었다. 이 실제 세계의 광활함은 그녀의 가장 생생한 상상 속에서도 미처 예상하지 못했던 것이었다. 그녀는 품에 안겨 있는 남자를 내려다보았다. 그의 부드럽고 완벽한 얼굴을. 격렬한 사랑이 그녀 안에서 꿈틀거렸다.

구해줄게요.

그녀는 힘차게 꼬리를 움직였다. 그 어느 때보다 힘껏 헤엄치면서도, 그녀는 두 팔로 그의 어깨를 받치며 그가 부서지기라도 할 것처럼 조심스레 그를 안았다. 그리고 마침내, 저멀리, 창가에 반짝이는 불빛이 보였다. 인간들이었다. 언니들이 묘사한 대로였다. 돌로 된 담장이 있고, 그 위에는 돌로 만든 거대한 구조물이 있었다. 그 구조물 뒤에서 해가 떠올라 이내 언덕 꼭대기로 올라가더니 하늘을 분홍색과 크림색, 파란색으로 나누었다.

"저길 봐요." 그녀가 속삭이자 그가 눈꺼풀을 가볍게 떨며 눈을 떴다. "저기 하늘을 좀 봐요."

그는 고개를 들어 그녀를 바라보았다. 아침 햇살 속에서 바라본 그의 눈은 생소한 황갈색 빛을 띠고 있었다. 이제 그 두 눈에는 생기가 거의 없었다.

그녀는 파도에 맞서 꼬리를 힘차게 움직이며 육지로, 그가 살아날 수 있는 곳으로 있는 힘껏 헤엄쳤다.

언덕과 건물을 훑어보던 그녀의 눈이 언덕 위에 홀로 서 있던 한 인간 소녀에게 머물렀다. 소녀는 언덕 위, 바위 해안까지 드리워진 긴 계단 근처에 서 있었다. 레니아는 그녀에게 시선을 보냈다.

이 사람을 살려줘. 그녀는 생각했다.

이윽고 뭍에 닿은 그녀는 그를 물에서 끌어올려 바위 위에 눕혔다.

시간이 없었다.

그녀는 그의 곁에 누워 그의 얼굴과 머리칼을 어루만졌다. 그의 눈꺼풀이 연신 바르르 떨렸고, 그녀는 몸을 굽혀 그의 입술과 눈꺼풀, 이마에 입을 맞추었다. 그녀의 입술로 전달된 그의 느낌, 햇살, 그녀의 맨살과 젖은 머리카락에 불어오는 바람, 이 모든 것이 한데 뒤섞여 전에 느껴본 적 없는 놀라운 희열이 되어 그녀를 가득 채웠다. 그에게 몸을 기대자 그의 젖은 셔츠 자락이 그녀의 가슴을 간질였다. 그의 벌어진 입, 그리고 따뜻한 혀.

그는 몹시 아름다웠다. 이렇게 아름다운 것은 본 적이 없었다.

그러나 그녀는 그의 숨이 끊어져가고 있음을 느낄 수 있었다. 그녀가 할 수 있는 것은 모두 했다. 이제는 다른 인간이 와서 그를 돌봐주고 살려내야 했다. 그녀는 언덕 위의 소녀를 바라보았다. 소녀는 그곳에 꼼짝 않고 서서 그들을 바라보고 있었다. 검은 머리칼이 바람에 나부끼고, 피부는 창백하고, 눈동자는 갈색에, 털가죽을 두른 소녀.

그녀는 생각했다. 지금 당장 이리로 와줘.

3장

공주

남자는 물에 흠뻑 젖은 채 끔찍한 한기에 온몸을 덜덜 떨고 있었다. 팔과 다리는 온통 해초에 뒤덮여 있었다. 마르그레테는 인어가 만졌던 그의 얼굴과 팔에서 이상한 광채가 나는 것을 보았다. 평범한 사람의 옷차림을 하고 있었지만, 그의 몸은 그가 당당한 전사임을 보여주었다. 빈사 상태로 해변에 아무렇게나 널브러져 있음에도 그는 곧 전투에 나갈 병사처럼 보였다.

그녀는 그의 옆, 돌투성이 해변에 무릎을 꿇고 앉아 조금 전 인어가 했던 것처럼 그의 얼굴을 어루만졌다. 그의 볼과 입술에 인어가 남긴 은은한 광채의 흔적을 따라 손가락을 움직였다. 아무 느낌도 없었고, 손가락에 묻어나는 것도 없었다. 그의 피부는 돌처럼 매끈했고, 그의 엷은 빛깔 머리카락에는 이미 얼음이 맺혀 있었다. 그녀가 그의 눈꺼풀에 손가락을 얹고 그 곡선을 따라가며 매만지자, 그가 눈을 깜빡이더니 그녀를 바라보았다.

그와 눈이 마주치자 마치 손바닥으로 한 대 맞은 것처럼 얼얼한 기분이 들었다. 그의 눈 속에는 살갗에 묻어 있는 것과 같은 광채가 서려 있는 듯했다. 그녀는 흠칫 뒤로 물러섰다.

"당신……" 그가 말했다. 억양은 생소했고, 목소리는 으르렁거리는 것처럼 들렸다. 그는 그녀의 털가죽을 꽉 붙들었고, 그녀는 그가 아주 쇠약해져 있다는 것을 알 수 있었다. 그의 주변에 널린 돌에는 핏자국이 가득했다. 그녀는 무엇을 해야 좋을지 알 수 없었다. 문득 어린 시절의 유모가 떠올랐다. 그녀는 정향이나 나무껍질, 성의 정원에서 채취해두었던 말린 약초를 이용해 병을 고쳐주곤 했다. 그러나 마르그레테는 그런 치료 기술을 배워두지 않았다. 왕의 딸이었으므로 그런 쓸모 있는 것들을 만들 필요도, 배울 필요도 없었다. 그녀는 혼자였고, 이 바람 속에서는 누구도 그녀의 목소리를 들을 수 없을 것이었다. 울고 싶었다. 난 왜 이렇게 세상에 대해 아는 것이 없을까? 하지만 그럼에도 그의 몸이 파랗게 변했고 이를 딱딱 부딪치고 있다는 것, 그리고 조만간 죽을 것이라는 사실 정도는 충분히 알 수 있었다. 그녀의 가슴이 슬픔으로, 사랑으로 활짝 열렸다. 그녀는 벌떡 일어났다.

그녀는 털가죽을 벗었다. 추위에 몸이 확 움츠러들었지만, 이내 그것을 남자에게 덮어주고는 조심스레 그의 팔과 다리를 털가죽 안으로 집어넣었다. 순식간에 바람이 그녀를 강타했다. 그녀는 다른 젊은 수녀들처럼 얇은 모직 튜닉 위에 흰 로브를 걸치고 있을 뿐이었다. 얇은 윔플*은 머리로 스며드는 추위를 막는 데 별 도움이 되지 못했다. 남자는 마르그레테를 올려다보았다. 추위가 살 속을 파고들어 피와 뼈에까지 닿았다. "곧 돌아올게요. 도와줄 사람들을 데리고." 그녀는 재빨리 뒤돌아 계단을 한달음에 올라갔다. 몸이 꽁꽁 얼고 머리카락은 고드름이 되어 서로 부딪혔다. 그리고 드디어, 며칠이나 되는 것 같은 시간이 흐른 뒤, 정원에 도착했다. 문을 열고 수녀원으로 들어서며 숨을 가쁘게 몰아쉬었다.

그녀는 수녀원장실 바깥쪽에 있던 수녀 몇 명을 마구 밀쳐대며 원장실 문으로 다가섰다. "급해요! 도와주세요!"

마르그레테가 원장실 문을 마구 두드리자 사람들이 그녀가 있는 곳으로 몰려들었다.

문을 연 수녀원장은 소스라치게 놀랐다. 공주가 이 위험한 추위 속에서 물에 젖어 부들부들 떨며 그녀 앞에 서 있었기 때문이다.

"미라!" 수녀원장이 소리쳤다. "도대체 무슨 일이죠?"

"남자가 하나 있어요, 저기 해변에, 바닷가에…… 도움이 필요해요!"

"들어와요." 수녀원장은 이렇게 말하고 마르그레테를 안쪽으로 데려와 불가에 앉혔다. 그녀는 다른 수녀들에게 지시했다. "담요와 털가죽을 가져와요! 간호인도 데려오고!"

"제발요." 마르그레테가 말했다. "얼른 해변으로 가야 해요. 그 사람을 도와줘야 한다고요. 얼른 돌아오겠다고 말했단 말이에요!" 그를 죽게 내버려둘 수는 없었다. 인어가 데려다준 사람이다. 인어가 꼭 살려주라고 한 사람이다.

---

* 수녀들이 목과 턱, 머리에 둘러 쓰는 가리개.

한 수녀가 부리나케 달려들어왔다. "원장수녀님. 정말로 한 남자가 해변에 있습니다."

"빨리 가봐요!" 수녀원장이 말했다. "그가 죽기 전에 얼른 데리고 들어옵시다. 거기 당신들, 얼른 가요!"

혼란에 빠진 수녀원 복도를 뒤로하고, 수녀원장은 몸을 숙여 마르그레테의 얼굴을 바라보았다. "이런 식으로 위험한 짓을 해서는 안 됩니다. 그 어떤 일이 있어도요. 당신은 여기의 우리들하고는 다른 사람입니다. 그것을 잊어서는 안 돼요. 저는 당신 아버지에게 당신을 안전하게 보호하겠다고 약속했습니다. 당신에게 무슨 일이라도 생긴다면 여기 우리들에게 어떤 일이 벌어질지 한번 생각해 보세요."

마르그레테는 고개를 끄덕였다. 정신이 몽롱했다. 수녀원장은 새하얀 머리카락과 엷은 빛깔의 눈을 가진 인상적인 여성이었고, 그녀의 얼굴에는 충격을 받은 사람들 특유의 표정이 어려 있었다. 마치 무시무시한 것을 목격하기라도 한 듯한 얼굴이었다. "그 사람은 지금 거기서 죽어가고 있어요." 마르그레테가 말을 하려 했지만, 가쁜 숨소리에 섞여 간신히 몇 마디가 튀어나갈 뿐이었다. "그리고 저……"

"쉿. 마셔요."

뜨거운 액체가 목구멍 안으로 짜릿하게 흘러내렸다. 희미하게, 그녀는 누군가 원장실로 들어와 그녀를 담요로 감싸고 그녀의 방으로 데리고 가는 것을 느꼈다. 수녀원장이 그녀가 침상에 누울 수 있도록 거들어주었다. 바깥에선 연신 바람이 울부짖었다. 순간 그녀는 탈진하고 말았다. 아마도 그녀가 마신 액체 안에 무언가를 넣은 모양이었다. 그녀가 진정하고 잠을 잘 수 있도록 해주는 무언가를.

*

마르그레테가 잠에서 깼을 때 방은 온통 깜깜한 어둠으로 물들어 있었다. 바깥에서 들리는 소리라고는 바람 소리와 빗소리뿐이었다. 기도 시간을 알리는 종이 울렸다. 정신을 가다듬고 자신이 어디 있는지 깨닫기까지 조금 시간이 걸렸다. 저녁 기도 시간인가? 그럼 일과 시간이 모두 지났다는 얘기? 그녀는 자리에서 일어나 깨끗한 튜닉으로 갈아입었다. 떨리는 손가락으로 성의聖衣의 매듭을 짓고, 윔플을 두르고 베일을 썼다.

자는 동안 어머니의 꿈을 꾸었다. 꿈속에서 어린아이로 돌아간 마르그레테는 어머니의 품에 안겨, 어머니의 라벤더 향기와 따뜻한 목소리, 그리고 자신의 머리를 매만지는 손길을 느꼈다. 엄청난 상실감이 그녀를 관통했다. 그리고 또다른 무언가가 있었다.

인어. 그렇다. 그리고 한 남자.

마르그레테는 발을 질질 끌며 천천히 복도를 걸어내려갔다. 오래 잔 탓에 몸이 아직도 노곤했다. 화염 속에서 잔뜩 망치질 당한 쇠붙이 같은 몸 상태였다. 천천히 예배당 쪽을 향해 걸어가다가, 수녀원 정원을 살짝 내다보려고 잠시 멈추었다. 문을 열자 바람이 맹렬하게 그녀를 휘감았다. 이 추위, 나쁘지 않았다. 비가 얼굴을 때렸고, 귓가에는 바다의 굉음이 들려왔다.

깜깜했다. 흰 베일 같은 구름 너머 가려진 별들이 어렴풋이 보였다. 바다는 모든 비밀을 그 안에 감춘 채 멀리서 검게 빛났다.

그녀는 머리를 흔들었다. 도대체 무슨 꿈을 꾼 거지! 바위 위의 인어가 죽어가는 남자를 굽어보고 있었다. 어머니는 자장가를 불러주었다. 열이 심하게 났던 게 분명하다. 수녀원장님이 일주일 전에 감기에 걸려 심하게 앓았던 것처럼. 마르그레테는 웃음을 지으면서도 한 가닥 희망의 끈은 놓지 않았다. 그녀는 음유시인들이 달콤한 마법 이야기를 들려주는 궁정에서 자랐다. 오후 시간을 주로 스승 그레고르와 함께, 오래전에 죽은 영웅과 정복자들이 살아 돌아온, 긴 옛날이야기 책들을 읽곤 했다. 그런데 이제 너무도 적막한 바다를 바라보며 매일매일 천국에 대해 이야기하는 여자들에 둘러싸여 살다보니 그녀 스스로 환상의 생물을 만들어냈던 거다.

그녀는 문을 닫고 서둘러 예배당으로 향했다. 벌써 시간이 많이 늦었다. 그녀는 성가대석으로 가서 자신의 오랜 친구이자 가장 아끼는 시녀인 에델 옆에 자리를 잡았다. 에델은 마르그레테와 눈이 마주치자 아주 살짝 놀란 듯한 시선을 보내왔다.

"괜찮으세요?" 에델이 다른 이들의 따가운 눈총을 무시하며 속삭였다.

마르그레테는 고개를 까딱해 보이고는 에델을 안심시키기 위해 자신의 손을 에델의 손 위에 얹었다. 그녀는 지금까지의 어느 때보다도 더욱, 자신이 세상의 끝, 꿈과 현실이 뒤섞인 곳에 있다는 것을 실감했다.

그녀는 다른 이들을 따라 입술을 달싹이며 기도문을 읊었다. 눈을 감자 눈썹에 땀이 고이는 것이 느껴졌다. 비록 예전에는 책에서 본 신비로운 것들을 꿈꾸기도 했지만, 지금은 이런 현실적인 것만으로도 충분히 사랑스럽다고 생각하고 있었다. 이 여인들, 이 장소, 매 순간이 무언가 기적적인 것을 품고 있는 듯한 이 느낌. 그리고 에델. 그녀의 옆에 앉아 있는, 윔플 아래로 머리카락 한 뭉텅이가 비죽 나와 있는 이 소녀.

예배가 끝나자 에델은 마르그레테 옆으로 바싹 당겨 앉았다. "그렇게 위험하게 다니시면 곤란해요." 그녀가 속삭였다. "이 강추위에 혼자 마구 돌아다니시다니요. 자신이 누군지 잊지 마시라고요."

마르그레테는 깜짝 놀라 고개를 번쩍 쳐들었다. 미친듯이 가슴이 뛰기 시작했다. "그 남자가 진짜로 있어?"

"해변가의 그 남자요? 물론이죠. 공주님 덕에 무사해요. 하지만 누군가를 부르시지 그랬어요. 직접 가시지 말고."

"난 꿈에서 본 건 줄 알았어."

에델은 마르그레테를 지그시 쳐다보았다. 그녀의 동그란 눈에는 근심이 가득했다. 에델은 머리를 흔들었다. "정말 괜찮으신 거 맞아요?"

몇몇 수녀들이 다가와 그들을 둘러쌌다. "외국인이더라고요." 한 수녀가 말했다.

"배를 타고 온 흔적도 없어요." 다른 이가 말했다. "그런데 뭍까지 파도에 쓸려왔고 그걸 당신이 발견했다니, 이건 기적이에요."

"기적이죠." 마르그레테가 말했다.

그리고 문득 떠올렸다. 손바닥 아래 느껴졌던 그의 젖은 피부, 인어의 푸른 눈동자와 흰 빛을 띠는 금발머리, 바위 위에서 번득이던 그녀의 은빛 녹색 꼬리.

"돌아가서 쉬셔야 할 것 같아요." 에델이 말했다. "차와 빵을 가져다드릴게요."

"나는 괜찮아." 마르그레테가 눈을 빛내며 말했다. "그 사람은 어디 있어?"

"그 남자요?"

"응. 그 사람을 보고 싶어."

마르그레테는 여자들이 서로 눈을 맞추는 것을 볼 수 있었지만, 개의치 않았다. 그 남자는 그녀가 책임져야 했다.

"의무실에 있어요." 한 젊은 수녀가 말했다. "마지막 방이요."

"고맙습니다." 마르그레테는 에델의 손을 꼭 쥐며 말했다. "저녁식사 때 보자." 그러고는 재빨리 빠져나갔다.

그녀는 의무실로 이어진 복도를 살금살금 걸어내려갔다. 어두운 복도에는 벽에 걸린 횃불 몇 개만 깜박이고 있었다. 바깥에는 바람이 나무며 언덕과 여전히 한바탕 싸움을 벌이고 있었다. 드리워진 그림자 곳곳에 유령이 숨어 있을 것만 같았다.

마침내 문 앞에 다다랐다. 그녀는 문에 손을 대었다가 잠시 멈추고는 마음을 가다듬었다. 심장이 마구 뛰었다. 다시 비가 내리기 시작한 모양이었다. 빗방울이 지붕을 때리는 소리가 들렸다.

그녀는 허리를 곧게 펴고 숨을 깊게 들이마신 뒤, 안으로 들어갔다.

방안은 어둠침침했다. 침대 옆에 놓인 랜턴의 희미한 불빛과 구석의 난로 불빛만이 어두운 방을 비춰주고 있었다. 남자는 침대에 누워 자고 있었다. 몸은 온통 붕대가 감겼고, 털가죽으로 뒤덮여 있었다. 희미한 불빛 속에서도 남자의 몸에 남은 인어의 빛나는 흔적을 볼 수 있었다. 그의 드러난 가슴에서 희미한 빛이 흘러나왔다.

그녀는 경이에 찬 눈으로 그를 바라보았다. 인어가 물속에서 그에게 다가와 뭍으로 그를 데려다주고 바위에 뉘었다. 저 윤기, 아니 지금의 난로 불빛 아래에서는 광채라 부르는 게 마땅한 그것이 그의 볼, 그의 눈꺼풀, 그의 가슴에 남아 있었다. 침대 끝으로 다가가자 그림자에 가려졌던 그의 얼굴이 비로소 드러났다. 그의 입술과 그 윤곽선이 아주 가까이에서 보였다. 그의 윗입술은 인중과 만나는 부분이 완벽하게 V자를 그리고 있었는데, 인어의 윤기 나는 자욱이 윗입술을 가로질러 통통한 아랫입술까지 나 있었다.

인어만큼이나 아름다운 남자라고 생각하며, 그녀는 그를 찬찬히 살펴보았다.

그의 가슴이 호흡에 따라 오르내렸다. 그녀는 조금 더 다가갔다. 천천히 팔을 뻗어 검지 끝으로 가볍게 살짝, 그의 어깨 곡선을 매만졌다. 당신은 누구죠? 그녀는 너무나도 궁금했다.

그녀는 다시 한번 그의 얼굴을 쳐다보다 흠칫 놀라고 말았다. 어느새 그가 눈을 뜨고 그녀를 보고 있었기 때문이다. 숨이 턱 막혔다. 그녀는 얼른 손을 뒤로 빼서 감추며 주춤 물러섰다.

"부탁이에요." 그가 말했다. "가지 마세요."

다시 한번 그녀는 깜짝 놀랐다. 그의 얼굴은 놀랄 만큼 평온했다. 그의 눈동자는 마치 시든 수초처럼 녹색과 노란색과 갈색의 중간 빛깔이었다.

난로 불빛이 벽에 들쭉날쭉 이상한 모양의 그림자를 드리웠다. 그는 마음속을 들여다보기라도 하듯 그녀를 바라보았다. 그녀는 부끄러움에 고개를 돌렸다. 지금까지 그녀를 이렇게 바라본 사람은 아무도 없었다.

"이름이 뭐죠?" 그가 물었다.

그녀는 거의 자신의 본명을 말할 뻔했지만, 이내 정신을 가다듬었다. "미라예요."

"미라." 그가 되뇌었다. 음절 하나하나를 음미하는 것처럼. "미라, 나의 구원자여. 저는 크리스토퍼입니다."

"엄청난 폭풍우였어요." 그녀가 말했다. "그런데도 살았으니, 당신은 정말 행운아예요."

"폭풍우가 아니었습니다." 그가 눈썹을 치켜세우며 말했다.

"무슨 말씀이죠?"

"용을 본 적 있나요?" 그가 물었다.

"용이요?"

"불을 뿜는 괴물이죠." 그가 목소리를 낮추어 말했다. "빙산 하나, 아니 두 개 크기만해요. 바다에 사는 놈들이죠. 엄청나게 커요. 우리는 항해중이었고, 모든 게 순조로웠습니다. 저도, 부하들도. 음악이 울려퍼지고, 춤도 추었죠. 치열한 전투를 치른 뒤였습니다만, 숙녀에게 할 얘기는 아닌 것 같군요. 그리고 갑자기, 세상이 흔들렸습니다. 하늘에서 물이 떨어졌죠. 배는 우리를 떨어뜨리려는 말처럼 마구 흔들리며 몸부림쳤어요. 하늘을 올려다보니, 그것이 있었습니다. 세상에서 가장 무시무시한 괴물이 말입니다. 눈이 형형히 빛나고, 끔찍한 피부를 가진."

그녀는 그를 지그시 바라보며 숨소리도 내지 않고 기다렸다. 괴물의 공포를 떠올리는 그의 눈이 커졌다.

"제가 그놈을 죽였습니다, 수녀님. 하지만 그때는 이미 그놈이 마지막 선원까지 싹 쓸어간 뒤였죠. 그런 무시무시한 놈은 처음 봤습니다."

이야기를 마친 뒤 그는 미소를 지었다. 잠시 그를 바라만 보다 그녀도 이내 미소를 지었다. "용사님, 이야기꾼이시네요."

"아뇨, 아가씨." 그가 가슴에 손을 얹고 말했다. "제가 본 것을 들려드리는 것뿐이랍니다."

"그다음엔 인어가 당신을 구해줬겠군요." 그녀는 짐짓 장난처럼 말을 던진 뒤 그의 반응을 살펴보았다. 과연 그는 기억하고 있을까? "그러고는 당신의 피부에 다이아몬드 같은 자취를 남기고요."

그는 밝게 웃었다. 그녀가 마치 여신이라도 된다는 듯, 그레고르가 그녀에게 들려준 신화 속 이야기의 아프로디테처럼 바닷속에서 홀연히 나타나기라도 한 것처럼 그녀를 바라보았다. "그게 당신인 건가요? 본모습을 감추려고 그런 수녀복을 입고 있는 거예요?"

"어쩌면요." 그녀가 말했다.

"절대 말 안 할게요."

"어디서 오셨나요?" 그녀가 물었다.

"여기서 먼 곳이에요." 그가 손을 저으며 말했다. "부하들과 저는 머나먼 땅들을 여행했어요. 당신이 절대 믿지 못할 기이한 것들을 많이 보았죠. 이마에 눈이 달린 사내나, 머리카락이 뱀인 여자 같은 것 말이에요."

그녀는 우습다는 듯 머리를 흔들었다. "흠, 당신에 대해 들어본 적 있는 것 같아요." 그녀가 말했다. "말 속에 숨어서 적국의 도시에 들어가기도 했죠?"

"맞아요!" 남자는 고개를 힘차게 끄덕이며 말했다. "그때가 가장 치열한 전투였어요. 그다음에는 마녀의 주문에 걸려 섬에 칠 년간 갇혀 있기도 했어요. 나무를 흔들면 떨어지는 열매 말고는 먹을 것이 아무것도 없었죠. 상상이 되세요, 수녀님? 그리고 한번은 바다 한가운데서 어떤 여인이 조개껍데기 안에서 걸어나와 수면 위에 우뚝 서는 것도 봤고요."

"엄청 무서웠겠어요."

"그럼요. 가장 격렬한 전투보다도 더요. 긴 여정중에 그런 여자를 보다니…… 다들 충격으로 거의 죽을 뻔했죠."

그녀는 빙그레 미소를 지었다. 그런데 갑자기 방이 통째로 바뀐 듯한 기분이 밀어닥쳤다. "당신…… 잠깐만요." 깊은 곳으로부터 공포가 스멀스멀 올라왔다. 불안감이 엄습하며 그간의 즐거움이 싹 달아났다. 아름답게 빛나는 인어의 흔적에 눈이 멀어 그의 피부가 얼마나 햇빛에 잘 그을어 있는지 미처 눈치채지 못한 것이다. 그의 전사 같은 몸도. "당신…… 혹시 '남쪽'에서 오셨나요?"

"네. 여기보다 훨씬 따뜻한 곳에서요."

"남국 말하는 거죠?"

"네." 그는 그녀에게 미소를 지어 보였다가 곧 표정을 바꾸었다. "괜찮으세요, 수녀님? 왜 그러시죠? 여기서 저는 당신의 적이 아니에요. 여기는 신의 집이잖아요."

갑자기 문, 복도, 다른 수녀들, 그 모든 것이 아득히 멀게 느껴졌다.

"가야겠어요." 그녀가 말했다.

"수녀님? 용서하세요. 불쾌하게 해드릴 생각은 없었어요."

"전…… 일을 하러 가봐야 해요." 그녀는 목소리를 가다듬으려 애쓰며 말했다. 덜덜 떨리는 손과 마구 도망가려는 다리를 진정시키며 문을 열고 밖으로 나갔다.

"수녀님!"

그녀는 복도를 한달음에 달려 수녀원 본관 건물의 자기 방으로 돌아갔다. 그러고는 벽에 등을 기대고 가쁜 숨과 마구 뛰는 심장을 달랬다.

지금까지 적국의 사람을 만나본 일은 없었다. 어린 시절 남국 사람들이 그녀의 나라에 쳐들어온 적이 있긴 했지만, 그들 모두 시체 더미가 되어버렸으니까.

4장

인어

레니아는 유리에 비친 자신의 모습을 들여다보고 있었다. 머리카락이 얼굴 주위에 잔잔히 일렁거리며 물속에서 위로 들려 있었다. 아직도 팔에서 그를 느낄 수 있었다. 그 온기, 고동치는 심장. 손바닥 아래로 전해지던 것은 머리카락과 피부의 생소한 감촉. 마치 홍합 속살처럼 부드러웠던 그 느낌.

그때 등뒤로 또하나의 얼굴이 비쳤다. 레니아의 언니 중 한 명인 벨라였다. 그녀의 창백한 얼굴이 기억처럼 혹은 유령처럼, 물살을 가르며 나타났다.

"놀랐잖아." 레니아가 돌아보며 말했다. "언니가 정원에 있는 줄 알았다고."

벨라는 은은하게 빛나는 긴 팔을 레니아의 어깨에 둘렀다. "생일 잘 보냈니, 막내야?" 그녀가 물었다. "돌아와서 아무 말도 없길래 걱정했어. 네가 실망했나 하고."

"지상 세계에?"

"폭풍 말이야. 네가 떠나고 나서도 한참 동안 여기 밑에서까지 느껴졌거든."

레니아는 미소를 지었다. 벨라는 가장 상냥한 언니였다. 모르는 이들이 보았다면, 벨라의 동그란 볼과 반달처럼 살짝 휘어진 입술, 밝은 머리색과 복숭앗빛 꼬리 때문에 레니아가 아니라 벨라가 막내라고 생각했을 것이었다. 물론 그들을 모르는 이는 없었다. 그들은 해저 왕국 여왕의 딸들이었으므로. 벨라는 자매들 중 그 누구보다도 바다 생물들을 사랑해서 하루종일 해저 바닥의 틈새를 탐험하며 숨겨진 생물들을 찾아내곤 했다. 바늘처럼 길고 빛나는 이빨을 가진 나뭇잎 해룡, 별 모양으로 뱅글뱅글 도는 작고 빨간 문어, 꽃같이 생긴 투명한 생물. 심지어 그녀의 어깨 위에는 커다란 조개껍데기가 얹혀 있었는데, 그 안에 든 쫀득쫀득한 생물체가 그녀의 피부에 고정되어 있었다.

"아니." 레니아는 부드럽게 벨라의 팔을 풀며 말했다. "실망 안 했어. 폭풍우가 좋았거든. 좀더 있었다면 좋았을 텐데."

"더 있고 싶었다고?"

"영원히 있고 싶었어."

벨라는 얼굴을 찡그렸다. "희한하네. 얼른 나와봐. 나와서 우리한테 다 얘기해줘. 우리도 뭔가를 찾아냈어. 네가 좋아할 만한 거."

레니아가 고개를 돌려 벨라의 볼에 입을 맞추었다. "뭔데?"

"인간들. 사방에 널렸어. 폭풍우에 휘말렸나봐. 오늘 아침에 동굴 근처에서 봤어. 하나, 또하나, 그리고 또하나. 그들이 타고 있던 배도." 벨라는 빙그레 미소를 지으며 반짝이는 눈썹을 치켜세웠다. "그리고 보물 상자도."

"와!" 레니아가 말했다. 무언가 그 사람에 대한 걸 찾을 수 있지 않을까 생각하면서도, 그날의 광경이 떠올라 금세 공포가 엄습했다.

"왜 그래?" 벨라가 물었다. "너 인간들 보물 좋아하잖아."

"이건 달라." 레니아가 말했다. "내가 봤어. 그 배가 난파되는 거. 정말 끔찍했어."

벨라의 눈이 휘둥그레졌다. "봤다고?"

"응. 폭풍 때문에 그 배가 부서지는 걸 봤어. 사람들이 죽는 것도."

"어머나." 벨라가 숨을 몰아쉬었다. "다른 언니들 있는 데로 가자. 우리에게 전부 얘기해줘!"

그녀가 레니아의 손을 잡았고, 둘은 함께 해초들이 살랑대고 작은 발광 생물들이 어둠 속에서 깜박거리는 긴 복도를 헤엄쳐 지나갔다. 궁전 앞의 왕실 중앙 정원에는 다른 언니들이 모여 있었다. 볼렛, 나딘, 아들을 안아든 레지타, 그리고 맏언니 틸라까지. 틸라는 생일 파티에서 남은 어린 소프트셸크랩 요리가 담긴 접시를 들고 나왔다.

레니아는 헤엄쳐 가 하나를 집어들어 입에 넣었다. 이 사이에서 부서지는 바삭한 껍질의 느낌이 좋았다. 그녀는 하나를 더 집어들었다. 갑자기 허기가 졌다.

"위에서 먹을 걸 아무것도 못 찾아낸 거야?" 틸라가 웃으며 물었다.

"이걸 봐, 막내야." 나딘이 말했다. 그녀는 살짝 몸을 띄우고는 팔에 감겨 있던 전기뱀장어에 불을 밝혀 나무상자 하나를 비추고 옆에 있던 바위에 걸터앉았다. 상자가 열렸다. 상자 안은 휘황찬란했다. 하늘의 별을 모두 쓸어 담아놓은 듯했다.

"그래, 언제 우리한테 모험 얘기를 들려줄 거야?" 볼렛이 물었다. 볼렛과 쌍둥이 자매인 레지타는 틸라 다음의 언니들이었다. 볼렛은 자매들 중 가장 빠르게 헤엄을 칠 수 있었다. 몸이 가장 길고 날씬해서 날카로운 칼처럼 물살을 가르곤 했다. "놀라운 곳이었어? 네가 생각했던 것만큼?"

나딘이 볼렛에게 꼬리를 파닥였다. "괜찮다면 난 우리 막내에게 선물을 했으면 하는데." 그녀는 상자 속을 파헤쳐 가운데에 거대한 붉은 보석이 매달린 금 목걸이 하나를 꺼냈다. 넋을 잃을 만큼 아름다웠다.

붉은 보석이 엷은 빛을 받아 물속에서 반짝였다. 작은 물고기 몇 마리가 그 빛을 향해 달려들자, 나딘이 그 물고기들을 손으로 잡아 입에 쏙 집어넣었다.

"아름다워." 레니아가 말했다. 그녀는 목걸이를 받아 목에 걸었다. 나딘이 레니아의 뒤로 헤엄쳐 가 목걸이를 채워주고는 그녀의 어깨에 입을 맞추었다.

"이 목걸이 꼭 너 같아." 나딘이 말했다. 나딘은 다른 자매들 뒤쪽으로 헤엄쳐 가서 자신의 솜씨를 흐뭇하게 바라보았다. "우리들에게 들리는 네 목소리가 꼭 이렇게 아름다워."

레니아는 웃으며 손끝으로 보석을 매만졌다. 그녀는 기대에 찬 다섯 언니들의 얼굴을 바라보았다. 참 사랑스러운 이들이었다. 그들

뒤로는 수천의 발광 물고기들이 일제히 위로 헤엄쳐 가고 있었다.

"그래서?" 벨라가 더는 참지 못하고 물었다. "어땠어? 죽는 모습은?"

"뭐가 죽었는데?" 틸라가 물었다. 그녀는 벨라에게서 레니아에게로 시선을 옮겼다. "네가 본 게…… 인간 아니야?"

"맞아. 인간." 레니아가 말했다. "배 안에 사람이 꽉 차 있었어. 폭풍우에 배가 산산조각 났어. 인간들은 매달리고, 소리쳤어. 그 목소리! 아직도 그 소리가 귓가에 울려. 그들에게 헤엄쳐 갔어. 얼굴을 들여다봤지. 한 사람이 물에서 허우적대고 있었어. 그 사람이 죽는 걸 봤어. 그리고 그의 몸이 축 늘어지는 것도."

"어머. 이상해라." 벨라가 신기한 듯 말했다. "잠깐은 살아 있었던 거구나. 그러고는……"

"그래." 레니아가 말했다. "그리고 다들 어떻게든 살아보려고 안간힘을 썼어. 아름다웠어. 무슨 뜻이냐면, 사실 그때 당시엔 무서웠는데, 그들은 그만큼 지상 세계에서 더 살고 싶어했다는 얘기인 거잖아."

"아유, 무서워." 레지타가 말했다. 그녀는 팔에 안겨 자고 있는 자그마한 아들이 이 이야기를 알아듣기라도 한다는 듯 본능적으로 팔을 흔들어 아기를 달랬다. "나라면 그런 걸 보고 있느니 바로 돌아서 집으로 왔을 거야."

볼렛은 쌍둥이 자매에게 기대어 조카의 부스스한 빨강 머리를 쓰다듬었다. "죽어가고 있다는 건 둘째 치고, 인간을 그렇게 가까이서 봤다는 것 자체를 믿을 수가 없네. 무섭지 않았어?"

"무섭지 않았어." 레니아가 말했다. "전혀. 다들 죽어가고 있었을 뿐, 나를 해치려 든 게 아니었으니까. 게다가 인간들은 아주 부드러워. 얼마나 부드러운지 상상도 못할걸."

"잠깐, 너 인간을 만졌어?" 틸라가 말했다. 그녀는 게 한 마리를 입으로 가져가다 말고 그대로 얼어붙었다.

"그들 중 한 명." 레니아가 말했다. "딱 한 사람. 내가 그를 구했어."

그녀는 언니들이 공포의 반응을 보이는 것을 지켜보았다. "다들 이해해줬으면 좋겠어." 그녀가 말했다. "얼마나 사랑스러웠는지."

"하지만 왜 그랬어?" 볼렛이 몹시 당황한 목소리로 물었다.

레니아가 대답하려는 찰나, 아주 조그만 네온 물고기 한 무리가 그녀의 낭랑한 목소리에 이끌려 마구 돌진해 내려왔고 그녀는 그것들을 찰싹 때려 쫓아내야 했다.

"모르겠어." 그녀가 말했다. "그에게는 무언가가 있었어. 처음 그를 봤을 때 그는 어떻게든 살아나려고 버둥거리고 있었고, 난 내가 그를 구할 수 있을 거라고 생각했어. 그가 붙들고 있던 나뭇조각에서 그를 끌어내 육지로 데리고 나갔어. 아마도 그가 인간 중에서는 강한 인간일 것 같다는 생각은 들어. 하지만 언니들 있잖아, 그는 너무 부드럽고, 따뜻했어."

"어디로 데리고 갔는데?" 넋이 나간 벨라가 물었다.

"해변으로. 땅에 닿을 때까지 몇 시간 동안 그를 안고 있었어. 거기에 인간 소녀 하나가 나를 보고 있었어. 나는 그에게로 내려와 달라고 그녀를 불렀지. 그녀가 내려와야만 했어. 아니면 그는 죽고 말았을 거야. 이상했어. 나는 그녀를 느낄 수 있었어. 그를 느끼듯 말이야. 그의 심장 고동, 그의 숨소리 하나하나를 느꼈듯이."

"그런 얘기를 들은 적이 있어." 틸라가 말했다. "우리가 인간의 생각을 읽을 수 있다는 얘기. 예전부터 그랬다던데."

"난 인간의 생각 따위 절대 읽기 싫어." 볼렛이 말했다.

레니아는 언덕 위의 소녀를 떠올렸다. "그녀의 생각을 읽었다기보다는…… 뭐랄까, 내가 어느 정도 그녀 안에 있는 것 같았어. 하지만 난 그 남자에게 좀더 정신이 팔려 있었어. 그녀가 그를 구해줬으면 했어. 내가 할 수 있는 건 남자를 뭍으로 데려다주는 것뿐이니까. 그를 살리려면 인간의 힘이 절실했어."

"넌 너무 착해, 막내야." 볼렛이 말했다. "할 수만 있었다면 그 남자도 자기 손으로 너를 갈가리 찢어놓았을지 모른다고."

순간 레지타는 흠칫하며 아들을 가슴에 꼭 끌어안았다.

"언니들 둘은 너무 극단적이야." 레니아가 말했다. "나는 절대 그가 그런 짓을 했을 거라고 생각하지 않아. 사실 나한테 홀린 것 같아 보이기도 했다고."

"그래. 어쨌든 무사히 집에 돌아왔잖니." 나딘은 심드렁하게 상자를 뒤적이며 말했다.

벨라가 괴로운 표정을 지으며 앞으로 나갔다. "도저히 죽음에 대한 것이 머리에서 떠나지를 않아. 인간의 죽음 말이야. 생각해봐! 언제 어디서라도 내 존재가 사라져버릴 수 있다는 거야. 그럼 모든 게 달라진다고. 안 그래? 우리 세상이 그렇게 위험했다면 어땠을 것 같아?"

"존재가 사라져버리는 게 아니야." 레니아가 말했다. "할머니 말씀 기억 안 나? 인간에게는 영원불멸의 영혼이 있다고. 그들은 그걸 알면서도 살려고 그렇게 발버둥을 쳤어. 난 그게 정말 아름답다고 생각해. 상상해봐. 그 연약함, 그리고 그 영원함을."

정말 아름다웠어, 그녀는 생각했다. 그때 영혼 같은 것은 눈에 보이지 않았다. 인간의 죽음이란 그저 무서운 것이었다. 천국으로 올라가는 영혼이나 영원한 생명 따위는 보이지 않았다. 파괴와 상심만이 영원해 보였다. 그러나 한 남자를 품에 안고 물과 바람을 가르면서, 그의 연약한 심장을 감지하면서, 그녀는 느꼈다. 그의 영혼이 그녀에게 흘러들어오는 것을.

할머니는 영혼에 대해 이렇게 말씀하셨다. 모든 인간 속에 존재하는 빛줄기인데, 인간의 육체가 죽으면 그 빛이 몸을 빠져나와 천국이라는 곳으로 올라간다고. "그리고 인간 둘이 서로 사랑에 빠져 결혼을 하면 말이다. 사제가 두 사람의 영혼을 하나로 묶어준단다. 그러면 아주 놀라운 일이 일어나지. 그 빛이 아주 강해지는 거야." 레니아는 할머니가 들려주는 환상적인 옛날이야기들이 언제나 좋았다. 할머니는 여왕과 왕이 출타하면 손녀들을 앉혀놓고 오래오래 헤엄치며 이야기를 들려주곤 했다. "사제들은 정말로 영혼을 볼 수 있어. 다른 사람들은 못 보지만 말이다. 그리고 영혼이 신에게 말을 하는 걸 기도라고 한단다." 빛줄기는 종종 레니아의 꿈속에까지 나타났고, 그녀는 그런 것이 몸안에 있으면 어떤 기분일지 궁금했다.

그리고 그 남자를 물 밖으로 데려갈 때 그녀는 바로 그것을 느꼈다. 그 빛이 자신의 몸안으로 들어오는 듯한, 영원불멸의 삶이 시작되는 듯한 느낌을.

“바다 마녀도 그랬어.” 벨라가 말했다. “인간들이 영원히 산다고.”

틸라는 들고 있던 게 요리 접시를 바위에 쾅 내려놓았다. 그 바람에 주변의 물이 일렁거렸다. “처음엔 인간이더니, 이제는 시빌? 너희 둘 다 무엇에 씌었니? 시빌은 마녀야. 우리 증조할머니가 추방시켰다고, 벨라.”

“마법이나 물약 때문에 그녀에게 가는 인어들도 종종 있어. 그다지 큰일도 아냐.”

“믿을 수 없어.” 레지타가 말했다.

“그녀는 인어를 사랑에 빠지게 하는 술법도 쓸 줄 안대.” 벨라가 말했다.

“너에겐 그런 술법 따위 필요 없어.” 볼렛이 웃으며 말했다. “최소한 군이 마녀를 찾아갈 필요까지는 없다고.”

“그녀가 추방된 데는 이유가 있어.” 틸라가 불만스러운 듯 옆에 있던 돌을 쾅 내리치며 말했다. “너희들은 아무렇지도 않아? 그녀는 위험해. 우리 모두에게 말이야. 그리고 레니아. 너 살아서 다행인 줄 알아. 정 그렇게 인간처럼 죽는 게 아름답다고 생각되면, 그들한테 돌아가렴. 그들에게 죽임이나 당해. 그들이 꼭 그렇게 해줄 테니까. 알았어?”

“그럴 거야. 나에게 영혼이란 게 있다면 말이야!” 레니아가 버럭 소리를 질렀다. 다른 언니들이 멈칫하며 그녀를 바라보았다. 그녀의 격렬한 반응에 놀란 눈치였다. “그렇다면 지금 당장이라도 돌아가겠어!"

"레니아!" 볼렛이 말했다. "우리들은? 바다는? 넌 인어야."

"영혼 얘기도 사실이 아냐." 틸라가 짜증스럽게 팔을 들어올리며 말했다. "할머니가 들려주신 바다 요정이나 말하는 꽃 얘기와 마찬가지로 그저 예쁘장한 동화에 불과해."

"다들 그만해!" 나딘이 상자에서 보물 한 무더기를 꺼내 자매들에게 던지며 말했다. 묵직한 금덩이와 은덩이, 색색의 보석이 물속으로 가닥가닥 궤적을 그리며 흩어졌다. 반짝이는 돌들에 매료된 온갖 종류의 해양 생물이 바위 아래서, 또는 산호 틈에서 갑자기 튀어나왔다. "끝났잖아. 레니아는 돌아왔어. 공허한 입씨름이라고."

볼렛은 팔찌를 자신의 볼에 가져다대며 웃더니 그것을 지나가던 오징어의 촉수에 떨어뜨렸다. 모두들 몸을 뒤치락거리고 한바탕 웃음을 터뜨리며 보석과 돌과 상자 밑바닥에 있던 수백 개의 동전을 앞뒤로 마구 던져댔다.

그냥 그렇게, 싸움은 잊혀갔다.

오직 레니아만이 조용히 남아, 뱀장어가 슬슬 헤엄치며 입을 빼끔거려 은빛 동그라미를 토해내는 모습을 우두커니 지켜보고 있었다.

5장
공주

마르그레테는 아침 기도 시간이 올 때까지 거의 잠을 이루지 못했다. 털가죽을 감고 침대에 누워 있었지만 눈은 여전히 뜬 채였고, 모든 소리에 깜짝깜짝 놀랐다. 바깥에서 나뭇가지가 부러지는 소리에도, 파도 소리에도, 때때로 들리는 작은 발소리에도. 그녀는 칼 하나를 배 위에 품고 누워 있었다. 아버지가 들려 보낸 칼로, 지금까지는 침대 밑에 넣어두었던 것이었다.

기억이 닿는 아주 오래전부터 그녀는 남쪽의 야만인들에 대한 이야기를 들어왔다. 늙은 유모는 그들이 날카롭고 뾰족한 이를 가지고 있어 아기의 목에 구멍을 내고 직접 피를 빨아먹는다고 했다. 자라는 동안 종종, 그녀는 숲속에서 그들에게 공격당하거나 야만인들이 도시의 성벽을 뚫고 해자垓字와 도개교를 넘어 불침번들을 격퇴하고는 급기야 그녀의 침실까지 쳐들어오는 악몽을 꾸었다. 살아 있을 적에 그녀의 어머니는, 밤에 이야기를 들려주면서 그들이 조상들을 죽였다고 했다. 마을 사람들을 무참히 죽이고, 곡식과 가옥 심지어 교회까지 불태운 뒤 그 불꽃들 사이에서 춤을 추었다고 했다. 그것을 똑똑히 목격한 이들은 모두 세상을 떠난 뒤였지만 이야기는 지금까지 전해내려오고 있었다. 농노의 자녀들과 마찬가지로, 마르그레테도 이 무서운 이야기들을 상상하며 수없는 밤을 뜬눈으로 지새우곤 했다.

그녀는 침대를 박차고 벌떡 일어났다. 지금까지 적어도 열두 번은 그렇게 일어나 수녀원장에게 달려가서 아랫마을에 있는 아버지의 병사들을 불러달라고 할 뻔했다.

하지만 그 남자는 전혀 야만인 같지 않았다. 품위가 있었다. 그녀를 바라보던 그의 눈빛이 떠올랐다. 마치 피부에서 은은한 빛이 나는 존재는 그가 아니라 그녀라는 듯이 바라보던 그 눈빛. 마치 그를 바닷속에서 뭍으로 데려와준 것이 그녀라는 듯이 바라보던 그 눈빛.

방 한구석에서 타오르는 난롯불이 방안의 모든 것을 그림자 안으로 감추어 넣고 있었다.

마르그레테는 다시 자리에 누웠다. 그는 그녀의 정체를 알고 있었을까? 만약 그렇다면 대사건이 벌어질 수도 있을 텐데. 그렇잖은가, 적국의 공주를 잡아갈 수 있다면? 지금은 전쟁중이 아니지만, 남국이 새로운 도발을 계획하고 있다는 첩보가 있었다. 그녀가 이곳에 있는 것도 바로 그 때문이었다. 그녀는 아랫마을에 자리잡고 있는 아버지의 부하들을 생각했다. 평범한 마을 사람들로 위장하고 있지만 언제라도 그녀를 보호하기 위해 달려올 준비가 된 사람들이었다. 그리고 수녀원장 역시 그녀의 가족과 깊은 유대관계가 있는 강력한 여성으로, 무슨 수를 써서라도 그녀를 지키겠다고 맹세한 바 있다. 필요하다면 즉시 그들에게 보호를 요청할 수 있었다. 그러나 그녀는 그러는 대신 전날 있었던 일을 몇 번이나 머릿속으로 되새겼다. 그는 누굴까? 여기서 뭘 하고 있었던 걸까?

그는 그녀와 아주 가까운 곳에 있다. 잠긴 그녀의 방문 밖, 견습 수녀들의 방을 지나 본관을 통과해서 원장실을 지나면 거기 그가 자고 있었다.

그녀는 자신이 보았던 것을 다시 한번 돌이켜 떠올려보았다. 한 인어가 그의 목숨을 구하고 그를 뭍으로 데려왔다. 지금 그에게 마르그레테는 수녀였다. 가족의 품과 속세를 떠나 바닷가 옆 수녀원에서 평생을 살아가야 하는 여자, 그게 전부였다.

마침내 그녀는 그날 그 바다에서의 기억을 떠올리며 잠에 빠져들었다. 남자를 안고 있던 인어의 팔. 차가운 바다, 얼음, 톱날 같은 바위들. 물속에서 살랑대던 인어의 은빛 꼬리. 그녀의 눈과 마주쳤던 인어의 푸른 눈을.

잠들기 무섭게 종이 울렸고, 마르그레테는 몸서리를 치며 허둥지둥 일어났다.

재빨리 세수를 하고 성무일과서*를 챙겨들고 예배당으로 향했다. 벌써 다들 모여 있었다.

---

* 중세 시대 성직자들이 하루의 일과, 주로 예배와 기도 시간에 필요한 찬송가나 기도문 등을 기록한 책.

모두의 시선을 받으며 그녀는 슬쩍 안으로 들어가 예배당을 가로질러 바닥에 무릎을 꿇고 앉았다. 그들은 서로 쿡쿡 찌르며 그녀를 흘깃흘깃 쳐다보았다.

마르그레테는 재빨리 외면하며 전혀 개의치 않는다는 듯 행동했다. 마치 성스러운 부르심 앞에서는 그 무엇에도 방해받지 않는다는 듯. 가슴이 두근거렸다. 그녀는 성무일과서를 뒤져 해당 페이지를 펼쳐놓고 오롯이 바라보았다.

주변 사람들이 그녀를 뚫어져다 쳐다보고 있다는 것을 느낄 수 있었다. 그들 대부분은 좋은 집안이기는 하지만 하나 이상의 딸을 결혼시킬 형편은 안 되는 귀족 집안의 자녀들로서, 결혼을 못하는 대신 교회의 보호를 받기 위해 수녀원으로 출가한 이들이었다. 보는 관점에 따라 행운일 수도, 불운일 수도 있었다. 지금은 비록 딱딱한 격식과 소박한 환경 속에서 화장기조차 없는 얼굴로 살아가고 있지만 그들 중 많은 수가 알고 보면 마르그레테의 시녀*가 되어 그녀의 침실에서 함께 카드놀이를 하거나 체스를 두었을지도 모르는 이들이었다. 아니면 진짜 부르심을 받고 성직에 헌신한 이들이었다. 바로 그녀 앞에 서 있는 나이든 수녀님처럼. 신을 향한 끓어오르는 사랑을 주체하지 못해 뜬눈으로 밤을 새우는 이 수녀님조차 지금은 마르그레테를 보고 있었다. 난데없이 바위 위에서 남자를 구해온 정체불명의 견습 수녀에 대해 궁금해하고 있는 것

* 원어로는 lady-in-waiting, 여왕이나 왕비, 공주의 시녀로서 허드렛일이 아닌 주로 몸단장과 말동무, 놀이 상대를 맡았으며 귀족 가문의 여성만이 될 수 있었다. 마르그레테의 시녀이자 친구인 에델도 이에 해당한다.

이었다.

수녀원장이 미사를 시작하라는 신호를 보냈다. 초에 불이 켜지고, 나이든 수녀님이 그날의 일과 기도문을 읽기 시작했다. 마르그레테는 눈을 감고, 돌벽에 대고 속삭이는 듯한 수녀님의 부드러운 목소리에 귀기울였다. 오늘 같은 날에도 그녀를 둘러싼 이 성스러운 여인들의 존재는 마음 든든하고 편안했다.

모두들 수녀님의 인도로 기도를 시작했고, 마르그레테는 입안에 감도는 라틴어의 느낌과 부드러운 신발 밑창 아래에서 전해지는 딱딱한 돌바닥의 감촉을 즐기며 평소보다 열정적으로 기도했다. 휑한 공간에서 성스러운 의복을 입고 이 여인들에게 둘러싸여 있는 지금 그녀의 마음은 한없이 평안했다. 무슨 일이 일어나든 그것은 신의 뜻이었다. 이 세상은 그녀가 상상한 것 이상으로 거대하고 생소했다. 인어가 그것을 증명해주었다. 마르그레테가 지금 이 자리에서 죽는다면 그것은 신께서 그렇게 바라셨기 때문이다. 뜻하지 않은 희열이 그녀를 찾아왔다. 온몸이 이완되기 시작했다.

성무일과가 끝나자 모든 수녀들이 예배당에서 일어나 아침식사가 기다리고 있는 식당으로 자리를 옮기기 시작했다. 에델이 마르그레테 곁으로 슬쩍 다가와 그녀의 손을 꼭 쥐었다. "좀 어떠세요?" 에델은 톡 쏘는 말투로 속삭였다. "부탁인데 제발 걱정 좀 안 하게 해주시면 안 될까요?"

마르그레테는 친구의 주근깨 박힌 하얀 얼굴, 동그란 볼과 초록빛 눈을 찬찬히 들여다보았다. 누구나 다 비슷해 보이게 만들어주는 수녀복 차림으로 새빨간 머리와 풍만한 몸매를 감추고 있었지만, 그럼에도 불구하고 에델은 깜짝 놀랄 만큼 눈에 띄었다. "그렇게 많이 걱정하지 마." 그녀는 핀잔을 주었다. "너한테 안 어울려, 알잖아. 그리고 난 몸도 마음도 최고로 건강해."

"계속 그렇게 떠들고 있을 건가요?"

가까이에 있던 수녀 한 분이 그들에게 조용히 하라며 주의를 주었고 에델은 얼굴을 찌푸렸다. 마르그레테는 터져나오려는 웃음을 간신히 참았다. 그녀의 오랜 친구가 이 환경에 적응하려고 애쓰는 모습은 끊임없는 재밋거리의 원천이었다.

그들은 자리에 앉았다. 견습 수녀들이 긴 나무 테이블 한편에 줄지어 앉고, 나이든 수녀님들은 반대편에 자리를 잡았다. 방의 양 끝에는 거대한 난로에 불이 지펴져 있었다. 한 수녀가 성경을 낭독했다. 그녀의 목소리가 접시 딸각거리는 소리 위로 낭랑하게 울렸다. 공식적으로 식사 시간에는 대화가 금지되었지만, 수녀원 규칙이 그렇게까지 엄격하게 적용되지는 않았다.

식사 도중 마르그레테는 남자가 빠르게 회복되고 있다는 소식을 들었다. 마을의 의사가 남자의 상처를 치료하고 거머리를 이용해 사혈치료까지 해주었다고 했다.

"그 사람 정말 건장하죠?" 젊은 수녀 중 한 명이 속삭이듯 말했다. 가족들이 악마의 손길로부터 지키기 위해 수녀원으로 보냈다는 여자였다. "그의 눈은 최고로 근사한 것 같아요. 그렇죠, 미라?"

그들 모두 그녀를 쳐다보며 기다렸다.

"어떻게 그의 눈을 보셨어요?" 마르그레테는 미소를 지었다.

다른 견습 수녀들이 쿡쿡 웃다가, 근처에 앉은 나이든 수녀님에게 따가운 눈총을 받았다.

“제가 그분께 물이랑 옷을 가져다드렸거든요.” 젊은 수녀가 접시를 내려다보며 말했다.

“자매님은 참 관대하고 친절한 분이시군요.” 에델이 말했다.

“그 남자는 대체 어떻게 찾아낸 거예요?” 다른 한 명이 마르그레테에 소곤소곤 물었다.

그녀는 그들을 보았다. 모두가 잔뜩 매료된 얼굴로 그녀를 바라보고 있었다. 얼마나 근사했는지 그들도 알 수 있다면 좋을 텐데. 잠시 그녀는 그들에게 모두 말해버리고 그날 바다에서 본 그 놀라운 순간을 함께 나눌 수 있다면 좋겠다고 생각했다. 그러다 무심코 에델을 보았고 갑자기 그들이 성안에서 함께 보냈던 오랜 시간, 그 완벽한 자유의 나날들이 그리워졌다. 그곳이었다면 벌써 그날 있었던 일들을 시시콜콜 모두 몇 번이나 되풀이해 친구에게 들려주었을 것이다. 이곳의 정적과 비밀스러움은 좀처럼 익숙해지지 않았다. 그녀가 자신이 아닌 다른 누군가인 척을 해야 한다는 것도.

“저는 정원에 있었어요.” 결국 그녀는 이렇게 말했다. “한 남자가 해변에 누워 있는 모습이 보였죠. 왜 다른 사람들을 부를 생각을 못했는지 모르겠어요. 그냥 그 남자를 향해 계단을 달려내려갔죠.”

“털가죽을 그 남자한테 덮어줬다면서요. 그러다 당신이 얼어죽었을지도 몰라요.”

“생각해봐요, 그 남자는 익사 직전의 상태로 거기 누워 있었어요!” 누군가가 말했다. “살아난 게 기적이라고요.”

“바이킹 비슷한 거라는 얘기도 들었어요.”

그들은 한꺼번에 떠들어댔고, 마르그레테는 살짝 뒤로 물러났다. 다행스럽게도 한순간 그들은 그녀를 거의 잊은 듯했다.

그때 수녀원장이 들어섰고, 갑작스러운 침묵이 방안에 감돌았다.

"오늘 우리와 함께 갑시다, 미라." 수녀원장은 테이블로 다가오며 말했다. 그녀의 검은 수녀복이 다리 언저리에서 펄럭였다. "마을 사람들에게 도움과 자선을 베풀어주러 가려고 합니다."

"알겠습니다, 원장수녀님." 마르그레테가 벌떡 일어나며 대답했다.

"몇 명이 함께 갈 겁니다. 그리고 당신과 나는 따로 어디 좀 갈 데가 있고요."

마르그레테는 고개를 끄덕였다. 그 말이 무슨 뜻인지는 잘 알았다. 마을에서 대기중인 아버지의 부하들을 만나 그간 일어난 일들을 상의하겠다는 것이었다. 견습 수녀들이 일반 수녀들을 따라 마을을 방문하는 건 아주 평범한 일이었으니, 이 일로 놀랄 사람은 아무도 없을 터였다. 수다를 나누던 무리들은 수녀원장의 출현에 퍼뜩 정신을 차리고 재빨리 빵과 생선을 먹어치웠다.

*

그날 오후, 한 무리의 수녀들이 수녀원을 벗어나 마을로 향했다. 수녀원이 산꼭대기에 자리하고 있었기 때문에, 마을까지의 길은 양쪽에 굵직하고 헐벗은 나무들이 늘어선 돌투성이의 꼬불꼬불한 급경사였다. 난폭하리만치 차가운 바람에 모두들 털가죽을 꽁꽁 둘러 싸매고 있었다. 그 아래로 수녀복의 검은색과 흰색이 언뜻언뜻 내비쳤다. 마르그레테도 다른 사람들과 마찬가지로 마을 사람들에게 전해줄 털가죽과 수녀원에서 직접 짠 이불이 담긴 바구니를 들고 있었다.

그녀는 수녀원장 뒤에 서서 조심스럽게 길을 따라 걸었다. 바람 때문에 눈물이 고였지만 저 아래 마을의 모습은 그럭저럭 알아볼 수 있었다. 상점들이 늘어선 중심 도로, 뾰족한 지붕들, 굴뚝에서 흘러나오는 연기. 시간이 지날수록 하늘은 점점 은빛에서 잿빛으로 바뀌며 어두워졌다. 무언가가 계속 신경을 건드렸다. 무언가 잘못되었다는 느낌이 자꾸만 들었다.

"또 폭풍이 몰아칠 것 같군요." 누군가가 이렇게 말했지만 휘몰아치는 바람 소리와 돌투성이 길을 밟는 신발의 달각거리는 소리 외에 사위는 한없이 조용했다.

구불구불한 산길을 따라 언덕 아래로 내려가자 마을이 그들 앞에 모습을 드러냈다. 그들은 약재상과 작은 오두막 몇 채를 지나쳤다. 수녀들의 행렬이 지나가는 것을 본 마을 사람들은 멈추어 서서 성호를 그었다. 자신도 모르게 마르그레테는 바깥세상으로 나왔다는 것에 대한 흥분을 참을 수 없었다. 석 달 전 어느 밤 말 등에 실려 온 이래 한 번도 수녀원을 벗어나본 적이 없었다.

머릿속에 그날 밤의 일이 떠올랐다. 그녀는 두꺼운 검은 망토를 뒤집어쓰고 아버지의 병사 중 한 사람의 등에 업혀 있었다. 그녀의 양옆에 또다른 병사들이 한 명씩 더 있었다. 그들은 한밤중에 성을 떠나왔다. 준비할 시간도 거의 없었지만, 아무것도 가지고 나올 수 없었다. 발각될 위험이 커지기 때문이었다. 지금까지 성안에서 안전하게 보호받으며 자라온 공주에게 바깥세상에 노출되는 건 정말로 무서운 일이었지만, 그럼에도 부왕은 얼른 성을 떠나 피신하라고 명령했다. "너를 안전하게 지키기 위해서는 이 길밖에 없구나." 그는 딸을 끌어안으며 말했다. "우리는 남국의 침략에 대비해야 한단다." 얼마 후 세상은 미친듯이 그녀를 스쳐지나갔고, 그녀가 탄 말은 바람을 가르며 세차게 달렸다. 그녀는 자신의 지위에 따른 무게감과 공포를 그 어느 때보다 절감했다.

"미라?"

마르그레테는 퍼뜩 정신을 차리고 수녀원장을 쳐다보았다. 그녀는 마르그레테에게 멈추라는 몸짓을 하고 있었다. 나이든 그녀의 옅은 빛깔 눈에 색 바랜 풍경이 비쳐 보였다. 다른 이들이 앞서서 가는 동안 두 사람은 대장간 옆 오두막 앞에 발길을 멈추었다. 쇠 두드리는 소리가 사방에 가득했다.

"잠시 여기 좀 들릅시다." 수녀원장이 말했다. "폐하의 부하들을 만나기 전에요. 큰 병을 앓는 소년이 여기 살아요."

마르그레테는 고개를 끄덕였다. "물론이죠." 그녀는 주위를 둘러보았다. 햇빛이 비치는 마을은 더없이 평화로워 보였다. 그녀는 바깥세상으로 나왔다는 것에 설명할 수 없는 행복을 느꼈다. 그러다 갑자기 조금 전에 느꼈던 불안감이 떠올랐다. 그녀는 잠시 주저하다 말을 이었다. "생각해봤는데요," 그녀가 말했다. "그 다친 남자에 대해서까지 굳이 그분들께 말씀드릴 필요가 있을지 모르겠어요. 별일 아닌데 강경하게 나오실까봐 걱정돼요."

"하지만 우리에겐 당신의 안전이 최우선이에요."

"그 사람이 제게 위협이 될 거라고 생각하지 않아요, 원장수녀님." 그녀는 잠시 베개 밑의 칼을 떠올렸지만 이내 깨끗이 털어버렸다. 그가 왜 그녀에게 왔는지, 그에 대해 믿음을 가져야 했다. "그 사람과 이야기를 해봤는데……"

수녀원장은 날카롭게 그녀를 쏘아보았다. "그에게 가까이 가시면 안 됩니다."

"네, 원장수녀님." 그녀가 말했다. "원장님 말씀이 맞아요."

수녀원장은 근엄한 표정으로 그녀를 바라보았다. "그는 남국 사람입니다. 알고 있었나요?"

"네." 마르그레테는 작은 소리로 대답했다. "얘기를 나눠봤으니까요."

수녀원장은 좀더 주의깊게 마르그레테를 쳐다보더니 이윽고 대답했다. "저도 이야기를 나눴습니다. 북쪽의 섬들을 탐험하던 중이었다고 하더군요. 하지만 이것만은 분명합니다. 그가 현재 군인이거나, 한때 군인이었다는 것. 즉, 당신 아버지의 적이라는 얘기죠."

"하지만 지금은 전쟁중이 아니잖아요." 마르그레테가 말했다. "평화 상태라고요."

"공주님, 잘 아시겠지만, 그건 언제라도 변할 수 있는 거랍니다. 그래서 당신이 우리에게 온 것이고요." 둘은 서로를 바라보았다. 이내 수녀원장은 몸을 돌리며 한숨을 내뱉었다. "저는 이미 폐하의 부하들에게 부상당한 남자를 보호하고 있다는 언질을 드렸습니다. 하지만 그 이상은 말하지 않았어요." 그녀는 마르그레테를 돌아보았다. 마치 그녀의 반박을 예상하기라도 한 몸짓이었다. "우리는 아프고 다친 자들을 보호하겠다고 맹세한 몸입니다. 그 맹세를 깨고 싶지 않을뿐더러, 신보다 권력을 더 믿는 자들에 의해 수도원이 전쟁터가 되는 것 또한 원치 않습니다."

마르그레테는 고개를 끄덕였다. "알겠습니다." 그녀가 말했다. "저도 무고한 사람이 죽는 바람에 죄책감을 느끼게 되는 일은 없으면 좋겠어요." 안도하는 한편, 놀라움과 존경의 감정이 동시에 교차했다. 약간의 두려움이 남긴 했다. 그가 정말로 그녀를 죽이러 온 것이라면 어쩌지? 수녀원장은 생각보다 노회하고 도전적인 사람인 것 같았다.

"하지만 지금은 일단," 수녀원장이 말했다. "추위를 피합시다." 그녀는 문 쪽으로 몸을 돌리더니 노크를 했다.

피로한 기색의 젊은 여자가 문을 열었다. 문밖의 수녀들을 보자 단숨에 표정이 바뀐 여자는 얼른 성호를 긋더니 고개 숙여 인사했다.

"어서 오세요, 원장수녀님." 그녀는 인사말을 건넨 뒤 몸을 비켜 그들을 안으로 들였다.

"안녕하세요." 수녀원장이 말했다. "아픈 아이를 위한 약과 드실 음식을 좀 가져왔습니다."

마르그레테는 조용히 수녀원장의 뒤를 따르며 몸을 굽혀 문으로 들어섰다. 여인에게 목례를 건네고, 수녀원장이 여인을 축복한 뒤 바구니에서 빵 몇 덩이와 약초가 든 작은 주머니를 꺼내 건네는 모습을 지켜보았다. 방 뒤편 더러운 바닥에 어린아이 셋이 옹기종기 모여 있었다. 네번째 아이는 얇은 매트리스 위에 모로 누워 끙끙 앓고 있었다. 눈은 꼭 감겨 있고 머리카락은 축축하게 젖었고 이마는 땀으로 번들거리고 있었다.

마르그레테는 농노의 집이 처음이었다. 그녀가 받은 충격은 쉬이 감출 수 있는 것이 아니었다. 생전 처음 보는 환경이었다. 집에는 작은 방 하나뿐이었는데, 그마저도 천장이 낮았다. 난로가 있기는 했지만 추위를 덜어주지는 못했다. 소년의 고통은 손에 만져질 듯 생생해, 마치 집을 온통 고통의 빛깔로 물들이는 듯했다.

그녀는 아이들에게 다가가 그 옆에 무릎을 꿇고 앉았다. 그녀의 뒤에서 수녀원장과 여인이 낮은 목소리로 대화를 나누고 있었다.

마르그레테는 아이들 중 한 소년이 막대기를 들고 더러운 바닥에 무언가를 그리고 있는 것을 보았다. 아이가 그린 그림을 보고 그녀는 헉 소리를 지를 뻔했다. "뭘 그린 거니?" 그녀가 물었다. "이게 뭐야?"

아이는 막대기를 내려놓으며 작은 소리로 말했다. "물고기 여인이에요, 수녀님." 그랬다. 먼지 가득한 바닥에 대강 그은 선이었지만, 분명 여자의 머리와 상체가 물고기 꼬리에 연결된 모습이었다. 인어였다.

그녀는 호흡을 가다듬고 아이가 말했던 것처럼 조용히, 속삭이듯 물었다. "어째서 이걸 그린 거야?"

"저번에 아빠랑 낚시하러 갔는데 그물에 이게 걸렸어요."

"그물에 걸렸다고?"

"네." 아이가 말했다. "아빠는 거대한 물고기를 잡은 줄 알았지만, 건져보니 아주 아름다운 여자가 걸려 있었어요. 수녀님처럼요. 그런데 물고기 꼬리가 달렸더라고요."

마르그레테는 소년의 손에 희미하게 빛나는 자욱이 있는 것을 볼 수 있었다. 피부와 손톱이 온통 꼬질꼬질한 때로 뒤덮여 있었는데도 말이다.

"인어를 만진 거니? 만졌지, 그렇지?"

"오, 수녀님. 그애를 용서해주세요." 아이가 미처 대답하기도 전에 여인이 달려와 말했다. "어려서 그래요. 다 마을 사람들이 들려준 얘기예요. 제 남편은…… 좋은 사람이었지만 애들이 이런 허황한 얘기를 하는 걸 막 부추겼어요…… 그 사람은 어부예요, 아니 어부였어요. 몇 주 전에 바다에 나갔는데 아직 돌아오지 않고 있어요. 그래서 지금 저희들은 스스로 먹고살아야 하는 처지랍니다."

"아빠는 그 물고기 여인을 본 다음날 없어졌어요." 아이가 말했다.

"필립!"

아이는 더럭 주눅이 들어 고개를 숙이더니 이내 바닥의 그림을 지워버렸다.

수녀원장은 단호하게 말했다. "당신은 앞으로 세 아이들에게 이런 허황한 이야기에 빠지는 것이 죄악임을 똑똑히 가르치셔야 합니다. 이런 옛날이야기 따위에 매달려 있다면 어둠 속을 살아가는 것과 다를 바가 없어요. 악마는 오직 그런 어둠 속을 틈타서 행사하는 것이랍니다."

"하지만 세 아이를 일일이 지켜보는 건 너무 힘들……"

"그게 당신의 의무입니다." 수녀원장이 여인의 말을 자르며 단호하게 말했다.

여인은 고개를 끄덕여 동의를 표한 뒤 바닥에 무릎을 꿇었다. "용서하세요, 원장수녀님."

마르그레테는 아이를 쳐다보았다. 아이가 그녀를 올려다보자 마르그레테는 아이를 위로하려고 미소를 지어 보였다. 하지만 아이는 눈에 띄게 기가 죽어 있었다. 무언가 아이를 안심시켜줄 만한 말을 해줄 수 있다면 좋을 것 같았다.

"이제 갑시다." 수녀원장이 말했지만 마르그레테는 망설였다. 그녀는 저도 모르게 바구니에서 털가죽을 하나 꺼내 무릎을 꿇고 아이에게 덮어주었다. "신께서 함께하신단다, 꼬마야." 그녀는 아이에게 이렇게 속삭이고는, 털가죽과 담요를 모두 꺼내 아이 앞에 내려놓았다.

"감사합니다, 수녀님." 여인이 감사 인사를 하자 마르그레테는 고개를 끄덕였다. 이 가족을, 고통에 신음하는 모든 가족들을 잊지 않으리라 맹세했다.

그 집을 떠나며, 마르그레테는 수녀원장이 못마땅해하고 있다는 것을 금세 눈치챌 수 있었다.

"제가 지불할게요." 마르그레테가 말했다. "털가죽이랑 담요 값 말이에요. 그 사람들 너무 가난하잖아요. 전…… 전 이해할 수가 없어요…… 왕국은 이토록 부유한데, 왜 그 사람들은 그렇게 가난한 거죠?"

수녀원장이 마르그레테를 보았다. 얼굴에 걱정이 뚜렷이 드러나 있었다. 그녀는 잠시 망설이다 똑똑히 말했다. "전쟁 때문이지요." 그녀가 말했다. "너무 직설적으로 말해서 미안합니다만, 딱히 어떻게 설명해야 할지 모르겠군요. 국왕 폐하, 그러니까 당신의 아버지가 저 사람들을 빈털터리로 만든 겁니다."

마르그레테는 몸이 굳는 것을 느꼈다. "무슨 뜻이죠?" 그녀가 물었다. 그녀의 목소리가 사뭇 날카로워졌다. "지난 삼 년 동안 평화로웠잖아요."

수녀원장은 여전히 분명하고 도전적인 태도로 말했다. "전쟁이 지속되던 시절, 많은 것을 잃었지요. 그래서 평화가 찾아왔음에도 폐하께서는 계속 배를 건조하고 새로운 병사를 모집하며 군사를 불려나가고 있습니다. 그 비용은 어디서 나온 걸까요? 폐하께선 세금을 아주 많이 올리셨고, 그 덕분에 사람들은 살기 힘들어졌습니다."

"하지만 제 생각엔……" 마르그레테는 말을 멈추었다. 지금까지 전혀 생각해보지 않은 것임을 깨달았기 때문이다. 갑자기 그동안 자신이 세상과 유리되어 있었다는 사실에 분노가 치밀었다. 수녀원장에게, 아버지에게, 모든 이에게 화가 났다.

"폐하에 대해 좋지 못한 말씀을 드리게 되어 죄송합니다. 하지만 저는 진실을 말씀드렸을 뿐입니다. 지금 많은 사람들이 힘겹게 살아가고 있으니까요." 수녀원장은 말을 이었다. "그 집에 많이 베푸신 것, 좋은 뜻으로 하신 행동이라는 것 압니다. 하지만 그 집 말고도 도움이 필요한 집이 많습니다."

마르그레테는 자신의 생각이 너무 모자랐다는 것을 새삼 깨달았다. 모든 이들이 그녀처럼 풍족하게는 아니더라도, 그럭저럭 잘 살 거라고 생각했다. 풍족한 먹을거리와 따뜻한 잠자리 정도는 누구나 누릴 거라고 생각한 것이다.

그녀는 허리를 곧게 펴고 수녀원장의 지혜와 연륜이 담긴 얼굴을 바라보았다. 이분에게 아주 좋은 것을 배웠다고 생각했다. "알겠습니다." 그녀가 말했다. "명쾌하게 알려주셔서 정말 감사해요." 그녀는 잠시 머뭇거리다 이내 말을 이어나갔다. "하지만 저는 다시 침공하려는 남국의 계획 때문에 이곳에 오게 된 거잖아요. 어찌됐든, 아버지께선 백성들을 지키기 위해 군대를 다시 일으키시는 거라고요."

수녀원장은 잠시 머뭇거렸다. "맞습니다. 전쟁이 개시되는 건 시간문제죠. 하지만…… 많은 사람들이 남국의 공습 위협에 대한 첩보를 의심하고, 전쟁에 굶주려 있는 건 폐하라고 생각하고 있어요. 폐하께서는 한 번도 진정으로 평화 유지에 힘쓴 적이 없으셨으니까요. 전쟁에 대한 반대 발언을 하는 게 불법이기는 하나 이해 부탁드립니다. 단지 지금 상황이 어떠한지, 왜 사람들이 그토록 고통받고 있는지 설명을 드리려는 것뿐이니까요."

마르그레테는 고개를 끄덕이며 꿀꺽 침을 삼켰다.

"허나 이것은 명심합시다. 남국 사람 하나가 우리 수녀원에 누워 있다는 사실을 말이지요. 그의 존재 자체가 실패한 침공 계획의 일부일지도 모릅니다. 그 자신은 절대 아니라고 주장하고 있지만요. 양쪽 모두 원한이 깊은 상황이니까요."

"알겠습니다." 마르그레테가 말했다. 도저히 부정할 수가 없었다.

두 사람은 다음 집에 도착하기까지 각자 생각에 빠져 조용히 걸었다. 중심가의 가게들을 지나 마을 뒤로 펼쳐진 평야와 숲 쪽으로 향했다. 많은 농노들이 그곳에 살고 있었다. 수녀원장은 숲 근처에 있는 한 집을 가리키며 고개를 까딱해 보였다. 처음 갔던 집만큼이나 어둡고 음울해 보이는 곳이었다. 대문으로 다가서는데 처마 끝에서 고드름이 뚝뚝 떨어졌다.

노크하자 한 남자가 나와 수녀원장에게 인사했다. 그는 마르그레테의 아버지가 총애하는 근위병인 렌즈였는데, 그녀는 그의 얼굴을 거의 알아보지 못했다. 그는 더러운 동네 어부로 변장하고 있었다. 마르그레테가 마지막으로 그를 본 것은 성을 떠나던 그날 밤이었고, 기억 속의 그는 밝은 금발머리의 건장한 남자로 왕실 근위병의 푸르고 흰 제복을 입고 있었다.

"공주님!" 그는 나직하게 말하고는 그녀를 집안으로 인도했다. 그러고는 씨익 미소를 짓더니 허리를 깊이 숙여 인사했다. 그 순간 그녀는 자신이 원래 알던 세계로 돌아온 듯한, 마치 자기 자신으로 돌아온 듯한 묘하고 놀라운 기분을 맛보았다. 그들은 헨리라고 하는 또다른 근위병과도 만났다. 그 또한 비슷하게 변장하고 있어 피부가 거칠었고 옷은 해지고 더러웠다.

"걱정하고 있었습니다." 렌즈는 그들을 주방의 테이블로 안내하며 말했다. "해변에 쓸려왔다는 그 남자에 대해 좀더 알고 싶습니다. 그가 누구든 간에 위험한 이는 아니라고 저희에게 확실히 말씀하셨지만요, 원장수녀님."

수녀원장은 마르그레테를 흘깃 쳐다보더니 다시 렌즈를 바라보았다. "맞습니다." 그녀가 말했다. "그의 주장에 의하면 북쪽 섬을 탐험하던 중이었다고 합니다. 무기도 갖고 있지 않았고요."

"무슨 섬 말입니까?" 헨리가 물었다.

"저 북쪽 끝에 아직 사람들이 발을 들이지 않은 섬이 있다는 소문이 있습니다."

두 근위병은 고개를 끄덕이면서도 영 미덥지 못하다는 표정이었다.

"얼마나 머물 예정이지요?" 렌즈가 물었다. "몸은 다 회복되었습니까?"

"회복 속도가 아주 빨라요." 수녀원장이 말했다. "그러니 곧 떠날 거예요. 그에게 말 한 마리와 식량을 빌려주기로 약속했습니다. 빠르면 오늘밤에도 떠날 수 있을 겁니다."

"오늘밤이요?" 마르그레테가 참지 못하고 물었다.

그 말이 돌처럼 그녀 안으로 깊숙이 가라앉았고, 그 아래 가라앉아 있던 불안이 떠올라 그녀의 온 마음을 휩쓸었다. 전혀 이성적이지 못한 감정이었다. 그녀는 마땅히 마음놓고 안심해야 했다. 그는 어디까지나 적이 아닌가. 그럼에도 그녀의 머릿속에 가득한 생각은 한 가지였다. 다시 그를 볼 수 없으면 어쩌지? 그가 오늘밤에 돌아갈 계획이라면, 그녀와 수녀원장이 미처 돌아가기도 전에 떠나버릴 수도 있었다. 그런 생각을 하자 불가해한 슬픔이 차올랐다.

하지만 그가 조금 더 머문다면 이 사람들—그녀의 친구들, 오로지 그녀를 지키는 것만이 사명인 이 남자들—이 금세 진실을 알아차리고 그를 해칠 것이었다.

"저희는 공주님의 안전만을 걱정하고 있습니다." 렌즈가 말했다. "목숨을 걸고 공주님을 지키기로 맹세했습니다."

"알아요." 그녀가 말했다.

그 점이 바로 그녀의 걱정거리였다.

*

그날 오후 늦게, 그들은 수녀원으로 돌아가는 발걸음을 떼었다. 마르그레테는 불안한 마음을 잘 감춰보려 했지만, 수녀원장은 그녀를 돌아보며 말했다. "그를 보내요." 그녀는 부드럽게 말했다. "그가 누구든, 아버님의 명예에 흠집을 내셔서는 안 됩니다."

"그런 말씀 하실 필요 없어요." 마르그레테가 말했다. 그녀의 뜻과 달리 목소리가 무척 오만하게 들렸다. 수녀원장은 무언가 더 말하고 싶은 눈치였으나 입을 다물었다.

마르그레테 또한 말하지 못한 단어를 간직하고 있었다. 인어. 그를 데리고 온 것은 바로 인어였다고 수녀원장에게 말하고 싶었다. 지금이라도 돌아서서 그녀를 마구 흔들며 나는 그를 다시 만나야 해요! 라고 소리치고 싶었다. 인어가 그를 그녀에게 데리고 왔고, 거기엔 이유가 있을 거라고. 그가 사라지기 전에 그게 뭔지 꼭 알아야 한다고.

하지만 그들은 그저 묵묵히 발걸음을 옮길 뿐이었다. 마르그레테는 수녀원장 옆에서 조용히 걷느라 애쓰고 있었다. 그녀의 몸은 달려가고 싶어서 덜덜 떨릴 지경이었다.

은빛 하늘이 산꼭대기에 걸려 있고, 그 위로 언뜻언뜻 수녀원이 보였다. 잠긴 정문까지의 오르막길이 한없이 멀기만 했다. 모든 게 젖은 땅을 박차는 말발굽 소리, 그가 떠나가는 소리로 들렸다.

드디어 그들은 거대한 문을 지나 수녀원의 온기 속으로 발을 들였다.

견습 수녀장이 급한 소식 때문에 수녀원장을 기다리고 있었고 마르그레테는 그 기회를 틈타 빠져나왔다. 그녀는 복도를 마구 달려 의무실로 그를 찾으러 갔다. 문 앞에 우뚝 서서 이마를 문가에 갖다댔다. 가슴이 마구 뛰었다. 잠시 후, 그녀는 문을 두드렸다. 한 번, 두 번, 그리고 문을 열었다.

그는 그곳에 없었다.

그녀는 다시 수녀원장실로 쏜살같이 달려갔고, 그런 그녀를 에델이 따라왔다. “그 사람이 공주님을 찾아요.” 에델이 마르그레테의 손을 잡으며 말했다. “공주님을 뵙고 싶대요. 정원에서 기다리고 있어요.”

“여길 떠난대?”

“네.” 에델이 말했다. “말이 준비되어 있어요.” 에델은 잠시 머뭇거렸다. 뭔가 좀더 할말이 있는 눈치였다. “있잖아요, 그 사람……”

“알아.” 마르그레테가 에델의 말을 끊으며 말했다. 그리고 충동적으로 에델의 주근깨투성이 볼에 입을 맞추고는, 깜짝 놀란 친구에게 빙긋 미소를 지어 보였다.

우리의 적.

“마르그레테 공주님……”

그녀는 심호흡을 한 번 한 뒤 에델을 뒤로하고, 에델이 그녀의 본명을 불렀다는 사실조차 눈치채지 못한 채, 돌문을 활짝 열고 정원으로 나갔다. 찬바람이 그녀의 몸을 마구 때렸다. 눈이 내리고 있었다. 언제부터 내리고 있었을까? 탐스럽고 하얀 눈이었다.

그는 돌벽 옆에 서서 바다를 바라보고 있었다. 그는 그녀를 등지고 있었고, 그녀는 잠시 멈춰 서서 그를 바라보았다. 털가죽을 두르고 눈이 가득 쌓인 정원에 서 있는 그의 건장한 모습. 그녀는 그가 서 있는 모습을 본 것이 처음이라는 사실을 깨달았다.

마르그레테는 더럭 겁이 났다. 지금의 그녀에게 북국 왕의 딸다운 몸가짐은 전혀 없었다. 마치 여학생처럼, 그저 두근거리는 가슴을 끌어안고 정원에 서서 운명을 맞이할 준비를 하고 있을 뿐이었다. 그녀는 잠시 멈춰 등을 곧게 펴고 턱을 쳐든 뒤, 비로소 그에게 다가갔다.

그녀가 가까이 다가가자 그가 돌아보았다. 밝은 햇빛이 비친 그의 눈은 눈동자가 거의 금빛으로 보였다. 피부에 남은 광채는 햇빛을 받아 눈부실 정도로 빛났다. 왜 아무도 그 얘기를 하지 않았을까? 보이지 않는 걸까? 보석처럼 빛나는 그의 피부가?

"안녕하세요, 수녀님." 그가 말했다.

"떠나셨을까봐 걱정했어요." 그녀가 말했다. 말하자마자 제 목소리에 묻어난 어색함에 당황했다. 그녀는 잠시 입을 다물고 마음을 가다듬었다.

"아뇨." 그는 그녀를 바라보며 말했다. "당신께 감사 인사를 드리기 전에는 못 떠나죠. 저를 구해주신 것에 대해서요."

그가 그녀에게 다가가자, 그녀는 본능적으로 뒤로 물러섰다. 그곳에 그가 있었다. 그의 향기도, 그의 손도.

그는 말을 이어나갔다. "저는 당신을 느낄 수 있었어요. 물속에서요. 당신을 봤어요. 당신이 물속에 있던 제게 다가와 저를 끌어올려주고, 육지로 데려와주었죠. 그리고 눈을 뜨자 당신이 보였어요. 전 당신이 천사인 줄 알았어요. 다 꿈을 꾼 거라고 생각했죠. 하지만 이제 기억나요. 당신이 절 데려와줬어요. 하늘을 보라고 말해주었고요."

그녀는 그를 물끄러미 바라보았다. 충격이었다. 그는 인어에 대해 전혀 기억하지 못했다. 오직 그녀만 기억했다. 뭐라고 해야 할지 알 수 없었다. 한편으로는 진실을 알려주고 싶었지만 다른 한편으로는 그가 하는 말들이 한없이 좋았다. 세상에. 바닷속에서 본 그녀의 모습이라니.

그는 무릎을 꿇고 그녀를 올려다보았다. 그녀는 눈송이가 그의 머리카락과 털가죽 위로 떨어졌다 이내 사라지는 것을 지켜보았다. 그의 수초빛 눈동자와 그 독특한 입술을 보았다. "당신은 제 생명의 은인이에요." 그가 말했다. "저는 이 세상의 많은 것들을 보았습니다, 수녀님. 하지만 한 번도, 바다에서 당신과 같은 분께 구원되리라 생각해본 적은 없습니다. 그러니까, 천사에게 말이죠." 그리고 미소 지었다. "이제 이 세상에 신성함이란 없다고 생각하던 참이었습니다. 세상엔 증오와 전쟁이 넘쳤어요. 아름다움도, 신의 흔적도 남아 있지 않다고 느끼기 시작했었습니다."

"제발 일어서세요." 그녀의 목소리가 떨렸다. "제가 무언가를 했다면, 그것은 주님의 힘이 저를 통해 하신 것이랍니다."

"저는 당신에게 큰 은혜를 입었어요." 그가 말했다.

"빨리 나으셨네요." 그녀가 말했다. "가신다고 생각하니 섭섭해요." 말 한마디가 미처 나오지 못하고 입술을 맴돌았다. 왜 제게로 오신 걸까요?

그때 그가 그녀의 손을 잡았고, 그녀에게 닿은 피부의 감촉에 그녀는 흠칫 놀랐다. 그녀가 미처 정신을 가다듬기 전에 그가 그녀의 손을 뒤집어 손바닥과 손목에 지그시 입을 맞추었다. 세찬 바람이 두 사람을 휘감았고, 펑펑 내리는 눈은 태양을 가리고 온 세상을 하얗게 물들였다.

그리고 그녀가 무슨 반응을 하기도 전에, 그가 몸을 일으켰다. 똑바로 서니 그는 그녀보다 거의 30센티미터 정도 키가 컸다.

그녀는 한 걸음 다가갔다. 시간이 없었다. 이제 그는 가버릴 것이었다. 갑자기, 그가 여기에 온 이유가 무엇이든 아무 상관 없다는 생각이 들었다. 그녀가 원하는 것은 그와 키스하는 것뿐이었다. 첫 키스를, 지금 여기서 당장. 그녀는 다른 소녀들처럼 그런 것을 꿈꿔본 일이 없었다. 그녀는 엄연히 공주였고, 국왕의 하나뿐인 후계자였다. 그녀가 태어났을 때 한 예언자는 그녀가 왕국에 영광을 가져다줄 위대한 통치자를 길러내리라 천명하기도 했다. 그러나 그녀는 머릿속이 새하얘진 채 얼굴을 들어올렸고, 그는 몸을 굽혀 그녀의 얼굴을 맞아들였다. 그의 눈이 그녀 바로 앞에 있었다. 머릿속에는 한 가지 생각만 떠올랐다. 이것이, 바로 이것이 사람들이 말하는 '황홀경'이구나. 순간 그녀는 자신이 해변에 누워 있는 인어인 것처럼 느껴졌다. 햇빛에 몸을 드러낸 채 꼬리를 빛내고 있는 인어.

갑자기 안쪽에서 소란스러운 소리가 들려왔다. 마르그레테는 재빨리 뒤로 물러섰다. 부끄러워 볼이 빨갛게 달아올랐다. 잠시 후 수녀 한 명이 문가에 나타나더니 정원으로 들어섰다. 마르그레테는 그녀 뒤로 수녀원장이 다가오는 모습을 볼 수 있었다.

"말이 준비되었습니다." 수녀가 큰 소리로 말하고는 마르그레테를 바라보았다. "자매님은 이제 안으로 들어가시는 게 좋겠네요."

그는 그녀의 손을 꼭 쥐었다. "가야겠군요." 그가 말했다. "하지만 저는 평생 당신께 감사하며 살 겁니다. 영원히 당신에게 빚진 마음일 거예요. 그리고 언젠가 꼭 다시 만나기를 바라겠습니다, 미라. 당신의 마음을 모두 신께 바치셨다는 건 알지만요."

"미라!" 수녀원장이 문간에서 그녀를 불렀다. 그녀의 목소리에 당황하는 기색이 역력했다.

그가 멈추었다. 마르그레테에게서 어떤 신호를 기다리는 듯했다. 그 순간이 그녀를 짓눌렀다. 그녀는 시간을 멈추고 싶었다. 이 단 한 번의 순간에 도대체 어떻게 반응해야 좋을지, 무엇을 생각해야 할지, 그에게 어떤 식으로 대해야 할지 모두 알 수 있을 때까지. 그러나 그때 그가 그녀의 손을 놓았다.

"잘 있어요." 그가 속삭였다. "잊지 못할 거예요."

"잘 가요." 그녀가 말했다.

그는 이미 멀어지고 있었고, 사방에는 눈만 내렸다.

6장

인어

그 배는 한쪽으로 기울어진 채 괴상한 외계 생명체처럼 해저 밑바닥에 누워 있었다. 돛과 돛대들이 기형적인 팔다리처럼 아무렇게나 널려 있고 뱃머리의 썩어가는 나무 쪽에는 벌써 작은 바다 생물들이 다닥다닥 붙어 있었다. 물고기떼가 썩어가는 살점을 찾아 잔해 사이로 이리저리 몰려다녔다. 인간이 사용하던 온갖 잡동사니들이 배 주위에 흩어져 해초에 휘말리거나 벌써 선체 옆에서 자라나기 시작한 산호에 매달려 있었다. 각종 무기, 식기, 노, 동전, 신발, 시체, 빵. 인간 삶의 모든 쓰레기들.

레니아는 배 위를 맴돌며 헤엄치다 아래를 내려다보고는 가장 큰 돛대를 거슬러 중앙 갑판 쪽으로 헤엄쳐 갔다. 시체들이 갑판 양끝에 한 더미씩 쌓여 있었다. 배가 침몰할 때 양쪽 끝으로 달려간 모양이었다.

그녀는 주변에 널린 죽음과 파괴를 받아들이려 애썼다. 물속으로 떨어졌던 인간들이 지금은 돛대와 밧줄을 둘러싸고 가만히 멈추어 있었다. 이런 난파선은 이전에도 수없이 보았지만, 이번에는 왠지 느낌이 달랐다. 한 젊은 남자의 몸이 열린 문틈에 끼어 있었다. 사다리를 타고 갑판 위로 올라가다 죽음을 맞은 모양이었다. 긴 금발머리가 물살을 따라 몸 언저리에서 살랑살랑 흔들리고 있었고, 채 감기지 못한 눈은 수면 위를 향하고 있었다. 그가 폭풍우 속에서 소리지르며 발버둥칠 때, 혹시 그녀는 그를 보았을까? 그의 영혼은 어느 순간에 그의 몸을 떠났을까?

레니아는 사내에게 조금 더 가까이 다가가 미안해요라고 속삭였다. 그는 녹색과 금색으로 차려입고 있었는데, 짙은 녹색 재킷에는 놋쇠로 된 단추가 주르륵 달려 있었다. 아마도 중요한 사람이었으리라. 그녀는 손가락으로 단추를 죽 훑어내려갔다. 단추에 새겨진 조잡한 문양이 손끝에 만져졌다. 마치 그녀가 잘 모르는 어떤 생물 같았다. 그녀가 구해준 그 남자도 이런 옷을 입고 있었을까? 그녀는 팔을 위로 뻗어 죽은 병사의 머리카락을 어루만졌다. 단순한 금발은 아니었다. 갈색이기도 하고 노란색이기도 하고 크림빛도 감돌고, 그 모든 색이 한데 섞여 있기도 했다. 잘 그을린 피부로 보아 바깥에서 생활하고 일하던 사람이라는 걸 알 수 있었다.

그 사람을 아나요? 그는 누구죠? 어떤 사람인가요?

레니아는 남자의 대답을 기다렸지만 사위는 고요했다. 움직임이라곤 저 위에서 반투명한 해파리가 느릿느릿 헤엄치며 만들어내는 물결뿐이었다.

그녀는 그의 얼굴에 자신의 얼굴을 바짝 들이대고 그의 목 뒷부

분 살갗을 어루만졌다.

이 육체. 신비로 가득한, 지상 세계의 몸, 인간의 몸.

당신은 누구세요? 그녀는 나지막하게 읊조렸다. 당신은 어떤 사람이었나요?

이 부패한 살덩이 안에 그가 남겨놓은 것이 있을까?

피부가 퉁퉁 불어 있었음에도, 그녀는 그가 살아 있을 당시 얼마나 아름다운 젊은이였는지 알 수 있을 것 같았다. 그녀는 그의 입술을 찬찬히 살펴보다, 손가락으로 입술선을 매만졌다. 그녀의 마음은 또다시 그 남자에게로 날아갔다. 그녀의 입술에 닿았던 그 입술의 감촉. 그녀를 관통했던 놀라운 희열. 그것을 떠올리자 몸이 부르르 떨렸다. 무의식적으로 그녀는 죽은 젊은이의 입술에 입을 맞추었다.

물고기 한 떼가 스쳐지나가며 그녀의 얼굴을 간질였다.

그곳을 떠나며 그녀는 지금 자신의 모습을 보면 어머니와 언니들이 어떻게 생각할지 상상했다. 어린 시절 벨라가 인간의 해골을 끌어안고 춤을 추는 시늉을 하다가 목격된 적이 한 번 있기는 했다. 하지만 그때 벨라는 철모르는 아이였고, 지금의 레니아처럼 결혼 적령기에 다다른 성년의 인어가 아니었다.

레니아는 선내로 통하는 또다른 입구로 헤엄쳐 가서 그 안으로 몸을 밀어넣었다. 물론 예전에도 이런 비슷한 공간에 들어와본 일은 수도 없이 많았다. 하지만 이곳은 그가 지내던 곳이었다. 해먹, 옷상자, 나무로 된 기둥과 작은 창문은 지금까지 보아온 인간의 물건들과 비슷하게 매력적인 것들이었지만, 이제 아주 특별하고도 중요한 가치로 다가왔다.

호박색 액체 한 병이 바닥에 뒹굴고 있었다. 그녀는 병을 집어들고 코르크를 뽑아 입에 가져갔다. 첫번째 한 모금은 짠 소금물이었다. 그런데 계속 마시자 무언가 독한 기운이 그녀를 때리고 목구멍을 태워 결국은 뱉어내고 말았다. 끔찍한 맛이었다. 그녀는 주변을 빙빙 돌고 있던 물고기 한 마리를 잡아 입에 넣고 달콤한 살점과 바삭바삭한 뼈를 꼭꼭 씹어 먹었다. 하지만 그 액체의 맛은 입안에서 계속 맴돌았다. 그 맛을 가시게 하려고 물고기도 몇 마리 더 잡아먹고 선실 바닥에서 벌써 자라나기 시작한 해초도 뜯어먹었다.

그녀는 머리를 흔들고는 해먹을 따라 헤엄쳐 선실 끝까지 갔다. 그곳에 배의 구조물 일부가 완전히 무너져 바닥에 흩어져 있었다. 그 아래에는 시체 몇 구가 깔려 있었다. 그중 한 구는 부러진 기둥에 관통당한 상태였는데, 커다랗게 벌어진 상처를 뜯어먹으려는 바다 생물과 함께 너울거리고 있었다.

그녀는 그나마 온전한 해먹을 하나 골라 안으로 들어가 두툼한 로프 위에 누웠다. 몸을 쭉 뻗었다. 눈을 감고 자는 척도 해보았다. 언덕 위에 서 있던 검은 머리 소녀가 떠올랐다. 지금까지 레니아가 본 유일하게 살아 있는 인간 소녀. 마음속에서 레니아는 그 소녀가 되어 있었다. 가냘픈 몸을 로프에 기대고 검은 머리카락을 주변에 늘어뜨린 채, 긴 다리를 기둥까지 뻗고 좌우로 크게 해먹을 흔들면서.

눈을 뜨자 낡고 썩은 로프 위에 놓인 그녀의 은빛 꼬리가 어둠속에서 은은히 빛나는 게 보였다.

언니들은 레니아가 미쳤다고 생각할 것이었다. 티 없이 말끔한 해저에 버려진 로프, 시체, 썩은 럼주 같은 무시무시한 것들과 사랑에 빠지다니. 하지만 그들이 아예 이해할 수 없는 부분이 있었는데, 이 쓰레기들이 한때 아름다움의 일부였다는 것이다. 레니아가 겨우 알 듯 말 듯한 그 아름다움의 일부.

영원한 삶.

그녀는 해먹에 앉아 선실을 둘러보았다. 벽은 부서져나갔고, 서랍장은 다 엎어진 채 나뒹굴고 있었으며, 호박색 액체가 든 병 몇 개가 무너진 기둥 아래에 끼어 있었다. 뱀장어 한 마리가 바닥을 따라 미끄러지듯 헤엄쳐 다니다 배의 갈라진 틈으로 사라졌고, 형광 물고기 한 떼가 저 위에서 선실을 향해 마치 빗방울인 듯 쏟아져내려왔다.

도저히 견디기 힘든 감정이 끓어올랐다. 바라는 건 그를 다시 보는 것뿐이었다. 하지만 지금 그는 그곳, 지상 세계에 있었다. 그리고 그 세계는 그녀가 돌아가서는 안 되는 곳이었다. 이런 생각을 하려니 도저히 견딜 수가 없었다.

레니아는 몸을 벌떡 일으키고 앉아 결심을 굳혔다. 그리고 위로 헤엄쳐 올라가기 시작했다. 배와 궁전을 뒤로하고 산과 협곡과 바다 동굴, 대왕오징어와 투명 해파리를 지나 헤엄쳐 갔다. 몸의 긴장을 풀었다. 바닷속 그 어떤 생물이나 움직임도 다 될 수 있을 것 같았다. 그녀는 눈을 감고, 어두운 바닷물을 가르며 나아갔다. 꼬리가 힘차게 움직이며 그녀를 앞으로 전진시켰다.

어머니가 아시면 어떤 일이 벌어질지에 대해선 되도록 생각하지 않으려 했다. 열여덟 살 생일이 아닌 날 지상 세계로 올라갔던 인어들은 실종되거나 죽음을 당하곤 했다. 하지만 그건 아주 오래전 법이 막 제정되었을 때, 그러니까 아직 인어들이 사람들을 찾아가고 싶어할 때의 얘기였다. 지금의 인어들은 감히 갈 엄두도 못 내는 것 같았다. 게다가 레니아는 여왕의 딸이었다. 어떤 일이 벌어질까? 그녀는 스스로에게 물었다. 진정한 사랑을 위해서라면, 해볼 만하지 않아?

기억했던 것보다는 꽤 멀었지만, 이윽고 물이 점차 따뜻해지면서 저 앞에 해수면이 보이기 시작했다. 그녀는 좀더 힘을 내 해수면을 향해 빠르게 헤엄쳐 갔다. 수면 위로 비치는 햇살이 아릿하게 눈을 자극했다. 마침내 얼굴에 공기가 스치고 바다의 정적이 귓가에서 사라졌다.

그녀는 눈을 깜빡이고 주변을 응시했다. 정말로 이곳에 왔다는 사실이 믿기지 않았다. 정말 간단한 일이었다. 옛날에는 인어들이 아무렇지도 않게 지상 세계를 오갔다. 지금처럼. 이건 운명이야. 그녀는 생각했다. 불현듯, 우습게도, 열여덟 해 동안 이 순간을 기다려온 것 같은 기분이 들었다. 모두 거짓이다. 지금처럼 해저 세계와 지상 세계가 나누어진 것도, 인어들이 지상 세계로 올라가면 큰 일이 벌어진다고 믿는 이 공포도. 지금 그녀는 여기 있었다. 완벽하고, 생생하고, 자유롭게. 바람이 피부를 간질이더니 이내 그녀를 감쌌다.

레니아는 조심스럽게 공기를 몸안으로 천천히, 자연스럽게 들이마셨다. 눈부신 햇빛이 비치고 있음에도 세상은 전에 보았던 것보다 한결 평화로웠고, 그 와중에도 다양하고 생소한 소리들이 귓전을 울렸다. 파도가 부서지는 소리, 바람이 스치고 지나가는 소리, 머리 위로 날아가는 새의 울음소리.

게다가 빛은 어찌 이리도 풍부한지! 눈이 적응하자 하늘에서 무언가 떨어지고 있는 게 보였다. 크고 하얀 조각들이 물위로 떨어져 이내 녹아들어갔다. 그녀는 한참을 멍하니 바라보았다. 눈송이들은 물위로 마구 떨어지다가, 수면에 닿기 무섭게 사라졌다.

바다는 사방으로 그녀의 시야가 닿는 저 끝까지 펼쳐져 있었다. 이곳에서 보는 바다는 한없이 깨끗한 은빛으로 빛났다. 철썩거리기도 하고, 밀려들기도 하고, 그렇게 생명력으로 가득했다. 이 소리! 파도 속으로 거품이 밀려드는 소리. 하늘은 하도 하얘서 눈이 멀 지경이었다. 레니아는 이렇게 흰 빛은 본 적이 없었다. 그녀는 팔을 쭉 뻗고 입을 벌려 눈송이가 혀 위에 떨어지게 했다. 선뜻하니 차갑다가, 이내 사라졌다.

그녀는 마구 웃어젖혔다. 모든 것이 너무도 놀라웠다. 그리고 이내 노래를 부르기 시작했다. 처음에는 부드럽게, 뒤로 갈수록 힘차게. 주위의 바닷물이 소용돌이치기 시작했고 그녀가 목소리를 높이자 좀더 빠르게 원을 그리며 휘몰아쳤다. 수면 저 아래까지 닿는 작은 토네이도처럼.

노래를 하는 동안 수많은 것들이 그녀에게 스며들었다. 공기, 하늘에서 내리는 하얀 조각, 모든 소리와 감각. 어쩌면 이런 게 영혼이 아닐까? 지금 그녀가 느끼는 희열은 그때 바다에서 죽어간 사람들이 온몸에 가득 채우고 태어났다가 바다에 두고 간 바로 그것이었다. 그녀가 뭍으로 데려다준 그 남자를 가득 채우고 있던 바로 그것이었다. 그를 품에 안고 헤엄치는 동안 그녀에게 스며들어 그녀를 가득 채웠던 바로 그것 말이다.

저멀리 희미하게 육지의 모습이 보였다. 저기다! 레니아는 꼬리를 쭉 펴고 힘차게 물살을 밀쳐내며 육지를 향해, 그를 향해 헤엄쳐 갔다. 점점 다가갈수록 육지가 조금 더 뚜렷이 보였다. 예의 그 돌투성이 해변, 암초, 성벽, 저 뒤로 펼쳐져 있는 건물, 생생하게 깜빡이는 횃불. 그리고 그 모든 것들이 빛나는 얼음과 눈으로 덮여 있었다.

그가 저기 있을까? 그도 저 횃불을 보고 있을까?

이리 와요. 돌아와줘요. 그녀는 마음의 소리가 그에게 닿기를 기원하며 온 신경을 집중했다.

뭍에 도착하자, 그녀는 눈을 감고 그녀의 몸 아래 있던 그의 감촉을 떠올려보았다. 그 따뜻함, 부드러운 피부…… 그에 대한 모든 느낌, 기억, 그녀가 알고 있는 모든 것을 떠올리며 그를 불러보았다. 다리가 이토록 간절했던 적이 있었던가. 인간이 땅 위를 걸을 때 쓰는 그 이상한 신체 기관. 그것이 있어야 그에게 갈 수 있었다.

이 세계는 어디까지 뻗어 있을까? 그녀는 궁금했다. 바닷속만큼 넓고 광활할까? 횃불로 둘러싸인, 언덕 위 저 건물 안에는 무엇이 살고 있을까? 건물 지붕에는 하늘을 찌를 듯 높고 거대한 십자가가 달려 있었다. 전에도 바닷속 난파선에서 크고 작은 십자가들을 많이 보았다. 영혼을 위한 물건이라는 것은 할머니에게 들어서 알고 있었다.

돌투성이의 황량한 해변에 눈이 새하얗게 덮여 있었다. 그녀는 몸을 뭍으로 끌어올린 다음 바위들을 가로지르며 기어가 꼬리를 자기 몸 앞으로 펼쳐놓았다. 몸에 반사된 햇빛에 순간 눈이 부셨다. 햇빛 아래 초록과 파랑으로 빛나는 꼬리는 또 얼마나 신기한지. 빛에 따라 꼬리 색이 변하는 모습을 지켜보다 두 팔을 들어올리며 웃었다. 여기서 평생 살 수도 있을 것 같다고 생각했다. 이렇게 바위 위의 게를 잡아먹으며 살아가는 거다. 그도 그녀 곁에서 살아가면 될 것이다. 그녀는 노래를 불러주고, 그는 이 밝고 왁자지껄한 세상을 여행한 이야기를 들려주리라.

문득 귓가에 어떤 소리가 들려왔다. 순간 그녀는 움찔했다. 여기 누가 있나? 해변을 아래위로 훑어보았지만 아무도 없었다. 머릿속 한구석에서는 인어 자매들이 인간들에게 붙들려 잔인하게 토막났다는 이야기가 마구 휘몰아쳤다. 그녀는 눈을 감고 나쁜 생각들을 떨쳐버리려 애썼다.

그런데 갑자기, 언덕 위 계단 꼭대기에 사람 형체가 하나 나타났다. 숨이 턱 막혀왔다. 그녀는 얼른 몸을 틀어 바다 쪽으로 향했다.

"거기 있어! 부탁이야!" 생소하고 날카로운 목소리가 귓가에 들려왔다. "기다려!"

목소리에 묻어나는 절박함이 레니아를 멈춰 세웠다. 뒤돌아보자 예의 그 소녀가 보였다. 털가죽을 둘러쓴 채 검은 머리카락을 바람에 휘날리고 있는, 전에 본 그 소녀였다. 소녀는 가느다란 난간을 붙들고 비틀거리며 마구 계단을 달려내려오고 있었다.

레니아는 그 모습을 황홀하게 바라보았다. 그녀는 이제 한번 뛰어오르기만 하면 바닷속으로 돌아갈 수 있는 자세를 취하고 있었고, 소녀는 계속 계단을 달려내려왔다. 진짜 인간 소녀가 그녀의 눈앞에 있었다.

계단 끝에 다다른 소녀가 해변을 가로질러 레니아가 앉은 곳으로 다가왔다. 주저하는 발걸음으로 바위를 넘어 걸어왔다. 아름다웠다. 털가죽을 뒤집어쓰고 그 안에 발끝까지 내려오는 긴 옷을 입었는데도 몸놀림 하나하나가 우아하고 발랄했다. 검고 긴 머리카락이 소녀의 얼굴 주위에서 나부꼈다. 피부는 손만 대도 터질 것처럼 고왔다. 날것 그대로의 인간. 레니아는 소녀의 냄새를 맡을 수 있었다. 온기와 피의 냄새. 소녀 또한 그 남자처럼 연약한 존재였다. 하지만 생각만큼 약하지만은 않은 모양이었다. 가까워질수록 소녀에게서 확고한 자신감이 느껴졌다.

레니아는 몸의 긴장을 풀었다. 소녀는 혼자였고, 기억하는 한 그녀에게 해를 끼칠 존재도 아니었다. 여차하면 레니아는 바위 중 하나를 들어 소녀의 머리를 날려버릴 수도 있었다. 순간 레니아는 상상했다. 소녀의 영혼이 그녀의 몸을 떠나 공중으로 올라가는 것을. 아름답고 순수하게 빛나는 한줄기 빛을. 분명 여기서, 빛이 가득한 대낮에도 그것을 볼 수 있을 것이었다. 그것이 하늘 위로 올라가는 모습을 말이다.

레니아는 소녀의 눈이 휘둥그레지는 것을 보았고, 해변 중간쯤에서 멈추어 서서 숨을 몰아쉬는 소리를 들었다. 둘은 잠시 서로를 바라보았다. 소녀의 검은 눈이 오르내리며 레니아의 긴 꼬리, 상반신과 벌거벗은 가슴, 길고 거친 머리카락을 훑었다. 그러다 레니아와 눈이 마주치자 소녀는 부끄러워하며 재빨리 눈을 피했다. 그리고 다시 시선을 이쪽으로 돌렸다.

레니아는 고개를 갸웃했다. 소녀가 느끼는 감정을 그녀도 느낄 수 있었던 것이다. 정말 이상한 일이었다. 도대체 어떻게 인간들에게 영향을 받는 걸까…… 공기중의 추위 같은 건 느껴지지 않는데. 소녀는 마치 피부가 전혀 없는 존재처럼 덜덜 떨고 있었다. 이게 영혼인 걸까? 이 연약함, 이 불완전함이? 그리고 이 냄새도. 춥고 바람이 불었지만, 그 아래에 다른 것들이 있었다. 향료, 온기, 그리고 피.

레니아는 소녀를 진정시키려고 노력했다. 말해줘. 집중하며 이렇게 생각했다. 네가 누군지 말해줘.

잠시 후 소녀가 한 발짝 다가오더니 바위 위에 무릎을 꿇고 앉았다. "내 이름은 마르그레테야." 소녀가 말했다.

레니아는 빙긋 미소 지었다. "내 이름은 레니아야." 그녀가 말했다. "레. 니. 아."

"레니아." 마르그레테가 따라 했다. "안 추워?" 그녀는 어색하게 레니아의 벌거벗은 상체를 가리켰다.

"안 추워."

"난 너무 추워서 피부가 찢어질 것 같아."

"넌 나보다 부드러우니까." 레니아가 미소 지으며 의식하듯 자신의 피부를 어루만졌다.

마르그레테는 마주 웃어주었다. 한결 긴장이 풀린 모습이었다. "그래. 사실 난 처음 봤어……"

"인어?"

"인어." 마르그레테는 그 말을 받아 되뇌었다. "난 네가, 그러니까 인어라는 게⋯⋯ 진짜 있다고 생각조차 안 했어. 어렸을 때 얘기는 들어봤지만, 그냥 옛날이야기일 뿐이라고 생각했거든."

레니아는 고개를 뒤로 젖혔다. 신기했다. 그녀 역시 인간들이 그녀의 종족에 대해 어떻게 생각할지 종종 상상하곤 했다. 어쨌든 그들은 언제나 커다란 배를 타고 바다로 나오곤 하니까. "음," 그녀가 말했다. "사실 우리는 너희 세계로 오면 안 돼. 열여덟 살이 되면 지상 세계 여행이 허락되지만, 그래도 사람들 눈에는 띄면 안 돼⋯⋯ 옛날에는 그렇지 않았지만⋯⋯"

"하지만 넌 왔잖아⋯⋯ 그 남자를 구하려고?"

"응. 그럴지도."

"왜?"

레니아는 호기심이 숨김없이 드러난 소녀의 얼굴을 찬찬히 들여다보았다. 왜냐고? "그러니까⋯⋯ 그 남자를 봤는데, 죽어가고 있었어. 그게 너희 세상에 처음 온 날이었어. 그러니까 해수면 위의 지상 세계 말이야. 사방에서 사람들이 죽어가고 있었어. 그리고 그를 봤는데, 그 사람도 죽어가고 있었지. 그를 구해야 했어. 죽도록 내버려둘 수는 없었어."

왜냐하면 난 그를 사랑했거든, 레니아는 생각했다.

"왜 여기로 온 거야?" 마르그레테가 물었다.

레니아는 어깨를 으쓱했다. "그냥 데리고 오다보니 여기였어."

"나한테 데리고 온 거야?" 마르그레테가 약간 수줍게 물었다.

레니아는 잠시 머뭇거렸다. 그 남자가 레니아가 자신에게 데려다준 선물이라는 생각이 저 인간 소녀에게는 무척 중요한 모양이었다. 그녀는 천천히 말했다. "음, 그냥 네가 서 있는 모습이 보여서 너를 부른 거야."

소녀는 몸을 약간 뒤로 젖혔다. 마치 레니아의 말을 곱씹어 생각하는 듯 보였다. "나는 네 목소리를 들었어. 그런 것 같아." 그녀는 속삭이듯 말했다. "귀가 아니라 마음에서 들리는 목소리. 네가 그런 거야?"

레니아는 고개를 끄덕였다. "응."

마르그레테의 표정이 바뀌었다. 한결 긴장이 풀렸다는 게 한눈에 보였다. "너를 기다리고 있었어. 돌아올 거라고 생각했거든. 그 사람을 보러."

레니아는 얼음 덮인 바위를 잠시 내려다보다 이내 고개를 들었다. "그 사람 아직 여기 있어?" 그녀가 물었다.

"아니. 그 사람은…… 그 사람, 여기 있으면 위험해. 적국에서 온 사람이거든. 그래서 떠났어."

"그 사람이 적이야?" 레니아가 물었다.

"응." 마르그레테는 잠시 말을 멈췄다가 다시 이어나가며 빠르게 설명했다. "난 여기 숨어 있는 거야. 우리 아버지는 북국의 왕이셔. 남국은 적국이고, 두 나라 사이에 몇 차례 큰 전쟁이 벌어졌어. 각각 상대 나라를 자기 땅이라고 여기거든." 그녀는 말을 멈추었다. "왜 내가 이 얘기를 하고 있는지 모르겠다. 아무하고도 얘기하면 안 되는데. 내 말은, 여기서 난 원래의 내가 아냐."

레니아는 소녀의 말뜻을 알 수 있었다. 그녀는 공주였던 것이다. 레니아는 인간 세상의 공주를 상상해본 적이 있었다. 상상 속의 공주는 레니아 자신보다 훨씬 근사했다. 그녀는 바닷속에 잠든 온갖 빛나는 보물들을 생각했다. 보석이며 금붙이, 샹들리에와 거대한 배들, 호박색 액체가 들어 있는 유리병들. 수천 가지의 신기한 것들.

마르그레테는 몸을 앞으로 숙였다. "그런데 옛날에는 그렇지 않았다는 건 무슨 뜻이야?"

"우리가 모두 한 종족이었을 때 말이야." 레니아가 말했다. "그땐 달랐어, 인간과 인어 사이가."

"한 종족이라고?"

"우리들 말이야." 레니아는 자신과 마르그레테를 번갈아 가리키며 말했다. "인간이 바다의 일부였을 때. 세상이 모두 바다였을 때. 이 얘기 들어본 적 없어?"

"없어."

"우리 인어들은 어린 시절에 모두 듣는 얘긴데." 레니아가 말했다. "먼 옛날에 세상은 모두 바다였고, 왕과 여왕이 다스렸어. 그런데 그 둘 사이에 엄청난 전쟁이 벌어졌지. 왕은 해저의 땅을 찢고 위로 올라가 지상 세계를 만들었고, 그 땅 위에서 걸어다니기 위해 꼬리를 다리로 바꿨어. 그래서 해저에 동굴이랑 균열이 그렇게 많은 거래."

소녀는 생전 처음 듣는 얘기인 듯했다. 하긴, 인어가 옛날이야기 밖에 실제로 존재한다는 사실조차 모르고 있었으니.

"동굴이 많아?"

"응. 여기저기 아주 많아." 레니아는 소녀가 추위에 피부가 새빨갛게 텄는데도 더이상 부들부들 떨고 있지 않다는 걸 알아차리고는 빙긋 웃었다.

마르그레테는 머리를 흔들었다. "꿈꾸는 기분이야. 인어가 나오는 옛날이야기는 많이 들었어. 아주 어릴 때부터. 인어가 어떻게 생겼을지 언제나 궁금했어. 바다로 가서 그 신비를 풀어보고 싶다는 생각도 했었고……"

소녀의 바람은 아주 분명했고, 그것은 레니아의 바람과도 비슷했다. 순간, 레니아는 소녀의 눈에서 바다를 보았다. 이 소녀를 해저 세계로 데려가 호박과 홍합 껍데기로 만들어진 궁전을 보여주고, 바닷속에서 불을 내뿜는 해저 화산에도 데려가고, 소녀의 인간 조상의 뼈로 가득한 고대 침몰선에도 같이 갔다가, 대양 한구석에 사는 무시무시한 괴물을 보러 가고 싶었다. 문득 금발머리 군인의 시체가 생각났다. 몸이 퉁퉁 불고 피부가 벗겨졌던 그 사람. 그녀가 입을 맞추고 기억 속에 남긴 그 남자…… 여기 이 해변이 레니아 자신이 올 수 있는 지상 세계의 가장 먼 곳이었고, 이 소녀는 물속에 들어가면 죽고 말 터였다.

"해저 세계는 뭐랑 비슷하다고 생각하면 돼?" 마르그레테가 물었다.

레니아는 몸을 앞으로 숙이고 잠시 고민했다. 하지만 딱히 뭐라 표현할 말이 없었다. 비교할 대상 자체를 알지 못했으니까. "모르겠어……" 그녀가 말했다. "직접 보여줄 수 있으면 좋을 텐데. 너도 나에게 지상 세계를 구경시켜줬으면 좋겠고."

"나도 그러고 싶어. 우리집을 보여주고 싶어. 내가 원래 살던 데 말이야. 거긴 정말 아름다워. 커다랗게 빛나는 태양이 있지. 여기랑은 달라."

레니아는 여기보다 더 밝은 것이란 어떤 것인지 상상도 가지 않아 마구 웃어댔다. "어머나, 신기해라." 그녀는 언덕 위의 건물을 가리키며 물었다. "저 건물은 뭐야? 네가 숨어 있는 데가 저기야?"

"수녀원이야. 안전하게 집에 갈 수 있을 때까지 머물고 있는 거야. 그래서 옷도 이렇게 견습 수녀 차림인 거고." 마르그레테는 털가죽 앞자락을 열고는 안에 입은 흰옷을 가리켰다. "보통은…… 음…… 난 좀더 제대로 갖춰서 입어. 구슬이랑 레이스가 달린 갖가지 색깔의 드레스에 코르셋을 입지. 내가 입을 드레스를 만드느라 하루종일 바느질만 하는 여자들도 있어."

레니아는 숨을 크게 들이쉬었다. "수녀원이 뭐야?"

"신을 섬기는 여자들이 사는 집." 도통 무슨 소린지 모르겠다는 레니아의 표정을 보며 마르그레테는 말을 이어나갔다. "하루종일 기도하고 예배를 드리는 곳이야. 저 안에 있는 여자분들은 세상의 보통 사람들과는 다른 삶을 살아. 남자 대신 신과 결혼을 한 거거든."

"우와. 대단하다!" 레니아가 말했다. 흥분이 마구 밀려왔다. 할머니가 하신 말씀은 모두 사실이었다. "신이 뭔지 알아. 영혼도, 천국도. 그럼 너도…… 신과 결혼한 거야?" 그녀의 머릿속에는 이런 생각이 떠올랐다. 단지 두 개의 빛줄기가 함께하는 것이 아니라, 세상의 모든 빛이 한데 엮여 단숨에 큰 빛을 발하는 것이다. 눈이 부셨다. 상상조차 힘들었다. 모든 것이 어둡고 조용하기만 한 해저 세계와는 정반대의 세계임이 틀림없었다.

"아니." 소녀가 말했다. "나도 기도하고 경배는 드리지만, 언젠가는 남자와 결혼해서 보통 세상에서 살아갈 거야."

레니아는 완전히 압도되고 말았다. 소녀가 하는 말들의 아름다움에, 저 위에서 은빛을 띠어가는 하얀 하늘에, 주변을 둘러싼 얼음 서린 바위들에, 그녀의 피부를 때리고 소녀의 머리카락을 날리는 바람에, 볼 수도 만질 수도 없는 존재에게 이야기하는 기도라는 것으로 평생을 보내는 인간 여자들의 존재에. 이 인간 소녀는 몹시 아름다웠다. 그 남자는 틀림없이 이 소녀에게 사랑을 느꼈을 것이다. 그랬을까? 레니아의 목소리에 대한 기억을 귓전에 간직하고도?

"그를 사랑했어?" 레니아는 대뜸 물었다. "그를 사랑해?"

"신을 사랑하느냐고?"

"아니, 내가 바다에서 데려온 남자. 그 남자 사랑해?"

소녀의 표정이 순간 확 바뀌었다. 소녀는 세상에서 제일 황량한 돌투성이 해변인 이곳에 그들 아닌 다른 누가 있기라도 한 듯 뒤를 돌아보았다. 아직도 눈앞에 있는 해저에서 온 피조물에게 미처 밝히지 못한 수많은 비밀이 있기라도 한 듯한 모습이었다. "내가 그 사람을 사랑하는지는 잘 모르겠어. 하지만…… 뭔가 있긴 있었어."

"뭔데? 말해줘." 레니아는 숨이 멎을 것 같았다. "그에 대해 얘기해줘."

소녀는 초조한 눈빛으로 레니아를 바라보았다. 레니아는 그녀의 마음에 초점을 맞추었다. 말해줘. 부탁이야. 그러자 소녀는 한결 편안한 표정이 되었다. “그는…… 모험가야. 오디세우스처럼. 오디세우스 알아?” 레니아가 고개를 저었고, 소녀는 말을 이었다. “그가 들려준 이야기들은 내가 예전에 읽었던 옛날이야기와 같은 거였어. 대부분의 사람들이 시간이 없어서 더이상 그런 것들을 배우지 않아. 그런데 그는 알고 있었어. 그만큼 모든 것에 호기심이 많은 사람인 것 같아. 그의 시선은 정말 독특해. 왠지 마법 같은 구석이 있는 사람이야. 그리고 그의 눈은 수초의 색 같기도 하고, 돌의 색 같기도 해. 그리고 그에게는…… 그러니까, 네가 그를 만졌잖아. 네가 만진 그의 피부에선 은은한 빛이 감돌아.”

“그게 무슨 소리야?”

“네가 어딜 만졌는지 봤는데, 네 손길이 닿은 곳에서 보석을 발라놓은 것처럼 빛이 났어.”

레니아는 자신의 피부를 내려다보고 소녀의 피부를 보았다. 몹시 달랐다. 그녀의 피부는 두꺼우면서 빛을 냈고 거의 딱딱할 정도였지만 소녀의 피부는 매우 부드럽고 얇았다. 광택 같은 건 나지 않았다. 섬세했다. 마치 꽃잎처럼.

“다른 사람 눈에도 보이는 건지는 모르겠어.” 소녀가 말했다. “왜 그럴까……”

레니아는 소녀 앞으로 자기 손을 들어올렸다. 둘은 서로에게 반사되는 빛을 바라보았다.

“네 피부 정말 아름다워.” 마르그레테가 한숨을 쉬었다.

갑자기 소녀의 눈에 물이 고였다. 레니아는 이런 이상한 광경은 본 적이 없었다. 눈에서 솟아나온 물이 뺨을 타고 흘러내렸다.

레니아가 손을 들어 소녀의 손 위로 뻗었다. "그는 내가 만져본 유일한 인간이야." 그녀가 말했다. "널 만져봐도 돼?"

소녀는 떨면서 소매를 걷어올려 팔뚝의 여린 피부를 드러냈다. "응." 소녀가 속삭였다. "물론이지."

아주 조심스럽게, 레니아는 손바닥을 소녀의 피부에 올렸다. 그녀의 손이 피부에 닿자 마르그레테는 조금 움찔했지만, 그녀가 손바닥을 위아래로 움직이는 동안 움직이지 않고 가만히 있었다. 소녀의 따스함이 레니아에게로 스며들어왔다. 이런 추위 속에서도 살갗 아래에서 소녀의 피가 고동치고 있는 것을 느낄 수 있었다.

"너 참 차갑다." 소녀가 말했다.

"네 피부 아래에서 심장 뛰는 느낌이 나." 레니아가 말했다.

시간이 길게 늘어진 듯한 느낌이었다. 그녀가 손을 떼자, 확연한 자욱이 생겼다. 소녀의 피부 위에 다이아몬드와 같은 광채의 자취가 남은 것이었다.

"자," 레니아가 말했다. "이게 네가 그 사람 피부에서 본 거야?"

"응. 맞아." 소녀가 속삭였다.

갑자기 우렁찬 소리가 허공에 울려퍼졌다. 레니아가 재빨리 귀를 막았지만, 그 소리는 여전히 온몸을 지끈지끈하게 훑는 것만 같았다. "이게 뭐야?"

"종소리야." 소녀가 말했다. "기도 시간을 알려주는 거야."

소녀는 레니아가 종소리에 힘들어한다는 것을 눈치채지 못한 듯했다. 그저 레니아가 만진 자신의 피부에 사로잡혀 있을 뿐. 레니아는 다시 찬찬히 소녀를 살펴보았다. 어두운색 눈, 창백한 피부,

팔뚝에 남은 은은하게 빛나는 자취. 몸에는 털가죽을 둘렀고, 흰 옷은 발치까지 내려와 있다. 머리카락은 점점 어두워지는 은빛 하늘을 뒤로하고 바람에 흩날리고 있다.

마르그레테는 위를 올려다보았다. 여전히 눈가가 촉촉했다. "가야 해. 안 그러면 사람들이 내 방으로 찾으러 올 거야. 하지만 난 여기 있고 싶어. 이게 다 꿈일까봐 너무 무서워."

"난 진짜야." 레니아가 말했다. "약속할게. 우리 종족 모두가 진짜로 존재해. 세상을 쪼개고 너희가 사는 육지를 만든 건, 그래서 너희를 바다에서 멀어지게 한 건, 우리 조상들이지 우리가 아니야."

"고마워." 소녀가 말했다. 하지만 소녀는 가지 않고 그저 우두커니 앉아 레니아만 바라보았다. 소녀의 시선이 레니아의 머리카락, 빛나는 꼬리를 훑어내려갔다. "나 있잖아……"

레니아는 고개를 끄덕였다. "알아." 이 소녀를 밖에 이렇게 더 세워뒀다가는 얼어죽을 수도 있을 것 같았다. 하늘이 흰색에서 은빛으로, 다시 검은빛으로 어두워져가는 동안 공기가 훨씬 더 차가워지고 있다는 것을 알 수 있었다.

가. 레니아는 마음으로 말했다. 얼른 가. 몸을 녹여.

"잘 가." 마르그레테가 말했다. "다시 만났으면 좋겠어."

"나도."

그리고 레니아는 소녀가 바위 너머로, 언덕 위로 구불구불 이어지는 계단으로, 그리고 별빛이 비치는 지상 세계로 돌아가는 뒷모습을 지켜보았다.

7장

공주

긴 오후 일과 시간, 수녀원의 모든 여인들은 한창 일하는 중이었다. 청소하는 사람도 있었고, 거대한 식당에서 요리를 하는 사람도 있었다. 몇몇은 털가죽을 꽁꽁 둘러 싸매고 정원을 가꾸거나 양을 돌봤다. 좋은 집안 출신의 수녀들은 필사실에서 일하거나 성가대에서 노래를 하거나 양털로 실을 자아 담요를 만드는 일을 하곤 했다. 털가죽과 함께 저 아랫마을 사람들에게 나눠줄 담요였다.

마르그레테는 베틀 앞에 앉아 생각에 잠겼다. 일은 리드미컬하게 잘해나가고 있었다. 부지런히 북*을 움직이고, 발판 위에서 발을 움직이고, 실 가닥들이 오르내리는 모습을 지켜보았다. 베틀이 덜컹거리는 소리, 물레 돌아가는 소리, 눅눅한 냄새 사이로 시간은 물처럼 잘도 흘러갔다. 양털이 가득 담긴 바구니가 문을 통해 안으

* 베틀에서 날실의 틈으로 왔다갔다하면서 씨실을 푸는 기구.

로 속속 운반되어 왔고, 그때마다 흙내 섞인 동물의 냄새가 방 깊숙한 곳까지 퍼졌다. 마르그레테에게 양털 냄새는 익숙한 것은 아니었으나, 그래도 그다지 역하게 느껴지지는 않았다. 에델과 다른 견습 수녀 한 명이 그녀의 것과 나란히 놓인 베틀에서 일하고 있었다. 에델은 일에서 오는 짜증을 숨기지 못하고 손가락 아래에서 직물이 엉킬 때마다 간간히 숨소리에 투덜거림을 섞어 내보냈다. 방 저쪽 구석에 자리한 다른 한 무리의 수녀들은 양털로 실을 잣는 일을 하고 있었다.

한 수녀가 문가에 앉아 성경 한 구절을 읽고 있었다. 수녀님의 목소리는 조근조근 달래듯 부드러웠지만 마르그레테의 귀에는 무슨 말인지 하나도 들리지 않았다. 크리스토퍼가 떠난 지도 벌써 이 주가 넘었다. 레니아를 만난 지는 일주일이 됐다. 그날 인어와 마주앉아 대화를 나눈 뒤, 왠지 기가 쭉 빠져나간 듯 몸 상태가 계속 좋지 않았다. 그녀는 돌담에서 인어를 기다리는 일을 그만두었다. 파도 소리 없이는 눈을 감을 수도 없었다. 몇 번이고 똑같은 장면이 눈앞에서 되풀이되었다. 인어가 해변을 향해 헤엄쳐 오고, 남자를 팔에 안고 있고, 그 남자를 그녀에게 건네주고……

내가 널 불렀어. 레니아는 그렇게 말했다.

갑자기 바깥이 엄청나게 소란스러워졌다. 사람들의 목소리가 복도를 쩌렁쩌렁 울렸다.

성경을 읽던 수녀님의 목소리가 점점 잦아들고, 다른 이들도 일을 멈추고 조용히 귀를 기울였다.

잠시 정적이 흐르고 조금 더 흐르다가 우렁찬 목소리가 들려왔다. "이방인들이 왔어요!"

모두들 화들짝 놀랐다. 한 수녀는 돌아가던 바늘에 손을 찔려 비명을 지르기도 했다. 마르그레테와 에델을 제외한 모든 수녀들이 일을 내팽개치고 성호를 그으며 방을 뛰쳐나가 본관 건물로 내려갔다. 양털이 바닥에 엎어졌다.

마르그레테는 온몸이 돌처럼 굳었다. 가슴이 마구 뛰었다. 자동적으로 그녀는 손을 뻗어 윔플이 검은 머리카락을 잘 가리고 있는지 확인했다.

에델이 공포에 질려 눈을 크게 뜨고 마르그레테 옆으로 달려왔다. "어떻게 해야 해요? 그가 돌아온 거면요?"

마르그레테는 숨을 한 번 크게 쉬고 정신을 차렸다. 분명, 만약 어떤 위험이라도 생겼다면, 마을에 있는 그녀의 호위병들이 왔을 것이다. 그 누구도 그들 모르게 수녀원으로 들어올 수는 없을 터였다. "우리도 다른 사람들을 따라가보자." 그녀는 조용히 말했다. 어느새 그녀는 품위 있는 공주로 돌아와 있었다.

에델이 고개를 끄덕였다. 그들은 천천히 복도를 걸어갔다. 실내화를 신은 발이 돌바닥에 닿아 터벅터벅 소리가 났다. 귀를 기울였다.

그가 돌아온 것일까? 그녀가 누군지 알게 됐을까?

"만약 여기서 공주님께 무슨 일이라도 생긴다면……" 에델이 속삭였다. 마르그레테는 그녀의 손을 꼭 쥐었다. 에델이 자매라도 되는 것처럼 귀찮게 굴 때도 있었지만, 이 오랜 친구가 그녀를 너무도 사랑하며 그녀를 위해서라면 기꺼이 죽을 수도 있다는 사실을 마르그레테는 잘 알고 있었다.

"차분하게 상황을 파악해보는 게 좋겠어." 마르그레테가 말했다.

두 사람은 몇 개의 돌계단을 지나 본관 건물로 들어섰다. 수녀원은 온통 혼란의 도가니였다. 일반 수녀와 견습 수녀가 너나없이 허둥지둥 뛰어나와 수녀원장실 앞으로 모였다. 털가죽을 두른 수녀원장의 붉게 상기된 얼굴에는 근심이 가득했다. 그녀는 안뜰에서 성큼성큼 걸어나왔고, 견습 수녀장이 그 뒤를 따랐다. 늘 정적과 고요가 감돌던 수녀원 담장 안과 현저하게 대조되는 풍경이었다.

"왕이시다!" 누군가가 소리쳤다. "왕이 납시었다!"

마르그레테와 에델은 시선을 교환했다. "어느 왕?" 에델이 작은 소리로 말했다.

그 말이 떨어지기 무섭게 수많은 군인들이 정문으로 쏟아져들어왔다. 마르그레테는 단번에 알아보았다. 아버지의 군사 고문인 피터를 비롯한 몇몇 왕실 근위병들이었다. 헨리와 렌즈도 있었는데, 북국 국왕의 상징인 선명한 푸른색과 흰색의 옷차림을 하고 있었다. 수녀원 같은 고요한 장소에 어울리지 않는 거대하고 위협적인 존재들이었다.

그리고 다음 순간, 마르그레테는 경악하고 말았다. 서슬이 퍼런 부왕이 수녀원 안으로 들어오는 모습이 보였기 때문이었다. 그의 존재는 모든 곳을 빈틈없이 메웠고, 그녀의 목을 조르는 손처럼 위협적이었다.

에릭 왕은 키가 크고 수염이 길고 머리가 희끗희끗했으며, 전투로 다져진 피부를 가진 사람이었다. 그는 언제나 사방을 경계하며 주위의 모든 움직임을 예의 주시하는 듯했다. 숯처럼 새카만 눈은 움푹 들어가 있었다. 한때는 잘생긴 외모로 왕국 안팎에 명성이 자자하기도 했다. 어머니는 종종 연애 시절의 이야기를 들려주었는데, 아버지가 늠름하고 젊은 왕자였던 시절 마상시합에서 이겨 어머니를 차지하게 되었다고 했다. 그러나 먼 옛날의 그런 매력적인 모습은 이제 거의 남아 있지 않았다.

"마르그레테!" 왕이 그녀를 불렀다.

층계 근처에 서 있던 마르그레테가 천천히 앞으로 걸어나갔고, 에델은 그 옆에서 숨을 들이쉬었다. 공포가 그녀의 온몸을 엄습해 왔다. 어디론가 숨고만 싶었다. 지금 여기 왕과 그의 부하들이 와서 모두에게 그녀의 정체를 알렸다. 지난 몇 주 동안 그녀가 연기해온 인물이 단번에 무너지고 만 것이었다.

도대체 아버지가 여기서 뭘 하는 거지?

그녀는 되도록 침착하려 애쓰며 부왕 앞으로 걸어나갔다. "저 여기 있습니다." 사람들의 시선이 따갑게 꽂히는 것이 느껴졌다.

왕은 그녀를 뚫어지게 보았다. 평소처럼 성장盛裝하지 않고, 견습 수녀 차림에다 숱 많은 검은 머리를 감추고 있는 그녀의 모습에 적잖이 놀란 것 같았다. 안심한 티가 역력했지만, 그는 이내 그녀에게서 시선을 돌려 수녀원장을 바라보았다.

"도대체 무슨 짓을 한 것이오?" 수녀원장이 그의 발아래 채 무릎을 꿇기도 전에 왕은 버럭 소리를 질렀다. "그대에게 내 딸을 보호해달라고 이곳에 보냈거늘, 내 적의 아들을 거두다니?"

마르그레테는 부왕을 향했던 시선을 렌즈와 헨리에게 돌렸다.

뒤통수를 맞은 기분이었다. 두 사람은 시선을 아래로 떨궜다. 그녀는 다시 아버지를 보았다. "무슨 말씀인지 모르겠습니다. 저는 이곳에 안전하게 잘 있었어요……"

"이 여인이 거두어 의무실에서 보호해주었던 그 남자는 남국의 크리스토퍼 왕자였다. 지금 당장 여기서 너를 데리고 떠날 것이다. 우리의 적이 네가 이곳에 있다는 사실을 알게 되지 않았느냐. 네가 지금까지 살아 있는 것은 신의 은총이라 말할 수밖에 없구나."

"폐하……" 수녀원장이 말문을 열었다. 그녀 역시 마르그레테만큼이나 심하게 충격을 받은 듯했다.

마르그레테는 그저 멍하니 부왕의 얼굴을 바라볼 뿐이었다. 그의 분노가 거대한 벽처럼 그녀 앞에 서 있었다. "어떻게 그걸……?" 그녀는 더듬더듬 말문을 열었다. 왕실에서 교육받은 품위 있는 말투가 나오지 않을 정도로 심하게 당황한 상태였다.

"그가 남국의 성으로 돌아갔다는 보고를 받았다." 왕이 말했다. "며칠 전에 이 수녀원에서 제공한 말을 타고 말이야!" 그의 말끝은 거의 불을 뿜는 듯했다.

마그르테레의 머리가 핑 돌았다. 크리스토퍼 왕자. 남국 국왕의 아들에 대한 이야기를 들은 적이 있었다. 겨우 몇 년 전 성인이 되었지만 그는 세간에서는 이미 전설적인 존재였다. 북국의 궁정에서도 종종 그의 성격, 야망, 화술 등에 대한 얘기가 오갔다. 물론 늘 경고하는 말이었지만. 그는 언제나 여자와 먹을 것에 둘러싸여 사는 호색한이라고 했다. 그녀는 남국의 삶에 대해 모두 들었다. 밤새도록 정열적인 춤을 추다가 사랑을 나누는 남녀들, 며칠씩 계속되는 성대한 축제, 연어와 꿩, 닭고기와 송아지 고기, 설탕에 조린 무화과와 오렌지, 대추, 레몬, 케이크와 타르트, 설탕을 입힌 향신료가 그득하게 차려진 테이블, 끝없이 늘어선 와인 통들. 성 곳곳에 자리한 분수에서는 벌거벗은 노예 소녀들이 목욕을 하고, 방마다 동방에서 수입한 꽃들이 활짝 피어 있고, 신화나 옛날이야기에 나오는 저속하고 불경한 장면을 묘사한 정교한 예술품들이 성 곳곳에 걸려 있을 뿐 아니라 성으로 통하는 모든 길가에도 서 있다고 했다. 아버지의 종교 고문은 그런 것들을 예로 들며 그래서 그들과는 전쟁을 할 수밖에 없는 거라고 설교하곤 했다.

그녀의 마음은 온통 그의 생각으로 가득했다. 왕자. 부왕의 적의 아들. 인어의 품에 안겨 해변에 누워 있던 모습, 의무실에 누워 있던 모습, 그의 피부에 남아 있던 은은한 광채, 눈 내리는 정원에 서 있던 모습. 그가 서둘러 떠났다는 것에는 의심의 여지가 없었다.

"흔적을 찾아라! 그자가 남긴 것은 무엇이든 가져와." 왕이 명령했고, 부하들은 명에 따라 신속하게 온 방으로 흩어졌다.

수녀원장이 앞으로 걸어나왔다. 그녀는 분명 감정이 격해져 있었다. "오, 폐하." 그녀는 무릎을 꿇으며 말했다. "저희는 그저 그가 죽어가고 있다는 것과 도움이 필요하다는 것밖에 몰랐습니다. 이곳은 신의 집이 아닙니까?"

"그대는 내 적의 아들을 거두었다. 아니, 우리 모두의 적이지. 신의 왕국에 그런 자를 들일 곳은 없느니라!"

수녀원장이 왕을 올려다보았다. 순종적인 자세를 취하고 있긴 했지만 얼굴에는 강렬한 감정이 드러나 있었다. 그녀는 차분하게 말했다. "그것이 저희의 규칙입니다, 국왕 폐하. 병든 자, 다친 자는 돌봐주어야 합니다. 그는 무기도 갖고 있지 않았습니다. 처음 발견했을 때 그는 거의 죽어가고 있었습니다."

왕이 앞으로 걸어왔다. "신의 적에게 자비란 없다. 감히 왕인 나보다 그대가 더 잘 안다고 생각하는 것이냐? 나는 내 딸을 안전하게 보호해달라고 그대에게 보냈다."

마르그레테는 몸을 움츠렸다. 지켜보기 몹시 괴로운 광경이었다. 주위를 둘러싼 다른 이들은 눈을 휘둥그레 뜨고 만면에 충격의 기색을 드러내고 있었다. 마르그레테는 그녀가 남국의 왕자와 얼마나 가깝게 지냈는지 아무도 폭로하지 않기를 기도했다. 그녀가 그의 방에 단둘이 있었던 것, 정원에서 단둘이 있었던 것, 오래된 성벽 옆에서 그가 그녀에게 키스한 것 등을 알게 되면 아버지가 어떻게 나올지 눈앞이 캄캄했다.

그녀는 주변 사람들을 쳐다봤으나 그녀와 눈이 마주치면 모두들 시선을 아래로 떨구었다. 당연한 일이었다. 그녀를 쳐다보려는 이는 아무도 없었다. 아마 모두들 배신감을 느끼며, 그녀의 면전에서 했던 말에 대해 초조해하고 있을 것이었다.

"용서하십시오." 수녀원장이 말했다. "하지만 폐하, 신께서 보시기에는 우리 모두 다 같은……"

그녀의 말은 왕의 화를 돋울 뿐이었다. 근위병들은 옆에 지켜 서서 왕의 지시를 기다렸다. 그러나 마르그레테의 눈에는 그들이 불편해하는 것이 보였다. 그들은 왕이 이런 곳, 그러니까 여자와 신밖에 없는 곳에서 도대체 무엇을 시키려고 하는지 도통 알지 못했다. 심지어 딸인 마르그레테조차 왕의 심중을 알 수 없었다.

그는 경멸하는 태도를 숨기지 않고 수녀원장의 말에 천천히 대답했다. "운좋은 줄 아시게, 원장수녀. 내 어머니께서 자네를 높게 평가하셨으니."

"저희는 공주님을 저희의 일원처럼 아끼고 사랑했습니다. 함께 빵을 나누고, 무릎 꿇고 함께 기도를 드렸습니다."

"내 딸은 자네들 일원이 아니야!" 왕의 목소리가 돌벽에 쩌렁쩌렁 울렸다. "내 딸이 태어났을 때 예언자는 이 아이가 왕국의 위대한 후계자를 생산할 것이라 했어!"

많은 수녀들이 왕의 입에서 나오는 노골적이고 이단적인 이야기에 귀를 쫑긋 세웠다.

왕은 수녀들이 받은 충격을 신경쓰지 않고 그들을 쭉 둘러보았다. "너희들 중에 적과 동조했거나 적에 대해 아는 것이 있는 자가 있느냐?"

극심한 공포가 방을 쓸고 지나갔다. 곧 무시무시한 일이 벌어질 것 같았다. 마르그레테는 어떤 생각을 해야 좋을지 알 수 없었다. 그녀는 아버지의 무용담에 대해 신경을 써본 적이 없었다. 아버지는 전장에서 무엇을 했는지, 그 흉포함 덕분에 어떤 칭송을 받고 포상을 받았는지 말이다. 아버지가 왕위에 오른 것에 관한 흉흉한 소문도 있었다. 이제 그녀는 아버지라면 그 어떤 일도 할 수 있었으리라는 걸 알았다.

"아버지, 제발요!" 마르그레테가 말했다. 도저히 잠자코 있을 수 없었다. 그들은 그저 수녀들일 뿐이었다. 한없이 작아진 수녀원장의 모습은 적지 않은 충격이었다. 그녀는 평생을 왕국의 모든 이들과 세상의 모든 살아 있는 사람들을 위해 기도하고 예배하는 데 바친 이 여인들을 감독하는 사람이 아니던가.

왕이 마르그레테를 돌아보았다. 얼굴은 붉어지고 눈은 튀어나올 듯 커져 있었다. 그의 망토가 등뒤에서 펄럭였다. 그녀는 위축되지 말자고 스스로를 다독였다. 그녀의 아버지라는 것과 상관없이, 그는 왕이었고 신께서 선택한 땅을 다스리도록 정해진 이였다.

그러나 후계자는 그녀였다. 그녀의 자식이 언젠가 그를 뛰어넘는 위대한 통치자가 될 터였다.

"아버지." 그녀가 다시 말했다. "물에 빠져 죽어가던 그 남자를 해변에서 발견한 것은 바로 저입니다. 다른 이들을 비난하지 마세요!"

"뭐라고?" 그는 믿기지 않는다는 눈으로 딸을 바라보았다.

모든 세상이 무너지는 것 같았고, 이제 그것을 멈추는 일은 그녀에게, 그녀의 말에 달려 있었다.

"그는 저를 해치러 온 것이 아닙니다." 마르그레테가 말했다. "제가 누구인지 몰랐어요. 제가 해변에서 그를 발견하고 수녀원장님께 달려가 도와달라고 했습니다. 그를 도와달라고 간청했어요."

"혼자서? 호위병도 없이?" 왕이 물었다. 그의 분노는 물리적인 존재감으로 느껴질 만큼 생생했다.

"바람을 쐬러 갔던 참이었어요. 그때 그를 본 거예요. 간신히 숨만 붙어 있었고, 그의 동료들은 모두 죽고 없었습니다. 그를 구해 내 이리로 데려온 건 바로……" 그녀는 어떻게 설명해야 좋을지 알 수 없었다. 부왕은 딸이 바다 옆에서 살다 미친 것이 분명하다고 생각할 터였고, 수녀들은 예언에 얽힌 아이라더니 이제는 인어 이야기까지 한다면서 그녀를 이단으로 몰고 갈 것이 뻔했다.

왕의 부하들이 까마귀떼처럼 방으로 몰려들어왔다.

"그자의 흔적은 찾지 못했습니다." 피터가 말했다. "이곳은 안전합니다."

"그렇다면 우리는 떠나겠다." 왕이 말했다. "신을 찬양하라. 적의 아들이 내 딸의 코앞에 있었음에도 조금도 다치지 않았으니."

뻣뻣하게 굳었던 마르그레테의 어깨가 풀리기 시작했다. 어쨌든 아버지는 수녀들을 해치지 않을 모양이었다.

수녀원장이 자리에서 일어나 옷매무새를 가다듬었다. "성은이 망극하옵니다, 폐하." 그녀의 목소리가 떨리고 있었다.

"감사합니다, 원장수녀님." 마르그레테가 말했다. "그동안 잘해주셔서 진심으로 감사드립니다."

수녀원장은 머리를 끄덕였다. 마르그레테를 보는 그녀의 표정이 한결 부드러워져 있었다. "이런 소란이 벌어지게 해서 미안합니다. 우리 한가운데에 그렇게 위험한 적이 있었다는 것을 그 누구도 눈치채지 못했군요. 절대로, 일부러 당신을 위험에 노출시키려 한 것이 아닙니다. 당신이 오늘까지 건강하고 안전한 것이 감사하기만 합니다. 이제 우리가 당신을 참 많이 사랑하게 되었는데, 이렇게 떠난다니 아쉽군요."

"식량이 필요하오." 왕이 수녀원장의 말을 끊으며 끼어들었다. "그리고 새 말도."

"물론입니다." 그녀가 대답했다. "곧 준비하겠습니다. 이곳에 있는 모든 것을 처분대로 하십시오."

마르그레테가 앞으로 나섰다. "적어도 하룻밤은 머물고 가실 거죠, 아버지?" 목소리에 묻어나는 공포를 억누르려 애쓰며 그녀가 물었다.

당장의 위협이 지나가고 또다른 현실이 그녀에게 닥쳐왔다. 이제 이곳을 떠난다. 성으로, 원래의 삶으로 돌아간다.

세상 끝의 바다에서 머나먼 곳으로 가는 것이다.

"시간이 없다, 딸아." 왕이 말했다. "성에 돌아가 시급하게 처리해야 할 사안이 있다. 그 왕자의 오만방자한 행동을 벌하지 않고 넘어가는 일은 절대로 없을 것이다."

듣기만 해도 무서웠다. 머릿속에 아픈 소년과 그의 가족, 전쟁으로 파괴된 마을의 오두막 이미지가 마구 흘러갔다.

여기서 아름다운 일이 일어났다—그녀는 그걸 알았다. 가슴속 깊이 알았다. 인어가 적국의 왕자를 그녀에게 데려다주었고, 그녀는 그를 사랑하게 되었다—그리고 아버지는 그것을 이유로 지금까지 왕국이 겪은 것보다 더 큰 고통과 파괴를 일으키려 하고 있었다.

"아버지, 부탁이에요." 그녀가 말했다. "제 소지품 챙길 시간만 좀 주세요."

피터가 방으로 들어왔다. "말이 준비되었습니다, 폐하."

"시간이 없다, 딸아. 여기서 아무것도 가져갈 필요가 없어."

"제발요!" 그녀가 말했다. "제발요, 아버지! 제가 꼭 해야 할 일이 남았어요. 저는……" 그녀는 머리를 쥐어짰다. "어머니 목걸이만 가져오게 해주세요. 어머니의 유품 말이에요."

왕은 잠시 멈칫했고, 그녀는 아버지의 얼굴에 무언가가 스쳐가는 것을 보았다. 죽은 아내를 생각하는 것은 아직도 고통스러운 일이었다.

"마르그레테를 엄호하라." 왕은 이렇게 말하며 피터에게 고개를 끄덕여 보였다. 마르그레테가 돌로 된 복도를 마구 달려 자기 방으로 향하자 피터는 그 뒤를 조심스럽게 따랐다. 그녀의 마음은 그 남자가 떠날 때와 같은 상실감과 혼란으로 가득했다. 오직 마지막으로 한번 더 그 인어를 만나야 한다는 생각뿐이었다.

"저 꼭 해야 할 일이……" 그녀는 고개를 돌려 피터에게 말했다.

"저는 절대 공주님에게서 눈을 뗄 수 없습니다." 그는 단호하게 말했다. "여긴 굉장히 위험합니다. 그자가 언제라도 돌아올 수 있습니다. 당장이라도 올 수 있어요."

그가 말을 채 마치기도 전에 그녀는 날쌔게 문밖으로 나서, 회랑과 홀을 거쳐 정원으로 나간 뒤 바다로 이어진 계단으로 달려갔다. 밖으로 뛰쳐나가자 칼날 같은 바람이 얇은 옷차림의 그녀를 매섭게 몰아세웠다.

피터는 그녀의 바로 뒤까지 다가와 있었다.

"레니아." 바다에 대고 크게 부르짖었지만 그녀의 목소리는 이내 바람 소리에 묻히고 말았다. "레니아!"

"마르그레테 공주님!" 피터가 소리쳤다.

지금 하는 행동이 상황을 더 나쁘게 만들 뿐이라는 건 잘 알았지만, 어쩔 수 없었다. 마지막 기회였다. 왕자는 그녀에게 보내졌다.

인어가 데리고 왔다. 아버지나 다른 사람들은 절대 모르겠지만 이 모든 일은 그녀에게 너무나 소중한 의미가 있었다.

그녀는 바다를 향해 달려갔다. "레니아!" 그녀는 소리쳤다. "부탁이야! 이리 와줘!"

바다가 조용히 들숨과 날숨을 쉬자 은빛 물살이 넘실거렸다. 그녀가 미처 모르는 신비와 비밀로 가득한 곳. 그녀는 계단을 마구 내달려 돌투성이 해안으로 내려갔다. 차가운 바람이 살을 에는 듯했지만 그녀는 아랑곳하지 않았다.

"제발!"

세찬 바람이 그녀를 휘감았다.

"마르그레테 공주님!" 피터가 소리쳤다. "도대체 왜 이러십니까?"

마르그레테는 거센 바람 속에서 눈을 부릅떴다. 희미하게 무언가가 보였다. 사방이, 숲에도, 바다에도, 구름에도 얼굴이 가득했다. 그러나 눈을 한 번 깜빡이고 다시 보자 모든 것이 달아나고 없었다.

그녀는 울음을 터뜨렸다. 바다가 못 견디게 그리웠다. 마치 그녀의 오래된 한 부분이 집에 돌아가고 싶어하는 것 같았다. 그녀는 인어가 했던 말이 모두 사실이라는 걸 깨달았다. 마르그레테는 바다의 한 부분이었고, 바다에 속한 피조물이었던 것이다.

그녀는 바위를 타 넘으며 바다로 향했고 해변에 다다랐다. 무릎을 꿇고, 바닷물에 손가락을 담갔다.

"레니아!"

만일 성으로, 전쟁의 나날로 돌아가게 된다면, 또다시 이런 마법을 볼 수 있을까? 바다에서 홀연히 나타난 인어가 옛이야기를 들려주고 빛나는 흔적을 피부 위에 남겨주는 이곳의 마법을? 조용히 속삭이고 기도를 드리던 수녀님들의 그 평안을?

이곳은 마치 신화 속에 나오는, 기적과 축복이 실재하던 옛 세상과 같은 곳이었다. 어린 시절 그녀가 소리 내어 읽으면 존경하는 그레고르 선생님이 귀기울여 들어주던 그리스어와 라틴어로 된 그 이야기들 말이다. 그녀는 기다렸다. 바다의 희미한 냄새를 맡고 차갑고 매서운 바람을 온몸으로 견디면서.

"레니아!"

하지만 결국 인어는 나타나지 않았다.

마침내 피터가 그녀를 붙들었다. 그의 얼굴이 그녀의 머리카락에 파묻혔고, 그의 팔은 그녀의 허리를 단단히 붙들었다. 그렇게 모든 것이 끝났다.

"레니아!" 그녀는 한번 더 크게 소리쳤다. 피터가 그녀를 바다에서 언덕 쪽으로 억지로 돌려세우던 순간, 그녀는 바닷속에서 그녀를 쳐다보는 얼굴 하나를 분명히 보게 되었다. 아름다운 달빛 머리카락과 빛나는 피부, 깊고 푸른 눈. 피터는 그녀를 계단으로 밀어올렸다. 어느새 차오른 눈물 때문에 그녀의 눈에는 아무것도 보이지 않았다.

8장

인어

하늘은 푸른빛에서 잿빛으로, 다시 밝은 은빛으로 색을 바꾸었다. 커다란 구름떼가 하늘에 점점이 흩어졌다가 어느새 모여들어 정교한 모양을 만들고는 이내 다시 흩어졌다. 구름 뒤에 가려진 태양이 희미한 햇살을 꾸준히 비추고 있었다. 저멀리 언덕은 바다 위에서 바로 솟아난 것처럼 보였다. 그 앞에 가느다란 띠처럼 놓인 해변은 파도에 가려 사라지곤 했다.

몇 마일 떨어진 곳에서 레니아가 기다리고 있었다. 이제 이 모든 것들이 조금 익숙해지긴 했지만 지상 세계의 아름다움은 여전히 레니아의 가슴을 설레게 만들었다. 날렵하게 뻗은 꼬리에 바닷물이 스쳐지나갔다. 그녀의 시선은 구름에서 저멀리 수녀원이 자리한 언덕으로, 그 위에서 헐벗은 가지를 흔들고 있는 나무로, 그 아래 돌투성이 해안으로 계속 움직였다. 하지만 그들은 그곳에 없었다. 며칠째 그들은 거기 없었고, 그녀는 그걸 느낄 수 있었다. 어쨌든 알 것 같았다. 그가 돌아오지 않으리라는 걸. 하지만 그 소녀는 어디로 간 걸까? 그녀에게 무슨 일이 생긴 걸까?

레니아는 하늘을 바라보았다. 문득 인어들이 지상 세계를 자유롭게 오가던 시절에 구름을 보고 자기 운명을 읽어낼 줄 알았다던 인어의 조상들이 떠올랐다. 해저 세계로 온 인간들과 지상 세계로 나간 인어들에 대한 모든 전설들도. 지금처럼 분리되기까지 아주 오랜 시간이 걸렸다.

오직 레니아만이 내면의 공허함을 느끼는 듯했다. 두 번 다시 되돌려받을 수 없는 것을 잃은 느낌이었다. 왜 하필 그녀만 이렇게 느끼는 걸까? 언니들은 전혀 그렇지 않았다. 언니들은 그저 짝을 찾고 알을 낳으며 가족을 꾸려나가는 것에 만족했다. 바다의 풍족함, 찬란한 궁전, 태어나면서부터 누려온 모든 풍요에 행복해했다. 그 누구보다 옛날이야기를 사랑했던 할머니조차 열여덟 살 생일 이후에는 지상 세계로 가보고 싶다는 마음을 전혀 품지 않았다.

여왕의 막내딸이자 유일하게 아직 제 짝을 찾지 못한 채 열아홉 살을 향해 가고 있는 레니아에게 그들은 그것—짝을 찾고 가정을 꾸리는 것—을 기대하고 있었다. 최근 그녀의 행동—촉수와 해초, 성게 등이 차려진 만찬 자리에서 열망에 가득찬 목소리로 노래를 부른 것—이 그들의 기대를 더욱 증폭시켰다. 어머니와 언니들도 자연히 알게 되었고, 그들은 같은 결론에 이르렀다. 레니아가 사랑에 빠졌다는 것. 레니아는 사랑에 빠졌고, 그로 인해 그녀의 목소리는 그 어느 때보다 커졌다. 그녀 내면의 커다란 빈자리만큼이나.

어머니와 언니들은 그녀가 보고 있지 않을 때 그녀를 지켜보았고, 그녀의 귀가 미치지 않는 곳에서 그녀에 대해 소곤거렸다. 다들 새로운 사랑이 모양을 갖춰가는 것과 막냇동생이 자신들은 이미 한 번씩 경험한 바 있는 삶의 선물을 찾아낸 것에 들뜨고 기뻐했다.

그들은 막내에게 그러한 변화를 가져온 남자의 정체에 대해 확신을 갖고 있었는데, 궁정의 신하 중 한 사람이자 여왕의 사촌조카인 팔케였다. 긴 금빛 꼬리와 짙은 피부의 상체, 금빛 얼룩이 있는 빛나는 눈을 지닌 참으로 아름다운 남자였다. 그들은 레니아가 평소의 취미도 버린 채 혼자 헤실헤실 웃으며 헤엄을 치고 주변의 그 어느 것도 눈에 들어오지 않는 듯 행동하는 모습을 조용히 지켜보았다. 마치 꿈을 꾸는 것처럼 변한 그녀의 표정은 새로운 사랑이 시작되었음을 웅변하고 있었다. 그리고 레니아가 근처에 가기만 하면 팔케가 그녀를 뚫어지게 쳐다보는 것과 축제 때마다 어떻게든 그녀의 옆으로 가려고 애쓰는 모습도 그들의 눈에 들어왔다.

레니아에게 다가가 단도직입적으로 질문을 던진 것은 틸라였다. 그녀는 눈썹을 아치 모양으로 구부리고 검은 머리칼을 넓적한 얼굴 옆으로 휘날리며 물었다. "너 사랑에 빠졌지, 동생아?"

그들은 궁전 바깥쪽에서 헤엄치며 바위틈에 숨겨둔 틸라의 엷은 푸른빛의 근사한 알들을 지켜보던 중이었다. 대왕오징어 한 떼가 기다란 촉수를 해초처럼 앞뒤로 흔들고 빙빙 돌면서 지나갔다.

"맞아." 레니아가 대답했다. 분명 허를 찌르는 질문이었는데, 그녀는 솔직하게 대답했다. 대답하는 목소리가 작고 여렸다.

"그럴 줄 알았어! 오, 우리 막내." 틸라가 펄쩍 뛰어올라 레니아를 껴안으며 말했다. "우리 모두 걱정이 많았어. 네가 좀…… 다른 데 정신이 팔린 것처럼 보였거든. 생일날 난파된 배와 인간 남자와 관련된 끔찍한 일들을 겪은 다음부터 말이야."

레니아는 기쁨과 사랑으로 환하게 빛나는 얼굴로 언니를 바라보았다. 레니아는 눈치 빠른 틸라 언니가 진실을 짐작도 못하고 있다는 것에 놀랐다. "내가 사랑에 빠진 게 바로 그때야." 그녀가 속삭였다.

틸라는 흥분과 걱정이 섞인 표정으로 레니아를 멍하니 쳐다보았다. "무슨 소리야?" 틸라가 물었다.

"그날 밤. 지상 세계로 올라갔을 때. 내가 구해줬던 그 남자."

"하지만…… 너 팔케를 사랑하는 거 아니었어? 팔케는 최고로 멋진 남자 인어잖아."

"아니야." 레니아가 대답했다. "나는 팔케를 사랑하지 않아. 내가 사랑하는 건 내가 품에 안고 헤엄쳐서 해변까지 데려다준 바로 그 남자야. 내가 할 수 있는 건 그 사람을 생각하는 일뿐이야."

막냇동생의 입에서 나온 말에 충격을 받은 틸라의 표정이 변했다. "레니아! 그건 불가능해. 금기라고!"

"알아. 그래서 이렇게 괴로워하는 거잖아."

"우린 네가 행복한 줄 알았어. 너랑 팔케랑……"

"아냐, 언니." 그녀가 말했다. "난 행복하지 않아."

"네가 지금 이렇게 생각하는 건 그 남자가 그때 의식이 없었기 때문이야. 날 믿어. 네가 그 남자를 제대로 만났다면……" 틸라는 어깨를 으쓱해 보였다. "그는 널 해쳤을 거야. 인간들은 항상 그래. 너는 해칠 기운조차 없는 남자를 봤기 때문에 사랑에 빠졌느니 어쨌느니 하는 거라고."

"난 그 사람을 진심으로 사랑해."

"아냐, 막내야." 틸라는 머리를 세차게 가로저었다. 그 바람에 머리에 붙어 있던 불가사리들이 저멀리로 떨어져나갔다. "만일 그가 위험한 인간이 아니라고 해도," 그녀는 목소리를 좀더 부드럽게 가다듬었다. "그래도 안 돼. 너는 인어고, 그는 인간이잖아. 이제 너는 어른이야. 그런 환상 속에서 살 때가 아니란 말이야."

"하지만, 틸라 언니." 레니아가 몸을 틸라 쪽으로 기울이며 말했다. "환상이 아냐. 무언가가 내 내면에 있어. 나는 늘 뭔가 더 있을 거라는 느낌을 간직하고 있었어. 영혼과 영생에 대한 갈망이라고 할 수 있을 거야. 나는 말이야, 세상에서 완전히 사라져버리고 싶지 않아. 한줌의 거품으로 돌아가고 싶지 않다고. 증조할머니나 증조할아버지처럼 그렇게 되고 싶지 않단 말이야. 수백 년의 세월을 살다가…… 완전히 사라져버리는 거. 그 남자를 안고 헤엄칠 때 난 느꼈어. 그의 영혼을. 그의 몸을 빠져나와 나에게로 들어왔어. 나는 그렇게 느꼈고, 그것이야말로 그때까지 내가 바라던 모든 것이라고 생각했어. 그리고 틸라 언니, 난 눈도 봤어. 할머니가 말씀해주셨던 것 있잖아. 눈! 눈과 얼음이 하늘에서 내려왔어. 그 하나하나에 담겨 있는 영혼이 느껴졌어."

"완전히 사라져버리는 게 아니야, 레니아. 바다의 일부가 되는 거라고. 그런 식으로 우리도 영원히 사는 거야."

"전혀 달라!" 레니아가 말했다. 좌절감에 소리라도 지르고 싶었다. 어째서 아무도 천국에서 영원히 빛나는 인간 영혼의 아름다움을 이해하지 못하는 걸까? 과거의 모습 그대로 다시 한번 온전히 살아갈 수 있는 천국이라는 곳을 왜 몰라주는 걸까? "우린 사라져버려. 우리가 누구였고 뭘 했고 뭘 느꼈는지 하나도 남지 않는다고."

"오, 레니아." 틸라는 막냇동생의 팔을 잡으며 말했다. "어쩌다 그런 걸 바라게 되었니? 여기서 가진 것이 이렇게 많은데, 너는 왜 그리도 불행한 거야?"

"모르겠어." 레니아가 두 팔을 틸라의 가느다란 허리에 두르며 조용히 속삭였다.

*

레니아 주위로 밀려오던 파도가 바위에 부딪히며 스러져갔다. 머리 위 구름이 점점 엷어지며 어두운 먹색을 띠어갔다. 폭풍우가 지나가는 모양이었다. 갑자기 어디선가 비명소리가 들렸다. 소리가 공기를 찢고 그녀의 몸속에 들어와 박혔다. 레니아는 저도 모르게 바위에서 미끄러져 바닷물 속으로 떨어졌다.

"레니아!"

그녀는 다시 수면 밖으로 나와 사방을 둘러보았다. 마르그레테였다. 마르그레테가 언덕을 따라 미친듯이, 나무 아래로, 문으로 달리고 있었다. 새하얀 옷을 입고 머리를 가렸지만 얼굴과 목소리가 틀림없이 그녀였다.

마르그레테가 돌아온 것이다.

레니아가 막 그녀에게 가려는 순간, 한 남자가 마르그레테 뒤에 나타나더니 계단을 달려내려오는 그녀의 뒤를 좇아왔다. 레니아는 잠시 얼어붙은 채 어떻게 해야 할지 생각했다. 그러나 그녀는 그가 마르그레테를 해치지 않으리라는 것을 알게 되었다. 그는 어떻게든 마르그레테를 보호하려고, 멀리 데려가려고 하고 있었다.

레니아는 바닷물 속에서 가만히 멈추었다. 마르그레테가 큰 소리로 그녀를 부르는 걸 보았다. 남자의 손에 이끌려 가는 마르그레테의 목소리가 레니아를 파고 들어왔다. 남자는 마르그레테의 몸에 팔을 둘러 자기 쪽으로 바짝 끌어당겼다. 마르그레테는 꽁꽁 얼어 있었다. 추위가 그녀의 몸을 고문하고 있었다. 레니아는 그 모습을 똑똑히 지켜보며 모든 것이 자신의 일인 것처럼 느꼈고, 그들이 사라질 때까지 그저 바라보기만 했다. 그녀는 알았다. 이제 두 번 다시 마르그레테를 볼 수 없으리라는 걸.

이제 해변은 적막하고 텅 비어 있었다. 슬픔이 북받쳐올랐다. 레니아가 처음 느끼는 생생하게 맥동하는 감정이었다.

그녀는 물살을 가르고 앞으로 나아갔다. 곧 해변에 도착했고, 손바닥 밑에 바위가 닿는 게 느껴졌다. 그녀가 만진 곳마다 반짝거렸다. 바닷속에서 해변으로 올라오는 내내, 품에 안았던 왕자의 감촉이 떠올랐다. 그날, 바로 저기에 그가 누워 있었다. 그녀가 그에게 키스를 했고, 손바닥과 입술로 그의 살갗의 감촉을 느꼈다. 이제, 그녀는 그가 죽은 것처럼 느껴졌다. 아니, 둘 다 죽은 것 같았다. 생생한 슬픔이 그녀를 관통했다. 몇 년 전 할아버지가 거품이 된 이래 이런 감정은 처음이었다. 모두들 그가 세상을 떠난 것을 축하했고 오직 그녀만 그것을 두 번 다시 돌이킬 수 없는 상실로 느꼈다. 할아버지는 이제 바다의 일부가 되셨단다. 모두가 그렇게 말했다. 그러나 그녀는 할아버지의 육체가 분해되어 물속으로 사라지는 것을 보았다. 무無가 되는 것을.

마르그레테의 목소리가 귓가에 울렸다. 그녀 안의 열망.

그리고 레니아의 머릿속에 생각 하나가 떠올랐다. 생일날 언니들이 목걸이를 걸어주었을 때부터 줄곧 해온 생각이었다.

바다 마녀 시빌을 만나러 가는 것.

그녀는 머리를 흔들었다. 집에 가야 했다. 지상 세계를 잊고, 틸라 언니가 가장 잘난 남자 인어라고 한 팔케와 짝이 되어 알을 낳고 사는 게 맞다. 앞으로 남은 삼백 년 동안의 삶을 언니들, 자신이 낳을 아이들 그리고 조카들과 함께 보내는 것이다. 어쩌면 아이들에게 영혼에 대한 이야기를 들려줄 수 있을지도 모른다. 아이들은 자기들 내면에 살아 있는 빛줄기를 상상하며 웃고 장난을 칠 것이다. 왜 그 이상을 바라겠는가.

하지만 그 생각은 여전히 떠나지 않았다.

*

기억이 나는 아주 오래전부터 레니아는 바다 마녀와 그녀가 가진 엄청난 힘에 대한 이야기를 들어왔다. 여왕이었던 레니아의 증조할머니에게 한때 총애를 받기도 했으나, 증조할머니가 왕명으로 인간과의 교류를 금지시키면서 둘 사이에 깊은 금이 갔다고 했다. 누군가는 시빌이 왕명에 격렬하게 반대 의사를 표한데다 대놓고 거역하기까지 했다고 했고, 다른 누군가는 시빌이 어디까지나 자신의 비뚤어진 성격 탓에 반대한 거라고 말하기도 했다. 사실이야 어쨌든, 여왕이 시빌을 왕국 외곽의 동굴로 추방해버렸고, 마녀는 그곳에서 계속 마법을 갈고닦는다는 얘기였다.

레니아는 인어들이 마녀를 찾아가 사랑의 묘약이나 주술, 아이가 건강하게 태어나게 해주는 부적 등을 구한다는 소문을 들었다. 그리고 심지어 자신의 언니 중 한 명도 시빌을 보러 간 적 있다는 사실을 알게 되었다. 물론 그 모든 것은 철저하게 금지된 일이었으나, 어떤 이들에게 마법의 매력은 왕명보다 강력했다.

벨라가 시빌에 대해 얘기한 뒤 레니아는 시빌에 대한 생각—혹시 시빌이 그 왕자에 대해 알고 있는지, 레니아가 그를 다시 볼 수 있을지—을 떨쳐버릴 수가 없었다.

다시 한번 그를 만날 수만 있다면 못할 것이 없다고, 레니아는 생각했다.

*

그날 밤, 오랫동안 머릿속에 머물던 생각이 어떤 가능성 혹은 빛나는 희망이 된 후, 레니아는 결정을 내렸다. 바다 마녀를 찾아갈 것이다. 일단 한번 만나보러. 전혀 의미를 둘 필요는 없었다. 그저 만나보기만 하는 게 해가 되지는 않을 터였다.

그런 다음 팔케에게 갈 수 있을 거라고, 레니아는 생각했다. 새로운 삶, 그러니까 어른이자 어머니로 살아가기 전 처리해야 할 마지막 일이었다. 마지막 한 번의 모험이었다.

레니아는 아무도 지켜보지 않는 틈을 타 조용히 궁전을 빠져나왔다. 궁전 위로 그림자를 드리운 산맥을 지나 광활한 바다로, 동굴과 화산과 발광 물고기 떼와 부유하는 불가사리와 온갖 종류의 조개와 진주와 산호를 지나면서, 그녀는 심장이 인도하는 대로 움직였다. 한참 뒤 지형이 바뀌기 시작했다. 푸른 발광 해초와 빛을 내는 덩어리들이 사라지더니 주변이 온통 어두워지고 별처럼 빛나는 바위가 보였다. 바닷물이 방향을 바꾸고 반짝이면서 점점 어둡고 짙어졌다. 이상한 전자장이 이따금 바다를 훑고 지나갔다. 레니아는 자신이 바다 마녀의 영역에 들어왔다는 걸 알았다.

틀림없었다. 눈앞의 동굴에선 마치 검은 별과 같은 희미한 광채가 났다. 동굴 바깥쪽엔 지상 세계에서 가져온 잔가지와 풀과 나뭇잎으로 만든 마녀의 형상이 서 있었다. 깊은 바다와는 전혀 어울리지 않는 재료들인데, 아무래도 마법을 걸어 모양을 유지하고 있는 듯했다.

레니아는 거대하게 입을 벌린 동굴 입구를 지나 안으로 헤엄쳐 들어갔다. 동굴 벽은 빛나는 검은 보석으로 만들어진 것 같았고, 거대한 붉은 꽃들이 활짝 피어 있었다. 지느러미를 날개처럼 펼친 흰 물고기가 주변을 돌아다녔다. 물고기가 시야에서 사라졌다 나타났다 하며 주위를 밝혔다.

"시빌?" 레니아가 불렀다. 놀랍게도 그녀의 목소리가 목에서 우렁우렁 울려나왔는데, 마치 수면 위 공기중에서 나는 듯했다. 당황한 그녀가 주위를 두리번거렸지만, 그곳은 틀림없는 해저 세계였다. 사방이 검은 보석으로 가득한 세계. 달라진 것은 아무것도 없었다.

아무 대답도 없었다. 방 건너편에 아치로 된 길이 나 있었고, 그녀는 그 길을 따라 두번째 방으로 들어갔다. 그 방에는 이상한 식물들이 굵게 자라 있어 그것들을 피해 굽이굽이 헤엄쳐 나아가야 했다. 레니아가 다가가는 동안에도 식물들은 바로 그녀의 눈앞에서 자라고 색깔을 바꾸었다.

그렇게 앞으로 가다, 동굴 벽을 타고 올라가는 꽃 덩굴을 손보느라 바쁜 한 인어와 마주쳤다. 꼬리는 진주를 녹인 듯한 빛깔이고 분홍빛 도는 은빛의 거칠거칠한 머리카락을 허리까지 기른 인어였다.

"저기요." 레니아는 조용히 말을 걸다 더럭 겁을 먹었다. 절대 시빌일 리 없다고 생각했다. 시빌은 이제 삼백 살이 거의 다된 인어여야 했다.

그 인어가 몸을 돌려 그녀를 쳐다보자 레니아는 흠칫 놀라고 말았다. 인어의 눈동자는 매우 특이하고 엷은 금빛이었다. 마치 사람을 빨아들일 것 같은 눈이었다. 두 눈이 마치 두 개의 팔처럼 그녀를 끌어당겨서 레니아는 얼른 시선을 바닥으로 떨구었다. 바닥에는 은빛 바위와 빛나는 검은색 모래가 흩어져 있었다.

"안녕하세요?" 인어가 레니아에게 다가오며 말했다. 목소리가 무척 사랑스러웠는데, 마치 입을 떠나면서 고유의 생명을 얻어 스스로 레니아의 머리카락을 휘감는 듯한 느낌이었다.

"당신이 시빌인가요?"

"기다리고 있었답니다."

"기다리고 있었다고요?"

"이 식물들이 말이에요," 시빌이 식물들을 가리키며 말했다. "나는 이 덩굴에서 미래를 조금 읽어낼 수 있답니다." 그녀는 꽃 한 송이를 따서 벌린 뒤 꽃잎을 뜯어내고 가운데의 두툼한 부분만 남겼다. "보이나요?"

"뭐가요?" 시빌이 들고 있는 꽃의 가운데 부분 말고는 레니아에겐 아무것도 보이지 않았다. 갑자기, 아주 잠시, 무언가 깜빡이며 나타났다. 인어의 모습, 레니아 자신의 모습이었다. 그러나 그것은 금세 사라졌고, 다시 평범한 꽃의 중심부로 돌아왔다. "어머나." 레니아가 시빌을 올려다보자 시빌은 빙그레 미소를 지으며 꽃을 바닥에 던졌다. 그러자 곧 꽃 덩굴이 다시 원래 키만큼 쑥 자랐다.

"필요한 게 있나요?"

"네," 레니아는 더듬더듬 대답했다. "제가 원하는 건……"

시빌이 레니아의 어깨에 손을 얹었다. "괜찮아요. 말해봐요."

"열여덟번째 생일날, 물에 빠져 죽어가던 한 인간 남자를 구해줬어요. 그리고 그를 사랑하게 됐어요. 그 남자를 다시 찾고 싶어요." 모든 말이 한 호흡에 흘러나왔다.

시빌은 전혀 놀랍지 않다는 듯, 눈 하나 꿈쩍하지 않았다. "그냥 보통 사람을 사랑하게 된 것도 아니군요. 그는 왕자예요. 그렇죠?"

"왕자요?" 레니아가 말했다. "어떻게 알아요?"

"귀여운 공주님." 시빌이 그녀의 질문을 무시하며 말했다. "타고난 그대로를 받아들이는 게 가장 좋은 것이랍니다. 그대가 아닌 다른 무언가가 되려 하지 마세요."

레니아는 조심스럽게, 천천히 다음 말을 했다. "하지만 가능한가요? 내가 아닌 다른 무언가가 되는 게?"

그들 주위에서는 덩굴이 꼬였다가 이내 풀리고, 순식간에 자라고 죽는 나뭇잎과 꽃을 싹틔웠다. 검은 보석의 벽은 은빛으로 바래지다가 다시 어두운색으로 돌아가는 것 같았다. 문득 레니아의 눈에 마녀가 살아낸 세월이 보였다. 이전과 다름없이 상냥하고 아름다웠지만, 그녀의 내면에는 깊은 슬픔이, 영원한 상실에 대한 권태가 자리하고 있었다.

"가능해요." 마침내 시빌이 말했다. "하지만 대가가 어마어마하죠. 마법이란 그런 것이니까요. 언제나 대가가 따르게 마련이죠."

"그게 뭔데요?" 레니아가 속삭이듯 말했다. 그 순간 모든 것이 진지하고 신성한 분위기로 바뀌었다. 동굴 안은 참을 수 없을 정도로 조용했다.

시빌은 그녀를 물끄러미 보더니 고개를 뒤로 젖혔다. "그걸 묻는 인어는 정말 오랜만에 보는군요."

"예전에도 이런 일이 있었나요? 이런 질문을 받은 적이 있어요?"

"그럼요." 시빌이 말했다. "그대가 인간을 사랑한 첫번째 인어는 아니거든요. 이 세계가 둘로 갈라진 이래 심심찮게 일어났던 일이랍니다. 우리를 인간들에게서 멀찍이 떨어뜨리려는 온갖 규칙들이 생긴 이유 중 하나이기도 하지요. 그대의 내면에는 다른 인어들에 비해 인간성이 조금 더 많이 남아 있는 것 같아요. 아마도 그래서 그들의 세계를 그토록 동경하는 것일 테지요."

"맞아요." 레니아가 말했다. 처음으로 누군가가 자신의 마음을 알아준 것이다. 마녀는 그녀의 심정을 정확히 알고 있었다. 과거 다른 인어들도 지금 그녀와 같은 마음을 겪었다. 그래. "제발, 어떤 대가를 치러야 하는지 알려주세요. 제가 뭘 할 수 있는지."

시빌은 동정 어린 눈빛으로 레니아를 바라보았다. "나는 그대에게 물약을 줄 수 있답니다. 당신의 꼬리를 둘로 갈라 다리로 만들어줄 물약이지요."

"물약." 레니아가 숨을 토해냈다. "그게 다예요?"

"아주 많이 고통스러울 겁니다. 꼬리가 갈라질 때는 커다란 칼로 썰리는 듯한 고통이 느껴질 거예요. 그리고 그 고통은 계속 이어집니다. 겉으로 보기에는 여전히 우아하고 움직임도 자유로워 보이겠지만, 그대 자신은 걸음걸음마다 마치 칼날 위를 걷는 듯한 고통을 겪게 됩니다. 인간들이 그대의 비상한 기품에 감동할 때조차도요. 그런 모든 고통을 견디고 싶어요? 고작 인간이 되기 위해서?"

그런 고통이 어떤 것인지 레니아는 상상도 할 수 없었지만, 그를 다시 볼 수만 있다면 그 무엇도 견딜 수 있을 것 같았다. 어떻게 궁전으로 돌아가 팔케의 짝이 되겠다는 생각을 할 수 있었던 걸까? "그럴걸요." 그녀가 대답했다.

"한번 인간의 모습을 갖게 되면 두 번 다시 인어로 돌아올 수 없어요. 부모님도, 언니들도 만날 수 없어요. 조카들이 자라는 모습도 볼 수 없게 되고요. 지금까지 알던 삶, 그대가 사랑했던 모든 이들을 포기해야 합니다. 그럴 수 있나요?"

시빌은 말을 끊고 레니아의 대답을 기다렸다.

"네." 레니아가 대답했다. 하지만, 그녀의 목소리는 떨리고 있었다.

"게다가, 그대는 꼭 그 왕자의 사랑을 얻어야 해요. 완벽하게 그의 사랑을 차지해서 그가 그대와 기꺼이 결혼하게 만들어야 합니다. 그러면 사제가 당신과 그의 영혼을 하나로 묶어줄 거예요. 그것만이 그대가 인간의 영혼을 얻는 방법입니다, 레니아."

"그는 저를 사랑하게 될 거예요." 레니아는 고개를 끄덕이며 말했다. "전 그가 절 사랑하게 되리란 걸 알아요."

"만일 그가 다른 사람과 결혼한다면, 다음날 동틀 무렵 그대의 심장은 산산조각 나고, 그대는 물거품으로 변해버릴 거예요. 만일 그가 일절 결혼을 하지 않는다면, 당신은 그냥 평범한 인간처럼 살다가 죽을 거예요. 하지만 그 소중한 영혼은 결국 얻지 못하겠지요. 인간을 멀리하는 한, 여기 해저 세계에서 그대는 살아갈 날이 아직 몇백 년쯤 남았을 겁니다. 하지만 지상 세계에서는 언제라도 죽을 수 있어요. 당신의 몸은 연약해질 것이고 도처에 위험이 널려 있을 테니까요. 그리고 그렇게 죽으면, 물거품으로 변해버릴 겁니다."

"그가 저와 결혼하지 않는다면 말이지요."

"맞아요. 그가 당신과 결혼하지 않으면요."

"그가 저와 결혼을 한다면, 저는 영원히 살 수 있는 거고요. 맞나요? 그건 진실인가요?"

시빌이 고개를 끄덕였다. "그대는 인간의 영혼을 가질 수 있게 되고 인간의 영혼은 천국에서 영원히 살아요. 하지만 이걸 잊지 마요. 우리 또한 바다의 일부가 되어 영원히 존재할 수 있다는 걸."

"하지만 우리는 물거품이 되어버리잖아요. 사라지잖아요."

"그렇죠."

"그렇다면 같은 게 아니죠."

레니아는 어머니와 아버지, 언니들과 조카들, 언니들이 낳은 예쁜 알들을 생각했다. 바다. 그 안에서 그녀가 사랑했던 모든 것들. 저 깊은 곳까지 미끄러지듯 헤엄쳐 들어갈 수 있었던 육체의 힘, 헤엄치는 그녀의 몸을 따라 흐르던 바닷물과 사방의 물고기, 작은 문어, 불가사리 들의 빛.

하지만 죽음 뒤의 모든 것과 비교한다면, 이 모든 풍요가 다 무슨 소용이란 말인가? 심지어 가족 간의 유대조차 결국은 사라질 것이고, 결국 남는 것이라고는 추억, 추억과 물거품뿐인데. 그녀를 기억하는 모든 이들도 결국 물거품이 되고 말 것이다. 궁전은 퇴색하고 이야기는 잊힐 것이다. 아무것도, 아무 흔적도 남지 않을 것이다. 그녀는 자신보다 앞서 살다 간 모든 인어들을 떠올려보았다. 그들의 사랑과 고통, 그 비정했던 전투들, 그들의 아이들, 그들의 열정을. 한때는 해저 세계의 모든 것을 한껏 즐기고, 이 바다를 사랑하고, 산호들 사이에 살아갔을 바다의 종족들. 그러나 지금 그들은 무엇이 되었는가? 그들은 무엇을 남겼는가?

이어서 그녀는 지상 세계의 찬란함을 머릿속에 떠올려보았다. 햇살이 내리쬐고, 다채로운 소리가 끊임없이 들려오는 곳. 인간들이 배에서 우수수 떨어져내리고, 죽고, 살려달라며 소리를 질렀다. 그리고 그녀의 입술 아래 느껴지던 그의 입술, 그 부드러움. 그녀는 상상했다. 두 다리를 가진 자신이 그를 향해 걸어가는 것을. 이미 그녀 안에 들어온—그녀는 알았다—그의 영혼이, 새로 생긴 그녀의 영혼과 만나는 것을. 사제가 그들을 결혼시키며 영혼을 하나로 접합해주어 둘이 영원히 함께하게 되는 것을. 레니아는 또 마르그레테가 언덕 위 수녀원에서 기도를 드리는 것을 생각했다. 바다에서 레니아는, 죽으면 물거품이 되고 무無가 된다. 지금의 이 모든 것이 끝나버린다는 것이다. 하지만 왕자와 함께라면 천국에서 영원히 살 수 있게 되리라.

"한 가지 더 있어요." 시빌이 말했다.

"뭐죠?"

"대가요. 마법이란 그런 것이랍니다, 레니아. 그대가 바라는 것이 아주 크기 때문에 그 대신 그대의 가장 큰 자산을 포기해야 하는 거지요. 그대와 같은 질문을 했던 다른 인어들 모두 그렇게 해야 했습니다. 그러지 않고서는 물약이 효과가 없거든요."

"하지만 포기할 게 더 뭐가 있다는 거죠? 제 궁전, 가족, 바다 모든 걸 다 포기하는 건데요?"

"목소리요."

레니아는 반사적으로 목을 손으로 쥐었다. "제 목소리요?"

"그대의 아름다운 목소리요."

"하지만…… 이걸 어떻게 가져가겠다는 건가요?"

말을 꺼내는 시빌의 모습이 사뭇 고통스러워 보였다. "그러기 위해서는, 공주님, 그대의 혀를 잘라내야 합니다."

"제 혀를요?"

"그래요. 그대는 노래할 수도, 말할 수도 없게 될 거예요."

"제 혀를." 레니아가 말했다. "하지만 그에게 말을 할 수 없다면, 어떻게 그가 저를 사랑하게 만드나요?"

"그대의 아름다운 외모와 몸가짐, 감정을 표현하는 눈이 있잖아요. 그대는 스스로 생각하는 것보다 가진 게 훨씬 더 많아요. 그리고 지상 세계에서는 그런 것들이 훨씬 더 강력하게 작용할 겁니다. 인간은 인어들에게 무언가 특별한 게 있다고 느끼곤 한답니다. 물론 그렇게 느끼는 줄도 자각하지 못하지만요."

레니아는 머리가 핑그르르 돌았다. 목소리를 잃으면 과연 어떻게 될까? 목소리는 그녀의 중요한 일부분이었다. 그녀 자체였다. 그녀는 노래를 부르는 것만으로도 쉽게 주변에 있는 이들을 절망하거나 웃게 만들 수 있었다. 그녀의 목소리는 타고난 축복이었다. 그 무엇도 자기를 막을 수 없다고 생각했지만, 목소리가 없는 자신은 상상할 수 없었다. 하지만 어쩌면 이 목소리는, 지금 이것을 갖기 위해 주어진 것일지도 모른다. 이것을 갖기 위해서.

시빌은 몸을 앞으로 내밀고 레니아의 손을 잡았다. "절대 되돌릴 수 없는 결정입니다. 결코 가벼이 생각지 마세요. 좀더 생각할 시간을 가져봐요."

레니아는 고개를 끄덕였다. "그리고 제가 결정을 내린다면, 물약을 주실 거죠?"

"네. 당신을 위해 물약을 만들어줄게요. 그런 다음 대가를 가져가겠습니다. 그게 마법의 마지막 과정이 될 거고요."

"그다음에는, 그에게 갈 수 있나요? 당장?"

"그래요."

레니아는 그 가능성에 잔뜩 흥분했다. 하지만 정말 지금까지 알았던 모든 것을 떠날 수 있을까? 목소리를 포기할 수 있을까? 그 사람 때문에? 오로지 그 남자 때문에?

레니아는 품에 안았던 왕자의 부드러움과 따뜻함을 생각했다. 빛줄기가 그로부터 그녀에게로 들어와 서서히 퍼지더니 그녀를 채웠었다. 이제 그녀가 바라던 그 모든 것이 손에 잡힐 듯 다가와 있다.

9장

공주

그들은 밤낮없이 줄곧 달려갔다. 말발굽의 묵직한 리듬이 그들을 싣고 앞으로 나아갔다. 눈으로 장식된 거대한 소나무가 우거진 처녀림을 지나, 마을과 성채 도시들을 전속력으로 달렸다. 오두막과 농장이 드문드문 흩어진 긴 시골길을 달렸다. 모든 것이 얼음으로 덮여 겨울 햇살 아래 반짝거렸다.

이 마을에서 저 마을로 옮길 때마다 농노와 상인들이 창가와 문간으로 몰려나와 왕과 왕실 호위병, 그리고 위험에서 구출된 공주의 모습을 구경했다. 이야기는 불처럼 번져나갔다. 적국의 왕자가 공주가 은신하고 있는 수녀원에 잠입해 그녀를 죽이려 했지만 마침 왕이 제때 나타나 그녀를 구했다는 얘기였다. 왕국의 모든 백성들이 분노했다. 모든 창가와 상점 문에 왕실 문장이 내걸렸다. 사람들은 거리에 늘어서서 피의 복수를 외쳤다. 이제 평화는 끝났다.

전쟁도 전쟁이지만, 적이 어린 공주를 죽일 작정으로 신의 집에 잠입했다는 것 또한 별개의 중대한 문제였다.

마르그레테가 할 수 있는 일이라곤 두려움 속에서 뒤로 물러앉아 사람들의 분노가 펼쳐지는 것을 지켜보는 일뿐이었다. 집과 상점이 여전히 파괴되어 있는, 사람들의 고통이 너무나 선명해 그녀가 그 고통의 냄새를 맡고 맛을 볼 수 있을 정도인, 오랜 전쟁으로 황폐해진 마을들을. 적국의 왕자가 수녀원에 머물렀다는 사실은 남국을 향한 왕의 강한 분노를 불러일으켰을 뿐 아니라 그 부하들의 전쟁 충동을 증가시켰고, 지금 그녀는 그들의 단단한 결집 안에 둘러싸여 있었다. 도대체 이 증오는 어디에서 온 것인지, 그리고 적국의 땅이 원래 그들의 것이고 그들의 혈통, 즉 그녀의 혈통에 속한 것이라는 확신은 도대체 어디에서 온 것인지 그녀는 알 수 없었다. 남국의 국왕과 그 조상들이 왕위를 참칭하는 가짜들에 불과하다는 것도. 증오와 분노는 거대한 파도만큼이나 멀리까지 번져 있었고, 그녀는 그 앞에서 한없이 무력했다.

그녀는 곁안장*을 이용해 말 등에 타고 있었고, 에델이 말을 타고 그녀의 뒤를 따르고 있었다. 두 사람 모두 아직 견습 수녀 복장이었다. 몇 달 전 수녀원으로 들어갈 때 입었던 옷으로 갈아입는 것이야 어려운 일이 아니었지만, 왕은 공주와 공주의 시녀가 수녀복을 입고 있는 모습을 온 나라 백성들이 보기를 원했다. 그 소문이 진실임을 알 수 있길 바란 것이다. 그리고 그녀도 감히 부왕의

* 여성이 말을 탈 때 다리를 벌리고 잔등에 걸터앉는 대신 옆으로 다리를 모으고 앉을 수 있도록 만들어진 안장.

뜻을 거역할 생각은 없었다. 진짜 싸움을 벌일 시점은 신중하게 선택해야 할 테니까.

피터는 그녀의 뒤에 앉아 두 손으로 고삐를 꽉 쥐고, 팔뚝으로는 그녀를 단단히 잡아 고정시키고 있었다. 그녀는 부왕이 왜 그녀의 기수騎手로 피터를 선택했는지 알았다. 그는 부하들 중 가장 강하고 말을 가장 잘 타는 사람이다. 그러나 그가 전장의 일등공신 중 하나이며 지금이야말로 적들을 싹 쓸어버릴 때라고 주장하는 사람이라는 사실 또한 그녀는 알고 있었다. 그리 멀지 않은 과거에 그녀는 자신이 피터 같은 사람과 결혼하게 될 거라고 생각했었다. 하지만 지금은 그의 몸이 그녀를 누르는 것이 영 어색하고 불편하기만 했다. 아직도 그녀의 손에는 왕자의 입술이 남긴 아련한 감촉이 느껴졌기에.

적국의 왕자. 모두가 한목소리로 외치는 타도의 대상…… 그 모든 것에도 불구하고, 처음으로, 그녀는 새로운 시작을 감지했다. 신비롭고 불가사의한 바다를 배경으로 수녀원의 정원에 있던 그것, 그것은 새로운 아름다움이었고 새로운 세상의 가능성이었다. 지금 그는 어디 있을까? 그녀는 궁금했다. 그는 기억할까? 그녀가 누구인지 알고 있을까? 그리고 지금, 말을 타고 시골 지역을 지나며, 온 얼굴로 찬바람을 맞으며, 수녀복으로 몸을 감싸고 있고 머릿속에는 인어의 기억이 너무나 생생한 지금, 그녀는 다시 태어난 기분을 느끼기 시작했다. 거대한 운명을 맞이할 준비를 하고 있었다.

*

하루 밤낮을 꼬박 달리고 그 다음날 해가 질 무렵, 그들은 북국의 성에 도착했다.

성문이 열리고, 그들은 군중의 갈채와 휘날리는 깃발 속에서 성안으로 들어섰다. 수백 명의 백성들이 공주의 무사 귀환을 축하하기 위해 모여 있었다.

기수가 말의 속도를 늦추자 사람들이 마르그레테에게 달려들어 그녀가 지나갈 때마다 허리 숙여 인사를 건네고 그녀의 옷자락을 만지기 위해 손을 뻗었다. 그리고 딸을 구하기 위해 자기 권위를 내려놓길 마다하지 않은 왕에게도 경의를 표했다.

마르그레테는 태어나서 이렇게 녹초가 되어보기는 처음이었다. 한 자세로 오래 앉아 있던 터라 온몸이 쑤시고 결리지 않는 곳이 없었다. 이윽고 경비병 한 명이 달려와 그녀가 말에서 내리는 것을 도와주었고, 덕분에 그녀의 발이 오랜만에 땅을 디뎠다. 마구간지기가 달려나와 말을 받아가기 무섭게 그녀는 계단을 달려올라가 문을 통과하여 성안의 휴게실로 들어갔다.

왕은 밖에 남아 백성들에게 연설을 하기 시작했고, 부하들 또한 왕과 함께 있었다. 마르그레테의 등뒤로 찌를 듯한 함성과 환호, 피의 응징을 외치는 왕의 목소리가 들렸다. 그 소리에 마르그레테는 경악을 금치 못하며 멈추었다. 렌즈가 그녀 곁으로 다가오더니 부드럽게 그녀의 팔을 잡았다. "싸우자!" 백성들은 함성을 질렀고, 부왕은 적국의 젊은 왕자의 타도를 부르짖으며 마르그레테는 예언에 따라 왕국에 영광을 가져올 위대한 통치자를 낳을 것이라는 점을 다시 한번 강조했다.

그녀는 벽에 기대고 호흡을 가다듬었다.

렌즈는 그녀의 뒤에 서서 그녀를 주의깊게 지켜보았다. "기나긴 여정을 마치셨습니다, 공주님." 그가 말했다. "아무래도 휴식을 취하시는 것이 좋겠지요?"

그녀는 반갑게 고개를 끄덕였다.

대연회장으로 들어서자 궁성 안의 모든 이들이 그녀를 맞이하기 위해 기다리고 있었다. 귀족들이며 왕실 의회의 의원들이 죄다 나와 있었고, 한때는 죽은 왕비의 친구였으나 지금은 왕의 마음을 빼앗기 위해 다투고 있는 귀부인들의 모습도 보였다. 왕이 아내가 죽은 뒤 마음이 돌처럼 굳어져서 자신들에게 아무런 매력도 느끼지 않는다는 걸 깨닫지 못하고 있는 여인들이었다. 모든 궁정의 신하들이 돌아서서 마르그레테를 환영했고, 그녀가 지나갈 때 머리 숙여 인사하고 그녀의 손에 입을 맞추었다.

그녀는 자신의 옷차림이 심히 누추하고, 말을 타고 오느라 머리도 잔뜩 헝클어져 있다는 걸 깨달았다. 그녀는 소리치고 싶었다. 나는 괜찮아요! 그 상냥한 남자에게서 어떤 위험도 느껴본 적 없다고요, 이 바보들아!

하지만 그녀는 그러는 대신 자신을 축복하는 이들을 줄줄이 지나치며 우아한 미소를 날릴 뿐이었다. 자신의 존재를 부정하고 본성을 억누르는 훈련은 한두 해 한 것이 아니었다.

마침내 그녀는 자신의 방으로 도망칠 수 있었다. 벽난로에는 벌써 불이 피워져 땔감으로 쓰이는 솔방울이 가득 타오르고 있었다. 뜨거운 목욕물도 준비중이었다. 왠지 어마어마한 사치를 누리는 기분이었다. 소나무 향과 나무 향, 목욕물에서 풍기는 방향제 냄새, 침대와 가구를 장식한 호화로운 직물들, 벽에 걸린 태피스트리. 시녀들은 아름다운 옷을 입고 화장을 하고 머리를 단정하게 정돈한 채 그녀를 기다리고 있었다. 오랜 시간 수녀원에서 지낸 터라 그런 아름다운 광경은 거의 충격적이었다. 그러나 정작 그녀의 몸은 오히려 안도하며 그 모든 것을 자연스럽게 받아들였다.

집에 온 것이다.

시녀들이 정중하게 그녀의 옷을 벗기고 머리를 풀어내렸다. 도중에 마르그레테는 깜짝 놀랐다. 레니아가 남긴 광채가 아직까지 팔에 남아 있었던 것이다.

"이것 보여?" 그녀는 에델 다음으로 아끼는 시녀인 조세핀에게 물었다.

"뭐가요?" 조세핀이 물었다.

"어떤…… 빛나는 것. 내 피부에. 보여?"

"아뇨."

"이상하구나." 그녀는 욕조 안으로 들어가며 말했다. 시녀들이 그녀가 따뜻한 물속에 편하게 자리잡도록 옆에서 도와주었고, 또 다른 시종은 난로에 덥힌 주전자를 가져와 욕조에 더운물을 새로 부었다. 조세핀이 바로 옆에 두었던 바구니에서 말린 약초를 꺼내 물에 뿌렸다. 마르그레테는 가만히 앉아 온기가 온몸에 퍼져나가는 것을 즐겼다. 그녀의 팔이 물속에서 은은하게 빛났다. 그녀는 잠시 그것을 바라보다가 이내 눈을 감고, 증기를 타고 올라오는 약초 향을 들이마셨다.

또다른 시녀인 로라가 그녀의 뒤에 무릎을 꿇고 앉아 마르그레테의 숱 많은 머리카락을 한데 모은 다음 약초와 파우더로 깨끗이 감기기 시작했다.

"공주님이 무사하셔서 기뻐요." 로라가 말했다. "적이 공주님께 그렇게 가까이 갔다니, 생각만 해도 끔찍해요."

"그렇게 나쁘지 않았어." 마르그레테가 중얼거렸다. "그는…… 그렇게 나쁜 사람은 아니었어." 그렇게 탈진했는데도, 타고난 자긍심에도 불구하고, 그녀는 저도 모르게 볼이 발그레해지고 입가에 미소가 살짝 맺히는 것을 느꼈다.

"어머나! 공주님…… 그를 좋아하셨어요?" 로라가 눈을 휘둥그레 뜨며 말했다. "그러셨군요! 그는 우리의 적이라던데! 사실인가요? 무척 잘생긴 남자라고 들었어요."

"응. 잘생겼어." 마르그레테는 마구 비어져나오는 미소를 더는 숨길 수 없었다. "정말 근사한 사람이야. 에델도 얘기해주겠지만, 그는 이야기 속에서 빠져나온 사람 같아."

두 시녀는 다 알겠다는 듯한 표정을 서로 주고받으며, 한 명씩 마르그레테의 팔을 잡고 들어올린 뒤 천조각을 물에 적셔 그녀의 어깨에 대고 문질렀다.

"여기서도 그 남자에 대한 말이 많았어요." 로라가 말했다. "굉장한 전사라면서요. 공주님을 죽이려고 보낸 거라고 하던데요? 하지만 정작 공주님은 다른 종류의 위험을 겪으신 모양이네요."

"그 사람은 절대 나를 암살하러 왔던 게 아니야. 확실해." 마르그레테가 말했다. 인어를 만난 것도 말하고 싶었다. 우리는 함께 해변에 앉아 있었어. "그리고 네가 말한 위험이라는 것 말이야, 무슨 말인지 도통 모르겠는데?"

그녀는 로라에게 익살맞은 표정을 지었고, 로라는 이내 웃음을 터뜨렸다.

"하지만 그 남자는…… 그는 공주님이 머물고 계시던 그 수녀원으로 온 거잖아요." 조세핀이 말했다. "그 이유가 아니라면 왜 거기로 보내진 걸까요?"

"보내진 게 아니야." 마르그레테가 말했다. "정말 무시무시하고 끔찍한 폭풍우가 몰아쳤어. 아마도 그는 전혀 그곳에 올 예정이 아니었을 거야. 그는…… 해변까지 헤엄쳐 왔어. 그 사람을 해변에서 발견한 게 바로 나야. 거의 죽어가던 그를 말이야."

"거의 죽어갔다고요?" 조세핀이 물었다. "사람들은 그가 말을 타고 옆에는 번쩍거리는 칼을 차고 나타났다고 했어요."

"전혀 아냐." 마르그레테가 머리를 흔들며 말했다. "그는 어느 날 해변에 쓸려왔고, 물에 홀딱 젖은 채 부들부들 떨고 있었어. 만약 내가 그날 그 자리에 우연히 있지 않았다면, 아마 그는 죽었을 거야. 게다가 그는 혼자였어. 날 죽이러 온 사람 같니?"

"여기 사람들이 그런 이야기를 어떤 식으로 하는지 아시잖아요." 조세핀이 말했다. "별것도 아닌 걸 가지고 막 떠들어대고."

"잘 알지." 마르그레테가 말했다. "하지만 이건 얘기가 달라……" 마르그레테는 해변과 의무실, 정원에서의 순간들을 떠올리기 위해 기억을 마구 더듬었다. "그는 내가 견습 수녀라고 생각했어. 내가 누군지 전혀 몰랐다고. 난 그저 해변에서 그 남자를 발견한 소녀였고 그는 내게 거듭 감사를 표했어."

"그럼 그냥 다 우연의 일치였을 뿐인가요?" 로라가 물었다.

"아니야." 마르그레테가 대답했다. "운명이지."

"운명이라," 로라가 한숨을 쉬며 말했다. "정말 로맨틱해요."

"하지만 그 사람이 공주님의 정체를 알았다고 생각해보세요." 조세핀이 말했다. "지금은 알 거라고 생각하세요?"

"아마도." 마르그레테가 대답했다. 마음이 무거웠다. 그 생각은 하지 않으려 했다. 크리스토퍼 왕자가 자신이 만났던 견습 수녀가 사실은 적국의 공주라는 사실을 알게 된다는 생각. 그는 어떻게 반응할까?

그녀는 그가 어떻게 생각할지 전혀 알 수 없었다. 앞으로 그들에게 어떤 일이 일어날지도.

마르그레테는 천천히 욕조에서 몸을 일으켰다. "자야겠어." 그녀가 말했다.

시녀들이 몸을 말리고 잠옷을 입혀주는 동안 그녀는 아무 말 없이 있었다. 그러고는 모두 물러나게 하고 침대에 올라 단숨에 잠들었다.

*

그녀는 다시 한번 모든 게 꿈은 아니었는지 의아해하며 고요하고 어두운 세상에서 잠을 깼다. 혹시 몇 달 전, 무슨 옷을 입을지 어떤 필사본을 읽을지 어떤 즐거운 놀이에 참여할지가 가장 큰 고민이었던 나날 중의 하루는 아닌지. 그때는 세상이 참 안온한 것 같았다. 남쪽에 사악하고 흉포한 적이 있었지만, 이 땅의 가장 용맹한 이들은 언제라도 그들과 싸울 준비가 되어 있었다. 그리고 그녀는 그때가 오면, 신께서 사랑하시는 이 나라가 승리를 거둘 것이라 믿어 의심치 않았다.

그녀는 팔을 들어보았다. 아직도 있었다. 잦아드는 난로 불빛 아래, 피부 위를 가로지르는 연한 광채가 희미하게 보였다.

에델이 난롯가에 앉아 있었다. 마르그레테는 몸을 일으켰다. 잠이 덜 깬 채로 에델에게 다가가 그녀의 어깨에 손을 얹었다.

"피로는 좀 풀렸어?" 마르그레테가 물었다.

에델이 깜짝 놀란 듯 올려다보더니 곧 환한 미소를 지었다. 그 순간 마르그레테는 에델의 생기 넘치는 아름다움에 새삼 놀랐다. 에델은 섬세한 디자인의 초록색 양단 드레스를 입고 있었는데, 가슴 부분이 깊게 패어 그녀의 뽀얀 살결과 풍만한 가슴골, 그리고 숱 많은 붉은 곱슬머리와 주근깨 가득한 천진난만한 얼굴이 돋보였다. 지난 몇 달 동안의 일들이 아예 없었던 것처럼 일상으로 돌아온 모습이었다. 난롯불이 그녀의 피부에 비치며 이글이글 반사광을 냈다.

"며칠 동안 잔 기분이에요." 에델이 자리에서 일어서며 말했다. "새사람이 됐어요. 공주님은요? 또다시 문명 세상의 옷차림을 하시려면 한번 죽었다 살아나셔야 할 거예요." 그녀는 벽 앞에 서 있는 옷장 쪽으로 걸어가 안에 걸린 아름다운 드레스들을 뒤지기 시작했다.

마르그레테는 마구 웃었다. "돌아오니까 이상해. 그렇지?"

"그렇긴 해요. 그래도 한시름 놓았어요. 이곳이 그리웠거든요. 남자 없는 세상에서는 살고 싶지 않아요." 그녀는 마르그레테를 돌아보며 윙크했다.

"에델! 세상에는 남자 말고도 다른 것들이 많아."

"하지만 그보다 중요한 것도 없죠, 공주님."

"못됐어. 정말 그렇게 싫었어?"

"네! 싫지 않은 게 뭐가 있었을까요? 한밤중에 일어나야 하고, 제대로 쉬지도 못하고, 끔찍한 옷을 입어야 하지, 하루종일 베틀 만지면서 손은 거칠어지고, 음식도 맛없잖아요. 다 나쁘지만 그중에서도 제일 나빴던 건, 남자라곤 심술궂고 늙은 주교와 적국의 왕자뿐이었다는 거였어요." 에델은 연한 푸른 색의 실크 드레스를 하나 꺼냈다. "이게 좋겠어요." 그리고 드레스를 손에 들고 마르그레테를 돌아보았다. "공주님은 싫지 않으셨어요? 거기 있는 내내 한 번도 이렇게 큰 소리로 말도 못해봤잖아요!"

"나는 그곳에서 나름의 아름다움을 발견했어."

"네네. 그래요. 그러셨군요."

노크 소리가 나더니 한 시종이 들어왔고, 조세핀과 로라가 그 뒤를 따랐다. 부왕이 마르그레테가 저녁 만찬에 참석하기를 바란다고 했다.

"곧 갈게." 마르그레테가 고개를 끄덕이며 말했고, 에델은 다른 시녀들과 포옹한 뒤 이내 수녀원의 험담을 잔뜩 늘어놓으며 수다를 떨었다.

시녀들 모두 마르그레테를 둘러싸고 분주하게 손을 놀렸다. 에델이 고른 드레스를 입히고, 긴 머리를 빗질해 머리 위로 틀어올리고, 이국적인 향유를 발랐다. 마르그레테는 눈을 감았다. 몇 달이나 수수한 옷만 입다가 다시 근사한 차림을 하게 되는 기분을 음미하지 않을 수 없었다. 검은 머리카락을 모두 드러내고 정성 들여 치장을 할 수 있다니. 그녀는 거울로 다가가 거기 비친 자신의 모습을 바라보았다. 손을 펼쳐 실크 드레스의 감촉을 느껴보기도 하고, 허리에 딱 들어맞는 맵시에 감탄했다. 드레스의 연한 푸른색과 어우러지는 검은 머리의 조화가 여간 근사한 것이 아니었다. 잠시 그녀는 크리스토퍼 왕자가 앞에 서서 이렇게 치장한 그녀를 바라보는 모습을 상상하고 있었다.

"이제 원래 세상으로 돌아오셨네요, 공주님." 에델이 말했다. "수많은 신사들의 눈이 공주님의 모습을 그리워했을 거예요."

마르그레테는 에델이 자신의 생각을 읽기라도 한 듯 당황했다. "난 그런 거 신경쓰지 않아." 그녀는 고개를 치켜들고 세 명의 시녀에게 돌아서서 말했다. "준비됐어."

시녀들은 그녀를 선왕들의 초상화가 줄줄이 이어진 장엄하고 고풍스러운 복도로 안내했다. 연회장에서 풍기는 구운 꿩 냄새에 절로 침이 고였다. 술에 취한 사람들의 목소리. 오래된 나무 바닥을 구르는 발소리. 이런 것이 바로 궁정 생활의 즐거움이었다.

"천국의 냄새예요." 에델이 말했다. "옷 좀 헐렁하게 할 걸 그랬어요……" 그녀는 손바닥을 허리에 가져다대고 얼굴을 찌푸렸다.

그들은 웃었고, 문으로 다가가며 웃음을 그쳤다. 격식에 따라 시녀들은 뒤에 섰고 마르그레테가 앞장서서 연회장으로 들어갔다. 온 연회장이 환호성으로 가득했다. 그녀는 미소 띤 얼굴로 우아하게 목례를 건네며 신속히 품위 있는 궁중 예법의 세계로 들어갔다. 그녀는 공주였다. 그리고 그녀는 공주가 어떻게 처신해야 하는지 잘 알았다. 털가죽 망토를 두른 왕은 테이블 끝 상석에, 양옆에 피터와 그레고르를 대동하고 앉아 있었다. 다른 궁정 대신들과 귀족들은 각종 요리와 구운 꿩, 수프와 빵이 그득 차려진 테이블의 긴 모서리를 따라 주르륵 앉아 있었다. 벽을 따라 횃불이 밝게 빛났고, 그 불빛은 각자의 식기를 장식한 금과 은에 반사되었다.

즉시 왕이 자리에서 일어나 잔을 들었고, 다른 사람들도 따라 했다.

"전쟁을 위하여!" 왕의 목소리가 우렁차게 울렸다.

"마르그레테를 위하여!"

그녀는 어릴 때부터 늘 해오던 대로 무릎을 살짝 굽혀 건배에 대한 답례를 하며 공주의 품위를 발휘했다. 하지만 슬픈 감정이 그녀를 휩쓸었다. 땅에 막대기로 인어를 그리고 누추한 생활을 하던 소년의 모습이 떠올랐다. 반면에 이곳엔 풍요가 넘쳤다. 그 소년의 삶이 얼마나 더 나빠져야 하는 것일까? 아버지의 나라에, 그녀의 나라에 그 소년 같은 아이가 얼마나 더 많이 늘어나야 하는 것일까? 갑자기 고기 냄새에 숨이 막혔다.

"잘 돌아왔다, 딸아." 왕이 입을 열자 연회장이 조용해졌다. "우리 모두 너를 무사히 돌려보내주신 신께 감사드리고 있다."

"감사합니다, 아버지." 그녀가 말했다. 그녀는 단상으로 올라가 아버지의 옆자리인 자기 자리에 앉았고, 그곳에 앉아 있던 그레고르는 재빨리 그 옆 의자로 비켰다. 그녀는 지극히 조신하고 우아하게 행동했지만 속으로는 자리에서 일어나 그동안 본 것, 알게 된 것에 대해 마구 소리치고 싶은 마음이었다.

시종이 그녀의 눈앞에 호화로운 음식을 차리기 시작했다. 구운 고기, 향료를 넣고 만든 쌀 요리, 두툼한 빵. 그녀는, 몇 달 전이었다면, 이곳에 앉아 꿩고기와 케이크로 만찬을 즐기고 그녀를 흘끔대는 젊은 신하들의 시선을 느끼고 궁중 악사들의 연주에 박수를 보내는 데 만족감을 느꼈을 것이다. 전쟁 이야기는 그녀에게 안전하고 강하다는 느낌을 주었을 것이다.

내가 이 왕국을 다스리게 되면, 이제 그녀는 이런 생각을 했고, 생각만으로도 가슴이 두방망이질했다. 거대한 변화를 불러일으킬 거야.

그녀는 접시를 멀리 밀어놓았고, 왕은 이야기를 이어나갔다. "적의 손아귀에서도 내 딸이 아무런 해를 입지 않은 것은 오로지 자신의 백성을 향한 신의 영광과 사랑 때문이다. 절대 남쪽 원수들이 우리를 능멸하도록 두지 않을 것이다. 기어코 그 왕자의 무엄한 행위를 처단하고 말 것이다!"

연회장의 모든 귀족들이 잔을 들어 건배했고, 시종들은 연회장 안팎을 정신없이 오가며 더 많은 술과 고기를 가져왔다.

"전쟁을 위하여!"

마르그레테는 위축되지 않기 위해, 그 어떤 감정도 드러내지 않기 위해 스스로를 다독여야 했다. 그녀는 일어서서 그들 모두에게 소리지르고 싶은 생각뿐이었다.

사람들은 발을 구르며 포크나 나이프 따위로 접시를 두드려 소리를 냈다.

"마르테 공주님." 그레고르였다. 그는 부드럽게 그녀를 옛 애칭으로 부르며 그녀의 손을 잡았다.

그녀는 그레고르를 돌아보며 반갑게 그의 손을 꽉 쥐었다. 그의 손을 잡자 곧 마음이 한결 놓였다. 그는 학식이 높은 사람으로, 하늘과 별, 바다와 땅, 문학과 예술 등 모든 분야에 박식했다. 먼 옛날 그는 동방에서 공부를 했고, 대학에 있을 때 어린 부왕을 가르치기 위해 왕실로 초빙되었다고 했다. 부왕은 젊은 나이에 왕위에 오른 뒤 그레고르를 가까이 두고 종종 자문을 구하곤 했다. 그레고르에게 마르그레테를 가르치라고 명한 것은 작고한 왕비였는데, 마르그레테가 태어날 때의 예언을 상기한 부왕이 기꺼이 이를 허락했다. 마르그레테에게 가장 행복한 추억은 그레고르와 함께 도서관에 앉아 음유시인들의 시구나 전설 등을 읽었던 것이다. 어머니는 돌아가시고 부왕은 전쟁에만 빠졌을 때…… 그녀는 언제나 도서관을 피난처로 삼았다.

그레고르는 그 모든 혼란 속에서 그녀에게 닻과 같은 역할을 해준 사람이었다. 에델을 제외하면 그는 세상에서 그녀가 가장 믿는 사람이었다.

"정말 보고 싶었어요." 그녀는 작은 소리로 속삭이며 나이든 스승의 손을 꽉 잡았다. 눈물이라도 날 것 같았다. 바로 곁에선 부왕의 거대한 성벽과도 같은 분노가 느껴졌다.

"다들 드시오!" 왕의 말이 떨어지자 연회장은 또다시 건배와 발구르는 소리로 요동쳤다. 테이블 양쪽에 줄줄이 앉은 대신과 귀족들은 식기를 들고 다시 음식을 먹기 시작했다. 음악가들은 아주 사랑받는 노래를 연주하며 연회장 이쪽저쪽을 오갔다. 시종들은 주방에서 케이크가 잔뜩 쌓인 접시를 날라왔다.

"통 먹지를 않는구나, 딸아." 잠시 뒤 부왕이 그녀를 돌아보며 말했다.

그녀는 조금 놀랐는데, 부왕이 그 모든 것에도 불구하고 무척 행복해 보이고 심지어 나이에 비해 근사해 보였기 때문이었다. 그녀의 어머니가 돌아가시기 전의 모습을 보는 것 같았다. 부왕의 검은 눈이 빛났고, 겨우 몇 분 전까지만 해도 걱정이 가득했던 얼굴은 갑자기 미소가 번지며 편안한 표정이 되었다. 아버지는 좋아하시는구나. 그녀는 새삼 느꼈다. 아버지는 즐기고 있어.

죄책감과 애정이 가슴속에서 마구 흘러넘쳤다. 아버지가 이렇게 행복해하는 모습을 보는 것은 너무도 오랜만이었다.

"몸이 그다지 좋지 않아서요, 아버지." 그녀가 말했다. "여독이 아직 풀리지 않은 듯합니다."

"당연히 그럴 것이다, 딸아." 그가 말했다.

부왕은 반지를 낀 커다란 손을 내밀어 그녀의 어린 시절에 종종 해주었던 것처럼 그녀의 얼굴을 부드럽게 매만졌다. 불시에 아버지의 손길을 느끼자 그녀는 다시 눈물이 흐를 것 같은 기분이 들었다.

그녀는 남은 식사 시간 동안 조용히 앉아, 자신의 접시에 담긴

고기를 가장자리로 밀어놓고 억지로 빵 몇 조각을 입안에 넣었다. 음악이 점점 고조되고, 몇몇 신하들은 노래를 따라 부르기 시작했다. 에델을 보니 그녀는 한 무리의 젊은 귀족 남녀와 어울려 앉아 머리카락이 어깨로 넘어가도록 고개를 뒤로 젖힌 채 깔깔 웃고 있었다. 자신도 속 편하게 저 무리에 끼었으면 좋겠다는 생각이 들었다.

"마르그레테 공주님, 잠시 늙은 선생의 정원 산책에 함께해주시겠습니까?" 시종이 접시를 치우자 그레고르가 말했다.

"물론이죠." 그녀가 대답했다.

그가 자리에서 일어나 왕에게 뭐라 몸짓을 하자 왕은 고개를 끄덕였다. 마르그레테는 그레고르를 따라 연회장을 빠져나왔고, 유리벽과 난방시설을 갖춘 정원으로 이어진 문들을 지나갔다. 정원은 왕비가 만년에 기획했던 것이었다.

"겪으신 모든 일들이 가슴에 큰 상처로 남으셨을 것 같습니다." 그레고르가 그녀에게 팔짱을 끼며 말했다. 그들은 산책로 하나를 걷기 시작했다. 남방 지역에서 배로 실어온 이국적인 나무들을 구불구불 따라가는 길이었다. "한시름 놓았습니다, 마르테 공주님. 무사하셔서 참 다행입니다. 하지만 공주님 얼굴에선 왠지 그늘이 보이는군요." 그는 신중한 눈빛으로 그녀를 바라보았다. "무슨 일인가요?"

그녀는 그레고르를 물끄러미 바라보았다. 어떻게 이 사람은 항상 자신의 기분을 그렇게 잘 아는 건지 궁금했다. 저도 모르게 눈물이 터져나와 볼을 따라 흘렀다. 밤공기 속에서 눈물은 수정처럼 빛났다. 머리 위로 둥실 뜬 보름달이 유리를 통과해 쏟아져들어왔다.

"무엇 때문에 그러시는 거죠?" 그가 발걸음을 멈추고 그녀를 돌아보았다. "그 사람이 당신에게 해를 입혔나요? 얘기하시지 않은 것들이 있나요? 우리가 받은 보고에 의하면 크리스토퍼 왕자가 그냥 가까이 있던 정도가 아니라 아예 한 담장 안에 있었다고 하더니…… 오, 이런 세상에! 그가 당신의 바로 옆에 있었으니…… 상상조차 힘들군요, 도대체 무슨 일이 있었을지……"

"아뇨, 아니에요." 그녀가 말했다. "별거 아니에요. 전 아버지께 왕자가 수녀원에 왔던 날의 얘기를 말씀드리려 했어요, 그레고르. 아버지가 완전히 오해하고 계시거든요. 사람들 모두 다요. 하지만 들으려고 하지 않으시더니 이제는 전쟁 이야기까지 하고 계세요. 이건 아니에요, 그레고르. 정말 아니라고요. 그는 저를 죽이러 온 게 아니었단 말이에요."

"무슨 말씀이신가요? 그렇다면 그 사람이 왜 거기로 간 거죠?"

"절대로 절 해치러 온 게 아니었어요. 전 그 사람, 그 왕자와 대화도 나눴어요. 수녀원 의무실에서, 저 혼자 그 사람이랑 얘기도 했었다고요, 그레고르."

"단둘이요? 그 사람이 당신의 정체를 알았나요?"

"전혀요! 그는 아무것도 몰랐어요. 게다가 제게 친절했어요. 그는 제가 자기 목숨을 구해줬다고 믿고 있어요. 음, 정확히 말하자면 제가 아니라 견습 수녀죠. 보복에 대한 이 모든 이야기는 전부 우연의 일치로 이뤄진 거예요. 운명의 일격이랄 수도 있고요. 그러니까 지금 이 전쟁 분위기는 전적으로 잘못된 거라고요."

그녀는 그레고르의 얼굴에 걱정의 기미가 비치는 것을 보고 마음을 놓았다. 무척 가까운 사이이긴 했지만, 그레고르도 부왕처럼 자신의 얘기를 들은 척도 하지 않을 것이라고 반쯤 기대를 접어둔 터였다.

"왕께 말씀드리셔야 합니다." 그는 다정하게 말했다. "왕께서 공주님을 데리러 떠나셨을 때는…… 거의 제정신이 아니셨습니다. 왕비님을 잃으셨을 때처럼 공주님도 잃게 될까 두려우셨던 게지요. 이제는 공주님께서 무사히 돌아오셨으니, 아마 왕께서도 차분히 이야기를 들어주실 겁니다."

"그레고르. 방금 전에도 아버지는 제 말을 듣지 않으려 하셨어요." 그녀는 다시 아버지에게 간다는 생각만 해도 속이 뒤집혔다. 혼란스러운 그 수녀원에서 몇 번 말고는 아버지에게 대들어본 적이 없었다. 그러나 지금처럼 그렇게 행동해야 할 이유가 있던 적도 없었다.

"그래도 노력하셔야 합니다. 매우 중요한 일이에요. 너무도 많은 목숨이 위험에 빠질 수 있습니다."

마르그레테는 고개를 들어 그녀가 무척이나 사랑하는 나이든 스승의 주름진 얼굴과 우뚝 솟은 광대뼈와 깊은 주름을 찬찬히 바라보았다. "당신은 아버지처럼 전쟁에 푹 빠져 있는 건 아니군요. 그렇죠?"

"그렇습니다." 그가 말했다. "사실 많은 이들이 저와 같은 생각을 하고 있습니다."

그녀는 천천히 고개를 끄덕였다. "예전에는 지금처럼 깊게 생각하지 않았어요. 원래 그런 것, 당연히 그래야 하는 것이라고만 생각했죠."

"지금은 세상을 좀더 겪으신 거지요."

"아버님께 말씀드리도록 해볼게요." 그녀가 그레고르의 팔에 팔짱을 끼며 말했다. 그러고는 과실과 꽃이 잔뜩 핀 나무가 늘어선 길을 따라 계속 걸었다. 유리벽 밖으로 조용히 눈이 내리고 있었다. 두 사람 앞에 있는 화려한 분수에서는 달빛에 반사되어 서늘하게 빛나는 물이 똑똑 흘러내렸다.

*

마르그레테는 부왕에게 얘기를 전하기 위해 그 다음날 아침까지 기다렸다. 그녀가 아는 바에 따르면 부왕의 머리가 가장 맑은 시간은 아침 미사 직후, 점심식사 시간 전이었기 때문이다.

그녀는 똑바로 서서 턱을 들어올리고 문을 열라고 근위병에게 고개를 끄덕였다. 머릿속에 그다지 멀지 않은 과거의 어느 밤이 떠올랐다. 수녀원 의무실 문밖을 서성이던 그때. 그때도 그녀는 지금만큼이나 초조했다.

근위병이 그녀가 왔다고 고하고 그녀를 왕에게 안내했다. 왕은 창가에 서서 바깥을 보고 있었다.

공주를 돌아보는 왕의 얼굴이 침울하고 울적해 보였다.

"아버지." 그녀는 무릎을 굽혀 아버지에게 인사했다.

"마르그레테." 그가 말했다. "이리 오너라." 그녀는 부자연스럽게 아버지를 향해 걸어갔고, 왕은 그녀를 가까이 끌어당겼다. 왕은 체격이 무척 커서 그녀는 마치 아버지 몸에 온통 에워싸이는 느낌을 받았다. 어린 시절에는 아버지가 바닥에 누워 있으면 그의 몸 위로 기어오르는 것을 좋아했다. 옆에서는 어머니가 웃음을 터뜨렸다. 아버지가 그녀를 다리에 얹고 그네 태우듯 앞뒤로 흔들어주는 것도 좋아했었다. 지금이야 이 나이든 사내가 그런 행동을 했다는 것 자체를 믿기 힘들게 되었지만.

"심려 끼쳐드려 죄송해요, 아버지." 그녀가 말했다. "저를 구하러 달려와주셔서 감사하고요."

"당연한 것 아니냐." 그는 뒤로 물러나 그녀를 바라보았다. "너를 지키기 위해서라면 내가 못할 것이 무엇이겠느냐. 내 손으로 널 그런 악의 소굴에 보낸 것이 통탄스러울 뿐이다."

"아버지," 그녀가 말했다. "전혀 그렇지 않았어요. 거기 계신 분들은 정말 성스럽고 선한 분들이셨어요. 수녀원장님은 제 친구라고 해도 좋을 정도고요."

왕은 살짝 미소를 짓더니 근처에 있는 긴 의자에 앉으라고 손짓하고 그녀의 옆에 앉았다. "그들을 너무 좋게 봐주는구나, 마르그레테. 전혀 그럴 가치가 없거늘. 너는 참 선한 영혼을 가졌다만, 단호함 또한 배워야 할 것이다. 네가 여왕이 되기 전에는 말이다."

"제가 나약하기 때문에 이런 말씀을 드리는 건 아닙니다." 그녀가 말했다. "그곳의 수녀님들이나, 그……" 그녀는 잠시 망설였지만 이내 다음 일보를 내딛고 말았다. "크리스토퍼 왕자 때문도 아니고요."

"크리스토퍼 왕자가 뭐 어쨌다는 얘기냐?"

"아버지," 그녀는 심호흡을 한 뒤 아버지의 얼굴을 정면으로 쳐다보았다. "이 일 때문에 전쟁을 다시 일으키시면 안 돼요. 이것 때문에 평화협정을 깨서도 안 되고요. 지금 다들 엄청난 오해를 하고 있습니다. 왕자는 저를 해치러 온 게 아니었어요. 장담할 수 있어요. 그리고 설령 그렇다 해도…… 전쟁의 대가는 너무도 커요."

부왕의 얼굴이 딱딱하게 굳어갔다. "너는 아직 세상을 잘 모르는구나, 딸아. 아직 넌 이런 일을 논할 수준이 되지 않는다."

"전 왕자가 더 큰 목적으로 그곳에 보내진 거라고 믿어 의심치 않아요. 그는 파도에 쓸려 해변으로 왔고, 몸은 성한 곳 없이 거의 죽어가고 있었습니다. 그리고 그를 발견한 게 바로 저고, 그를 꼭 살려내려고 한 것도 저예요. 이걸 신의 계시가 아니면 뭐라고 설명하시겠어요?"

"남국의 농간에 놀아나서는 안 된다." 그가 말했다. "그리스군을 승리로 이끌었던 트로이의 목마를 기억하거라. 네가 한 공부가 헛것이 아니길 빈다."

그녀는 아버지가 예로 든 신화 이야기가 너무도 기가 막혀서, 자기도 모르게 목소리를 높였다. "그를 발견한 게 바로 저라고요. 그가 죽어가던 모습은 절대 저에게 부리는 농간 따위가 아니었습니다. 무엇보다 저는 그전엔 한 번도 그렇게 바다를 보고 서 있던 적이 없었어요. 다른 때였다면 그는 그냥 그 바위 위에서 죽었을 거예요. 이걸 달리 어떻게 설명하시겠어요?"

놀랍게도, 아버지의 얼굴이 부드러워지며 눈가에 눈물이 고였다. 숨이 막히는 것 같았다. 너무도 뜻밖의 일이었다. 잠시 그녀는 자신이 아버지를 설득해낸 것이라고 생각했다.

"가끔 보면 넌 꼭 네 엄마 같구나." 그가 말했다.

"제가요?" 그녀는 부왕이 어머니 얘기를 꺼낸 것에 놀랐다.

왕은 빙그레 미소를 짓더니 생각에 잠긴 듯 먼 곳을 바라보았다. "네 엄마도 늘 그렇게 열정적이었지. 나에게 자기 생각을 말하는데 거침이 없었어. 감히 그렇게 하는 사람이 거의 없었는데도 말이야. 내가 그레고르를 신뢰하는 것도 그 때문이다. 그는 내게 진실을 말하길 두려워하지 않지."

마르그레테는 아버지의 추억담에 엷게 미소를 지었다. 어머니는 외유내강한 여인이었다. 그리고 그런 성품은 아버지와 좋은 짝을 이루었다. "저는 어머니만큼 용감해질 수 있길 바랄 뿐이에요." 그녀가 말했다.

"당연히 그리될 것이다. 용기와 열정. 네가 이미 갖고 있는 것 아니더냐, 마르그레테."

"감사합니다." 그녀는 눈가가 촉촉이 젖어오는 것을 느꼈다. "어머니가 너무도 보고 싶어요."

"나도 그렇단다." 왕이 말했다. "그리고 네 어머니를 위해서라도 우리는 반드시 원수인 남국을 무찔러야 한다."

"잠시만요. 무슨 말씀이신지 모르겠어요."

"네 어머니가 병석에 누워 있던 것은 기억하겠지? 네 어머니는 남국에 사는 사촌을 만나겠다고 고집을 부렸었다. 돌아왔을 때는 이미 병마가 네 어머니의 몸을 침투한 뒤였지. 그야말로 신의 계시였다. 그 땅은 우리 것이란다, 마르그레테. 이렇게 갈라져 있어선 안 되는 거였어."

"하지만 그건 오래전 일이잖아요, 아버지. 그냥 어깨를 맞대고 평화롭게 살 수는 없는 건가요?"

왕은 한 손을 들어올렸다. "그만하거라, 마르그레테. 이 나라는 약해빠진 왕국이 아니다. 나는 내 원수가 내 왕비를 죽이고 내 딸마저 죽이려 하는 것을 절대로 좌시하지 않을 것이다."

"하지만 너무 많은 사람들이 죽을 거예요!"

"왕국을 위한 죽음이다. 그보다 더 훌륭한 죽음의 이유는 없어!"

10장

인어

레니아는 천천히 헤엄쳐 궁전으로 돌아갔다. 몸을 스치는 물살이 그녀를 달래주었다. 반투명한 물고기 한 떼가 유유히 떠갔고 그녀는 물고기떼를 지켜보았다. 근처에 있던 해파리가 불빛으로 그들을 꿰어 저 위로 훅 끌어올렸다. 그 모습이 밤하늘의 별 같기도 하고, 작은 영혼들 같기도 했다. 희열이 슬픔으로 변했다가 다시 희열로 돌아갔다. 가족을 떠나, 자신이 속한 세계를 떠나, 원래의 몸을 떠나 도대체 어떻게 살아갈 수 있을지 그녀는 알 수 없었다. 그러나 또 한편으로는 그녀에게 주어진 기회를 거부할 수도 없었다. 언니들과 부모님, 조카들까지 모두 다 데려갈 수 있다면 좋을 것 같았다. 그녀와 함께 있는 모든 이들, 바닷속 생물 하나하나까지 모두 다 데려가고 싶었다. 그래서 그들도 영혼을 얻게 하고, 그렇게 영원히 함께 빛나고 싶었다.

그녀가 궁전에 돌아왔을 때 다른 모든 이들은 잠들어 있었다. 바위에 붙어, 또는 거대한 조개껍데기 속에서, 또는 바다 밑바닥의 무성한 해초 틈에서. 그녀는 여왕의 방으로 헤엄쳐 가 어머니와 아버지의 모습을 들여다보았다. 그들은 진주로 만든 침대에서 서로 뒤엉킨 채 잠들어 있었다. 오래전 할아버지가 할머니에게 선물한 침대였다. 이제 어머니의 긴 머리는 하얗게 세어버렸지만, 할머니가 왕위에서 물러나고 어머니에게 그 자리를 물려주었던 때처럼 어머니는 여전히 아름다웠다. 어머니 또한 곧 틸라에게 자신의 왕위를 물려줄 것이다. 그리고 아버지. 잠든 아버지의 모습을 보니, 어릴 적 아버지가 그녀를 데리고 함께 헤엄치던 기억 하나하나가 머릿속을 지나갔다. 둘이 손을 꼭 잡고 헤엄치던 기억. 아버지가 물위로 그녀를 휙 던졌다가 다시 내려와 그녀를 받으며 놀던 기억, 어머니가 궁전에 남아 정사를 돌보는 동안 아버지가 그녀를 데리고 다니며 보여주었던 해저 세계의 신비들.

그녀는 자신이 이미 결정을 내렸다는 걸 깨달았다. 시빌이 그녀가 원했던 모든 것이 가능하다고 말해준 바로 그 순간, 마음이 이미 정해졌다.

그녀는 부모님의 방을 떠나 대연회장으로 들어갔다. 홍합들이 사방에서 입을 열었다 닫았다 하고, 온갖 종류의 발광 바다 생물들이 어둠 속에서 이리저리 헤엄치고 있었다. 이제 두 번 다시 볼 수 없을 곳들에 온전히 거하며, 그녀는 난생처음 사무치는 감정을 느꼈다. 그녀는 아주 사소한 것까지 외우려 애썼다. 훗날에도 아마 이 모든 것들을 기억할 수 있을 테고, 그러면 이것들은 영원히 죽지 않으리라고 그녀는 생각했다. 그녀가 떠나면, 시빌에게 혀를 주고 그 대신 꼬리를 다리로 만들어주는 물약을 받아 마시게 되면, 그녀는 이 모든 것들을 천국까지 가져갈 수 있게 되리라. 진주를 품고 있는 저 조개도, 조개가 입을 열고 있는 동안 재빨리 그 사이를 헤엄쳐 지나가는 저 작은 물고기 하나까지도.

그녀는 천천히 정원으로 나와 언니들 한 명 한 명이 자는 모습을 지켜보았다. 바위와 해초 사이에 숨겨진, 안에서 틸라의 아이들이 자라고 있는 반짝거리는 알을 어루만지면서, 알을 깨고 바다로 나아갈 때는 어떻게 해야 하는지 자상한 조언을 속삭여주었다.

*

다음날 궁전에서 열린 축제에서 레니아는 가족과 궁정의 모두를 위해 노래를 불렀다. 그녀의 목소리는 물결을 타고 멀리멀리 퍼져나가 모든 종류의 바다 생물을 불러모았다. 지상 세계에서는 상상조차 못할 기기묘묘한 물고기도 왔다. 언니들은 홀린 듯 그녀를 바라보고 있었다. 그 누구도 그녀의 마음속에 무엇이 들어 있는지 몰랐다. 이 세상에 둘도 없을 것만 같은 목소리를 듣는 것도, 자신들이 그녀를 위해 찾아준 목걸이가 그녀의 목에 걸려 반짝거리는 것을 보는 것도 이번이 마지막이라는 걸 몰랐다. 레니아의 아름다운 언니들은 꽃처럼 환한 얼굴들이었다. 천장에서는 진주가 떨어져내렸고, 조개들이 연신 입을 열었다 닫았으며, 호박으로 된 벽 너머에서는 빛나는 수천의 바다 생물이 은은한 빛을 뿜어냈다.

시간이 참을 수 없이 더디게 흘렀다. 일그러진 시간 속에서 그녀는 이미 모든 것을 다 보고 있었다. 상상 속에서 그녀는 벌써 왕자와 결혼을 했고, 그녀 안에는 고동치는 빛줄기가 있었고, 그녀는 헤엄치는 법이라든지 아가미로 숨쉬는 법 같은 건 잊은 지 오래였다. 지상 세계로 올라가고 세월이 지나 노인이 된대도, 한때 살았던 이 세계를 기억할 수 있을까? 산호로 된 궁전, 빛나는 피부와 물속에서 구름처럼 뭉게뭉게 흩어지는 길고 아름다운 머리칼을 가진 언니들을, 평생 바다 밑바닥을 떠나본 적 없는 멀쑥하고 빛나는 생물들을. 동굴과 바위를 뒤덮고 있는 조개와 진주와 뼈와 해초 덤불들을. 그리고 이 모든 것들이 그녀에게 얼마나 놀랍고 아름다웠는지를.

*

마침내 레니아는 바닷물을 쏜살같이 헤치고 꼬리를 힘차게 파닥이며, 그리고 요동치는 가슴을 억누르느라 애쓰며 바다 마녀에게 돌아갔다. 바깥에 서 있는 나뭇잎 동상을 지나쳐 마녀의 동굴 안으로 들어섰다. 붉은 꽃이 피어 있는 검은 보석의 벽을 지나 비비 꼬인 덩굴이 가득한 방으로 들어갔다.

시빌이 기다리고 있었다. 그녀 앞에는 김이 모락모락 피어오르는 커다란 가마솥이 놓여 있었다. 시빌이 고개를 들어 레니아를 바라보았는데, 그녀의 표정은 전날보다 훨씬 더 어둡고 슬퍼 보였다. 그녀는 긴 속눈썹을 볼 위로 내리깔았다. 눈이 눈물을 머금은 듯 반짝였다. "결국 결정을 했군요." 시빌이 말했다.

"네." 레니아는 고개를 끄덕였다. "준비됐어요."

"알겠지만, 오늘 당장 할 필요는 없어요." 시빌이 말했다. "시간을 좀더 갖고 천천히 생각해도 돼요. 결코 가볍게 결정할 일이 아니니까요."

"알아요." 레니아가 속삭였고 온몸에 공포가 감돌았다. "하지만 준비됐어요."

"좋아요." 시빌은 한숨을 내쉬고는 가마솥 뒤에서 레니아가 있는 쪽으로 헤엄쳐 왔다.

"그럼 전…… 뭘 어떻게 하면 되죠?"

"남국 최남단으로 가야 합니다. 거기서 그가 살고 있는 성을 찾을 수 있을 거예요. 그 사람을 느낄 수 있을 겁니다. 여기를 떠나 남국에 도착하게 되면 일단 밤이 될 때까지 기다리세요. 주변에 아무도 없어야 하니까요. 그리고 육지로 올라가세요. 절대 아무에게도 들켜서는 안 돼요. 그리고 그때, 바로 그때 이 물약을 마시는 겁니다. 바닷물 속에 있을 때 다리가 자라면 수영을 할 수 없으니 인간들처럼 익사하게 될 겁니다. 일전에 경고했듯 꼬리가 다리로 변하는 과정은 무척이나 고통스럽습니다. 하지만 다 끝나고 나면 당신은 그들과 완전히 똑같은 모습이 될 거예요. 당신이 다른 무언가였다는 건 상상도 못할 만큼."

레니아는 고개만 끄덕였다. 말이 입 밖으로 나오지 않았다. 마음속 깊숙한 곳에서 희미한 목소리가 울려왔다. 어서 떠나라고, 어서 궁전으로 돌아가라고, 팔케와 언니들 곁으로 돌아가 이 모든 걸 잊으라고 자꾸만 그녀를 괴롭혔다. 그녀는 눈을 꼭 감고 그 목소리가 잠잠해지기를 바랐다. 다음에 일어날 모든 일들을 전부 건너뛰고, 그저 잠에서 깨어 눈을 떴을 때 그의 품안이라면 참 좋겠다고 생각했다.

"전 준비됐어요." 그녀는 목소리가 떨리지 않도록 가다듬으며 좀더 큰 소리로 말했다. 이게 자신의 마지막 말이 될 수도 있다는 생각은 사뭇 충격적이었다.

"그럼 이제 마법의 대가를 받아가겠어요."

"잠시만요!"

시빌이 무언가 기대하는 듯 눈을 크게 떴다.

"언니들에게 제 얘기를 전해주실 수 있나요? 아마도 언니들이 이리로 올 거예요. 적어도 벨라 언니는요. 언니에게 꼭 좀 전해주세요. 이건 어디까지나 제 선택이었고, 그래서 전 행복하다고."

시빌이 고개를 끄덕였다. "물론이죠."

"그리고 제가 모두를 사랑한다고도요. 부탁해요."

"알겠어요."

"준비됐어요." 레니아는 침을 한 번 꿀꺽 삼키고 마음을 차분하게 가라앉혔다. 시빌은 옆에 있던 식물에 손을 뻗더니 은으로 된 긴 칼을 하나 꺼냈다. 레니아가 입을 벌렸고, 자기도 모르게 비명을 질렀다. 그녀는 부들부들 떨고 있었다.

"정말 괜찮겠어요?" 시빌이 속삭였다.

레니아는 고개를 끄덕였다. 눈을 감고 영혼의 빛줄기를 상상했다.

시빌의 목소리는 마치 머리를 쓰다듬어주는 손길처럼 부드럽고 자애로웠다. "입을 최대한 크게 벌리세요."

레니아는 입을 벌리고 눈은 계속 꾹 감고 있었다. 몸의 모든 부분이 앞으로 닥쳐올 일을 예감하며 뻣뻣하게 긴장했다. 그녀는 시빌의 손가락이 자신의 혀를 잡고 고개를 좀더 뒤로 젖히는 것을 느꼈다. 그리고 레니아는 마녀의 슬픔을 느꼈다. 이제 곧 그녀의 혀를 도려낼 것이 칼이 아니라 바로 그 슬픔인 것만 같았다. 하지만 진짜 칼이 섬뜩한 감촉으로 그녀의 혀에 닿았고 레니아는 머릿속으로 그 남자의 부드러운 살결과 그녀의 손바닥 아래에서 뛰던 그의 심장 고동, 죽은 뒤 영원히 함께하게 될 천국만을 열심히 상상했다.

고통스러웠다. 칼이 그녀의 혀를 잘라내는 동안 생생하고 혹독한, 지금까지 한 번도 겪어보지 못한 육체의 고통이 느껴졌다. 그녀는 주먹을 꽉 쥔 채 소리를 질렀고, 본능적으로 고개를 뒤로 젖혔다. 그러나 시빌이 계속 그녀의 혀를 잡고 있었다. 그리고 조금 뒤, 레니아는 풀려났다. 그녀는 뒤로 쓰러지며 눈을 떴고, 시빌이 피에 축축하게 젖은 혀를 손에 들고 있는 모습을 보았다. 레니아는 끔찍한 고통에 비틀거리다 검은 벽에 몸을 부딪혔다. 고통이 척추를 따라 꼬리 끝까지 전해졌다. 입은 그 자체로 거대한 상흔이 되었다. 그녀는 입을 꽉 다물고 피를 삼켰다. 그러고는 마치 그 안으로 사라질 수 있기라도 한 것처럼 벽에 몸을 세게 밀어붙였다.

벽이 짙은 잿빛으로 바뀌었다. 레니아는 마치 먼 곳을 보는 듯 눈을 가늘게 뜨고 시빌이 자신의 혀—붉고 피를 뚝뚝 흘리는 통통한 물고기 같은—를 가마솥 안에 집어넣는 모습을 지켜보았다. 시빌은 칼로 자신의 손바닥을 베어 피를 내 솥 안에 함께 짜 넣었다.

'뭐하는 거……' 레니아가 물어보려 입을 열었으나, 아무 소리도 나오지 않았다. 그녀는 손으로 입을 막았다가 뗐다. 손바닥은 온통 피투성이가 되었다.

시빌은 물끄러미 그녀를 바라보았다. "나 또한 항상 무언가 대가를 치러야 한답니다. 하지만 내 피쯤이야 아무것도 아니죠."

그 순간 레니아는 알 수 있었다—어떻게 알게 되었는지 모르지만—시빌도 언젠가 지상 세계에 올라간 적이 있고, 그곳에서 오직 고통과 슬픔만을 가져왔다는 것을. 이 마법에 두 사람의 피가 섞여 있기 때문인지는 모르겠지만, 그녀는 그 사실을 알 수 있었다. 그러나 시빌은 왕자와 사랑에 빠졌던 것도 아니고, 한밤중의 악몽 같은 폭풍우에서 그를 구해내 뭍에 데려다준 것도 아니었다. 아마도 다른 무언가가 있었으리라.

시빌이 작은 약병을 가져와 솥 안에 담가서 병에 물약을 가득 채웠다. 작은 거품이 보글보글 일며 병 밖으로 조금씩 비어져나왔다. 그 모습을 보고 있는 동안 레니아의 고통이 차츰 진정되더니 이내 욱신욱신하는 정도까지 가라앉았다.

레니아는 해낼 수 있을 거라고 생각했다.

"그대가 소망하는 것을 꼭 이루길 기원하지요." 시빌이 그렇게 말하고 병 뚜껑을 닫아 레니아에게 건넸다. 레니아가 병을 받아들자, 마녀는 몸을 앞으로 숙여 레니아의 얼굴을 어루만졌다. 그녀의 눈에는 감정이 흘러넘치고 있었다. "내가 말한 모든 것들, 잘 기억하세요."

레니아는 고개를 끄덕이며 핏물을 삼켰다. 이제 시작이다. 물러설 곳은 없다.

"자, 가세요." 시빌이 말했다. "다른 세상으로, 그 사람에게로."

*

레니아는 손에 약병을 꼭 쥔 채 바다 마녀의 동굴을 떠나 헤엄치기 시작했다. 고통 때문에 감각이 없어서 그녀는 그저 열심히 몸을 놀려 바다를 헤엄쳐 갔다. 아무 생각도 하지 않고, 아무것도 느끼지 않으려 애를 썼다.

갈 길이 너무도 멀었다. 온몸이 차분해지며 자연스럽게 긴장이 풀려나갔다. 앞으로 어떤 일이 닥쳐올지, 어떤 고통을 감당해야 하는지 이제는 조금 더 알 것 같았다. 잠시 후면 다리에도 입에서 겪었던 것과 같은 고통이 찾아올 것이었다. 그러나 지금 이 순간, 그녀의 몸은 튼튼하고 완벽했다. 그녀는 꼬리를 쭉 뻗고, 두 팔을 내밀어 지나가는 물고기, 고래, 상어, 오징어, 가오리 들을 쓰다듬었다.

이렇게 헤엄치는 것도 이번이 마지막일 것이었다. 그녀는 어렵지 않게 물살을 헤치며 자신의 꼬리가 내뿜는 힘을 한껏 즐겼다. 입에서 느끼는 고통에도 불구하고 가슴속 깊은 곳에서는 기쁨이 솟아나왔다.

남쪽으로 갈수록 바닷물은 파란빛에서 초록빛을 띠기 시작했다. 그녀는 심해로부터 헤엄쳐 올라와 이제 수면 근처에서 헤엄치며 지상의 모습을 황홀하게 바라보았다. 온통 하얀 얼음으로 덮여 있던 풍경이 점차 갈색과 짙은 초록색으로 바뀌었다. 두꺼운 피부와 비늘에도 불구하고 공기가 점차 따뜻해진다는 것을 느낄 수 있었다. 지상 세계는 으레 흰색과 회색 그리고 은빛이라고 생각해왔는데, 지금 이곳은 바다만큼이나 푸르렀다. 마치 바다 밑바닥처럼 곳곳에 꽃들이 만발하고, 풀밭과 물과 해변은 심해어 같은 색을 띠고 있었다. 그리고 저 태양! 햇빛이 한껏 쏟아져 모든 것을 밝게 물들이고 있었다. 불이 난 것도 아닌데 이렇게 밝다니, 그녀는 깜짝 놀랐다.

그녀는 물고기를 먹으려고 손을 뻗어 지나가는 한 떼의 물고기들 중 한두 마리를 잡았다. 이제 막 아물어가고 있는 혀를 가능한 한 건드리지 않기 위해, 목구멍 안으로 쏙 집어넣을 수 있을 만큼 작은 녀석들로 골랐다. 그럼에도 불구하고 무언가를 먹자 고통이 다시 생생하게 되살아났다. 가끔은 너무 지쳐서 쉬고 싶었다. 저 바닷속 깊은 곳으로 들어가 산호초나 동굴에서 웅크리고 있고 싶었다. 그러나 그녀는 억지로라도 계속 앞으로 나아갔다. 이렇게 어정쩡한 상태로 계속 있고 싶지 않았다. 견디기 힘들 정도로 외로웠다. 더는 바다에 속한 존재가 아닌데 바다에 몸을 담그고 있고, 그렇다고 육지에 적응한 것도 아니었다. 그녀는 손안의 약병을 꼭 쥐었다. 이것을 잃어버려서 영원히 이 상태로 살아가게 되는 것만큼 무서운 일도 없을 것 같았다.

그를 느낄 수 있을 거라고 했다. 시빌은 그렇게 말했다. 그 왕자를, 그의 영혼을 느낄 수 있을 거라고. 그러니까 지금 그녀는 그에게로 점점 가까이 이끌려가는 중이었다.

그렇게 이틀 밤낮이 지난 뒤, 드디어 그녀는 남국 왕의 성에 도착했다.

그녀의 눈에 바다 저쪽, 항구에서 이어진 진입로 끝에 있는 성의 어렴풋한 모습이 들어왔다. 수많은 탑과 줄줄이 늘어선 석상들이 하늘을 향해 우뚝 서 있었다. 마치 가장 깊은 바닷속에서 온, 바닷물에 수천 년 동안 깎인 바위로 만든 건축물 같았다. 녹색 깃발과 금색 깃발이 그 위에서 나부꼈다. 창가와 금빛 철책 위에는 커다란 꽃이 피어 있고, 나무에는 묵직한 열매가 달려 있었다. 함선들과 보트들은 해수면 위로 솟아오른 거대한 고래처럼 항구 주변을 맴돌고 있었다. 이 모든 것들이 빛깔과 생동감을 입고 거대한 축제처럼 그녀 앞에 펼쳐져 있었다.

그녀의 모든 고통이 사라졌다.

천천히, 레니아는 몸과 머리를 수면 아래에 둔 채 뭍으로 헤엄쳐 갔다. 물속에서 성을 바라보았다. 파도가 밀려오자 그녀는 바다 거품을 그러모아 얼굴을 가렸다. 머리를 물 밖으로 내밀 때는 사람들 눈에 띄지 않으려 조심했다.

사람들이 해변 이곳저곳을 돌아다니고 있었다. 순찰중인 병사들이 정박중인 어느 커다란 배 위를 오르내렸다. 그 배의 뱃머리는 당장 하늘을 날기라도 할 것처럼 높이 솟아 있었다. 남자들이 부두에 묶여 있는 작은 보트에서 반짝이는 물고기로 가득한 그물을 끌어내렸다. 어떤 사람들은 테이블 주위에 둘러앉아 있었다. 음악이 흐르고 있었는데, 허공을 가르며 울려퍼지는 그 소리는 처음 듣는 것이었다. 하늘 위로, 하얀 새 한 마리가 널찍한 날개를 펴고 날아올랐다.

이제 막 해가 지기 시작한 시간이었다. 바다에서 나가려면 밤까지 기다려야 한다는 것은 잘 알았다. 그녀가 약병을 들어올려 햇빛 아래 두자 알약은 기묘한 붉은빛을 냈다. 그녀는 햇살이 자신의 피부에 반사되는 모습을 물끄러미 바라보았다. 그리고 눈을 감고 지금 이 느낌을 기억 속에 새겨넣었다. 한 세계가 마무리되고 또다른 세계가 열리려 하고 있었다. 인어의 몸으로 존재하는 마지막 순간이었다. 허리 아래로 곧게 뻗은 꼬리, 그녀를 바다 깊은 곳으로 데려가줄 준비가 되어 있는 이 꼬리와도 이제 안녕이었다. 언젠가 이 순간을 기억하면서 그다음에 일어날 일들을 후회하게 될 순간이 올까? 해저 세계에서와 달리, 이곳에서는 미래에 일어날 일을 알기란 불가능했다.

레니아는 뒤로 돌아서, 사람들이 일을 하러 가고 즐기러 가는 모습을 지켜보았다. 곧 그녀도 스스로의 두 다리로 그 사람들 사이에 섞여 걷게 될 것이었다. 어쩌면 한 무리의 병사들 옆에 서서 손을 허리에 얹고 있는, 머리를 틀어올려 꽃으로 장식하고 있는 저 여인과 아는 사이가 될지도 모른다. 레니아는 그 여인이 까치발을 하고는 한 남자에게 자신의 볼과 훤히 드러난 목이 닿을 정도로 가까이 붙어 서서 소곤소곤 귓속말을 하는 모습을 지켜보았다. 그녀는 자신이 그렇게 서서, 저 여자들처럼 옷을 입고, 그녀의 거칠고 젖은 머리를 말려 저렇게 틀어올린 모습을 머릿속에 그려보았다.

사람들이 그녀를 거부하면 어떻게 해야 할까? 그럼 어떻게 살아가야 할까? 왕자 근처에도 갈 수 없으면? 그녀는 목에 걸린 목걸이를 부적이라도 되는 양 만지작거리며 그녀 앞에 서 있는 사람들의 얼굴을 살펴보고, 자신이 그들 사이의 한 사람으로 섞여 있는 모습을 상상해보았다. 이제 곧 그녀도 알게 되리라.

그녀는 항구와 문을 거쳐 성 안쪽으로 시선을 돌렸다. 그가 그곳에 있었다. 그녀는 느낄 수 있었다. 창문 너머로 하나둘 불이 켜지며 성안의 삶을 비춰냈다. 지금까지 하늘에서 말고는 불을 본 적이 없었다. 그런데 지금 여기, 사방에 작은 불꽃들이 있었고, 그것은 웃고 떠드는 사람들의 모습을 비춰주었다.

아름다운 여인들과 남자들이 보였다. 어쩌면 보인다고 상상한 것일지도 모르겠다. 할머니에게서 한번쯤 들었음직한 어느 이야기 같은 모습이었다. 그녀는 창문 너머 어딘가에서 분명 춤추는 모습을 보았다고 생각했다. 남자가 여자를 빙글빙글 돌리고, 가까이 끌어당겼다가 다시금 멀리 놓아주고. 그녀도 저렇게 춤추게 될까? 그녀도 저기 여인들처럼 웃으며, 앞뒤로 스텝을 밟으며 플로어를 누비거나 사랑하는 이의 품속을 드나들게 되는 걸까?

그녀는 물약을 꼭 쥐고 눈을 감았다. 그리고 난생처음 기도를 드렸다.

*

그날 밤 늦게, 항구가 거의 텅 비고 성안의 불빛도 모두 사라졌을 무렵, 그녀는 뭍으로 나왔다. 부두에서 먼, 성으로부터는 더 멀리 떨어진, 나무들이 산들바람에 흔들리고 있는 곳이었다. 성문을 지키고 있는 근위병들에게서 몸을 숨기기 위해서였다.

저 하늘 높은 곳에서 커다란 달이 빛나고 있었다. 완벽하게 맑은 하늘에 잔별들이 반짝였다. 그녀는 드러누워 하늘을 바라보았다. 그녀의 몸과 머리카락 위로 미풍이 지나갔다. 바람결에 희미한 꽃향기가 실려 왔지만, 그녀는 그것이 무엇인지 아직 알지 못했다. 그녀에게는 그저 향기, 아주 생소하고 근사한 향기였다.

그녀는 별을 바라보았다. 그녀는 여기 물 밖에 있었지만, 저기 저 위에도 아직 또다른 세계가 있는 것이었다.

그녀는 물약을 옆에, 땅에 내려놓았다.

이제 때가 되었다. 그녀는 심호흡을 했다. 그녀의 삶에서 가장 중요한 순간이 찾아왔다. 그녀가 선택한 순간이었다. 바다 여왕의 막내딸 레니아로서의 모든 삶. 아름다운 꼬리, 아름다운 목소리, 달빛 머리칼…… 그녀는 꼬리를 바라보았다. 달빛을 받아 은은하게 빛나는 비늘을 바라보았다. 팔을 뻗어 그 다이아몬드 같은 피부를 보았다.

하지만 그녀는 다른 길을 선택했다. 세상에 자기 자신과 자신이 속한 세상을 버리고 좀더 마음에 드는 세상을 택할 수 있는 이가 얼마나 될까?

그녀는 양손 가득 모래를 잡았다가 손가락 사이로 흘려보냈다. 해저의 모래와 달리 부슬부슬했다. 그 감촉이 제법 좋았다.

내가 선택한 거야. 그녀는 생각했다.

그녀는 한번 더 바다를 바라보았다. 바다는 모든 비밀을 감춘 채 잔잔하기만 했다. 그녀는 몸을 일으켜 앉아, 조심스레 물약을 집어올리고 뚜껑을 열었다.

병 밖으로 매캐하고 자극적인 연기가 흘러나왔다. 그녀는 기침을 했다.

제발, 날 사랑해주세요. 그녀는 긴 숨을 토해냈다.

깊게 숨을 들이마신 뒤, 다시 내쉬고, 물약을 마셨다.

마치 불을 마시는 것 같았다. 난파선에서 발견했던 호박색 액체보다 더 독했다. 지금까지 그녀가 먹고 마시고 느낀 모든 것들보다, 심지어 입안에서 혀가 잘려나가는 고통보다 끔찍했다. 물약이 그녀의 목을 태우며 온몸으로 퍼져나가더니 꼬리까지 내려갔다.

비명을 질렀지만, 아무 소리도 나오지 않았다.

불에 타는 듯한 끔찍한 고통이 꼬리에서 시작해 온몸을 찢으면서 태울 듯이 퍼져나갔다. 게다가 어찌나 빠른지! 그녀는 몸을 웅크리고 뜯겨나가는 꼬리를 꽉 붙들었다. 손바닥 아래로 몸이 쪼개지는 게 느껴졌다. 겪어본 것 중 가장 끔찍한 고통이었다. 더이상의 고통은 있을 수 없을 것 같았다. 비늘이 모두 허물어지며 사라지더니 꼬리가 반으로 쪼개졌다. 그녀는 소리를 지르며 땅 위에서 마구 뒹굴었다. 그다음엔 온몸의 피부가 부서져내렸다. 무언가 손을 쓸 방도도, 고통을 줄이기 위한 어떤 다른 자세도 없었다. 머릿속은 오로지 시빌이 그녀를 속였다는 생각으로 가득했다. 물약은 독이고 형벌이었다. 여기까지가 그녀가 지상 세계에 가까워질 수 있는 한계였다. 온몸이 찢어발겨지는 소리가 들리자 그녀의 확신은 점점 더 굳어갔다. 심장이 멈추는 소리가, 모든 희망이 먼지와 물거품으로 사라져가는 소리가 들렸다.

시야가 점점 희미해지며 모든 것들이 뿌옇게 보였다. 틸라의 은빛 팔, 그녀의 가슴 아래서 뛰던 왕자의 심장 고동, 바다에 닿으며 녹아들어가던 눈송이, 곳곳에서 섬광이 번뜩이던 밤하늘, 그녀의 손이 스치자 보석처럼 빛나던 소녀의 피부. 그녀가 보았던 모든 장면, 느꼈던 모든 감정, 삶의 모든 순간들이 그녀를 삼킨 거대한 고통 속에 말려들어가 그녀의 온몸을 후벼팠다.

그리고 이제 더이상은 견딜 수 없겠다는 생각이 든 바로 그 순간, 자비롭게 그리고 갑자기, 모든 것이 암흑으로 변했다.

11장
공주

그후 며칠 동안 군대가 집합했다. 지난 몇 달간 각자 집에서 영지를 관리하며 기다리던 귀족 전사들은 왕이 그들에게 전투 준비 명령을 내리려는 것을 알고 성으로 모여들기 시작했다. 왕국 도처의 도로들이 길 떠나는 이들로 붐볐다. 암호문을 배달하는 비둘기들이 여기저기서 날아올랐다. 귀족들이 계속 성안에 모여들수록 그들이 데려온 시종들로 성벽 바깥쪽 들판이 북적거리게 되었고, 전령들은 영지 사이를 부지런히 오갔다. 며칠 만에 천막으로 된 도시 하나가 성 주위에 우뚝 솟았다. 온통 흥분의 도가니였다. 새롭고 더 좋은 세상이 오리라는 기대감이 가득했다.

마르그레테는 미칠 듯한 좌절감을 안고 방안을 서성였다. 성안에서 사람들이 수군거리는 소리가 그녀의 귀에까지 들렸다. 남국의 왕자가 젊은 공주에게 흑마술을 사용해 주문을 걸었다는 내용이었다.

그녀는 자신이 바보로 여겨지고 있다는 사실이 싫었다. 더 나아가, 그녀가 이야기하려는 모든 것들—인어, 솔직하고 착한 적국의 왕자, 농노들의 괴로운 삶, 평화, 진정한 평화의 가능성에 대한 이야기—이 사람들의 확신을 더 강하게 할 거라는 사실이 싫었다. 그녀는 가능한 한 방 밖 출입을 삼가며 혼자 우두커니 앉아 솔방울 타는 모습만 바라보았다. 대연회장에는 매일 밤 나갔는데, 그곳은 날이 가면 갈수록 더욱더 북적거리고 소란스러워졌다. 대연회장뿐 아니라 그 옆 작은 방의 가구까지 모두 치우고 새로 테이블을 놓아야 할 정도였다. 분위기에 휩쓸려 잔뜩 들뜬 시녀들이 왕에게 용맹과 충성을 바치러 온 젊고 잘생긴 병사들에게 추파를 던질 수 있도록, 마르그레테는 그들에게서 자신을 시중드는 일을 덜어주었다.

그렇게 홀로 남게 된 마르그레테는 우두커니 생각에 잠겼다.

그녀의 머릿속에선 몇 번이고 같은 장면이 되풀이되었다. 병든 아이들, 아이가 땅바닥에 그린 인어 그림, 폐허가 된 마을, 그리고 그녀에게 적국의 왕자를 데려다준 인어.

구해줘. 이리로 와줘.

분명 그녀가 할 수 있는 일이 있었다. 이 모든 일들이 일어난 데는 이유가 있을 터였다.

이 사람을 살려줘.

아버지는 전쟁을 할 것이고 그녀로서는 말릴 도리가 없었다. 아버지는 그녀가 겪었던 일을 이용해 왕국 내의 가장 강한 이들을 결집하는 중이었다. 그들이 그녀에 대해 어떻게 떠들어댔을지 안 봐도 뻔했다. 공주님께서 위험천만한 지경에 빠졌었다더라. 모든 사람의 운명을 젊어진 아름다운 공주님이 견습 수녀 옷차림을 하고 숨어 있는데, 그 간악한 적국의 왕자가 번뜩이는 칼을 차고 수녀원에 숨어들었다더라. 진실을 알고자 하는 어떤 사람이 들어도 확 끌리는 얘기였다.

이건 그녀의 운명이 아니었다. 절대로.

눈을 감으면 항상 그가 보였다. 그의 둥근 어깨, 수초빛 눈동자, 정원에서 그녀를 기다리며 서 있던 모습. 그를 처음 보았을 때의 모습도 생생히 떠올랐다. 그는 해변에 익사 직전의 상태로 쓰러져 있었고, 인어가 그 위로 몸을 굽혀 그의 이마에 입을 맞추었다. 인어의 젖은 머리카락이 제 벌거벗은 팔과 가슴과 배에 들러붙어 있었다. 잠이 들면 이런 장면들이 꿈에 등장했고, 그녀는 온몸에 이불을 휘감은 채 깨어나 힘들어하며 다시 잠들지 못하곤 했다.

성으로 돌아온 지 일주일이 지난 어느 밤, 그녀는 입술 위로 왕자 입술의 감촉을 생생히 느끼며 잠에서 깼다. 그 느낌이 너무도 생생해, 방을 둘러보며 그가 꿈속에서 빠져나와 같은 침대에 누운 게 아니라는 걸 확인하기까지 했다. 그녀의 몸이 떨렸고, 전신이 확 빨개지더니 이내 축 늘어졌다. 도대체 왜 이러는 걸까? 그녀는 침대에서 마구 뒤척이다 신경질적으로 털가죽 이불을 확 집어던지더니 불기가 사그러들고 있는 난롯가로 다가가 앉았다.

불꽃을 쳐다보던 중, 문득 자신이 무엇을 해야 할지 떠올랐다. 여자로서, 그리고 왕의 딸로서 할 수 있는 단 한 가지였다.

바로 그와 결혼하는 것.

*

다음날 아침, 마르그레테는 그레고르에게 오후에 도서관에서 만나자는 전갈을 보냈다. 왕은 병사들과 사냥을 하러 나가고 없었다.

그녀는 불가 옆 세면대에서 씻고 신중하게 옷을 입었다. 로라가 그녀의 가장 좋은 드레스 중 하나를 골라 촘촘하게 끈을 묶어주었다. 그녀는 서둘러 도서관으로 향했다.

그녀는 모든 것을 그레고르에게 털어놓기로 결심했고 그에게 도움을 받을 수 있기를 바랐다. 왕이 곧 남국을 침공할 것임을 그녀는 알았다. 피터가 좀처럼 왕의 곁을 떠나지 않았고, 그들은 자주 왕국 최강의 전사들과 만났다. 전투를 준비하는 것이었다.

그레고르는 테이블에 앉아 그녀를 기다리고 있었다. 귀중한 필사본들이 가득한 책장 뒤에 자리한 테이블로, 두 사람이 만나서 공부를 하던 곳이었다.

"마르테 공주님," 그가 일어서며 말했다. "괜찮으신가요?"

"네. 괜찮아요, 그레고르." 마르그레테가 따뜻하게 미소 지으며 말했다. 그녀는 이곳에서 그리스어와 라틴어로 된 필사본에 코를 박고 보낸 수없는 시간들을 떠올렸다. 여행하는 영웅과 진노한 신, 나무나 비둘기나 거미로 변하는 소녀가 등장하는 옛날이야기들을 읽었었다.

"폐하께 말씀드린 일이 공주님께서 바라신 대로는 되지 않은 것으로 알고 있습니다. 무척 유감으로 생각합니다."

"감사합니다." 그녀는 고개를 끄덕이며 말했다. 그녀는 스승 쪽으로 몸을 기울였다. "여기서 말하는 걸 다른 사람이 들을 염려는 없을까요?"

그는 자못 심각한 표정을 짓더니 일어나 문을 잠갔다. "수업을 했다고 말할 겁니다." 그가 말했다. "오랜만에 그리스어를 복습했다고 해두지요. 누가 묻는다면 말입니다."

"네. 좋아요." 그녀가 말했다. "당신의 도움이 필요해요."

"물론입니다."

"먼저…… 꼭 드려야 할 말씀이 있어요. 다른 이야기에요, 아직 아무에게도 하지 않은 이야기요. 이 얘기는 정말 아무에게도 못해요. 심지어 에델에게도요. 전 그애를 잘 알아요. 절대 비밀을 지키지 못할 거예요. 제가 이 얘기를 믿고 할 수 있는 사람은 그레고르, 당신뿐이에요."

"그게 무엇인가요, 마르테 공주님?"

"그 왕자, 그 사람, 단순히 파도에 쓸려왔던 게 아니에요. 누가 데려다준 거죠. 제가 봤어요. 저는 정원에 서서 바다를 보고 있었어요. 그리고 그 전설 속의 생물을 보았어요. 인어를요. 인어가 왕자를 품에 안고 있었어요."

"인어라고요?" 그가 되물었다.

"네. 그의 배가 엄청난 폭풍우에 난파되었을 때 인어가 그를 구했어요. 그는 의식도 없었고, 익사 직전이었죠. 전 한 번도……" 갑자기 감정이 북받치며 눈물이 흘렀다. "세상에서 가장 아름다운 존재였어요. 언덕 위에 서서 온통 얼음과 잿빛과 공허만이 가득한 세상을 바라보고 있었는데, 인어가 그 사람을 안고 나타난 거예요.

그가 누군지는 전혀 몰랐어요. 스승님도 인어의 얼굴을, 그녀가 그를 보던 그 눈길을 봤어야 해요. 황홀경 그 자체였어요. 그래서 그 사람이 저를 해치러 온 게 아니라는 걸 아는 거예요. 인어가 데려다줬으니까요. 저에게요. 이유가 있어서요."

놀랍게도, 그레고르는 그녀를 비웃지 않았다. 그녀의 말이 그를 움직인 것이었다. "인어라니." 그가 조용히 말했다. "놀랍군요."

"네. 그래서 제가 아버지께서 잘못 생각하고 계신 거라고 이렇게 확신하는 거예요. 하지만 절대 이 이야기를 할 순 없죠. 스승님 말고는 아무에게도요."

"맞습니다." 그가 말했다. "그런 얘기를 믿어줄 사람은 없죠. 왕께서는 공주님이 미쳤다고 생각하실 겁니다."

"당신은 믿나요?"

마르그레테의 얼굴에는 그녀가 스승의 긍정을 얼마나 필요로 하는지, 그녀의 말이 참이라고 해주길 얼마나 바라는지, 그 심경이 역력히 드러나 있었다.

갑자기 그의 표정이 일그러졌고, 그는 두 손으로 눈을 가렸다.

"그레고르? 왜 그러세요?" 그녀는 불안해하며 자리에서 벌떡 일어났다. 그 오랜 세월 동안 이 노인이 이런 모습을 보인 일은 단 한 번도 없었다. "그레고르!"

그는 얼굴을 가렸던 손을 치웠다. 그의 눈가에도 눈물이 맺혀 있었다. 눈이 충혈되고 눈물이 맺힌데다 입을 벌린 것이 마치 어떤 발작을 일으키는 듯한 모습이었다. "자리에 앉으십시오." 그의 목소리가 평소와 달리 탁하게 들렸다. "이건 그저…… 운명입니다,

공주님. 왠지 재미있군요."

"무슨 말씀이신지 모르겠어요."

"이야기를 하나 들려드리지요." 그가 말했다. 그는 심호흡을 하며 그녀가 자리에 앉기를 기다렸다. 이윽고 천천히 기억 속의 이야기를 들려주었다. "제가 아주 어렸을 때, 제 부모님께서 저를 처음으로 바다에 데려가주었을 때였습니다. 대륙 남쪽의 바다였어요. 선왕先王께서 돌아가시고 왕국이 두 개로 분열되기 몇 년 전이었습니다. 저는 모친의 시야를 벗어난 곳에서 혼자 돌아다니며 조개껍데기를 줍고 있었지요. 모친께서는 그다지 신경을 쓰지 않고 계셨어요. 저는 해파리를 보고 그것에 홀려 바닷물 속으로 걸어들어갔습니다. 그러다 파도가 세차게 밀려오는 바람에 발을 헛디뎠고, 물이 저를 끌어당겼습니다. 바닷물에 빠진 것이지요. 저는 수영을 못했습니다. 영락없이 빠져 죽게 된 순간, 한 여인이 제게 다가왔어요. 도대체 어디서 나타났는지 알 수 없는 그 여인은 저를 품에 안고 줄곧 노래를 불러주었습니다. 얼마 후 부모님은 물에 홀딱 젖은 채 해변에서 평화롭게 잠들어 있는 저를 발견했습니다. 그때 저는 요람처럼 생긴 돌 틈에 웅크린 채 바람 한 점 맞지 않고 있었다고 합니다. 나이가 들면 들수록 그때의 기억이 새록새록 떠오릅니다. 제 인생에서 가장 특별한 경험이었으니까요."

"그 여인이 인어였던 건가요?"

그는 고개를 끄덕였다. "나중에 알게 된 사실이지만, 그 일대에서는 종종 인어가 나타났던 모양입니다. 지역 토박이들에게 바다에서 나타난, 분홍빛 머리칼을 가진 아름다운 여인에 대한 이야기를 듣기도 했지요. 하지만 제가 아는 한, 그 인어가 저 말고 다른 누군가를 그렇게 구해준 적은 없는 모양이었습니다. 저처럼 가까이에서 본 사람도 없었고요."

"그녀가 혹시…… 어떤 식으로든 당신에게 흔적을 남겼었나요?" 그녀가 물었다.

"그후로 저는 언제나 제가 특별한 사명을 가진 사람이라고 느끼게 되었답니다." 그가 말했다. "언제나요. 지금 공주님이 느끼시는 것처럼요."

"제 말은, 피부에요. 이렇게."

그녀는 소매를 걷어올리고 팔을 들어올려 빛을 받게 했다. 손목을 앞뒤로 돌릴 때마다 팔이 반짝거렸다. 이제 전보다는 희미해졌지만.

그레고르는 미소를 지었다. 그의 표정과 눈빛이 환해졌다. "맞습니다! 아주 옛날 일이지만, 맞아요. 제 피부에도 그녀가 저를 잡았던 부위에 그런 광채가 남아 있었습니다. 옛말에 따르면 인어의 손길이 닿으면 그렇게 된다더군요. 아시겠지만, 모든 이의 눈에 다 보이는 것도 아니고요."

그녀는 흥분해 고개를 끄덕였다. "저도 그 생각했어요. 제 시녀들 눈에는 보이지 않는 모양이더라고요. 그 사람 몸에도 그런 광채가 있었어요, 그레고르. 그 왕자요. 우리 셋 모두 인어의 손길이 닿은 거예요."

그녀의 나이든 스승은 처음 보는 사람을 보는 듯한 눈길로 그녀를 바라보고 있었다. 스승의 얼굴에 이렇게 감정이 충만히 깃들어 있는 모습은 처음이었다. 그의 얼굴은 훨씬 젊어 보였고 천진한 감탄과 경외감으로 가득했다. 그는 시선을 그녀의 얼굴에서 팔로 옮긴 뒤 레니아가 만졌던 자욱을 쭉 훑어보았다.

"그녀가 저에게 그를 데려다준 것에는 특별한 이유가 있다고 생각해요, 그레고르. 그녀가 비록 천사는 아니지만, 저는 신께서 그녀를 통해 역사하시는 것이 느껴져요. 전 그가 누구인지도 몰랐고, 크리스토퍼 왕자라는 사실은 상상도 못했어요. 그 역시 제가 누군지 몰랐고요. 장담해요. 그는 제가 생명의 은인이라고, 제게 영원히 빚을 졌다고 했어요. 제가 바다에 빠진 그를 구해서 해변으로 데리고 온 줄 알거든요."

"놀랍군요." 그가 말했다. "공주님의 운명이 펼쳐지고 있는 게 보입니다. 제 운명 또한 그렇고요. 그토록 오랜 시간이 흐르고 나서 말입니다."

마르그레테는 싱긋 웃은 뒤 눈가를 닦아냈다. 자신이 이토록 누군가와 이 사실을 공유하고 싶어했었는지, 그리고 누군가에게 인정받고 싶어했었는지 스스로도 미처 깨닫지 못했던 것이다. 스승과 이야기를 나눈 뒤 비로소 그녀는 마법의 세계와 다시 연결된 듯한, 그것이 실재하는 듯한 기분을 느꼈다.

그녀는 심호흡을 했다. "그레고르, 전 이제 제 운명이 무엇인지 알겠어요. 무얼 해야 할지도요."

그는 고개를 끄덕이더니 잠자코 기다렸다. 마르그레테는 자신의 숨소리와 심장 고동 소리를 들었다.

"아버지는 전쟁을 하려고 하시죠. 전 말릴 방법이 없고요. 하지만 이건 잘못된 거예요. 그분이 제 아버지이시고 제 군주이실지라도, 아닌 건 아닌 거예요. 이런 고통, 이런 폭력은 신께서 바라시는 바도 아니고요."

그레고르는 고개를 끄덕였다. "저도 공주님께서 폐하를 설득하실 수 있길 바랍니다만, 폐하께서는 이미 무엇이 진실이고 무엇이 아닌지는 전혀 개의치 않고 계십니다. 전쟁을 바라실 뿐이지요. 폐하께 전쟁이란 자신의 괴로움과 슬픔을 떨쳐버릴 방법인 것입니다. 늘 그리해오셨지요. 그래서 위대한 전사가 되실 수 있었던 것이고요." 그는 잠시 말을 멈춘 뒤 애석한 표정을 지었다. "아시다시피 모두가 평화롭게 살아가던 시절도 있었습니다. 모두가 피를 나눈 형제자매였지요. 하지만 선왕께서 돌아가신 후로는……"

"알아요." 그녀가 말했다. "그런데 이상하네요, 그레고르. 그 인어도…… 비슷한 얘기를 했거든요. 우리는 원래 모두 하나였다고요. 하지만 그녀가 말한 건 인간과 인어 종족이었어요. 옛날에는 모두들 바다에서 살았다고 했어요."

"아무래도, 잃어버렸지만 너무나 소중했던 무언가를 되찾는 건 결코 끝나지 않는 모든 이들의 꿈인가봅니다. 저와 함께 아주 오랫동안 평화를 주장했던 이들이 한 무리 있습니다. 몇 차례 성공을 거두기도 했었죠." 그는 미소를 지었지만, 그의 표정은 지금까지 그녀가 본 것 중 가장 어두웠다. "왕비님이 돌아가셨을 때도 폐하께서는 전쟁을 준비하셨습니다만 그때는 제가 설득할 수 있었습니다. 그러나 점점 더 충언을 하는 이들의 말을 듣지 않으려 하십니다. 그 반대로 피터와 그의 부하들 말에는 점점 더 귀를 기울이셨지요. 그들은 오랫동안 군대의 몸집을 불려왔습니다, 마르테 공주님. 그리고 드디어 그들이 그토록 바라던 명분이 생긴 겁니다. 조만간 다시 전쟁이 시작될 겁니다. 보아하니 빠르면 이 주 내에 개시될 수도 있어 보입니다."

"그레고르, 전 제가 뭘 해야 할지 알겠어요. 제가 이 세상에서 할 수 있는 것은 많지 않아요. 왕의 딸임에도 불구하고요. 하지만 결혼은 할 수 있어요. 제가 할 수 있는 건 그거예요."

"무슨 말씀이신지요?"

그녀는 침을 꿀꺽 삼켰다. "그 왕자와 결혼하겠어요."

"그 왕자요?"

"크리스토퍼 왕자와 결혼하겠어요." 스승이 깜짝 놀란 것을 알아차렸지만, 그녀는 개의치 않고 말을 이어나갔다. "아버지께서는 그들이 짓지도 않은 죄를 벌하시겠다면서 남국과 전쟁을 하려고 하고 있어요. 하지만 지금 남국과 북국 사이에는 평화협정이 맺어져 있잖아요. 전쟁을 꾀하고 있다는 소문이야 엄청나게 무성했지만, 결국 남국은 자기 나라의 명예를 걸고 그 조약을 맺었어요. 그렇죠?"

"맞습니다." 그는 천천히 고개를 끄덕였다. "맞아요. 사실 남국은 전쟁을 지긋지긋해하고 있습니다. 많은 이들은 남국이 전쟁을 준비하고 있다는 소문의 타당성을 의심하고 있어요. 하지만 저조차도 왕자가 수도원에 간 것이 그 소문이 사실임을 입증하는 것이라고 생각했었답니다."

"아니에요." 그녀가 말했다. "어디까지나 아버지의 명분일 뿐이죠. 절대 사실이 아니라고요."

"그렇지요."

"하지만 만일 제가 그리로 가면요? 제가 남국으로 가서 왕자랑 결혼한다면 어떻게 될까요? 아버지도 결혼을 인정하고 평화를 유지하려 하시지 않을까요? 그러지 않으면 저를 버리게 되실 테니까요. 그렇죠?"

"그렇습니다." 그레고르는 마르그레테의 머리에서 뿔이라도 솟아나고 있다는 듯 그녀를 빤히 쳐다보았다. "옛날에도 나왔던 얘깁니다. 결혼 동맹을 통해 두 혈통을 다시 하나로 만드는 것이지요. 하지만 다들 감히 그런 걸 진지하게 제안해보지 못하고 있었답니다. 증오의 골이 너무도 깊으니까요. 그리고 마르테 공주님, 당신은 너무도 소중한 존재입니다. 당신이 바로 이 왕국의 미래이시니까요."

"하지만 제가 끝내 아버지를 거역한다면, 과연 아버지가 어떻게 나올 거라고 생각하세요?"

"폐하께서는 공주님을 너무도 사랑하시지요. 공주님이 알고 계시는 것보다 훨씬 더 많이요. 그리고 왕께서는 예언자의 말을 굳게 믿고 계십니다. 그런 분께서 당신을 남국에 양보한다는 건 저로서는 생각하기조차 힘든 일입니다. 폐하를 전쟁터로 몰아넣은 것은 열정과 슬픔입니다. 그리고 그분을 멈출 수 있는 것은, 아마도 당신에 대한 사랑일지도 모르겠군요."

그녀는 고개를 끄덕였다. "엄청난 배신감을 느끼시겠지요. 하지만……"

"너무도 엄청난 위험이 뒤따르는 일입니다, 마르테 공주님. 의심의 여지가 없어요. 여기서 이렇게 대화를 나누고 있는 자체만으로도 반역죄가 됩니다. 폐하께서는 이보다 못한 일로도 많은 사람들을 사형에 처하곤 하셨습니다."

"하지만 이건 옳은 일이에요. 옳은 일이라는 거 잘 아시잖아요."

그는 대답을 거부한 채 그녀를 바라보았다. 그의 마음이 마구 뒤엉키는 것이 보였다. 하지만 그녀에게는 모든 것이 단순했다. 그녀는 한 명의 소녀일 뿐이다. 어떻게 그녀의 모든 백성들의 삶과 그녀의 삶을 저울질할 수 있을까? 그녀는 자신이 그레고르에게, 다른 모든 이들에게 어떤 의미인지 잘 알고 있었고, 그녀 역시 그를 무척 사랑했다. 그러나 그녀가 왕국을 통틀어 유일하게 이런 제안을 할 수 있는 존재가 되게 만든 것 또한 태어날 때부터 그녀에게 주어진 사명, 그녀라는 존재의 중요성이었다.

그리고 물론, 그 모든 것을 뛰어넘어, 그녀는 크리스토퍼를 사랑했다.

"우리가 할 수 있을까요, 그레고르? 남국 왕에게 전갈을 보낼 수 있을까요? 도와주실 수 있어요? 제안을 해보고, 남국에서 수락한다면, 저는 가겠어요."

"용감하시군요, 공주님." 그는 고개를 절레절레 흔들며 말했다. 하지만 그녀는 그가 동의했다는 것을 알고 있었다.

"스승님이 저였다 해도 똑같이 하셨을 거예요."

"결혼식이 거행되기 전에 반드시 폐하의 허락을 받아야 한다는 것을 명심하세요. 공주님은 남국 왕실의 보호를 받게 되실 겁니다.

만일 폐하께서 공주님을 버리고 전쟁을 지속하기로 하신다면, 남국 왕이 공주님께 무슨 짓을 해도 할말이 없게 되는 겁니다. 공주님께선 남국 왕의 성에, 그의 후견 아래 있게 되실 테니까요. 만일 그가 보호를 거두겠다고 결정한다면 무슨 일이 벌어질지는 생각조차 하기 싫습니다. 아마도 공주님을 이용해 가장 완벽한 방법으로 폐하를 공격하겠지요."

그녀는 어깨를 으쓱해 보였다. "그런 게 위험인 거죠, 뭐."

그는 한숨을 쉬었다. "시간을 돌리고 싶군요, 마르테 공주님. 왕비님께서 아직 살아 계시고 우리 모두가 행복했던 그 시절로요. 공주님께 그냥 여기 계시라고, 원래대로 살아가시라고 강요할 수 있다면 좋겠습니다. 중요한 위치에 있는 남자와 결혼하고, 아이도 낳고, 가정을 꾸리시라고요. 공주님과 공주님께서 낳으실 자녀는 세계에서 가장 위대하고 유서 깊은 왕국을 물려받겠지요."

"하지만, 제가 마음대로 인생을 결정할 수 있다면, 오직 저만 생각할 수 있다면, 전 절대로 그런 식으로는 살아가지 않을 거예요."

마르그레테는 그에게 빙긋 미소를 보였다. 부드러운 불빛 아래 스승의 나이든 얼굴은 참으로 정답게 느껴졌다. 음악과 춤, 근사한 축제가 있는 궁정의 삶이란 화려하고 찬란한 것이었다. 하지만 그녀의 삶에서 가장 행복했던 순간은 언제나, 그와 함께 세상의 모든 다른 삶들에 대해 공부하던 때였다. 궁정의 다른 이들은 성 너머의 삶 따위는 생각조차 하지 않는 것 같았고, 왕과 왕의 총신들 주위를 맴돌며 비위를 맞추기만 했다.

"그럼 무엇을 하고 싶으신지요, 마르그레테 공주님?"

그녀는 잠시 생각했다. "책을 읽고 싶고, 공부를 하고 싶어요. 우리가 늘 그랬던 것처럼 말이에요. 학자가 되고 싶은 거죠. 하지만 저는 제가 있어야 할 곳을 알아요. 우리 왕국이 어떻게 될지 상상해보세요. 성공한다면, 제가 남과 북을 다시 하나로 통일시킬 수 있다면 말이에요. 전 할 수 있어요. 저에겐 그럴 만한 힘이 있어요. 세상에 평화를 가져올 만한 힘이요."

그는 다시 자리에 앉았다. 그녀는 자신이 그레고르를 감동시켜서 전에는 그가 감히 꿈꿀 엄두도 내지 못하던 것을 꿈꿀 수 있게 했음을 확신했다. "설득력이 대단하군요. 공주님께 수사학을 괜히 가르쳐드린 것 같습니다."

"그럼 남국 왕에게 편지를 쓰고 답을 기다려야겠군요. 네?"

"알겠습니다."

"전령을 보낼 수 있으시죠? 신뢰하는 사람이 있으신가요?"

그는 고개를 끄덕였다. "그건 제가 어렵지 않게 처리할 수 있을 겁니다. 공주님께서 거기까지 무사히 가실 수 있느냐가 더 문제겠지요."

"문제없어요." 그녀는 약간 허세를 섞어 대답했다. 다소 흥분에 들떠 있는 탓이었다. "그냥 동네 여자 차림으로 변장하고 말을 타면 돼요."

그는 껄껄 웃었다. "참 젊으시군요. 자신만만하고요." 그의 목소리에는 젊은 시절에 대한 향수, 심지어 질투까지도 묻어났다. "저도 젊었을 때는 그렇게 자신만만했었지요."

"아마도 이 기회를 통해 옛날의 자신감을 다시 찾으실 수 있을 거예요, 그레고르." 그녀가 말했다.

"저도 그랬으면 좋겠습니다, 공주님."

그녀는 미소를 지었다. 온몸에 새로운 에너지가 솟았다. 난생처음으로, 그녀의 출생에 얽힌 예언이 그녀의 일부라는 생각이 들었다.

그녀는 그런 사람이었던 것이다.

*

마르그레테는 복도를 걸어가며 마치 새사람이 된 듯한 기분을 느꼈다. 스스로 내린 결정에 압도된 까닭이었다.

그녀는 남국으로 가서 크리스토퍼 왕자와 결혼을 할 것이었다. 아버지도 그 결합을 인정할 것이고, 결국 평화가 도래할 것이었다. 왕국은 하나가 되고, 전쟁은 종식되리라.

갑자기 눈앞이 아찔했다. 그녀는 걸음을 멈추고 벽에 기대어 섰다.

그녀는 이것이 정해진 운명이라고 강하게 느끼고 있었다. 벌써 그와 그녀가 결혼을 한 듯한 기분이었다. 예언들, 인어, 그레고르의 과거, 수녀원, 해변에 만신창이가 되어 누워 있던 왕자, 세상 끝자락에 자리했던 그곳, 정원에서 마주보았을 때 그녀를 바라보던 그의 눈길…… 이제 그 모든 것이 하나로, 완벽하게 모일 것이다. 그녀는 사명을 안고 태어난 사람이므로.

수녀님들이 아침 예배를 드리기 위해 한밤중에 잠자리에서 일어날 때, 그들이 느끼는 기분이 바로 이런 것이리라.

바로 그때 그녀는 모퉁이를 돌아 나오던 피터와 마주쳤다. 그는 이제 막 연회장에서 오는 길이었고, 렌즈를 비롯한 호위병들을 대동하고 있었다.

"마르그레테 공주님?" 그가 그녀의 곁으로 쏜살같이 달려왔다. "괜찮으십니까? 어디 아프신 겁니까?"

"아니에요." 그녀는 목소리를 가다듬으며 스스로를 추슬렀다.

"얼굴이 무척 빨갛습니다."

"그냥 좀 피곤해서 그래요, 피터. 바람 좀 쐬러 나가던 길이었어요."

"그레고르와 함께 계시지 않았었나요?" 그의 눈길이 결코 곱지 않았다.

"맞아요." 그녀가 말했다. "그리스어 공부를 좀 했죠."

피터는 딱딱한 미소를 지어 보였다. "공주님처럼 공부를 좋아하는 여성은 처음입니다."

그녀는 피터의 오만한 발언에 놀라 멍하니 그를 쳐다보았다.

"제 어머니가 희망하셨던 바죠." 그녀가 말했다. "잘 아시겠지만요."

"용서해주십시오, 공주님." 그가 허리 숙여 절하며 말했다. "공주님 명예에 누를 끼치려던 뜻은 아니었습니다."

그녀는 그를 지나쳐 복도를 걸어갔다. 가슴속에서 심장이 마구 두방망이질쳤다.

문득 어머니가 떠올랐다. 검은 머리에 미소를 짓고 있던 온화한 모습이. 평소의 마르그레테는 어머니에 대한 추억 같은 감정적 호사를 스스로에게 잘 허락하지 않았다. 하지만 지금은 어머니가 너무나도 간절히 그리웠다. 어머니가 돌아가셨을 때 느꼈던 그 생생한 슬픔이 고스란히 되살아나 그녀를 덮쳤다.

그녀는 복도에 서서 잠시 스스로를 다독여야 했다. 어머니가 돌아가시고 얼마 되지 않아 그녀는 어머니의 처소에 발길을 끊었다. 그로부터 이 년 뒤에는 왕명으로 궁 안에서 왕비에 대한 언급이나 그녀를 상기시킬 수 있는 행동이 일절 금지되었다. 대신 왕비의 방은 생전 모습 그대로 완벽하게 보존되었고, 지정된 하녀 외에는 그 누구도 출입할 수 없었다. 차라리 그것이 모두에게 더 편하고 쉬운 방법이었다.

그러나 새로운 목표 의식으로 마음을 굳게 먹은 마르그레테는, 횃불을 하나 찾아들고 결연하게 왕비의 처소로 발걸음을 옮겼다. 대연회장을 지나, 그녀가 지나가는 것을 보고 뭐라고 소곤거리는 근위병들을 지나, 부왕의 집무실을 지나, 궁전 남관南館으로 들어섰다. 무덤 같은 고요가 그녀를 맞았다. 그녀는 걸음을 늦췄다. 남관에서 유령이 나온다는 소문이 떠올랐지만 이내 떨쳐버렸다. 어디까지나 사랑하는 어머니가 지내던 방들일 뿐이니까. 그러나 광택을 낸 나무에 비친 자신의 모습을 언뜻 보고는 소스라치게 놀라 소리를 빽 지르고 말았다. 키가 크고, 호리호리하고, 길고 검은 머리칼에, 피부는 파리한 여자가 깜빡거리는 횃불을 들고 서 있었다. 물론 그것은 그녀의 모습이었지만, 그녀는 자신이 얼마나 어머니의 모습을 닮아가고 있는지 이전에는 미처 알지 못했다.

그녀는 마구 뛰는 가슴을 조금 진정시킨 뒤 묵직한 문을 밀고 어머니의 방 외실外室로 들어갔다. 응접실로 사용되던 공간으로, 왕비가 친구들과 모여 담소를 나누거나 자수를 놓거나 게임을 하거나 술을 마시던 곳이었다. 응접실을 쭉 따라 걷는 마르그레테의 얼굴에 미소가 어렸다. 이곳에서 보낸 어린 시절의 기억이 떠오른 것이다. 어머니 곁에 앉아서 어머니의 웃는 얼굴, 말 사이에 간간히 섞여들어가던 우아한 손짓, 옷감 사이를 오가던 정교한 바늘의 움직임을 바라보던 일. 그때 마르그레테의 눈에는 어머니의 손놀림이 마법처럼 보였다. 아무것도 없던 곳에서 모든 장면을 만들어낼 수 있는 손.

응접실을 지나 어머니의 개인 침실로 들어서자, 갑자기 슬픔의 장막이 뚝 떨어져 마르그레테를 덮쳤다. 어머니가 더는 자리에서 일어나지 못했던 그날 아침의 기억이 떠올랐다. 그녀는 오래된 침대로 다가가 삶의 마지막날 어머니가 몸을 뉘었던 바로 그 침대보와 어머니의 머리를 괴었던 그 베개를 만지작거렸다. 그날, 유모가 어떤 시종에게 소곤대는 것을 듣고 그녀는 그 즉시 왕비의 처소로 달려갔었다. 부왕이 어머니 곁에 우두커니 서 있었고, 의사는 짐을 챙기고 있었다. 그리고 거기 어머니가 있었다. 지금껏 본 가장 아름다운 모습으로, 검은 머리카락을 베개 주변에 아무렇게나 흩어놓은 채 평화롭게 잠들어 있었다. 마르그레테는 비통함에 젖은 부왕의 모습을 처음으로 보았고, 그 때문에 모든 것이 더욱더 무섭게만 느껴졌다. 이 빈틈없는 사람도 운명의 장난 앞에선 이토록 쉽게 무너지는 것이었다. 그 누구도 어디서 어떻게 죽게 될지 알 수 없는 것이었다. 그리고 지금까지도 마르그레테는 도대체 왜 모두들—유모와 아버지와 시종들—그녀가 어머니에게 작별인사를 하기 위해 침대로 다가가기도 전에 그녀를 방에서 내보냈는지 이해하지 못했다. 기억을 떠올릴수록 슬픔은 새록새록 그녀를 깊숙이 찔러댔다.

마르그레테는 어머니를 마지막으로 보았던 바로 그곳, 침대 위에 자신의 몸을 누였다. 아직도 어머니의 몸이 남긴 흔적이 느껴지는 것만 같았다. 그녀는 눈을 감았고, 피로가 온몸을 휩쓰는 것을 느끼며 잠속으로 빠져들었다. 그리고 꿈을 꾸었다. 어머니가 깊은 바닷속에 있었는데, 피부는 다이아몬드로 덮여 있고 두 다리는 하나로 합쳐져 은빛의 긴 꼬리가 되어 있었다. 어머니는 마치 천사 같은 모습으로 마르그레테가 자신에게 오기를 기다리고 있었다.

*

"이제 기분이 좀 나아졌느냐, 마르그레테?" 그날 저녁, 대연회장으로 들어서는 그녀를 보고 왕이 물었다.

"네, 아버지." 그녀는 아버지에게 무릎을 굽혀 인사했다.

왕은 자리에서 일어나 그녀에게 잔을 들어 보였다. 아버지 옆자리에 앉는데 어쩐지 조금 마음이 아팠다. 그녀는 계획이 제대로 성사되기를, 그리고 결국에는 아버지가 그녀에게 찬성해주기를, 그녀가 옳았다고 생각해주기를 기도했다.

그녀는 그레고르를 쳐다보았다. 그는 부왕의 또다른 고문 옆에 앉아 있었는데, 고문 또한 그녀를 주의깊게 쳐다보며 그녀의 나이 든 스승에게 뭐라고 조용히 이야기를 건네고 있었다. 피터는 옆에 떨어져 서서 그녀와 그레고르를 쳐다보고 있었다. 그녀는 급하게 숨을 들이쉬었다. 표면 아래에서 무언가가, 그녀가 이전에 보지 못한 무언가가 흘러가고 있었다.

식사를 마친 뒤 궁중 악사들이 음악을 연주했고, 몇몇 남녀가 자리에서 일어나 춤을 추었다. 그레고르가 그녀 옆으로 다가와 자리를 잡았다.

"보여드릴 게 있어요." 그녀는 마치 그날의 수확을 자랑하는 사냥꾼처럼 씨익 웃었다.

"벌써요?"

그녀는 소매 속에서 접은 편지 하나를 꺼내 아무렇지 않게 그의 무릎 위로 툭 던졌다. "네." 그녀가 말했다. "읽어보시고 별문제 없으면 당장 보내도 될 것 같아요."

"놀랍군요." 그가 말했다. "하지만 앞으로 며칠 동안은 굉장히 조심해야 합니다. 평소와 다른 일은 전혀 일어나지 않을 것처럼 행동하셔야 해요."

"오, 그레고르. 잘 아시잖아요. 전 그런 것에는 아주 능숙하답니다."

그는 미소를 지었다. "좋아요. 이제 모든 것은 신의 뜻에 달렸습니다."

*

그날 밤, 마르그레테는 느지막한 시간에 자신의 고요한 방으로 돌아와 시녀들을 모두 물렸다. 이 순간을, 이 느낌을 오롯이 음미하고 싶었다. 만일 계획이 실패한다면, 이렇게 가능성으로 충만한 기분을 두 번 다시 느끼지 못하게 될 터였다. 하지만 지금은 그 무엇도 가능한 상황이었다. 그녀는 창가로 다가가 창문을 활짝 열고 바깥의 눈과 별을 바라보았다. 그도 지금 같은 별을 바라보고 있을지, 그녀 생각을 하고 있을지 궁금했다.

그녀는 침대에 누웠다. 눈을 감고, 그에게 마법을 걸어 그녀 앞으로 데려오려고 했다. 수녀원의 어두운 방안에 부상당한 그가 누워 있었다. 희미한 벽난로 불빛 아래 그의 피부가 은은하게 빛났다. 그의 눈을 보았다. 마치 수초와 같은, 그의 황갈색 눈을.

그녀는 한숨을 쉬고 편안한 자세로 누웠다.

이번에는 정원에 있던 그의 모습을 상상했다. 그는 그녀의 손뿐 아니라 머리카락, 눈꺼풀, 볼에도 입을 맞추었다. 그의 입술이 그녀의 입술에 닿고, 주변에는 눈발이 흩날렸다. 두 사람은 바닷물 속으로 빠져들어갔다. 그녀의 다리가 비늘로 덮였고, 그녀는 완벽한 모양의 가슴을 드러낸 채 그의 위에 몸을 굽혔다.

갑자기 온몸이 찌르르해졌다. 상상이었지만 너무도 충격적이고 흥미진진했다.

바닷물 속에, 허리 아래에서부터 뻗어나간 날렵하고 긴 은빛 꼬리, 꼬리지느러미까지 근사한 곡선을 그리며 이어지는 꼬리 외에는 아무것도 걸치지 않은 채 떠 있다. 그를 품에 안고 있고, 그녀의 맨살이 그의 맨살에 닿고, 벌어진 그의 입은 따뜻하고 부드럽다.

그녀는 몸을 돌려 침대에 배를 대고 몸을 바짝 붙였다. 바다 냄새, 그의 살결 냄새가 나는 것 같았다. 그녀의 등을 쓸어내리는 그의 손길이 느껴지는 것만 같았다. 그녀는 두 다리를 붙인 채 침대 시트에 하반신을 비벼댔다. 짜릿한 감각이 몸의 중심에서 온몸으로 퍼져나갔다. 조금 후 눈앞이 환하게 열리더니 모든 것이 아른아른 꿈속으로 빨려들어갔다.

그녀는 벌떡 일어나 앉아 손으로 입을 막았다. 도대체 무슨 짓을 저지른 거지? 무섭기까지 했다. 그녀는 얼른 침대 옆에 무릎을 꿇고 앉아 용서해달라고 기도를 올렸다.

12장

인어

레니아가 눈을 뜨자, 한 나이든 여자가 자신을 내려다보고 서 있는 모습이 눈에 들어왔다. 여자의 주름진 얼굴 뒤로 해가 찬란하게 빛나고 있었다.

"어디 다쳤나요?" 여자가 물었다. "일어나 앉을 수 있겠어요?"

레니아는 말을 하려 입을 열었지만, 아무 말도 나오지 않았다. 혀가 없었으니까. 등뒤로 살을 베는 듯한 바위의 감촉이 느껴졌다. 꿈을 꾸고 있는 걸까? 피부에 닿는 바람의 느낌이 전에 없이 생소했다. 그녀는…… 추웠다. 추위란 그녀의 삶에 전혀 없었던 요소였다.

"왕궁에서 살아요?"

레니아는 그저 눈만 깜빡이며 그녀를 올려다보았다.

"여행중인가요? 일어나 앉을 수 있어요?"

여자가 몸을 숙이더니 레니아의 팔을 잡았다. 쇠붙이라도 닿은 듯한 감촉이 느껴졌다. 레니아는 몸을 일으켰다가, 고통을 느끼며 이내 뒤로 주저앉고 말았다. 등뒤의 모래가 움직이며 그녀의 헐벗은 살갗을 할퀴는 듯했다.

그리고 무엇보다도 그녀는 이상한 것을 느꼈는데, 몸의 끝 부분에서 바위와 땅의 감각이 느껴지는 것이었다. 원래 꼬리가 있어야 할 그 자리에서 말이다.

그녀는 아래를 내려다보고 헉하며 놀랐다.

다리였다. 인간의 다리였다.

그녀는 몹시 흥분해, 나이든 여자를 다시 올려다보고 주변 세상을 둘러보았다. 바위에 몸을 기댄 채 옆을 둘러보자, 빈 약병이 놓여 있는 게 보였다.

태양은 더없이 찬란했다. 이전에는 이렇게 찬란한 줄 몰랐다. 햇빛은 그녀의 눈을 태울 것같이 강렬했다. 당장이라도 모든 것이 활활 불타버릴 것만 같았다.

저멀리서 사람들의 목소리가 들려오자, 여자가 그들을 불렀다. "이리 와요! 좀 도와줘요!" 그녀가 말했다. "여기 다친 사람이 있어요!"

그녀는 레니아를 돌아보았다. "여기, 몸을 좀 가려요. 저 사람들은 성에서 나온 병사들이에요." 그녀는 어깨에 걸치고 있던 천을 벗어 레니아에게 건네주었다. 그러나 레니아가 아무런 반응도 보이지 않자, 여인은 쭈그려 앉더니 조심스레 숄을 레니아의 벗은 상체에 둘러 가슴을 가려주었다.

"독특한 목걸이를 했네요." 그녀가 말했다. "아주 귀해 보여요."

레니아는 피부에 닿는 천의 포근한 감촉에 적잖이 놀랐다. 문득 마르그레테가 추위를 피하기 위해 털가죽을 두르고 있던 것이 떠올랐다.

"일어설 수 있겠어요?"

여자를 바라보던 레니아는 자신의 몸으로 시선을 옮겼다.

다시 한번 자기의 다리를 내려다보았다. 부드럽고 밋밋한 피부와 바닥 부분이 둥글게 쏙 들어간 발, 곡선을 그리고 있는 종아리, 무릎, 그리고 몸의 중심부와 연결된 허벅지 등을 찬찬히 바라보았다. 모든 곳이 아팠다. 그리고 모든 것이 느껴졌다. 원래의 비늘과 피부는 떨어져나가고, 새로운 피와 뼈가 차올랐다. 마치 껍데기를 잃은 조개와도 같은 상태였다.

"떨고 있군요." 여자가 레니아 옆에 쪼그려 앉으며 말했다. "무슨 일이 있었던 거예요?"

여인은 빵이 든 바구니를 들고 있었다. 이스트와 달걀 냄새가 너무 강해서 레니아는 거의 토할 것 같았다. 여인이 입은 옷에서도 냄새가 났다. 축축한 바다 소금과 미풍에 실려 오는 꽃의 향기도 났다. 냄새들은 그녀를 둘러싸고 소용돌이치다 서로 마구 뒤섞였다. 새로 얻은 이 육체는 너무도 연약해 그 냄새들의 공격을 막을 방도가 없었다.

사람들이 다가오는 발소리가 들렸다. 두 명의 인간 남자로, 머리부터 발끝까지 녹색과 금색이 어우러진 제복을 입고 있었다. 그들이 그녀 앞에 나타났다.

"이 여자가 여기 쓰러져 있는 걸 내가 발견했어요." 여인이 설명했다. "좀 얼이 빠진 것 같아요. 내 생각에는 성에서 나와서 헤매다 이렇게 됐지 싶어요. 부티가 많이 나잖아요. 저 목걸이를 좀 봐요."

남자들은 그녀를 보더니 이내 고개를 끄덕였다. "국왕 폐하와 왕비 마마께서 동방에서 손님들을 초청하셨습니다. 이 여자분도 그중 하나일 것 같군요." 둘 중 좀더 얼굴이 검은 사내가 말했다. 그는 레니아에게 큰 목소리로, 음절 하나하나에 힘을 주며 말했다. "일어설 수 있습니까?"

"지난밤에 저 여자가 참석했던 파티 같은 데 나도 좀 가봤으면 좋겠네요." 다른 한 사람이 야비한 말투로 말했다. 그는 레니아의 다리와 중심부, 상체를 쓰윽 훑어보았다. "세상에. 이렇게 예쁜 여자는 생전 처음 봅니다."

나이든 여자가 못마땅한 듯 헛기침을 했다. "얼른 당신 상의나 벗어서 빌려주는 게 좋겠군요."

"물론이지요." 첫번째 병사가 재킷을 벗어 여자에게 건네고 레니아를 돌아보았다. "이제 제가 당신 몸을 팔로 잡을 거예요. 하지만 어디까지나 도와드리기 위해서예요, 아시겠죠?"

레니아가 고개를 끄덕였다.

"말을 알아듣기는 하는데 하지는 못하는 건가요?" 그가 말했다.

그녀는 다시 고개를 끄덕였다.

"어딜 다친 것 같아요." 나이든 여자가 말했다. "뭔가 끔찍한 일을 당한 게죠. 얼른 성으로 데려가서 누가 돌봐줘야 해요."

"이 여자분을 왕실 책임자에게 데려가겠습니다."

두 병사는 양쪽에서 레니아를 잡고 그녀를 일으켜세웠다. 굽혀

졌던 다리가 쭉 펴지자 칼에 찔리는 듯한 고통이 그녀를 관통했다. 한 발 한 발 앞으로 내디딜 때마다 극심한 고통이 찾아왔다. 바다 마녀가 말한 그대로였다.

볼을 타고 물이 흘러내렸다. 그녀는 자신이 울고 있다는 것을 깨달았다. 고통으로 정신이 아득해지는 와중에 영상 하나가 레니아의 눈앞에 아른거렸다. 둘이 함께 바닷가에 앉아 있을 때 눈물을 흘리던 마르그레테의 얼굴이었다.

병사들은 레니아에게 천천히 재킷을 입혀주다 조금 놀라고 말았다. 그녀가 지금 자기 팔에 꿰어지는 것이 무엇인지 전혀 모른다는 듯 멍한 반응을 보였기 때문이다. 성으로 가면서 그들은 그녀를 반쯤은 끌고, 반쯤은 들어서 옮기다시피 했다. 그러다 얼마 후 그녀는 스스로 땅을 디뎠고, 비틀거리다 결국엔 자신을 부축하는 이들과 보조를 맞춰 걸어갔다. 아무것도 신지 않은 발의 모든 틈새로 모래가 날카롭게 비집고 들어왔다. 고통, 냄새, 눈부신 햇살, 사방에서 그녀에게 쏟아지고 있는 소리, 그 모든 것이 흐릿하기만 했다. 그녀는 자기 몸의 움직임에 정신을 집중하고, 모든 피와 근육과 뼈가 노출되어 있는 그 느낌에 적응하기 위해 최선을 다했다.

이제 성은 조용했고 진입로 일대는 텅텅 비어 있었다. 성문 앞을 지키는 보초병 몇 명만 어슬렁거릴 뿐이었다.

"아직 시간이 일러요. 아마도 아직 미사 시간일 것 같은데." 여자가 말했다.

그때 하얀 드레스를 입은 적갈색 머리의 아름다운 소녀 하나가 밖으로 걸어나왔다. 그녀는 한 손에 목제 현악기와 활을 들고 있었다. 그녀는 발걸음을 멈추더니 눈앞에 펼쳐진 광경을 물끄러미 바라보았다. "그런데 이 사람은 누구야?" 그녀는 높고 경쾌한 목소리로 물었다. 그녀의 뒤에는 역시 악기를 손에 든 소녀 몇 명이 조용히 이리저리 오가고 있었다.

나이든 여자는 소녀에게 허리를 깊게 숙여 인사했다.

"카트리나 공주님!" 병사 하나가 이렇게 말하며 늙은 여자와 마찬가지로 허리를 숙였다. "이 여자를 해변에서 발견했습니다. 왕실 손님이라고 생각했습니다만."

"왜 당사자를 앞에 두고 없는 사람 얘기하듯 하는 거야?"

"말을 못하는 것 같습니다, 공주님. 아마도 다친 듯합니다."

"어머나, 이상해라." 카트리나는 레니아에게 다가가 그녀의 얼굴을 찬찬히 들여다보았다. "너 말을 못하니?"

레니아는 소녀의 얼굴을 보고 소스라치게 놀랐다. 소녀가 왕자와 사뭇 닮았기 때문이었다. 똑같은 모양의 입술에 녹황색 눈동자까지. 그녀는 고개를 저었다.

"글은 쓸 줄 알아?"

레니아는 한번 더 고개를 저었다.

카트리나가 레니아의 목을 보더니, 깜짝 놀랐다. "세상에……" 그녀는 손을 뻗어 레니아의 목걸이를 만졌다. 카트리나의 손가락 끝이 레니아의 피부를 스치자 간지러웠다. "이 목걸이는 어디서 났어? 나 이 목걸이 아는데."

레니아는 자기 생각을 허공으로 쏘아올리고 싶었다. 그러니까 나는 여기서 그와 함께할 운명인 거예요. 내가 바다 밑바닥에서 당신들의 보물을 찾아냈으니까요.

카트리나가 레니아를 돌아보았고, 그렇게 둘은 서로를 바라보았다. 레니아는 잠시, 혹시 이 소녀가 자신의 생각을 알아차린 게 아닐까 생각했다.

"너 우리 가족하고 아는 사이야?" 이윽고 카트리나가 물었다. "친척인가? 어쩐지 낯이 좀 익은데."

"다른 손님들과 같이 성에 오신 분이 아닌 겁니까?" 한 병사가 물었다,

"난 본 적 없어." 카트리나가 말했다. "어쨌든 여기선 본 적 없어. 다른 나라 궁정에서 본 적이 있는지는 모르겠지만. 이 여자애 어디서 본 것 같지 않아?" 그녀는 몸을 돌려 뒤에 서 있던 세 명의 시녀에게 물었다. 그러자 시녀들이 우르르 몰려와 그녀를 둘러쌌다.

"네. 맞아요. 본 것 같아요." 그중 한 명이 말했다. "한 번 본 적 있는 것 같아요. 분명히 동방을 여행할 때였어요." 그녀는 긴 속눈썹을 깜빡이며 카트리나에게 미소를 지었다.

카트리나는 다시 레니아를 향해 팔을 뻗어 그녀의 목걸이를 어루만졌다.

"도움이 필요한 거예요?" 다른 시녀가 물었다.

"응. 그런 것 같아." 카트리나가 고개를 끄덕이며 말했다. 그녀는 몸을 돌려 시종에게 신호를 보냈다. "이 아이를 내 옆방으로 데려가. 폴린, 너는 지금 가서 빈 침실을 하나 찾아놓고." 속눈썹이 긴 소녀가 크게 한숨을 쉬었고, 카트리나는 레니아를 향해 몸을 돌렸다. "일단 옷을 좀 제대로 입어야겠다. 그럼 어디서 온 누구인지

알아보는 사람이 생기겠지."

레니아를 발견한 늙은 여자는 내내 허리를 굽신거리며 사라졌다.

"아, 재미있는 일이 생겼어." 카트리나는 이렇게 말한 뒤 늙은 여자의 존재는 무시해버리고 출입문으로 몸을 돌렸다. "이곳에 새로운 인물이 나타나다니. 안 그래도 요즘 영 따분했는데 말이야."

*

시녀 중 한 명이 레니아의 팔을 잡아 그녀를 부축했다. 그들은 그녀를 성 서쪽 끝에 자리한 공주의 방으로 안내했다. 걷는 동안 레니아는 경이에 찬 눈으로 주위를 돌아보았다. 돌벽에 걸린 거대한 태피스트리, 은으로 만든 신과 여신의 조각품, 깜빡이는 횃불. 물건들 중 몇몇은 난파선에서 본 것과 사뭇 비슷해 보였다. 해저 세계에서 온통 해저의 어둠에 싸이고 부식되어 있었던 것들이 여기에서는 모두 지나치게 깔끔하고 번듯해서 오히려 현실감이 떨어졌다. 그녀는 지나치는 모든 복도와 방에서 왕자의 모습을 찾았다. 그들은 수많은 남자와 여자를 지나갔다. 깔끔하게 차려입은 사람도 있고, 편하게 입은 사람도 있고, 일하는 사람도 있고, 청소나 요리를 하거나 물건을 나르는 사람도 있었다. 그리고 그 모든 이들이 레니아를 쳐다보면서 공주에게 인사했다. 공주는 잘생긴 남자들을 향해 고개를 살짝 기울이거나 가늘고 붉은 눈썹을 치켜세우며 인사했지만, 대부분의 사람들은 그냥 무시하고 지나쳤다. 시녀들도 그녀를 따라 행동했다.

어느 방 앞에서 레니아는 걸음을 멈췄다. 갑자기 숨이 턱 막히는 것 같았다. 방안 벽에 피를 흘리는 아름다운 남자가 십자가에 매달려 있는 형상이 걸려 있었다. 이것과 같은 십자가 모양을 얼음 바다 위의 건물, 마르그레테를 만났던 바로 그곳에서 본 적이 있었다. 이 사람은 누굴까?

"신부님 뵙고 싶어?" 카트리나가 레니아를 보며 물었다.

레니아는 당황하며 고개를 저었고, 그들은 계속 복도를 걷기 시작했다. 긴 복도를 따라 걷다가 나선형 계단을 오르니 방들이 이어진 복도가 나타났고, 이윽고 그들은 그중 한 방 앞에 멈추었다. 여러 방들 중에서도 확연히 크고 화려한 방으로, 온통 여성용 잡화들로 가득했다. 기다란 금 목걸이, 진한 향내를 풍기는 파우더와 향수, 머리장식들이 책상 위에 흩어져 있고, 모서리마다 조각이 된 문 없는 옷장에는 보석 박힌 드레스들이 가득했다. 방 한가운데에는 사방에 검은 실크 커튼을 드리운 커다란 침대가 놓여 있었다. 레니아는 이와 비슷한 것을 본 적이 있었다. 비록 다 부서지고 썩어 있는데다 부패한 시체 두 구가 누워 있는 광경이었지만.

"여기 앉아." 카트리나가 레니아를 침대로 이끌며 빛나는 커튼을 걷어냈다. 그녀는 손에 들고 있던 악기와 활을 매트리스에 올려놓았다.

레니아는 침대에 주저앉았다. 이렇게 폭신폭신한 물건은 난생처음이라, 온몸에서 기쁨의 전율이 일었다. 그녀는 난생처음 다리를 꼬아보며 편안함을 느꼈다.

"지금 물 데우고 있어." 카트리나가 말했다. "목욕해야지. 한동안 못 씻은 거 같은데. 그다음에 밥을 먹자. 기력도 회복해야 하니까."

"도대체 옷은 어디로 간 걸까요?" 한 시녀가 말했다. "분명히 아주 근사한 옷을 입었을 것 같은데. 저런 목걸이에 공주님이 입으실 것 같은 드레스를 상상해보세요."

"그래." 카트리나가 말했다. "넌 이 여자애가 여왕일 거라고 생각했구나." 그녀는 악기를 집어들었다. "연주 좀 해볼까?"

시녀들이 모두 악기를 집어들고 방 저쪽 끝에 놓인 긴 의자에 예쁘게 앉았다.

지극히 낯설고 구슬픈 소리가 울려퍼졌다. 레니아는 고개를 들고 여자들이 어깨에 얹은 작은 악기 위로 활을 움직이는 모습을 지켜보았다. 마치 그녀의 몸을 연주하는 듯, 음표 하나하나가 그녀의 몸안에서 울리고 있었다.

노크 소리가 들렸다. "목욕물이 준비되었습니다, 공주님." 시종이 말했다.

"가자." 카트리나는 레니아에게 손짓을 한 뒤 시종에게 말했다. "이 목걸이가 잘 보이는 옷을 입혀야 된다는 걸 명심해." 그녀는 시녀들을 돌아보았다. "어머니가 얘를 마음에 들어하실 것 같아." 그녀의 말투가 왠지 레니아를 설레게 만들었다.

"더 좋아할 사람이 따로 있을 것 같은데요?" 또다른 시녀가 말했다.

"그러길 기원하자고."

문이 닫히고, 문 너머로 소녀들의 깔깔거리는 소리가 들려왔다. 시종은 레니아를 좀더 작은 방으로 데려갔다. 커다란 욕조 안에 김이 나는 뜨거운 물이 담겨 있었고, 여자 시종 한 명이 그 옆에 대기하고 있었다. 레니아는 그저 욕조만 바라보고 있었다. 이런 물을 처음 보았기 때문이었다. 바닷물도 아니고 민물도 아닌, 물고기도 소금도 해초도 없는 이런 물은. 생각할 것도 없이 그녀는 뒷걸음질을 쳤다.

시종 하나가 다가와 부드럽게 재킷과 숄을 벗기고는, 그녀에게 물 안으로 들어가라는 손짓을 했다. "그냥 씻겨드리려는 거예요." 시종이 말했다. "들어가세요."

레니아는 심호흡을 하고, 한쪽 다리를 뻗었다. 그러다 자신의 맨발에 시선을 뺏기는 바람에 잠시 중심을 잃고 말았다. 그녀는 몸을 지탱하기 위해 욕조의 한쪽 모서리를 잡아야 했다. 스스로가 너무도 우스꽝스러워 그녀는 마구 웃었다. 시종의 당황하는 얼굴을 보자 더 웃겨서 더 크게 웃었다.

그녀는 목을 가다듬고, 마음가짐을 단단히 한 뒤 한 발을 욕조 안에 담궜다. 그녀는 깜짝 놀랐다. 이 따뜻하고 기분좋은 감촉이라니. 그녀는 발가락을 씰룩거려보고, 다리를 위아래로 첨벙첨벙 움직여보기도 했다. 시종은 다시 그녀에게 손짓을 했고, 그녀는 욕조 안으로 들어가 목까지 잠길 정도로 푹 주저앉았다.

놀랄 만큼 온몸이 편안했다. 몸의 근육이 점점 이완되더니 감사하게도 다리가 거의 아프지 않게 되었다. 그녀는 고개를 뒤로 젖혔다. 바닷속과 완전히 다른 느낌이었다. 나이든 여자가 몸에 둘러주었던 천과도 또다른, 완전히 새로운 느낌이었다. 새로 얻은 그녀의 피부는 예민했다. 위로 올라오는 온기에 아픈 입의 고통조차 누그러졌다.

시종들이 그녀의 몸을 씻기고 머리를 감겨주었다. 그들은 이 아름답고 말없는 이방인이 모든 종류의 감각에 좋아서 자지러지는 것을 보고 의아하다는 눈빛을 주고받았다. 그들은 뭘 어째야 좋을지 도통 알 수가 없었다. 물이 첨벙대는 소리가 벽에 울리는 것을 듣더니 좋다고 깔깔대고 있었으니 말이다. 목욕도 처음 해보고 목욕물 첨벙대는 소리도 처음 듣는 사람 같았다.

잠시 후 시종들은 그녀의 몸에서 물기를 닦고 온몸에 꼼꼼히 오일을 바른 뒤 긴 루비빛 드레스를 입히고 등뒤의 끈을 꽉 졸라맸다. 그들은 그녀의 머리를 빗기고 말려주었다. 그녀는 처음으로 머리카락을 말리는 것이어서, 손바닥으로 실크 드레스 같은 그 부드러운 질감을 느껴보고 손가락으로 머리를 쓸어내리며 감촉을 만끽했다. 그들은 레니아의 머리에 흰 꽃장식도 엮어넣었다. 그러는 동안 레니아는 가만히 앉아 새로운 감각들이 그녀에게 다가오는 것을 느끼고 있었다. 머리카락을 만지거나 당기는 느낌, 그녀의 피부에 닿거나 문질러지는 모든 옷감의 느낌. 잠시 후 그녀는 비로소 감정을 조금 억누를 수 있게 되었고, 덕분에 시종들은 그녀가 완전히 미친 건 아니라고 생각할 수 있게 되었다. 아마도 반쯤은 미친 줄 알겠지. 레니아는 그렇게 생각하며 속으로 웃었다.

모든 준비가 끝나자 그들은 그녀를 방 한구석에 있는 묵직한 거울 앞으로 데려갔다.

그녀는 자신을 응시하고 있는 제 얼굴을 보고 충격을 받았다. 곧 어머니의 성에 있던 유리가 떠올랐고, 아주 잠깐, 정말 잠깐 향수를 느끼기도 했다.

그러나 그 감정은 나타날 때만큼이나 빠르게 사라져버렸다.

그녀의 눈에는 인간, 진짜 인간 소녀가 보였다. 얼굴 생김새 자체와 푸른 눈은 여전했지만, 그럼에도 거울 속의 모습은 더이상 예전의 자신이 아니었다. 달빛 머리카락을 촘촘히 땋아 반짝이는 싱싱한 덩굴처럼 얼굴 옆에 드리웠고, 피부는 부드럽고 깨끗하며 엷은 베이지색을 띄고 있었다. 열여덟 살 생일 다음날, 유리에 자기 모습을 비춰보며 은근히 바랐던 모습 그대로였다. 인간의 피부는 그녀에게 몹시 잘 어울렸다. 언니들이 지금 그녀를 본다면 과연 알아볼 수 있었을까? 그녀는 인간의 피부와 다리를 가진 틸라 언니를 상상해보았다. 생각만 해도 숨막히게 재미있었다. 아마 언니들은 꽤나 유심히 살펴야 그녀를 알아볼 수 있을 것 같았다. 언젠가 한 번쯤 언니들을 만나 이 모습을 보여줄 기회가 있다면 말이다.

이 새빨간 드레스에 대해서는 과연 뭐라고 말할까? 그녀의 가슴과 팔을 덮은, 그녀의 목걸이와 완벽하게 어울릴 뿐 아니라 목걸이에 박힌 붉은 돌이 더욱 빛나게 만들어주는, 그녀의 창백하고 완벽한 발까지 풍성하게 퍼지는 이 아름다운 드레스에 대해서 말이다. 시종들이 그녀의 발에 발가락이 드러나는 샌들을 신겨주었다. 발가락이라니! 그녀는 물끄러미 바라보고 이내 킬킬거릴 수밖에 없었다.

레니아의 생각은 언니들로부터 왕자에게로 옮겨갔다. 아마 지금 그는 이 벽 안 어딘가에 있을 터였다. 그는 이 모습을 보고 어떻게 생각할까? 처음으로 그녀는 찌르르한 조바심을 느꼈다. 이렇게 인간 모습을 하고 있어도 예쁘다고 생각해줄까? 기억하고 있을까? 사랑해줄까?

그저 어안이 벙벙하기만 했던 시종들은 단장을 마친 레니아를 공주와 그녀의 시녀들이 기다리는 방으로 데리고 갔고, 카트리나는 박수를 치며 기쁨의 환호성을 질렀다. 다들 이전보다 더 들뜬 모습이었다. "넌 우리 오빠하고 아주 딱이야." 그녀는 이렇게 말하고는 다른 이들을 돌아보았다. "우리의 새 친구는 내 오빠한테 딱 필요한 여자야. 원래의 오빠가 그리워. 이젠 더이상 이곳이 재미있지 않아."

"저희도 왕자님이 보고 싶어요." 한 시녀가 황홀해하는 시늉을 하며 말했다. "모두들 왕자님이 엄청나게 달라지셨다고 해요."

"미안하지만 오빠는 너한테 단물 다 빠졌다고 생각할걸?" 카트리나가 말했다. 레니아는 그 소녀가 약간 움찔하는 것을 눈치챘다. 그녀는 방을 가로질러 날아온 화살에 푹 찔린 듯했다. "하지만 얘는 말이지, 오빠가 절대 거부하지 못할 거야. 얘를 좀 보라고."

"그런데 왜 말을 못할까요?" 시녀들 중 하나가 물었다.

"나도 정말 궁금해." 오랫동안 레니아를 바라보는 카트리나의 눈에서 빛이 났고, 레니아는 난생처음 얼굴이 달아오르는 것을 느끼며 고개를 돌렸다.

*

점심식사를 위해 식당으로 들어서자, 모든 이들의 시선이 레니아에게 쏠렸다. 아주 잠시였지만, 레니아는 자신이 여전히 물고기 꼬리를 달고 사람들 앞에 서 있는 듯한 기분에 당황했고, 심장이 두근댔다. 손과 피부를 눈으로 확인하고서야 비로소 안심할 수 있었다.

왕과 왕비, 그리고 몇몇 귀족들이 기다란 연회실 제일 안쪽에 위치한, 다른 자리보다 한 단 높은 상석에 자리하고 있었다. 다른 테이블들은 긴 홀을 따라 쭉 이어져 있었고, 거의 만석에 가까웠다.

레니아는 이렇게 많은 사람들이 한꺼번에 모여 있는 모습을 보는 게 처음이었다. 열여덟번째 생일날 난파선을 보았던 밤 이후로는 말이다. 모두가 살아 있었고, 아름다웠다. 그들의 살결은 촛불의 불빛을 받아 은은하게 빛을 냈다. 무엇보다 재미있는 것은 그녀를 쳐다보는 사람들의 얼굴이었다. 그녀는 재빨리 실내를 훑으며 왕자를 찾다가 갑작스러운 공포를 느꼈다. 몇 주 전 생일 이후 매일 그를 생각하고 있었지만, 그래도 혹시나 자신이 그를 알아보지 못하면 어쩌나 하는 생각이 들었기 때문이다.

카트리나는 레니아에게 다른 이들과 함께 앉으라는 손짓을 하고 왕의 테이블에 자리를 잡았다. 레니아는 긴 의자로 다가갔고, 벌떡 일어나 허리 숙여 인사하는 남자들에게 둘러싸였다.

고기 냄새가 레니아의 코를 찔렀다. 그녀는 난생처음 뱃속 깊숙한 곳에서 치밀어오르는 인간의 허기라는 것을 느꼈다. 짐승의 살덩이를 요리한 냄새에 속이 뒤집힐 것 같았지만, 그녀의 육체가 그 냄새에 격한 반응을 일으킨 나머지 결국 중심을 잃고 긴 의자에 털썩 주저앉아야 했다. 이 몸의 이상한 점 하나는 새로운 맛이나 냄새에 민감하다는 것이었다.

언젠가는 이런 게 아무렇지 않아지겠지, 그녀는 생각했다. 그때쯤이면 바다가 지금 이것들처럼 생소하고 어색해질 거야.

한 시종이 고기와 빵이 든 접시를 그녀의 앞에 놓았고, 또다른 시종은 술을 따라주었다. 그녀는 술을 길게 한 모금 들이켰다가, 안 그래도 아픈 입이 화끈 달아오르는 바람에 움찔하고 말았다. 그러나 술이 목구멍을 타고 내려가자 독하게 찌르는 듯한 그 맛이 더 이상 거슬리지 않았다. 술이 몸의 한복판으로 움직이는 것이 느껴졌다.

주변의 사람들은 모두 웃고 떠들고 있었다. 음악가들이 실내로 오더니 엄청난 불협화음을 내뿜었다. 한꺼번에 너무 많은 것들이 닥쳐와 어느 한 가지에만 집중할 수가 없었다. 술, 고기, 이 어색함, 이 육체가 경험하는 강렬한 허기, 게다가 혀도 없는데 어떻게 음식을 먹을 수 있을지에 대한 의아함까지. 레니아는 사람들이 입으로 고기를 가져가 이로 씹는 모습을 보고 작은 고기 조각 하나를 입술로 가져갔다. 그 맛은 다른 모든 감각을 잊게 했다. 끔찍하면서도 맛있어, 하고 고기 조각을 씹으며 생각했다. 그녀는 이로 음식을 잘게 씹은 뒤 손가락을 이용해 그것을 목구멍 안으로 밀어넣어야 했다.

레니아는 먹는 일에, 혀가 없는 입으로 짐승 고기를 먹는 일에 적응하는 데 열중하면서도, 어느 순간, 왕자가 연회장 안으로 들어왔음을 알 수 있었다. 못 알아볼지도 모른다는 건 쓸데없는 걱정이었다. 온몸의 세포가 그를 느꼈다.

고개를 들자 그가 있었다. 물에 빠져 죽어가던 바로 그 사람이었다. 부하들이 죽어가는 것을 보며 무력하게 두려워하던 바로 그 사람이었다. 그러나 지금의 그는 늠름하고 강렬했다. 키가 크고 근육질에 피부와 머리카락에선 금빛 태양의 빛깔이 묻어났다. 공포나 죽음의 그늘 같은 건 조금도 보이지 않았다. 어디를 보나 어엿한 왕자의 풍모였다.

레니아에게 남겨진 바다의 빛, 과거와 현재에 그녀가 소유했거나 소유한 모든 것들이 그를 향했다. 나를 기억하나요? 바닷속에서 만났던? 나 기억해요? 나예요. 당신을 만나러 여기까지 왔어요.

그의 시선이 레니아에게로 향하기 무섭게 그는 얼어붙은 듯 멈춰 서고 말았다. 그는 사냥할 때 입는 옷을 입었고 머리는 잔뜩 헝클어져 있었다. 그의 피부에 그녀가 남겨둔 은은한 광채가 아직 남아 있는 것이 보였다. 이젠 거의 희미했지만 그래도 보였다. 그녀의 입술과 손바닥이 닿은 곳곳에.

사람들은 눈을 돌려 왕자가 꿈쩍하지 않고 있는 모습을 지켜보았다. 그는 한참 뒤에야 퍼뜩 자신이 얼마나 우스꽝스럽게 보일지, 사람들이 얼마나 쳐다보고 있는지 알아차린 듯했다.

그는 너털웃음을 터뜨렸다. "도대체 이 신비로운 여인은 누구시기에 한눈에 제 혼을 쏙 빼놓는 거죠?" 그는 실내의 모든 사람에게 말하듯 큰 소리로 물었다.

"오빠! 역시 내 생각이 틀림없다니까." 카트리나는 왕의 테이블에서 일어나 왕자가 있는 쪽으로 걸어내려갔다. "내 새로운 친구야. 말을 못하나봐. 그러니까 오빠처럼 말 많은 사람한테 완벽한 상대라고 할 수 있지."

왕이 허허 웃었고, 다른 사람들도 따라 웃었다. "네 여동생이 너에 대해, 네게 무엇이 필요한지에 대해 이 어미 아비보다 훨씬 더 잘 아는 것 같구나."

레니아는 카트리나가 크리스토퍼의 팔을 잡고 그를 그녀에게 데려오는 모습을 지켜보았다. "그리고…… 음, 이 친구가 말을 못하다보니 이름이 뭔지도 못 들었어. 원래 불리던 이름이 있었다면 말이야. 앞으로 어떻게 부를까?"

크리스토퍼는 다른 이들을 따라 선량한 웃음을 지었다. "마치 제 마음속 깊은 곳에서 튀어나오신 것 같습니다." 그는 허풍스러운 태도로 주변의 분위기에 동조하며, 그녀에게 다가갔다. "분명 당신을 꿈에서 보았거든요."

맞아요. 레니아가 생각했다. 당신도요?

그는 그녀를 보고는 고개를 갸웃거렸다. "제가 이름을 지어드려도 될까요, 예쁜 금발 아가씨?"

레니아는 미소를 지으며 고개를 끄덕였다. 좋아요. 대뜸 그녀는 손을 내밀었고, 그는 그녀의 적극성에 놀라며 빙긋 웃었다. 그는 그녀의 손을 잡고 테이블 옆에 한쪽 무릎을 꿇고 앉았다.

"앞으로 이 여인을 아스트리드*라고 부르겠습니다." 그가 말했다. "이 여인은 너무도 아름다우니까요."

---

* 아스트리드는 고대 스칸디나비아어에서 온 이름으로, '아름다운' '어여쁜' 등의 뜻이 있다.

"완벽해." 카트리나가 말했다. "아스트리드라니, 딱이야."

아스트리드, 레니아는 그 이름을 속으로 몇 번씩 되뇌어보았다.

그녀의 몸에 닿은 그의 피부에서 찌릿하고 마법 같은 감촉이 전해졌다. 그의 손길이 닿은 부분에서 시작된 전율이 온몸을 따라 퍼져나갔다. 흥분과 애정이 온몸을 덮쳤다. 비록 그가 반쯤 장난처럼 굴었고 주변의 모두가 깔깔거리며 웃고 있었지만, 그의 환한 미소만으로도 그녀는 그가 자신을 기억한다는 걸 알 수 있었다. 또렷한 기억은 아닐지라도, 그의 내면 어딘가에는 둘이 만난 적 있다는 무의식이 숨어 있었다.

내가 어떻게 당신을 바다에서 뭍으로 데려갔는지 기억해요? 그때 내가 얼마나 강했었는지?

"말을 못한다는 게 사실인가요?" 이제 그가 아주 부드러운 목소리로 물었다.

레니아는 압도당한 채 고개를 끄덕였다. 사랑에 빠지는 것조차 이제는 뭔가 달랐다. 그의 손에서 전해지는 이 설레는 감촉…… 그는 더이상 극도로 부드럽고 따뜻하고 연약한 존재가 아니었다. 지금의 그는 강하고 아름답고 생기 넘쳤다. 그녀는 그의 냄새를 맡을 수 있었고 그의 느낌이 그녀에게 전해져왔다. 그녀의 몸은 저녁 만찬에 반응했듯 그에게도 본능적으로 반응했다. 그녀가 인어의 몸이었을 때는 상상조차 못했던 욕구였다.

"잠시 저와 산책하시겠습니까?" 그가 물었다. "원래 오후에 사냥을 나가기로 했는데, 취소하고 당신과 있겠어요. 어때요?"

그녀는 고개를 들었다. 카트리나를 비롯한 다른 이들의 눈이 그녀를 향하고 있었다. 그들은 미소 띤 얼굴로 귀를 쫑긋 세우고 있었다. 그중 몇몇은 식사 자리로 돌아가버렸고, 왕은 그들을 까맣게 잊은 듯 보이긴 했지만 말이다.

"가." 카트리나가 말했다. "굳이 우리랑 같이 있지 않아도 돼. 오빠가 잘해줄 거야."

레니아는 황홀해하며 미소를 지었다. 그녀는 고개를 끄덕였다. 그래요. 그가 바로 거기서 경이와 기쁨의 눈으로 그녀를 바라보고 있었다. 일이 생각대로 척척 풀려갔다. 그는 그녀의 것이었다. 그의 영혼은 그녀의 영혼이었다.

그리고 이 육체! 감각들이 온몸을 타고 퍼져나갔다. 마치 물위에 누워 하늘을 가로지르며 흘러가던 구름의 모양이 바뀌는 것을 바라볼 때의 느낌과도 같았다. 폭풍우가 불고 대지를 뒤흔들다 이내 아무 일도 없었다는 듯 잦아들었다.

그녀의 몸이 열리고 있었고, 그 안으로 폭풍우가 깃들었다.

*

식사가 끝나고 사람들이 모두 어딘가로 흩어지자, 크리스토퍼는 레니아를 데리고 나선형 계단을 올라 성에서 가장 비밀스러운 곳으로 갔다. 희미한 횃불로 밝혀져 있는 돌로 된 복도를 따라 걸으며 그녀는 해저 동굴을 헤엄치는 듯한 기분을 느꼈다. 다리에는 이제 거의 감각이 없었다. 그녀는 점점 고통을 무시하는 법을 익혀가는 중이었다. 횃불이 벽 위로 그들의 그림자를 드리웠고, 그림자는 횃불의 움직임에 따라 조용한 물고기처럼 깜빡거렸다.

"아무래도 당신을 본 적이 있는 것 같아요." 그가 말했다. "하지만 그와 동시에, 당신처럼 아름다운 여자는 처음 봐요."

그는 걸음을 멈추고 손을 뻗어 그녀의 얼굴을 어루만졌다. 그녀의 턱을 잡고 손바닥으로 그녀를 쓰다듬었다.

레니아는 생소한 육체가 가져다준 축복 속에 있었다. 그의 손길이 닿을 때마다 그녀는 그의 안으로 녹아들어가버리고 싶었다. 그녀의 숨은 점점 거칠어졌고, 그가 손을 떼는 순간조차 참을 수 없게 되었다.

그녀는 그의 손을 잡아끌어 자신의 목에 갖다댔다. 그는 당황하며 그녀를 바라보았다. "손길을 좋아하는군요." 그는 감탄하듯 속삭이고는 그녀의 목에 닿은 손을 천천히, 그리고 부드럽게 턱까지 올렸다가 다시 쇄골 부근까지 쓸어내렸다. 목걸이의 줄이 앞뒤로 움직이며 그녀의 피부에 스쳤다. "당신은 내 시선을 두려워하지 않네요." 그는 손가락을 뒤로 가져가 그녀의 머리카락을 쓸어내렸다. 그의 손길이 닿을 때마다 그녀의 온몸이 떨렸다. 놀라웠다. 그녀는 자기도 모르게 그의 손놀림에 빠져들었다.

결혼해줘요, 그녀는 생각했다.

그가 그녀의 입술에 자신의 입술을 가져다댔고, 그녀는 입을 벌렸다. 그가 그녀 안으로 들어와 자신을 그의 영혼으로 채워주길 바라며. 그러나 그는 화들짝 놀라며 물러섰다.

"혀가 없군요." 그녀가 아무 대답도 하지 못하자 그가 다시 물었다. "그래서 말을 못하는 거였어요?"

그녀는 고개를 끄덕였다. 그러고는 손을 움직여 그의 가슴을 쓰다듬다가 그의 등뒤로 팔을 돌려 목과 머리카락을 마구 어루만졌다. 이제는 그녀 스스로도 그를 향해 한없이 세차게 흘러만 가는 자기 자신을 어찌할 수 없었다. 달리 그녀가 할 수 있는 일도 없었다. 그를 위해 모든 것을 포기했으니. 그녀는 그를 위해 다시 태어났다. 그러니 못할 일이 아무것도 없었다.

레니아는 그가 무언가를 더 물어보고 싶어한다는 것을 느꼈지만, 그는 더이상 생각에 집중할 수 없는 상태였다. "당신은……" 그가 말문을 열었다. 그녀는 자신이 그에게 충격을 주었다는 사실을 알 수 있었지만, 그 또한 아무 상관 없었다. "대부분의 여자들은 당신 같지 않아."

그는 그녀의 허리를 껴안고 그녀를 복도 끝으로 데려갔다. 몇몇 경비병들을 지나쳐 넓은 방으로 그녀를 인도했다. 바다가 보이는 다이아몬드 모양 창문이 있는 커다란 방이었다.

그는 새빨갛게 달아올라 있었다. 그의 눈동자는 마치 익사하는 사람처럼 검게 변해 있었다. 그가 입을 벌리고 혀로 그녀의 입술을 탐하자, 그녀는 몸을 앞으로 내밀었다. 그의 입술이 그녀의 목을 애무했고, 손은 가슴팍을 지나 젖가슴으로 내려갔다.

"당신은 여신이야." 그는 연거푸 말했다. "당신의 머리카락, 당신의 피부. 난 당신 같은 사람은 본 적이 없어."

레니아는 자신의 몸이 점점 열리는 것을 느꼈다. 그는 그녀의 입에 손가락을 넣고 그녀의 혀를 찾았다. "그렇군." 그가 말했다. "누군가 당신 혀를 잘라간 거야." 그러고서 그는 좀더 열정적으로 그녀에게 키스했다. 그녀의 몸에 닿은 그의 입술은 따뜻했고, 온몸에 전율을 선사했다.

그는 그녀의 등뒤에서 손을 놀려 옷을 풀었고, 이윽고 그녀의 옷이 바닥으로 떨어져내렸다. 얼마나 달콤한 순간인지. 이 불필요한 껍질이 벗겨지다니. 그녀는 비늘이 아닌 피부를 갖게 된 것이 얼마나 행복한지 몰랐다. 조갯살같이 부드러운 그녀의 육체는 아직도 미처 다 벗지 못한 것이 있는 것 같았다. 그는 셔츠와 바지를 벗고 그녀를 안았다. 그녀는 살갗으로 전해지는 그의 벗은 몸과 손길 외에는 아무것도 느끼지 않았다. 그는 그녀를 침대에 누이고 그녀의 몸에 자신의 몸을 얹었다.

그녀의 모든 힘과 아름다움은 완벽하게 인간적인 그 감각에 한없이 작아졌다. 그녀는 아직 충분히 밀착하지 못했다는 듯 몸을 그에게 한껏 밀어붙였다. 아직은 어색한 두 다리를 벌려 가장 은밀하고 연약한 곳을 드러내자, 그가 그녀 안으로 밀고 들어왔다. 고통이 번쩍이며 그녀를 스쳐지나갔다. 하지만 인간이 된 그녀의 육체로, 다리 사이로 느껴지는 그 고통은 충분히 가치가 있었다. 이 남자, 지금 이 순간을 위해서라면, 그녀는 그 모든 것이 사랑스럽기만 했다.

사랑해요. 당신을 사랑해요. 그녀의 머릿속에는 단 한 가지 생각뿐이었다. 당신의 영혼, 그리고 나의 영혼.

*

그들은 침대에 누워 있었다. 크리스토퍼의 몸이 조개껍데기가 되어 그녀를 품안에 꼭 끌어안고 있었다. 너무나도 따뜻하고 사랑스러운 느낌이었다. 얇은 땀의 장막이 그녀를 덮고 있고, 그의 촉촉한 몸이 그녀에게 닿아 있었다. 얼마 후 그는 그녀의 볼과 이마에 입을 맞추었다. "우리는 이제 여기서 헤어져야 해." 그가 말했다. "나는 아버지 고문 분들과 만나야 하거든. 시종에게 당신을 방으로 데려다주라고 할게."

레니아는 걱정하는 눈빛으로 그를 쳐다보았다. 그가 미소를 지으며 그녀의 머리카락을 쓰다듬었지만, 왠지 불안한 느낌이 들었다.

얼마 후 그녀는 잔뜩 흐트러진 차림새로 복도를 걷고 있었다. 마치 두들겨 맞은 것처럼 온몸이 아팠고 모든 감각이 멍들고 찢긴 듯했다. 무엇보다 몸의 중심부가 몹시 아팠다. 피가 그녀의 다리를 따라 흘러내렸다.

방에 도착하자 시종은 그녀를 홀로 두고 물러났다. 그녀는 창가에 서서 바다를 바라보았다. 왕자와 함께 시간을 보내는 동안 벌써 해가 져버렸다. 마음 깊숙한 곳, 그의 손길이 닿지 않은 어딘가가 너무도 아팠다. 눈물이 얼굴을 따라 흘러내리며 피부를 온통 소금기로 덮어나갔다.

왜 이렇게 공허한지 알 수가 없었다. 넘치도록 충만한 기분이어야 할 텐데, 지금까지 그 어느 때보다 가슴이 벅차야 할 텐데. 이것이 바로 그녀가 원했던 모든 것 아니었던가. 왕자가 그녀를 사랑하게 되는 것. 이제 그녀는 인간이었고, 영원불멸의 삶도 얻게 될 텐데.

달이 수면에 비쳐 수천 갈래의 빛으로 흩어지고 있었다.

13장
공주

마르그레테는 자신의 방 창가에서 기다리고 있었다. 가장 따뜻한 드레스를 끈을 조이지 않은 채 입고 그 위에 털가죽을 칭칭 둘렀고 속에는 남성용 모직 바지까지 하나 입고 있었다. 그녀 옆에는 작은 가방 하나가 놓여 있었다. 에델이 그 옆에 앉아 있었는데 마르그레테와 같은 차림이었다. 조세핀과 로라는 난롯가에서 불을 쬐고 있었다. 부왕의 성으로 돌아온 지 육 주가 지났고, 드디어 만반의 준비가 끝났다. 지난 며칠간 마르그레테는 잔뜩 기대에 부풀어 있었고, 부왕은 나름대로 전쟁 준비를 해나갔다. 기다리는 시간은 마치 영원처럼 지루하게 느껴졌지만 사실은 전령이 남쪽으로 갔다가 다시 돌아오기까지의 시간보다 조금 길었을 뿐이었다. 삼 주가 채 걸리지 않았다. 남국 왕은 자신의 아들 크리스토퍼와 마르그레테를 결혼시켜 새로운 동맹 관계를 맺는 것에 찬성했다. 마르그레테와 에델이 함께 남쪽에 갈 것이었고, 두 명의 경비병이 함께 따라붙을 예정이었는데 그들에게는 나중에 후하게 보상할 계획이었다. 마르그레테와 그레고르가 함께 경로를 계획했고, 그레고르는 마르그레테가 경로상에 있는 여러 협력자들의 집에 묵을 수 있도록 준비를 해주었다. 마르그레테는 왕과 궁정 신하들을 교란하기 위한 가짜 쪽지도 하나 준비했다. 진정한 소명을 찾아 수녀원으로 돌아간다는 내용이었다. 부왕이 즉각 사람들을 풀어 그녀의 뒤를 쫓을 것이라는 데는 의심의 여지가 없었지만, 아버지 쪽 사람들이 정확히 무슨 일이 벌어진 건지 파악할 때쯤이면 그녀는 이미 남국 왕의 보호 아래 있거나 거의 근처까지 다 갔을 것이었다.

쪽지의 내용이 완전히 진실과 다르지는 않다고 마르그레테는 자부했지만, 그럼에도 아주 어릴 적부터 자매처럼 지내온 조세핀과 로라에게 거짓말을 해야 한다는 사실에는 적잖은 죄책감이 들었다. 하지만 그들을 위험한 길에 동참시킬 수도, 부왕의 분노에 시달리게 만들 수도 없었다. 에델은 마르그레테가 놀랄 정도로 빨리 이 새로운 모험에 동의해주었다. 물론 에델이야 원래 명랑한 것 빼면 시체이긴 했지만, 그래도 에델이 대역죄를 저지르는 것이나 앞으로 닥칠 수 있는 위험에 적어도 조금은 두려워할 줄 알았다.

하지만 지금 마르그레테의 눈에 비치는 에델은 몹시 들뜬 나머지 스스로를 차분하게 가라앉히려고 애쓰는 모습이었다.

그리고 스스로에게 솔직해지자면, 마르그레테 역시 엄청난 모험을 앞둔 기분이라는 걸 인정해야 했다. 태어나서 해보는 가장 큰 모험이었고, 앞으로도 그럴 것이었다.

바깥엔 눈 덮인 풍경이 사방으로 끝없이 펼쳐져 있었다. 달빛을 받아 마치 별가루를 뿌려놓은 양 차가운 빛을 냈다. 당장이라도 저 아래에서 신호가 올라올 것이었고, 그들을 태울 말 또한 대기하고 있을 터였다.

들뜬 가슴이 쉴새없이 뛰었다. 어찌 보면 지금의 이 모험은 수녀원으로 돌아가는 것이나 다름없었다. 일종의 부르심을 받은 것이 아니던가. 결국 마르그레테는 수녀원에서 발견했던 마법과 아름다움의 세계로 돌아가는 것이었고, 그녀의 나라에 평화를 되살림으로써 신께 경배를 드리는 것이었다.

그녀는 자꾸만 떠오르는 인어에 대한 생각과 가슴속 깊이 뿌리내린 갈망을 떨쳐내려 애썼다. 아마도 지금까지 가장 행복한 순간이었을 것이다. 인어와 함께 해변에 앉아 있던 그 순간, 그녀는 이 세상이 간직했던 숨막히는 아름다움을 경험했다.

무언가 더 있을 거야. 그녀는 생각했다. 모든 것이 바라는 대로만 이루어진다면, 세상 곳곳에 이 같은 아름다움이 더 숨어 있을 거야.

"무사한 여정이 되시기를 기도할게요." 조세핀이 말했다.

"고마워." 마르그레테가 대답했다. 그녀는 심호흡을 하며 창가에서 돌아섰다. "잘 기억해둬. 내일 미사 시간에, 내가 아파서 못 나온다고 말하는 거야. 그다음에 사람들이 내 쪽지를 발견하고 벌써 우리가 가버렸다는 사실을 알게 되면 다른 사람들처럼 깜짝 놀라는 척해야 돼. 알겠지?"

"돌아오신 지 얼마 되지도 않았는데요, 공주님." 로라가 말했다. "너무 빨리 떠나셔서 아쉬워요."

"하지만 한편으로는 무척 기뻐요." 조세핀이 재빨리 끼어들었다. "그런 부르심을 받는다는 건 정말 큰 선물이잖아요."

"거기서 정말 무사히 잘 계실 수 있겠어요?" 로라가 물었다.

"괜찮을 거야." 마르그레테가 말했다. 그녀는 손을 로라의 어깨에 얹었다. "모든 게 잘될 거야. 보호해주실 분도 계시고."

"공주님이 행복해지셨으면 좋겠어요. 바라는 건 그것뿐이에요."

"알아. 그래서 지금 내가 돌아가는 것이기도 하고. 내가 있어야 할 곳은 그곳이거든. 지금은 아버지께서 나를 이해 못하시겠지만, 시간이 흐르면 언젠가는 이해해주실 거라 생각해. 내 의도가 선하고 순수하다는 걸 알게 되실 테니까."

"폐하는 공주님을 정말 자랑스러워하실 거예요."

"그러셨으면 좋겠어." 그녀가 말했다. "결국에는 말이지."

저 아래에서 희미하고 낮은 휘파람 소리가 들려왔다.

"가야 해요." 에델이 가방을 들어올리며 말했다. 에델은 마르그레테의 가방도 챙기기 위해 손을 뻗었지만, 마르그레테가 막았다.

"내가 나를게." 공주가 말했다.

"도와드릴게요." 로라가 앞으로 달려들었다.

"아니. 넌 여기 있어." 마르그레테가 소녀의 팔에 부드럽게 손을 올리며 말했다. "절대 쓸데없이 이목을 끌어선 안 돼."

로라는 고개를 끄덕이더니 뒤로 물러섰다.

마르그레테와 에델은 눈물 어린 키스와 포옹으로 친구들에게 작별인사를 했다. 그러고는 망토에 달린 모자를 뒤집어쓰고 방 밖으로 나가 복도를 통해 성 서쪽으로, 마구간과 이어지는 쪽문으로 서둘러 갔다. 늦은 시간이라 시종들도 대부분 자고 있었다. 주방에서 새어나오는 아주 작은 불빛 외에 사위는 온통 깜깜하기만 했다. 늙은 시종 한 명이 주방을 지키고 있었지만, 그는 그림자 두 개가 벽에 조용히 드리워졌다 사라지는 것을 올려다보지도 않았다.

마르그레테는 최대한 살그머니 문을 열었다. 그 바로 뒤에는 두 명의 경비병이 그들 옆에 마치 나무처럼 조용히 서 있는 말 두 마리를 데리고 그들을 기다리고 있었다.

경비병들은 허리를 굽혀 인사한 뒤 그들의 가방을 받아들고 마르그레테와 에델을 말에 태웠다. 두 소녀가 드레스 자락을 걷어올리자 속에 남자 바지가 드러났다. 그들은 남자처럼 다리를 벌리고 말잔등 위에 올라탔다. 마르그레테는 예의범절보다는 속도와 안전이 훨씬 중요하다고 생각했고, 에델은 마냥 즐거워했다.

그들은 초지를 지나 성문 앞 도개교까지 말을 끌고 살살 걸었고, 말은 두 경비병이 이끄는 대로 조용히 눈밭을 지나갔다. 마르그레테는 서리와 연기와 나무 냄새가 실린 밤공기를 들이마셨다. 세상이 깨끗하게 정리되고 이제 막 새롭게 태어나려는 듯한 느낌을 줄 정도로 신선하고 상쾌한 향이었다. 그들을 기다리고 있을 위대한 모험을 생각하자 온몸에 전율이 일었고 그녀는 하마터면 큰 소리로 웃을 뻔했다. 하늘은 그 어느 때보다 맑았다. 그녀는 아버지가 잠들어 계실 성을 돌아보았다. 달빛이 성과 사방에 쌓인 눈더미 위로 환하게 내리비치고 있었다. 에델의 얼굴이 기대감으로 빛났다. 마르그레테는 미소를 지었다. 그 순간 그녀는 자신이 역사의 힘에 휩쓸려가는 한없이 작은 존재처럼 느껴졌다. 이 모든 것이 신의 뜻이라는 생각이 들었다. 신의 뜻을 믿어야 했다.

충분히 멀리까지 걸어나와 도개교도 무사히 지나고, 성에서 보이지도 않고 소리도 들리지 않게 되자 두 경비병은 소녀들 뒤로 말에 올라타 그녀들의 몸을 감싼 채 고삐를 바짝 당겨 쥐고는 앞으로 달려나가기 시작했다. 그렇게 네 사람은 밤 속을 달려나갔다. 주변 모든 것들에 속도가 붙었다. 혈관을 타고 아드레날린이 돌았다.

그들은 고대의 괴물처럼 하늘을 찌를 듯 높이 솟아오른 소나무 숲을 지나갔다. 마르그레테는 지난번 여정과는 사뭇 다르다고 생각했다. 이번엔 쏘아놓은 화살 같았다. 그녀는 자신이 어디로 가는지, 왜 가는지 정확히 알았다. 목적의식. 열정. 그리고 운명을 다스릴 힘까지 가진 채.

*

애초에 계획했던 대로라면 남국까지는 약 일주일 정도 소요될 예정이었다. 그들은 첫날 밤, 그리고 다음날 낮과 밤 내내 말을 타고 달렸다. 숲속에서 아주 잠깐씩만 휴식을 취할 뿐 거의 쉬지 않고 달렸다. 성을 떠난 지 거의 서른여섯 시간이 되었을 무렵 그들은 길에서 한 영주와 그의 시종을 만나 그들의 영지로 초대를 받게 되었다.

전원 지대에 이제 막 새벽 동이 틀 무렵, 그들은 거대한 석조 저택에 발을 들였다.

마르그레테와 에델은 얼굴을 가린 채로 주방을 가로질러 연회장과 멀리 떨어진 비밀 방으로 안내되었다. 경비병들의 방은 그 근처였다. 네 여행자들에게는 술과 따뜻한 식사가 제공되었고—이는 모두 믿을 만한 시종에 의해 처리되었다—방에서 한숨 돌리게 되자 그들 모두 곯아떨어져 하루를 그냥 자면서 보냈다. 영지의 그 누구도 이 손님들의 정체를 짐작하지 못했고 대부분의 시종과 기사, 귀족 식객들은 누군가가 새로 왔다는 사실조차 눈치채지 못했다. 소수의 시종들이 주방에서 추가로 음식이 나가고 세탁실에 세탁물이 더 들어오고 마구간에 못 보던 말이 있다는 것을 눈치챘지만, 그저 영주의 방탕한 아들이 또 밖에서 한바탕 놀다가 운 나쁜 아가씨들 몇몇을 끌고 들어왔겠거니 할 뿐이었다.

다음날 밤 마르그레테와 일행들은 푹 쉬고 밥과 물도 충분히 먹은 말들을 이끌고 또다시 몰래 길을 나섰다. 마르그레테와 에델은 서로 바라보며 재미있다는 듯 싱긋 미소를 지었다. 말은 주변 세상이 모두 흐릿하게 보일 정도로 세차게 새로운 삶을 향해 내달렸다. 위대한 모험이었다. 피로나 위험 따위는 문제가 되지 않았다. 그리고 에델이 자기 말을 모는 경비병이 잘생겼다는 사실을 깨닫고는 몸을 밀착하면서 달리는 내내 그에게 추파를 던지는 것 역시 전혀 피해를 주거나 해를 끼치지 않았다.

그들은 여러 마을과 숲을 지나치며 계속해서 달렸다. 그러다 사전에 약속된 휴식 지점에 도달하면, 시종들과 경비병들이 유령처럼 흔적도 없이 나타나 그들을 커다란 저택으로 안내했다. 그곳에서는 위대한 사명을 수행중인 공주를 돕고 북국 평화파의 지원 세력이 되는 영광을 얻게 된 영주와 그 부인이 그들을 맞아주었다.

마르그레테의 체력은 거의 바닥났다. 아무리 푹 자도, 기나긴 밤 시간을 말 등에 실려 온 그녀의 몸에는 아프지 않은 곳이 없었다. 말이 앞으로 내달리는 동안 자기 말을 모는 경비병에게 기댄 채 눈을 감고 크리스토퍼 왕자를 떠올리며 그를 다시 만나면 어떨지, 그가 그녀를 보면 어떤 반응을 보일지 상상하는 일이 잦아졌다. 상상 속에서 크리스토퍼는 그녀의 차림새가 완전히 달라졌음에도 불구하고 한눈에 그녀를 알아보았고, 그녀가 그를 향해 다가서면 만면에 미소를 띠고 그녀를 품에 안아주었다. 더욱더 깊은 환상 속으로 들어가면, 그녀는 피부에 온통 인어의 광채를 발하며 물에 홀딱 젖은 채로 그의 몸에 기대어 그의 입술에 입을 맞추고 있었다.

항상 그녀는 자신의 상상력에 제동을 걸고, 말발굽이 지나쳐가는 세상의 모습을 돌아보려고 애썼다. 북국과 남국의 국경에 위치한 산맥에 가까워질수록 풍경은 서서히 녹색을 띠어갔다. 산맥이 추위를 모두 붙들어 북쪽에 가두어둔 모양이었다.

넷째 날 밤, 그들은 드디어 산을 오르기 시작했고 다음날 저녁 해가 질 무렵 높은 산꼭대기의 전나무숲에 자리한 어느 귀족 가문의 영지에 도착하게 되었다. 그곳에서는 근사한 연회가 그들을 기다리고 있었다. 귀한 벨벳 옷차림의 영주가 말을 타고 일행을 마중하러 나왔다. 그는 말에서 뛰어내려 깊게 허리 숙여 인사한 뒤 두 여성의 손에 입을 맞추었다.

"저는 영주 애들러라고 합니다. 여러분께 기꺼이 협조하려 합니다." 그가 말했다. "저희가 공주님께 얼마나 감사하고 있는지 이루 말로 표현할 수가 없습니다. 공주님께서 저희를 위해 하고 계시는 일에 대해서 말입니다."

"정세 변화에 제가 도움이 되었으면 좋겠습니다." 마르그레테는 말을 약간 더듬거렸다. 영주의 강한 감정 표현에 놀란 탓이었다.

"저희는 오랫동안 평화를 갈구해왔답니다." 그가 말했다. "저는 어린 시절 대부분을 남국에서 보냈습니다. 어머니께서는 종종 자신의 어린 시절 얘기를 들려주셨는데, 제가 태어나기 전 왕국의 모습에 관한 얘기들이었지요. 저는 이 세상을 다시 그 시절의 모습으로 돌려놓는 데 제 인생의 대부분을 보냈답니다."

"그건 제 커다란 소원이기도 해요." 그녀가 말했다.

"공주님을 저희 집에 모시게 되어 영광입니다. 많이 피곤하지 않으시다면, 만찬을 준비해두었으니 참석해주십시오. 긴 여행도 막바지에 다다랐으니 한번쯤 편하게 재충전하셨으면 좋겠습니다. 공주님의 안전에 대해서는 제 가장 오랜 친구인 그레고르에게 보장해두었으니 제 가솔들에게 위험을 당하실 일은 절대 없을 겁니다."

"감사합니다." 그녀가 말했다. "정말 반가운 얘기네요."

애들러 영주는 다시 말 위에 올라타 그들을 이끌고 싱그러운 초록빛 나무와 풀이 무성한 길을 따라 산속에 자리한 작은 석조 성으로 들어갔다. 성안에는 편안한 침실과 따뜻한 목욕물이 그들을 기다리고 있었다. 마르그레테는 목욕물에 들어가 피로를 풀었다. 그러고는 에델과 함께 영주의 부인에게 빌린 드레스로 갈아입고 안내에 따라 촛불이 가득한 작은 방으로 들어갔다.

영주는 마르그레테와 에델을 자신의 아내와 두 아들에게 소개했다. 두 아들 모두 미남이었고, 키가 크고 옅은 머리색에 강인한 인상이었다. 마르그레테는 옆에 서 있는 에델의 표정이 바뀌는 것을 즉각 눈치채고 피식 나오려는 웃음을 참았다. 물론 에델은 이런 위험한 여정의 한복판에서도 금세 마음에 드는 남자를 유혹할 기회를 찾아내고도 남을 친구였다.

"궁정 연회장보다는 이곳에 특별한 만찬을 차리는 것이 여러분의 안전과 제가 사랑하고 신뢰하는 작은 영지를 위해 좋을 거라 생각했습니다. 이렇게 친밀한 공간에서 새로운 친구를 사귀게 된다는 것도 나름 좋을 테고요."

"감사합니다." 마르그레테가 말했다. "영주님의 손님이 될 수 있어 영광입니다."

그들이 모두 테이블에 앉자 시종들이 생선과 꿩 요리가 가득 담긴 접시와 블루베리를 넣고 요리한 쌀 요리를 내왔다. 모든 요리에 향신료가 가득 들어 있었다.

"정말 맛있어 보이네요." 마르그레테가 말했다.

"저희는 모두 공주님을 위해 기도하고 있답니다. 그리고 앞으로 다가올 결혼식도 무사히, 행복하게 치르실 수 있도록 기도하고 있고요."

"크리스토퍼 왕자는 정말 대단한 사람입니다." 장남인 레이너가 말을 거들었다. "저희는 어렸을 때 함께 공부했어요."

"아!" 그녀가 말했다. "그는 어떤 사람이었나요?"

"제가 아는 한 무척 민첩하고 용감한 사람이죠."

"여자들에게 인기가 아주 많았어요. 심지어 그 어릴 적에도요. 그렇지 않았니?" 영주의 부인이 아들의 말에 끼어들며 물었다.

"맞아요. 그랬죠." 레이너가 미소를 지었다.

"저희로서는 공주님께서도 그 왕자의 매력에 푹 빠지시길 바랄 밖에요. 당신의 어린 시절 친구들이 그랬듯 말이에요." 에델이 레이너에게 애교를 부리며 말했다. 그는 달콤한 미소로 그녀에게 응답했다.

"여기는 거의 국경이라고 보셔도 됩니다." 영주가 설명했다. "북국보다는 남국에 가깝지요. 그래서 저희는 이런 시기에 매우 곤란하답니다."

"영주님은 한때 저희 아버님 친구가 아니셨던가요?" 마르그레테가 물었다.

"그랬지요. 제가 젊었을 때 폐하의 궁정에서 많은 시간을 보냈습니다. 폐하와 왕비님의 결혼식에도 참석했었죠."

마르그레테는 헉하며 숨을 들이마셨다. "정말요?"

"네. 그렇습니다."

"어땠나요?" 잠시, 마르그레테는 마치 선물 상자를 열어보는 어린아이처럼 검은 눈동자를 빛내며 입가에 미소를 띠고 있었다. "그때 저희 어머니는 어떠셨나요?"

"왕비님은 정말 놀라운 분이셨지요. 총명하고 생기가 충만한 여인이셨어요. 모든 이들과 잘 지내셨죠. 낮고 어리석은 이들과도 스스럼없이 어울리셨습니다. 게다가 잘 웃으셨고요! 왕비님께서 웃으시면 방안의 온도가 완전히 바뀌곤 했습니다."

"지금 성에서는 아무도 어머니에 대한 이야기를 꺼낼 수 없어요." 마르그레테가 말했다. "마치 어머니가 아예 존재한 적도 없는 것처럼요."

“이런, 음, 아마도 폐하께서 너무나 괴로우시기 때문일 겁니다. 폐하는 정말로 왕비님을 사랑하셨으니까요.”

“저도 언젠가는 그런 사랑을 해보고 싶네요.” 에델이 말했다.

마르그레테가 테이블 아래에서 에델을 쿡 찔렀다.

“그건 우리 모두 다 그렇지요.” 레이너가 에델을 향해 싱긋 웃어 보인 뒤 테이블 위로 잔을 들어올렸다. “공주님을 위해 건배합시다. 저는 제 오랜 친구 크리스토퍼 왕자와 공주님의 결혼식에 꼭 참석하는 영광을 누리도록 하겠습니다. 두 분의 사랑이 폐하와 왕비님의 사랑처럼 전설적인 것이 되기를 기원합니다.”

“감사합니다.” 마르그레테가 자신의 잔을 들어올리며 말했다. 그녀는 볼에 살그머니 떠오르는 홍조를 애써 감추었다.

14장

인어

햇살이 방안으로 들어와 레니아의 피부를 따뜻하게 데웠다. 파도가 해변으로 밀려와 부두에 정박된 배를 찰싹찰싹 때렸다. 희미하게 들려오는 사람들의 목소리, 갈매기 소리, 방 밖 복도에서 들려오는 발소리. 지상 세계의 모든 소리가 그녀의 귓가를 간질였다. 그녀는 살짝 돌아누웠다. 입이 욱신욱신 쑤셨고, 몸은 그 어느 때보다 더 쓰리고 아팠다.

그녀는 고통스럽게 자리에서 일어나 앉았다. 시트가 몸에 칭칭 감겨 있었다. 종아리와 허벅지가 칼날이 박힌 것처럼 아팠다.

공중에 떠다니는 먼지 입자들이 햇빛을 받아 반짝반짝 빛났다. 그녀는 그것들을 한동안 황홀하게 바라보다가, 손으로 허공을 휘저어 먼지들이 이리저리 흩어지는 것을 다시 멍하니 쳐다보았다.

아직도 몸에는 그의 입술의 온기가 남아 있었다.

그녀는 시트를 던져버리고 자리에서 일어났다. 숨을 못 쉴 정도로 심한 고통이 밀려왔다. 마치 발바닥 가죽이 홀딱 벗겨진 것만 같았다. 전날만 해도 어느 정도 무감각해지기 시작했다고, 고통 자체에도 어느 정도 익숙해졌다고 생각했는데, 새로운 하루가 시작되자 다시 고통에 적응해야 했다.

레니아는 한 걸음, 두 걸음 천천히 내디디며 창가로 걸어가 옆에 있는 두꺼운 유리에 비친 자신의 모습을 바라보았다. 놀랍게도 극심한 신체적 고통을 겪고 있는 것처럼은 보이지 않았다. 유리에서 약간 떨어졌다가 다시 다가가보았다. 시빌이 예고했듯, 한 걸음 한 걸음이 그녀를 괴롭히고 있었음에도 그녀의 몸은 아주 우아하고 완벽하게 움직이는 것처럼 보였다.

그녀는 입을 벌려보았다. 빨갛고 따뜻했다. 혀의 남은 부분이 분홍빛 꽃처럼 보였다. 직접 눈으로 보자 더 아프게 느껴졌다. 그러나 이제 혀의 고통은 거의 잊히고 있었다. 다리에서 느껴지는 고통이 훨씬 더 생생하고 고통스러웠기 때문이었다. 그녀의 시선은 자신의 젖가슴으로, 다리 사이에 자리한 무성한 숲으로, 허벅지에 말라붙은 핏자국으로, 길고 곡선미 넘치는 다리로, 그리고 아픈 발로 차례차례 옮겨갔다.

한편으로 이 육체는 소름 끼치는 것이었다. 레니아는 무심코 왼손 손바닥으로 유리의 날카로운 가장자리를 슥 어루만졌다. 그러고는 손목 아래의 얕은 상처에서 피가 배어나와 흘러내리는 것을 가만히 지켜보았다. 그녀의 살결은 밋밋하면서도 참 부드러웠다. 그녀는 손가락으로 상처를 훑어보기도 하고 핏방울을 비벼보기도 하며, 그 찌르는 아픔을 몸 깊숙한 곳까지 느껴보았다.

문 바깥에서 사람들의 목소리가 들려왔다. 그녀는 우뚝 서서 고개를 젖히고 그 가운데서 그의 목소리가 들려오기를 바랐다. 그러나 그녀의 귀에 들리는 것은 카트리나의 목소리뿐이었고, 다른 이들은 누구인지 알 수 없었다.

그녀는 부자연스러운 몸짓으로 옷장 속에 걸린, 카트리나가 보내준 옷 중 하나를 집어들었다. 드레스 안으로 들어가 몸 위로 끌어올려 입으려다가, 옷 위로 피가 뚝뚝 떨어지는 것을 보고 그녀는 경악하고 말았다.

누군가 그녀의 방문을 두드렸다. 그녀는 그 소리에 흠칫 놀라 펄쩍 뛰었다. 잠시 후 한 시종이 방안으로 들어왔다.

"옷 입는 것을 도와드리겠습니다." 그녀는 레니아의 뒤로 돌아가서 드레스 등 부분에 달린 끈을 조이기 시작했다. "공주님께서 오늘 함께 사냥을 갔으면 하시던데요."

레니아는 고개를 끄덕였고 시종은 레니아의 드레스 끈을 꽉꽉 죄어 드레스가 레니아의 상체에 딱 달라붙게 만들었다. 레니아는 손바닥을 몸 옆으로 내리고 서서 드레스가 허리를 죄는 것을 느끼고 있었다. 그러다 그녀가 손을 떼자, 드레스에 얼룩진 피가 보였다.

"다치셨군요!" 시종이 소리쳤다.

레니아는 드레스에 묻은 붉은 자국을 두려워하며 쳐다보았다.

"뭐 잘못됐나요?" 다른 시종 한 명이 문가에 나타나 물었다.

"네. 피를 흘리고 계세요."

그때 분홍빛 드레스 자락을 휘날리며 분홍색 보석 목걸이를 건 카트리나가 방으로 들어왔고, 시종은 허리 숙여 인사한 뒤 재빨리 달려나갔다.

“무슨 일이야?” 카트리나는 시녀들이 대답도 하기 전에 피를 보았다. “악, 뭐야!” 그녀는 손을 머리에 대고 획 돌아섰다. “의사는 불렀어?”

“네.” 공주의 시녀가 말했다. “지금 오고 있어요.”

“잘했어.” 카트리나는 다시 문을 향해 걸어갔다. “난 가서 좀 누워야겠어.”

“공주님은 피를 못 보세요.” 시녀는 레니아에게 조용히 귀띔하고 공주를 따라 나갔다.

몇 분 뒤 한 남자가 방안으로 들어왔다. 아주 사무적인 표정의 그는 가방을 하나 들고 있었고, 예닐곱 명의 시종을 뒤에 거느리고 있었다. 시종들이 레니아를 침대에 뉘었다.

“손을 베었군요.” 그는 레니아의 손을 찬찬히 관찰했다. “상처가 심하지는 않아요. 붕대만 좀 감아주면 됩니다.” 그는 말을 멈추고는 그녀의 배를 꾹 눌렀다. 레니아는 고통에 비명을 지르는 듯 입을 벌렸다. 몸 한가운데에서 생생하고 화끈거리는 감각이 느껴졌다. “이런.” 그가 말했다. “여기에서도 피가 나는군요. 그러니까, 음…… 여성적인 이유 같아요.”

“마을 의녀를 불러야 할까요?” 한 시녀가 물었다.

“네. 이 문제에 대해선 저보다 그 사람이 더 도움이 될 것 같네요.” 그는 그렇게 말하며 고개를 끄덕였다. 한 시종이 긴 천을 가지고 들어와 레니아의 왼손에 칭칭 감아주자 의사는 이내 방을 나섰다.

얼마 후 문밖에서 또다시 노크 소리가 들려왔다. 한 나이든 여인이 방안으로 들어왔다. 그녀는 키가 작고 뚱뚱한데다 엉덩이가 크고 둥글었다. 짙은 은색의 긴 머리칼에 눈동자 색이 엷고, 헐렁한 치마를 입고 있었다. 팔목에는 여러 개의 팔찌가 달랑거리고 있었다.

그녀는 레니아를 똑바로 뚫어지게 쳐다보았다. "우리 둘만 있게 해줘요." 그녀는 방안에 남아 있던 다른 시종들과 시녀들에게 나가라는 손짓을 했다. 그녀의 목소리는 부드러웠으나 한때 병을 앓았던 것처럼 들렸고, 몸짓은 놀랄 만큼 우아했다.

시종들이 조용히 방에서 물러났다. 여인은 곧바로 침대로 다가와 레니아를 들여다보았다. 그녀는 천으로 덮인 바구니를 하나 들고 있었는데, 그 안에서 생소한 약초 냄새가 풍겨나왔다. 레니아의 머릿속에 즉시 시빌이 떠올랐다.

"사람들 말로는 당신을 해변에서 발견했다고 하더군요." 그녀가 말했다. "그리고 말을 못한다고도 했고요. 맞나요?"

레니아는 고개를 끄덕였다.

"그럼 글은 쓸 줄 알아요?"

아뇨.

"입 좀 벌려봐주시겠어요?" 여인은 고개를 끄덕이며 부드럽게 부탁했다.

레니아는 입을 벌렸고, 여인은 그 안을 찬찬히 들여다보았다. 여인의 표정에 놀란 기색이 역력했다.

"누가 혀를 잘라갔군요."

레니아는 고개를 끄덕였다.

"무언가 엄청난 일을 당한 거예요, 그렇죠? 불쌍하기도 해라. 누군가 당신에게 상처를 주려고 했어요, 맞죠?"

레니아는 고개를 저으며 여인을 똑바로 바라보았다. 아뇨, 내 선택이었어요. 그녀는 속으로 말했다. 내가 지상 세계로 오기 위해 치른 대가예요. 저는 왕자와 함께 있으려고, 영원한 삶을 얻으려고 여기 왔어요.

놀랍게도 여인은 뒤를 돌아보더니 눈을 크게 뜨고 레니아를 바라보았다. "지금 뭔가 말했나요?" 그녀는 레니아를 찬찬히 들여다보더니 레니아의 오른손을 잡고 뒤집어 손바닥을 들여다보았다.

"참 신기한 사람이군요, 당신." 그녀가 말했다. "당신같이 이런 생명선을 가진 손바닥은 처음이에요. 어린아이의 생명선이에요."

레니아는 부끄러워하며 손을 뺐다.

여인은 그녀를 바라보았다. "내 눈에는 당신이 아주 특별해 보인다는 얘기랍니다." 그녀가 말했다. "용서해요. 내 이름은 아그네스예요. 친구처럼 편하게 대해요."

그녀는 레니아의 반대쪽 손을 잡고 조심스럽게 붕대를 풀었다. 그러고는 손바닥에 연고를 발라주고 레니아의 손가락을 안으로 접었다.

그녀는 레니아의 드레스를 들어올리고 손을 레니아의 다리 사이에 가져갔다. "긴장 풀고 가만히 있어요." 그녀가 말했다. "해치는 거 아니니까."

눈을 감은 레니아는 아파서 몸을 움찔했다. 이렇게 남들에게 손쉽게 열리는 육체라니. 하지만 이번에는 왕자와 함께 있을 때와는 달랐다. 그때 그녀의 몸은 아주 자연스럽게 열렸으니까.

"아, 괜찮아요. 이상 없어요." 아그네스는 피가 묻은 손을 빼더니 레니아의 드레스를 원래대로 되돌려놓았다. "음, 그러니까. 처녀성을 잃었군요. 그렇죠?"

잃었다.

"아주 아프죠, 남자랑 처음 잠자리 갖는 거요." 그녀가 말했다. "몸을 함부로 하지는 말아요. 내 말 알겠어요?"

레니아는 다시 고개를 끄덕였다.

전 그 사람이 저를 사랑하게 만들어야 해요. 저 좀 도와주세요.

"그런 남자에겐 너무 만만해 보여선 안 돼요. 알겠죠? 그가 당신을 사랑하게 하려면 말이에요."

레니아는 그녀를 돌아보았다. 아그네스는 눈길을 떨구며 고개를 가볍게 흔들더니 살짝 웃었다. "내가 마음을 읽기라도 한 모양이네요." 그녀가 말했다.

맞아요.

아그네스는 이마를 찡그렸다. "지금부터 당신이 씻을 수 있게 준비해줄게요. 필요한 게 있으면 말이죠, 나는 성 근처 교회 건너편에 있는 작은 집에 살아요. 문 앞에 말린 약초를 걸어둬서 어렵지 않게 찾을 수 있을 거예요. 언제든지 나를 부르거나 찾아와요. 나무껍질로 만든 이 연고는 두고 갈게요. 상처나 아픈 데 바르면 잘 들을 거예요."

다리랑 발도 너무 아파요.

"그래요." 아그네스가 말했다. 그녀는 또다시 레니아의 눈을 똑바로 바라보았다. “계속 나한테 무언가 말하려고 하는 거 같은데, 아닌가요?”

레니아는 고개를 끄덕이며 자신의 다리를 가리켰다.

아그네스가 미소 지었다. “이 연고, 다리 아픈 데도 잘 들을 거예요.”

고마워요.

아그네스는 마치 레니아의 말을 들으려는 듯 고개를 치켜들더니 손을 뻗어 레니아의 손을 잡았다. “당신 참 이상한 사람이에요. 여기서 몸조심하고 잘 지내요.”

레니아는 고개를 끄덕이며 그녀가 가는 것을 물끄러미 바라보았다. 그러고는 자신의 다친 손을 내려다보았는데, 부드러웠고 거의 완벽하게 나아 있었다. 진주만큼이나 창백했다.

*

얼마 뒤 카트리나가 방안으로 들어와 그녀가 누워 있는 침대에 걸터앉았다.

“내 생각엔 말이야…… 너 어제 우리 오빠랑 잤지?” 그녀는 레니아의 머리카락을 쓰다듬으며 말했다. “네가 어지간히 마음에 들었나보다. 지난번 모험 이후에 우리 오빠는 아무한테도 관심이 없었거든. 오빤 그런 사람이 아니었는데. 사람들이 그렇게 변하는 게 싫어.”

카트리나의 손길은 부드러웠다. 그녀에게선 꽃향기가 났다. 아주 좋은 향기였다. 레니아는 그녀를 물끄러미 바라보며 그녀의 마음을 읽어보려 했다. 카트리나도 레니아가 어딘가 이상한 점이 있다는 걸 알아볼 수 있을까? 레니아가 바다에서 왔다는 걸?

도와줘요, 그녀는 생각했다.

"오늘은 사냥을 하러 갈 거야." 카트리나가 밝게 말했다. "너도 갈래, 아스트리드? 아주 재미있을 거야."

레니아는 그녀를 바라보았다. 그가 붙여준 이름의 소리가 무척이나 좋았다. 그녀는 고개를 끄덕였다.

"우리 오빠도 사냥을 아주 좋아해."

*

그날 오후, 성 주변에서는 엄청난 흥분의 향연이 펼쳐졌다. 남녀 귀족들과 왕과 왕비가 푸른 초원에 모였다. 말과 사냥개, 사냥꾼들도 함께 모여 있었다.

레니아는 그 모습을 보고 적잖이 충격을 받았다. 도대체 이 생물들은 무엇이지? 길고 가는 목을 가진, 몸집이 크고 검은 동물들이 마치 수면에 떠 있는 것처럼 얼굴을 아래위로 끄덕이고 있었다. 검은 눈이 머리 양옆에 붙어 뒤룩뒤룩 굴러가고 있었다. 물고기 같아. 레니아는 그렇게 생각하며 숨을 들이쉬었다. 마구간지기가 카트리나를 들어 그 짐승의 등 위에 태우는 걸 지켜보았다. 카트리나는 자세를 바로잡더니 고삐를 잡고는 연약한 뒤꿈치를 윤기 흐르는 짐승의 근육질 몸에 붙였다. 레니아는 들판 저쪽 숲과 더 가까운 곳에서 왕자가 사냥을 준비하는 모습을 볼 수 있었다. 그는 다른 귀족이나 남자들과 상의를 하는 것처럼 보였는데, 모든 사람들이 허리에 뿔피리와 무기를 차고 있었다. 사냥개 한 떼가 그들 발밑에 옹기종기 모여 긴 울음소리를 내고 있었다. 저멀리 숲은 사냥꾼들이 하나하나 그 안으로 모습을 감출 때마다 이리저리 흔들렸다.

마구간지기 하나가 레니아에게 말 한 마리를 데려왔다. 말은 그녀 앞에 우뚝 서더니 기다란 머리를 그녀의 목께까지 숙였다. 그녀는 말의 숨결과, 그녀에게 얼굴을 디밀 때마다 까슬까슬하게 와닿는 피부의 감촉을 느낄 수 있었다. 말의 긴 속눈썹이 그녀의 얼굴 바로 옆까지 다가와 뺨을 스치고 지나갔다.

그녀는 손으로 말의 목을 매만지며 경이롭게 말을 바라보았다. 아주 잠시 그녀는 왕자도, 거추장스러운 긴 치마도, 다리를 도려내는 듯한 고통도 모두 잊고 눈앞의 온기 넘치는 생물에 정신을 팔았다. 그것의 심장 박동이 그녀의 손가락 끝을 타고 피부에까지 전달되는 느낌이었다.

"말에 태워드리겠습니다, 아가씨." 마구간지기가 그렇게 말하고는 그녀가 어찌할 틈도 없이 그녀의 발을 등자 위에 올려서 그녀를 말 등 위에 태웠다. 두 다리는 다른 여자들처럼 한쪽으로 내려 가지런히 모았다. 미끄러져내릴 것처럼 불안정했지만 말이 조금 움직이자 이내 안정을 찾았다.

무척이나 이상한 느낌이었다. 이 연약한 육체가 떨어지기라도 하면 버텨낼 수 있는 높이일까싶어 그녀는 자꾸만 아래를 내려다보았다.

"거기, 어때?" 카트리나가 소리쳤다.

고개를 들자 카트리나와 예닐곱 명의 다른 여자들이 레니아를 향해 환하게 웃고 있는 모습이 보였다. 그들 뒤로 태양이 찬란하게 빛났다. 모두들 아주 예뻤다. 잔디가 푸르렀고, 햇살은 더없이 밝았다.

그들은 모두 성의 반대쪽 경계를 이루는, 바다처럼 넓게 펼쳐진 숲을 향해 나아가기 시작했다.

레니아는 짐승의 등 위에서 마구 흔들리며 고삐를 꽉 잡고 있었다. 말의 몸속에서 돌고 있는 피와 쿵쾅거리는 심장 박동을 느낄 수 있었다. 말이 움직이면 움직일수록 그녀는 점점 더 말과 하나가 되었다.

사냥개가 풀렸고, 짐승 한 떼가 그들 앞으로 달려나갔다. 몇몇 사냥개는 짐승들의 뒤를 쫓았다. 레니아의 말이 가볍게 뛰기 시작했지만, 그녀는 무섭기는커녕 자신이 말의 일부인 것처럼 느껴졌다. 그녀는 몸을 앞으로 기울이고 말이 더 빨리 뛸 수 있도록 자신의 몸을 움직였다. 사냥개들이 달려나가는 모습과 그 뒤를 쫓아 달려가는 말들을 보며, 그녀는 소리 없이 웃었다. 바람은 마치 물줄기처럼 그녀의 피부를 따라 흐르듯 불어왔다. 그녀의 눈앞에서 사람들이 진격했다. 선두에는 무기를 든 왕자가 있었다.

그녀는 바람을 가르며 다른 이들을 앞질러나갔다. 그녀가 타고 있는 힘센 짐승이 전해주는 감각, 꼬리를 힘차게 파닥이며 바닷속을 헤엄치듯 그녀를 태우고 숲을 헤쳐나가는 것은 정말 놀라웠다. 이제 어색함은 없었고 오히려 어느 때보다 자유로웠다. 인어의 몸으로 살아갈 때는 이러한 힘, 물살을 가르고 앞으로 나아가게 해주는 힘찬 꼬리가 그녀에게 얼마나 중요한 부분인지 미처 깨닫지 못했다. 지금 여기서 그녀는 그것을 거의 되찾은 것만 같았다. 거의, 하지만 완전히는 아니었다. 그리고 어느 한순간, 과거에 누렸던 자유와 힘이 그리웠다. 그녀의 근육과 신경 하나하나에 깃들었던 자유와 힘이.

눅눅하고 매캐한 숲의 냄새가 사방에 진동했지만, 이제 그녀는 아무렇지 않게 받아들였다. 항상 좋아할 수는 없었지만, 그래도 냄새의 공격에는 서서히 익숙해지고 있었다. 저멀리, 크고 윤기 나는 뿔을 가진 짐승 한 마리가 나무 사이로 비치는 빛 속에 보였다 사라졌다 하고 있었다.

사냥개들이 그들 앞에서 달려가며 마구 짖었다.

어느새 그녀는 왕자와 나란히 달리고 있었다. 그는 머리를 앞으로 숙인 채였고, 약간 길게 자란 듯한 머리카락과 붉은 망토가 바람에 날렸다. 그녀는 그를 바라보며 황홀감에 젖었다. 그는 그녀의 바로 옆에서 매끈한 검정말에 매달려 똑바로 앞만 보면서, 저멀리 그들 앞에서 달려가는 동물에 온 신경을 집중하고 있었다. 그러다 그가 흘긋 옆을 보았고, 그녀를 보았다.

그는 깜짝 놀라 큰 소리로 웃었다.

집중력이 흐트러지자 그는 금세 뒤로 처졌다. 한 귀족 청년이 앞으로 치고 나갔고, 그 동물이 시야에서 사라졌다가 다시 나타나자 쉭 하는 큰 소리와 함께 화살 하나가 허공을 가르며 날아갔다.

왕자는 속도를 줄이고 화살이 동물에게 꽂히는 것을 지켜보았다.

그는 레니아를 보고 소리쳤다. "당신처럼 말을 타는 여자는 생전 처음 봐! 난 당신이 날고 있는 줄 알았어."

그녀는 주위를 둘러보고서야 자신이 온통 남자들에게 둘러싸여 있다는 사실을 깨달았다. 여인들은 모두 저 뒤에서 숲 사이를 우아하게 달리며 이제야 사냥한 동물 쪽으로 다가오는 중이었다. 갑자기 주변 상황이 의식되며, 공포의 이빨에 찔린 듯한 기분이 들었다. 제정신이 아니었던 걸까?

레니아는 왕자를 돌아보았지만, 그는 이미 앞을 향해 나아가는 중이었다. 동물 한 마리가 작은 공터에서 마구 비틀거리고 있고, 사람들이 그 주위로 모여들고 있었다. 그녀의 눈에 그 동물은 그들이 타고 있는 것에 비해 몹시 가냘파 보였다.

동물이 쓰러지자 모두들 박수를 쳤고 웃었다. 햇빛이 버터처럼 그 위로 쏟아졌다. 그 동물은 끔찍한 단말마의 비명을 지르며 겁에 질린 검은 눈으로 사방을 두리번거렸다. 숲에서는 피와 죽음의 냄새가 났다. 문득 생일날 보았던 광경이 떠올랐다. 모든 사람들이 소리를 질렀었다. 배가 쪼개지자 모두들 울부짖었고, 물에 빠진 남자들은 어떻게든 수면 위로 나가려고 허우적거렸다.

그녀의 눈에 크리스토퍼가 그녀를 바라보는 모습이 보였다. 그는 이제 말을 타고 있지 않았다. 시선을 그녀에게 고정한 채 그녀를 향해 걸어오고 있었다. 생생한 활기와 빛이 느껴졌다. 그 동물에게 죽음만이 가득한 것처럼, 그에게는 생명력이 넘쳐났다. 레니아는 아주 기쁜 동시에 모든 것에 대한 공포에 휩싸였다.

이게 바로 내가 지상 세계로 온 이유야, 그녀는 생각했다. 바로 저 사람.

레니아는 그의 수초빛 눈동자를 가만히 들여다보았다. 그 순간 피와 죽음과 공포의 냄새도, 시끄러운 축하의 아우성도 사라졌다.

크리스토퍼는 손을 뻗어 레니아가 말에서 내리도록 받쳐주었다.

"죽어가는 동물 보는 걸 좋아하지 않는 것 같아. 그렇지?" 그가 물었다.

그녀는 싫다는 의미로 고개를 가로저었다. 바다와는 너무 달랐다. 그곳에는 사냥도 없고, 이렇게 상처 입고 피 흘리며 서서히 죽어가는 일도 없었다. 그녀의 눈에 그 동물은 인간과 거의 다를 바 없었다.

"나는 이 숲 주변에서 자랐어. 평생 이곳에서 살았지. 당신이 어디에서 왔는지 나에게 얘기해줬으면 좋겠어. 어디서 왔기에 이런 것들을 이토록 생소하게 여기는 건지."

그가 경비병에게 고개를 끄떡여 신호를 보내자, 경비병도 고개를 끄떡였다. 그리고 그는 그녀를 데리고 사냥터를 떠나 숲속으로 향했다. 갑자기 모든 사람들이 시야에서 사라졌다. 나뭇잎과 덤불이 발밑에서 자박자박 밟혔다.

조금 걸어가자 강이 하나 나타났다. 레니아는 마구 달려가 그 안을 들여다보며 물고기, 인어, 조개, 진주 등을 찾아보았다. 작은 바다구나! 그녀는 생각했다. 그녀는 차오르는 기쁨을 참지 못하고 신발을 벗어던지고 드레스 자락을 손으로 잡은 뒤 물속으로 걸어들어갔다. 물은 얼음장처럼 차가웠지만, 발이 진흙 속으로 가라앉는 감각, 작은 물고기가 스치고 지나가는 느낌만으로도 기뻐서 어쩔 줄 몰라했다. 그녀는 소리 없이 웃으며 손을 뻗어 작은 물고기를 잡았고, 입에 털어넣기 직전 간신히 스스로를 말릴 수 있었다. 그녀는 물고기를 그냥 놔주었다.

산들바람이 불어오고 머리 위에서 새들이 날개를 활짝 펴고 날아들었다. 그 광경을 지켜보는 그녀의 눈에서 눈물이 흘러내렸다. 새들이 꼭 물고기 같아 보였다. 눈을 감으면 지금 그녀가 해저 세계에 있고, 머리 위에서 헤엄치는 것은 물고기이며, 발 아래 밟히는 것은 모래라고 믿을 수도 있을 것 같았다.

이런 감정들이 한꺼번에 솟아오르며 주체할 수 없이 들끓었다. 그리고 그가 그녀를 바라보며 이끌고 있었다.

그의 눈이 레니아를 끌어당겼고, 그녀는 물에서 나와 그에게로 갔다. 그는 그녀를 다시 물을 향해 돌려세우고 그녀의 옷을 벗겼다. 그의 입술이 그녀의 등과 목을 차례로 오가며 그녀의 온몸에 전율을 선사했다.

그는 나를 사랑해. 이 사람은 나를 사랑해.

크리스토퍼는 레니아를 풀 위에 조심스럽게 눕혔다. 그녀는 옷을 벗으면서 손으로 그의 심장 언저리를 어루만졌다. 그녀는 지금 인간적인 느낌을 만끽하는 중이었다. 풀밭 위에서 나신이 된 그녀의 부드럽고 예민한 육체 위로 미풍이 지나갔고, 그의 손가락이 그녀의 몸 구석구석을 탐했다. 이런 피부만이 느낄 수 있는 감각이었다!

그는 그녀를 으스러지도록 품에 안았다. 이제 그녀가 느낄 수 있는 것이라고는 그의 입술과 그녀 몸 중심부에서 느껴지는, 고통이지만 고통이 아닌 그 욕망뿐이었다. 이 세계로 오기 전까지 전혀 알지 못했던 따뜻하고 아리고 축축한 그 느낌. 그는 그녀의 몸을 돌려 눕히고 그녀 위로 올라갔다. 그녀 안으로 움직여 들어가, 그녀를 가득 채웠다. 그녀의 몸이 점점 줄어들어 그녀를 채우고 있는 그의 몸 한 곳 말고는 아무것도 남지 않은 것만 같았다. 그녀의 몸 속 깊은 곳으로부터 비명이, 목을 조르는 듯한 비명이 올라오더니 온기와 물이 되었다. 그리고 그녀의 몸과 마음은 모두 치유되었다.

그녀는 부르르 떨고 있었다. 그녀의 몸은 빨개졌고 전에 없이 뜨거웠다. 그녀의 몸은 마치 바다가 된 것 같았다.

그리고 잠시 거대한, 축복과도 같은 공허가 느껴졌다.

그는 옆에 누워 그녀의 머리카락을 어루만졌다. "당신을 보면 누군가가 떠올라." 그가 말했다. "당신은 왠지 무척 낯이 익어. 전에도 말한 적 있지만, 도저히 당신에 대한 이 이상한 느낌이 떨쳐지지 않아."

그녀는 얼굴을 빛내며 그를 올려다보았다.

그는 그녀 쪽으로 몸을 기울이고는 그녀의 입을 벌렸다. "당신은 너무도 완벽하고 아름다워. 하지만 혀가 없지. 그래서 마치 나를 위해 보내진 꿈속의 존재 같아. 맞아? 난 당신에게 그 어떤 얘기도 할 수 있고, 당신은 그저 그 아름다운 눈으로 나를 바라보지. 마치 모든 것을 다 이해하는 것처럼."

그녀는 손을 뻗어 그의 얼굴을 어루만졌다.

"요즘 이상한 기분이 들어." 그가 말했다.

나의 영혼, 그녀는 생각했다. 무엇이든 말해봐요.

그는 다시 누우며 그녀의 몸을 끌어당겼다. "난 거의 죽은 목숨이었어." 그가 말했다. "그다지 오래되지 않은 일이야. 내 부하들, 친구들이 죽는 걸 봤어. 끔찍했지. 나는 바다를 사랑했는데, 바다는 내 모든 것을 앗아갔어. 바다가 말이야."

말해줘요.

"우리는, 그러니까 나와 선원들은 모험 항해중이었어. 난 세상의 끝을 보고 싶었거든. 얼음과 눈을 지나면 세상의 끝이 있다고 했어. 북쪽의 섬들을 지나가면 된다고 하는데, 정말 거기 있는지 아는 사람은 아무도 없어. 이런 마음 이해할 수 있겠어? 세상의 끝을 보고 싶어하는 마음?"

그녀는 고개를 끄덕였다. 그럼요. 그의 목소리는 부드러웠고 참을 수 없을 만큼 달콤했다. 그를 와락 껴안고 그의 머리를 쓰다듬고 그의 이마에 연신 키스를 하고 싶었다.

"이 얘기는 아무에게도 할 수 없었어. 나에게 어떤 일이 일어났는지, 내가 무엇을 보았는지."

내 영혼. 말해줘요.

그녀는 그를 담아내는 하나의 그릇처럼 활짝 열려 있었다.

"부하들은 내가 미쳤다고 했어. 하지만 나는 그들에게 그 모험이 우리 모두에게 엄청난 명예를 안겨줄 거라고 했지. 나는 보석과 금으로 보상해주겠다고 약속했어. 그만큼 탐험하고 싶었고 세상을 보고 싶었으니까. 이 왕국은 너무 좁아. 하지만 하늘을 올려다보고 바다를 내다보자 무한하고 광활해 보였어. 그렇게 나와 부하들은 출항했지. 우리는 만약을 대비해 보물 상자를 하나 준비했어. 꼭 당신의 목걸이 같은 것들로." 그는 그녀의 목 주위에 늘어져 그의 가슴 언저리에서 대롱거리고 있는 붉은 보석을 만지작거렸다. "이걸 보면 우리가 가져갔던 보물들이 생각나."

그녀는 그의 셔츠 자락 안으로 파고들며 미소를 지었고, 그는 말을 이어나갔다.

"어느 밤, 우리는 폭풍우를 만났어. 내 부하들이 죽어갔지. 나도 사실 그들과 함께 죽을 운명이었는데 그때 환상을 봤어. 가장 아름다운 환상. 한 천사가 바닷속에 있었어."

레니아는 몸을 일으키고 앉아 휘둥그레진 눈으로 그를 쳐다보았다. 그는 거의 알아차리지 못한 채 추억 속에 푹 빠져 설명해나갔다. 그의 손은 자동적으로 그녀의 척추를 훑어내려갔다.

"그녀가 나를 부르고 있었어. 난파선에서 나를 건져서 해변까지 데려다줬어. 희미한 기억이지만, 그때 하늘을 올려다봤는데 그렇게 맑은 하늘은 처음이었어."

그가 기억하고 있다! 분명히 그는 그녀가 누구인지 알고 있다. 그래서 그녀를 이런 외진 곳까지 데려온 것이다.

"그리고 그녀는 노래를 불렀어. 그 목소리란! 그런 목소리는 처음이었어."

그녀는 미소 지으며 그의 얼굴을 어루만졌고 눈물을 흘렸다. 그녀의 피부에 닿는 그의 손길. 다리 아래로 느껴지는 풀. 불어오는 산들바람. 몸 한가운데서 느껴지는 모든 감각. 힘찬 꼬리가 사라지고 그 자리에 돋아난 연약한 다리, 이 커다란 상처, 그리고 이 놀라운 느낌. 그가 알고 있었다니!

그는 적당한 단어나 표현을 찾아내기 힘겨운 듯 보였다. "도대체 그 느낌을 뭐라고 표현해야 할까? 너무도 놀랍기만 했어. 난 내가 죽은 줄 알았어. 나 또한 바다에 삼켜진 줄 알았지. 그래서 신께서 내게 천사를 보내 나를 집에 데려다주게 한 줄 알았고. 그래서 이렇게 생각했지. 아, 죽음이라는 게 이렇게 아름다울 수 있구나. 그리고 가족과 친구들을 생각했어. 내게 무슨 일이 벌어진대도, 신께서 그들을 잘 보살펴주실 거라 믿었어.

그리고 정신을 차려보니 나는 해변에 누워 있었어. 끔찍하게 추웠지. 눈을 떠보니 그녀가 쭈그리고 앉아 나를 보고 있었어. 그녀는 너무도 아름다웠지. 세상에. 그 검은 머리카락과 눈동자, 그 새하얀 피부. 겨우 눈에 초점을 맞춰 그녀의 얼굴을 제대로 볼 수 있었어."

갑자기 산들바람이 레니아의 알몸을 스쳐지나갔고, 그녀는 머리가 쭈뼛 서는 한기를 느꼈다. 잠깐만요, 그건 나였잖아요. 나였다고요.

"하지만 그 여자는…… 내가 당신에게 이런 얘기를 해도 되나? 당신에게는 무슨 얘기든 다 해도 될 것 같아서 말야. 그 여자, 나는 그 여자가 누군지 전혀 몰라. 어디서 온 누구인지. 어쨌든 신께 스스로를 바친 여자였어. 신의 여인. 신과 결혼한. 그리고 나 또한 신의 사랑이 나에게 흘러넘치는 걸 느꼈어."

아니에요. 그녀가 아니라고요. 당신을 구한 건 나예요. 내가 당신을 택했다고요. 그녀는 아니라는 몸짓을 하며 고개를 저었다. 심장이 마구 꼬이는 것 같았다. 그녀가 아니에요. 나라고요. 나야말로 당신이 사랑해야 할 단 한 명의 여자예요.

그는 눈치채지 못하고 말을 이어나갔다. "기적이었어. 그 바닷속에서 그녀가 내게 나타난 건. 기적 외에는 도저히 설명할 길이 없어. 신께서 주신 기적. 신께서 그녀를 내게 보내셨던 거야."

그는 몸을 일으켜 그녀의 옆에 앉았다. 그러고는 사랑과 상념이 가득한 얼굴로 그녀를 바라보았다. "아스트리드, 당신을 보면 그녀가 생각나. 당신은 무척 아름다워. 천사처럼, 그리고 그녀처럼."

15장
공주

성은 불타오르기라도 하는 듯 멀리서도 환한 빛을 냈다. 포탑과 탑, 남국의 국기가 옛 왕을 상징하는 금색과 녹색으로 반짝이는 것이 모두의 눈에 잘 보였다. 그 아래로 작고 검은 형체들이 돌아다니고 있었다. 성 주위의 땅은 밝은색의 젖은 에메랄드처럼 싱싱한 푸른빛이었고, 그 뒤로는 다이아몬드나 유리처럼 반짝거리는 찬란하고 푸른 바다가 펼쳐져 있었다.

그들은 언덕 꼭대기에 있는 숲속의 작은 공터에 서 있었다. "여기가 그들과 만나기로 한 곳입니다." 한 경비병이 말했다. "여기서 기다리면 됩니다."

마르그레테는 아래를 내려다보았다. 신비와 수수께끼로 가득한 그녀의 모든 미래가 눈앞에 펼쳐져 있었다. 그녀는 에델을 돌아보았다. 에델의 주근깨투성이 얼굴이 흥분으로 밝게 빛나고 있었다. 밝은 햇빛 아래서 그녀의 머리 색은 거의 오렌지색으로 빛났다. 자신의 친구가 얼마나 별난 소녀인지 새삼 깨닫자 마르그레테는 불현듯 애정이 솟는 것을 느꼈다. 에델이 없었으면 이 여정이 어땠을지 상상도 하기 싫었다.

"드디어!" 에델이 소리쳤다. "푹 쉴 수 있게 됐어요!"

"그렇구나." 마르그레테가 그녀의 말을 몰아준 경비병에게 몸을 푹 기대며 말했다. 경비병은 당황한 듯 웃음을 터뜨렸다. 마르그레테는 뼛속까지 탈진한 기분이었다. 경비병이 먼저 말에서 내린 뒤 그녀가 풀밭으로 내려오는 것을 거들어주었다. 거의 칠 일 동안 내리 말을 타고 달린지라 땅을 밟고 서는 게 오히려 불안하게 느껴졌다. 다리에 아무 감각이 없었고 등은 마구 쑤셨다. 하지만 나쁘지 않았다. 그에게로, 새로운 인생의 시작으로 가는 길이었고, 눈앞에 휴식이 기다리고 있으니까. 마르그레테는 스스로에게 다짐했다. 목표에 도달하고 나면 며칠 밤낮을 내리 자버릴 거라고.

레이너와 함께 있었을 때부터 지금까지 에델 또한 밝고 명랑했는데, 그는 모든 이들이 안전하게 북국에서 남국으로 건너갈 수 있게 되면 마르그레테와 크리스토퍼의 결혼식에서 만나자고 에델에게 약속한 바 있었다. 그녀는 사방을 뛰어다니며 꽃을 따고 콧노래를 불렀다. 마르그레테는 나무에 몸을 기대며 졸린 듯한 미소를 지었다.

"필요하신 것 없습니까, 공주님?" 그 또한 탈진 상태였음에도 경비병 한 명이 그녀에게 물었다.

"난 괜찮아. 고마워요."

사실 마르그레테는 이미 반쯤 잠들어 있는 상태였다. 그녀의 귀에는 에델의 콧노래 소리와 경비병과 수다떨며 깔깔 웃는 소리, 경비병들이 낮은 목소리로 대답하는 소리가 띄엄띄엄 들려왔다.

몇 분 아니 몇 시간이나 그렇게 졸았을까. 갑자기 숲속에서 말발굽 소리가 들리더니 녹색과 금색의 옷을 입고 무장을 한 병사들이 모습을 드러냈다. 마르그레테는 재빨리 그들의 수를 셌다. 열 명이었다.

두 경비병이 반사적으로 그들의 활을 집어들었다. 무슨 일이라도 벌어질 듯한 긴장감이 감돌았다.

"저희는 폐하의 명을 받고 마르그레테 공주님을 모시러 왔습니다." 남국의 병사 중 한 명이 말했다.

"증거를 보여주십시오." 마르그레테는 똑바로 서서 병사에게 성큼성큼 걸어갔다. 손이 떨리는 것이 느껴지자 손을 재빨리 옆구리에 딱 붙였다.

무슨 까닭에선지 그녀는 크리스토퍼 왕자가 직접 그녀를 맞으러 나와줄 거라고 기대했다. 그리고 그녀를 번쩍 안아올려 수녀원 정원에서처럼 눈을 지그시 들여다봐줄 거라고 생각했다. 그러나 이곳에 온 사람들은 적국의 전사들이었고, 그들은 그녀가 누구인지 정확히 알고 있었다.

병사들 중 부대장으로 보이는 사람이 말에서 내리더니 허리 숙여 인사하고는 마르그레테에게 봉인된 편지를 건넸다.

"폐하의 친서입니다." 그가 말했다.

그녀는 편지를 뜯어 조심스럽게 살펴보았다. 남국의 왕이 환영의 뜻을 밝히며 성안에 무사히 도착할 때까지, 그리고 성안에 머무는 동안의 안전을 보장한다는 내용이었다.

"이제 안심하셔도 됩니다." 남국의 병사가 말했다. "저희는 목숨을 바쳐서라도 공주님을 안전하게 지켜드릴 것입니다."

그녀는 남국의 병사들을 찬찬히 뜯어보았다. 완고해 보이는 사람들과 좀더 환영하는 사람들이 섞여 있는 듯 보였다. 북국의 공주를 수행하는 것이 영 달갑지 않은 사람들이 있다는 사실을 분명히 알 수 있었다. 그들도 분명 북국이 언제라도 침략할 수 있게 전쟁을 준비하고 있다는 사실을 알 것이었다. 이처럼 중요한 상황이라면 부왕도 미처 다 보고받지 못할 정도로 수많은 스파이들이 활동하고 있을 테니까. 그리고 그것은 지금 이 병사들이 북국 공주의 방문을 완전히 신뢰하지 못하고 있다는 뜻도 되는 거였다.

그녀는 고개를 끄덕이며 힘겹게 침을 삼켰다. "우리는 준비되었어요." 그녀는 오만하게 말하며, 이 불안함을 결코 드러내지 않으리라 결심했다. 그녀의 명령에, 두 기수는 공주와 시녀의 가방과 털가죽을 그들의 말에서 내려 남국 병사가 가져온 말 위로 옮겼다.

"지금까지 고마웠어요." 마르그레테는 그 먼 곳까지 동행해준 경비병들에게 감사 인사를 전했다. "신의 가호를 빌어요."

그 두 사람은 막대한 보상을 받기로 되어 있었다. 그들은 북국으로 돌아갈 수 없었다. 반역죄로 부왕에게 죽임을 당할 것이 뻔했기 때문이다. 그래서 마르그레테는 그들에게 있어 가장 제대로 된 보상을 준비해두었다. 마르그레테와 에델을 무사히 이곳까지 데려다준 것에 대한 가장 큰 최후의 보상은 바로 그들이 남국에서 뿌리를 내리고 살아갈 수 있게 해주는 것이었다.

마르그레테는 새로운 삶을 찾아 자유롭게 떠나는 그들의 모습을 부러운 눈으로 지켜보았다.

남국의 병사들은 마르그레테와 에델이 각각 말에 올라타는 것을 도와주었다. 이번에는 여성스러운 곁안장이었는데, 며칠 동안 남자들처럼 다리를 벌리고 말을 탔더니 오히려 어색하게 느껴졌다. 마르그레테는 고삐를 단단히 쥐었고, 그들은 달려나가기 시작했다. 빈터에서 숲속으로 달려들어가자 그녀는 가슴이 뛰었다.

나뭇잎 사이로 햇살이 내리쬐었다. 하트 모양으로 생긴 밝은 초록빛의 커다란 이파리가 나무에서 뻗어나와 있었다. 새들이 머리 위에서 시끄럽게 짖어댔다. 멀지 않은 곳에서 바다의 냄새와 소리가 느껴졌다.

성까지 가는 짧은 길이 마치 끝도 없는 것처럼 느껴졌다. 마르그레테와 에델은 말에 탄 상태로 손을 꼭 잡고 있었고, 병사들은 조용히 그들을 엄호했다. 그녀는 자기 눈으로 똑똑히 확인한 왕의 봉인에 정신을 집중하며, 자신들이 아직 무사하다는 사실을 상기했다. 지금 그들을 둘러싼 사람 중에 그들이 죽기를 바라는 사람이 있다 해도, 중요한 건 왕과 왕의 생각이었다.

그러나 어쨌든, 그녀가 바라던 바로 그런 환대는 아니었다.

이윽고 그들은 성문으로 진입했다. 성 바깥쪽에서는 사람들이 생필품을 팔고 있었다. 그릇이니 옷이니 생선을 구경하는 사람들로 바글바글했다. 작은 밴드가 음악을 연주하고, 음유시인이 그 앞에서 사랑 노래를 부르고 있었다.

남국의 성은 지금까지 그녀가 본 어느 성보다 크고 화려했다. 추위를 막기 위해 두텁고 폐쇄적으로 지어진 부왕의 성보다 적어도 두 배는 커 보였다.

사람들은 허름한 차림의 귀족 여인 두 명이 왕의 병사들에 둘러싸여 말을 타고 성문으로 들어오는 모습을 호기심 어린 눈으로 쳐다보았다.

부대장의 명령에 따라, 임무를 마친 대부분의 병사들이 흩어져 사라졌다. 몇몇은 고개를 숙여 인사를 하는 등 타국의 공주를 향해 경의를 표했다.

남은 병사들이 마르그레테와 에델을 어느 탑으로 데리고 갔다. 그곳에는 경비병 한 명과 시종 한 명이 그들을 기다리고 있었다.

부대장은 두 여인을 향해 몸을 돌렸다. "폐하께서는 두 분이 이 탑 안에 머무시는 게 안전하다고 판단하셨습니다. 두 분 모두 안전하게 보호받으실 겁니다."

"최대한 편안하게 모시도록 노력하겠습니다, 공주님." 시종이 한 발 앞으로 나서며 말했다.

경비병이 두 사람의 짐을 받아든 뒤 마르그레테와 에델을 길게 이어진 계단으로 데리고 갔다. 꼭대기까지 올라가자 나무로 된 문 하나가 그들을 맞았고, 문을 열자 커다란 침실이 있었다. 시종은 계속 그들의 뒤를 따랐다.

그들은 방안으로 들어갔다. 침대 위에 빛나는 실크 커튼이 드리워져 있었다. 창밖으로는 바다가 보였다. 불을 켜지 않은 작은 벽난로와 옷장, 테이블과 의자들이 있었고, 침대 발치에는 커다란 상자가 하나 놓여 있었다.

시종은 두 사람의 가방을 풀어 안에 든 것들을 하나하나 제자리에 놓기 시작했다. 한 여인이 술이 든 단지와 잔 두 개, 빵과 생선이 담긴 접시 하나를 가져왔다.

"폐하께서 두 분 다 일단 휴식을 취하시라고 말씀하셨습니다." 경비병이 말했다. "그러고 나면 누군가 와서 두 분을 폐하께로 모시고 갈 것입니다. 저는 두 분이 방에 계시는 내내 문밖에서 지키고 있겠습니다. 필요한 게 있으면 말씀해주십시오."

"감사합니다." 마르그레테가 말했다. 방안에는 이제 그녀와 에델 둘뿐이었다.

"여기 꼭 감옥 같은데요." 에델이 침대 위에 털썩 주저앉으며 말했다. "아름답긴 한데, 그래도 감옥은 감옥이네요."

마르그레테는 울고 싶은 마음을 꾹꾹 누르며 에델 옆에 앉았다.

"일단 쉬자고요, 공주님." 에델이 마르그레테의 어깨에 팔을 둘렀다. "일단 좀 쉬고 나면 모든 게 다 나아 보일 거예요."

마르그레테는 고개를 끄덕였다. "이런 건 예상 못했어. 다른 무언가를 기대하고 있었어. 아무래도 내가 너무 순진했던 것 같아. 어디까지나 지금은 전쟁중이고, 난 엄연히 적국의 공주인데 말이야."

"왕자님이 여기서 공주님을 기다리고 있을 줄 아셨군요."

"응."

"알아요, 사실 저도 그랬으니까." 에델은 한숨을 푹 쉬더니 자리에서 일어나 방안을 이리저리 어슬렁거렸다. "어쨌든 바다는 참 아름답네요. 끔찍하게 우울했던 수녀원의 바다랑은 차원이 다르게 예뻐요."

마르그레테는 싱긋 웃었다. "얘기했잖아, 그래도 난 거기 좋아한다고."

에델은 몸서리를 쳤다. "제가 거기서 레이너라도 만났다면 좀더 좋아할 수 있었겠죠. 그리고 지금 공주님처럼 얼이 빠졌을지도요."

"나 얼빠진 거 아니거든?"

"공주님은 지금 그 왕자에 완전히 넋이 나가서 상황을 똑바로 보지 못하고 계세요. 왕자랑 같이 있겠다고 그 모든 위험을 감수하신 거잖아요. 공주님은 자기가 옛날 서사시에 나오는 주인공이라도 된 줄 아시는 것 같아요."

"에델, 너도 우리 왕국이 지금 얼마나 위험한 상황에 처해 있는지 알잖아. 내가 걱정하는 건 그거야."

"네네, 저도 공주님 말씀이 뭔지 잘 알아요." 에델은 우스꽝스러운 표정을 지어 보였다. 그러고는 팔을 뻗어 마르그레테의 옆구리를 쿡 찔렀다. "하지만 전 공주님 마음도 알죠. 우린 친구니까."

마르그레테는 한숨을 쉬고 드러누웠다. "너랑 싸울 체력 없어, 에델. 너 사랑에 빠지더니 더 못돼졌어, 그거 알아? 어쨌든 우린 좀 쉬어야겠다. 특히 너. 지난 이틀 내내 한잠도 못 잤잖아?"

"여기 남국 사람들 외모가 정말 끝내주네요." 에델은 여전히 창밖을 내다보고 있었다.

"세상에나," 마르그레테가 말했다. "그렇게 미칠 듯이 사랑에 빠졌었으면서, 도착한 지 이 분 만에 다른 남자한테 눈길이 가는 거야?"

"남자 아니에요. 여자예요. 지금 바닷가를 걷고 있어요. 머리가 금발인데 거의 흰색에 가까워요."

"잠이나 자." 마르그레테가 눈을 굴리며 말했다. "너 때문에 아주 진이 빠진다니까."

*

몇 시간 뒤, 누군가가 문을 두드렸다. 시종들이 들어와 향이 나는 따뜻한 물로 마르그레테와 에델을 씻겨주고 아주 근사한 실크 드레스를 입혀주었다. 그들은 경비병의 안내를 받으며 계단을 내려갔다. 왕과 왕비를 만나러 가는 것이었다. 마르그레테는 긴장해 온몸이 떨렸지만 고개를 꼿꼿이 들었다. 몇 개의 방을 지나고 거대한 연회장을 가로질러 또다른 계단을 올라가자 왕과 왕비가 왕좌에 앉아 국정을 처리하고 있는 모습이 보였다. 문밖에서 수많은 사람들이 왕을 알현하기 위해 기다리고 있었다. 실내는 온통 긴 의자와 경비병으로 가득했다.

마르그레테는 방안에 발을 들이자마자 주변을 둘러보며 왕자를 찾았다. 그가 없다는 것을 확인한 뒤 애써 실망을 감추며 왕과 왕비에게 시선을 돌렸고, 아주 우아한 태도로 미소를 지었다.

남국의 국왕은 나이가 들었지만 마르그레테의 아버지보다 훨씬 더 친절해 보였다. 아주 정교하게 세공된 왕관을 쓰고 보석이 박힌 홀을 들었음에도 제왕이라기보다는 마음씨 좋은 할아버지처럼 보였다. 긴 회색 수염과 머리카락이 그런 이미지를 더해주었다. 그의 옆에는 왕비가 앉아 있었는데 훨씬 더 근엄해 보였고, 검게 물들인 머리와 붉게 칠한 입술, 밝은 보랏빛 예복 때문에 눈에 확 띄었다. 왕비는 이마와 귀와 목에 치렁치렁 보석을 달고 있었다.

왕이 마르그레테에게 시선을 향하고 고개를 한 번 끄덕이자 실내는 단숨에 정리되었다.

"마르그레테 공주님," 남국의 왕이 말했다. 왕의 따뜻한 환영에 그녀는 놀랐다. "듣던 대로 아름다우시군요. 그리고 에델 아가씨, 뵙게 되어 영광입니다. 공주님은 정말 대단한 친구분을 두셨군요. 이렇게 험난한 여정에도 꿋꿋이 함께해주시다니요. 그것도 이런 대의를 위해서 말입니다."

왕이 말을 하는 동안 왕비는 그들을 위아래로 훑어보았다. 마르그레테는 몇몇 병사들에게서 느꼈던 것과 같은 불편한 감정을 왕비에게서도 느낄 수 있었다. 왕과 왕비의 생각이 꼭 일치하지는 않는다는 의미일 터였다.

"감사합니다, 폐하." 그녀가 무릎을 살짝 굽히며 말했다. 에델도 그녀를 따라 했다. "이곳에 오게 되어 무척 기쁩니다."

"그대를 이곳으로 인도한 것은 신의 위대한 섭리라고밖에 할 수 없을 것 같습니다. 오랜 시간 동안 저는 신께서 내게 직접 말씀하고 계시고 내가 공고한 후계자와 풍요로운 백성들 사이에서 편안한 최후를 맞이하길 원하신다고 생각해왔습니다. 이렇게 전쟁의 소란에 휘말리지 않고 말입니다. 나이가 들수록 점점 더 철학적으로 변하는 것 같군요."

마르그레테는 미소를 지었다. "부왕께서 폐하의 인도에 따르시기를 기도하고 있습니다." 그녀가 말했다. "아버지를 배신하고 이곳에 와야만 했던 지금의 상황이 몹시 유감입니다."

그가 고개를 끄덕였다. "그대는 참으로 용감한 숙녀로군요."

"오늘 이곳에서 왕자님을 뵐 수 있을 거라고 생각했습니다만," 그녀가 말했다. "그러니까, 제 정혼자를요."

왕은 왕비를 한 번 쳐다보고는 다시 마르그레테에게 시선을 돌렸다. "그 아이가 이곳에 그대를 맞으러 오지 못한 것은 유감입니다. 그게…… 사실 그 아이는 아직 우리가 이런 일을 꾸미고 있다는 사실을 전혀 모르고 있습니다."

"그 아이는 당신에 대해 전혀 몰라요." 왕비가 퉁명스럽게 말했다.

마르그레테는 내면의 무언가가 와르르 무너지는 소리를 들었다.

"내 아들은 고집스럽기 짝이 없는 젊은이랍니다." 왕이 말했다. "자신의 생각을 고집하지요. 왕자와 그대가 직접 대면해 인사하는 것은 시간이 좀 필요한 일일 듯싶습니다. 그대들의 안전과 왕자의 협조가 보장되어야 할 테니까요."

그녀는 멈칫했다. 머릿속이 복잡했다. 그는 그녀가 이곳에 오고 있다는 사실을 전혀 몰랐다는 얘기인가?

"걱정 마십시오." 왕이 말했다. "그대는 친절한 사람들에게 안전하게 보호받을 겁니다. 지금 가장 중요한 것은 그대의 부왕께 허락을 받아내는 것입니다. 북국 왕께서 그대를 찾기 위해 사람들을 북쪽으로 올려보냈다고 합니다만, 아마도 벌써 며칠 전에 돌아왔을 겁니다. 부왕께서 그대가 여기에 왔을 거라고 이미 의심하고 있는지는 모르겠군요."

"폐하께서 저희 왕께 말씀을 전하셨나요?" 그녀가 물었다.

"이제 막 사람을 보낸 참입니다." 왕이 말했다. "그대는 모든 것이 다 마련될 때까지 이곳 내 나라에서 가능한 한 편하게 지내셔야 합니다. 그대의 부왕께서 평화의 제안을 선뜻 받아들일 리는 만무하겠지만, 그도 결국은 마음을 바꿀 겁니다. 그것이 우리 두 왕 모두에게 최선이자 우리의 후계자들을 위한 최선이니까요."

"알겠습니다, 폐하." 그녀는 다시 무릎을 굽혀 인사했다. 심장이 목으로 튀어나올 것만 같았다.

처음으로, 그녀가 그곳에 있는 것을 왕자가 원하지 않을 수도 있다는 생각이 떠올랐다. 그가 그녀를 전혀 원하지 않을 수도 있었다.

16장

인어

레니아는 그녀의 방 한가운데 놓인 스툴에 앉아 있었다. 창가에 놓인 의자에는 각기 감촉과 색이 다양한 천이 걸려 있었다. 두툼하고 부드러운 촉감의 벨벳, 부드럽고 촉촉한 느낌의 실크, 튼튼한 질감의 양단. 보라색 천 옆에는 짙은 녹색 천이, 그 옆에는 색이 연하고 아주 고운 노란 천이 있었다. 그녀는 붉은 장미가 점점이 그려진 짙은 푸른색의 근사한 공단을 걸치고 있었다. 두 명의 재봉사가 그녀의 발밑에 무릎을 꿇고 앉아 이야기를 주고받으며 그녀 주위로 퍼진 치마의 단을 꿰매고 있었다.

“성의 그 누구보다 화려한 드레스를 갖게 되실 거예요.” 한 재봉사가 그녀에게 웃으며 말했다. “그리고 궁정에서 가장 아름다운 여인이 되실 거고요.”

“카트리나 공주님도 그건 어떻게 못할걸요.” 다른 한 명이 그렇게 말하고는 웃음을 터뜨렸다.

레니아는 예의바르게 미소를 지었다. 왕자나 궁정의 다른 이들이 왕자가 선사한 새 드레스 때문에 그녀가 무척이나 기뻐할 거라고 생각한다는 걸 알았지만, 사실 그녀는 아직도 피부에 닿는 직물의 선뜻하고 묵직한 감촉에 익숙해지지 못하고 있었다. 허리는 잔뜩 조이고, 가슴은 한껏 부풀어 있고, 소매는 팔에 딱 붙었다. 심지어 풍성한 치마 안에도 겹겹의 레이스가 있어 언제나 다리가 쓸리고 아팠다.

하지만 상관없었다. 그녀가 성에 온 지도 거의 두 달이 되었고, 이제 크리스토퍼가 그녀를 사랑한다는 것에는 의심의 여지가 없었다. 비록 그가 그녀를 기억하지 못한다 해도 말이다. 식사 시간마다 그는 그녀에게서 거의 눈을 떼지 못했고, 그녀 옆에 앉기 위해 왕의 테이블을 떠나는 일도 서슴지 않았다. 모든 이들이 두 사람의 이야기를 입에 올렸고—사람이 둘만 모여도 아름다운 만큼이나 말이 없는 여인을 찾아낸 왕자의 행운에 대해 입방아를 찧었다—궁정 전체에 그녀의 출신에 대한 소문이 파다했다. 그녀가 어디서 왔는지 시시콜콜 잘도 꾸며낸 이야기들이었다. 남과 북을 가르는 험준한 산맥에서 내려왔다는 이야기, 머나먼 나라의 얼음과 다이아몬드로 만들어진 성에서 왔다는 이야기도 있었다. 좀더 시시덕거리는 젊은 귀족들은 그녀가 하늘에서 뚝 떨어진 존재라고 주장하기도 했다. 하지만 그 누구도 상상을 초월한 진실을 짐작하지는 못했다.

크리스토퍼 왕자는 매일 밤 레니아를 불렀다. 그럴 때마다 하녀들은 그녀가 입은 뻣뻣한 옷을 벗기고 얇은 로브로 갈아입힌 뒤 그녀의 긴 머리를 잘 빗겨 등뒤와 어깨로 늘어뜨려주곤 했다.

그와 함께 있지 않을 때 레니아는 그를 생각했다. 지금 이 순간에도 레니아의 머릿속에는 재봉사들이 얼른 자기 일을 끝내고 가주었으면, 대연회장의 만찬에 나갈 준비를 하게 해주었으면, 그래서 빨리 그를 만날 수 있었으면 좋겠다는 생각만 가득했다.

서서히 해가 지기 시작하면서 창문으로 바다 냄새가 들어왔다. 창밖 해수면은 기름처럼 검게 빛났고, 그 위로 햇살이 반사되어 반짝였으나 그 안에 감춘 것들은 아무것도 드러내 보이지 않았다. 레니아는 바다를 쭉 훑어보았다. 그것은 어느새 습관이 되었다. 언니들과 저 아래, 해저 세계 생각이 자꾸만 났다. 언니들은 뭘 하고 있을까? 레니아는 언니들을 한 명 한 명 마음속으로 떠올렸다. 현명한 표정의 틸라, 아름다운 나딘, 머리색이 불꽃같은 쌍둥이 언니 볼렛과 레지타, 벨라와 그녀가 아끼던 이국적인 바다 생물들. 그러나 이제 그들은 너무 멀리 있었다. 그들이 막냇동생을 찾아 헤매고 있을 것을 생각하면, 레니아가 떠난 것을 알고 얼마나 심한 충격을 받았을지 생각하면 가슴이 아팠다. 그들 중 누군가가 시빌을 찾아가기까지 얼마나 걸렸을지 궁금했다. 지금 그녀가 어디서 무엇을 하고 있는지 정확히 알려줄 수 있는 단 한 명의 존재.

결국에는 그들도 레니아를 이해하고 용서할까?

문득 목걸이 생각이 났다. 언니들이 왕자의 난파선에서 찾아 선물해준 바로 그 목걸이. 레니아는 왕자에게 인간 공주 마르그레테에 대한 얘기를 들은 뒤 분노에 휩싸여 목걸이를 바다에 집어던졌다. 왕자는 그 여인이 자신을 구한 줄로 알고 있다. 언니들 중 누군가가 그것을 발견하고 막냇동생이 언니들에게 보내는 메시지로 받아들이지는 않았을까? 사랑해, 언니들. 난 여기 지상 세계에서 잘 지내고 있어.

"괜찮으세요, 아가씨?" 한 여인이 물었다.

정신을 차려보니 그녀는 중심을 잃고 휘청거리고 있었다. 뱃속 깊은 곳에서 이상한 느낌이 치밀어올랐다. 그녀는 침착하려고 애썼다.

고개를 끄덕였지만, 여전히 그 느낌은 그녀를 온통 휩쓸고 있었다. 온몸을 헤집어놓는 듯이 불쾌한 느낌이 거대한 파도처럼 그녀를 덮쳤다. 결국 그녀는 스툴에서 떨어지고 말았다. 한 재봉사가 그녀를 붙들었고, 다른 한 명은 뛰어가 요강을 가지고 왔다. 그리고 둘이 힘을 모아 그녀를 침대에 뉘었다.

레니아가 입을 벌리자 뱃속에서 뜨거운 액체가 우르르 쏟아져나왔다. 마치 온몸이 홱 뒤집혀 몸속의 모든 것이 끄집어내지는 듯한 끔찍한 느낌이었다. 그녀는 꼬리가 다리로 변하던 순간을 떠올리며 잠시 순전한 공포에 휩싸였다. 만일 지금 쏟아낸 게 그 물약이라면 어쩌지? 그래서 그녀가 다른 무엇, 그러니까 인어와 인간의 중간에 있는 무언가로 변하면 어쩌지?

그러나 그 느낌은 시작되었을 때처럼 빠르게 사라졌다. 그녀는 자리에 앉아 숨을 거칠게 쉬며 몸을 앞뒤로 흔들었다. 도대체 무슨 일이 일어난 것인지 알 길이 없었다.

"여기요." 한 여인이 레니아에게 물을 건넸고, 그녀는 고마워하며 마셨다.

그리고 레니아는 두 재봉사가 그다지 놀라는 기색 없이 은근한 눈빛을 주고받은 뒤 다시 일을 시작하는 모습을 보았다.

*

레니아는 그날 오후 내내 침대 신세를 져야 했다. 메스꺼운 속을 가라앉히기 위해서였다. 바다에서는 이렇게 무섭고 불안한 기분을 느껴본 적이 없었다.

홀로 남은 그녀는 알몸으로 부드러운 침대에 누워, 사방에 커튼을 친 뒤 상반신과 굴곡진 배를 꽉 붙든 채 잠이 들었다 깼다를 반복하고 있었다. 바다 생물들처럼, 온몸을 감싸줄 껍데기가 있었으면 좋겠다는 생각이 들었다. 그 부드러운 분홍빛 틈 속으로 파고들고 싶었다.

갑자기 모든 냄새가 이전보다 훨씬 더 역겹게 느껴졌다. 시종이 가져온 차에서 나는 향도, 옷감에서 풍기는 라벤더 향수 냄새도, 성 주방에서 풍기는 희미한 가금류의 냄새도 견디기 힘들었다.

그녀는 이불을 뒤집어쓰고 흐느껴 울었다. 땀과 눈물에 젖어 온몸이 미끈거렸다. 지금 그녀는 날것의 징그러운 바다 생물과도 같았다. 조개나 홍합 같은.

그가 곁에 없다면, 그가 그녀를 보듬어주지 않는다면, 그녀는 완전히 혼자였다. 모든 것에게서 버려진 존재. 그 또한 견디기 힘든 슬픔이었다.

그녀는 눈을 감고 생각했다. 시빌, 날 좀 도와줘요.

하지만 이제 시빌은 너무 멀리 있었다. 그녀는 이불을 뒤집어쓰고 성의 침묵에 귀를 기울였다. 약간 고르지 못한 자신의 숨소리가 들려왔다. 희미한 바다의 소리가 들숨과 날숨을 쉬듯 해변에서 찰싹대고 있었다. 밖에서 나는 말발굽 소리. 사람들의 말소리, 웃음소리, 오현금* 소리. 문밖 의자에 앉아 대기하고 있는 시종 아이가 기침하는 소리가 간간히 들려왔다.

몇 분 뒤, 커튼 너머로 문가에서 무언가가 움직이고 있는 것이 보였다. 그리고 그의 목소리가 들렸다.

그녀는 일어나 앉았다.

커튼이 들춰지고 그가 모습을 드러냈다. 왕자가 그녀의 눈앞에 있었다. 그는 사냥 복장—큰 망토를 두르고 승마 모자를 쓰고 목에는 상아로 만든 뿔피리에 끈을 매서 달았다—을 하고 있었고, 그에게선 나무껍질과 숲의 냄새가 났다. 그녀뿐 아니라 그때까지 죽어 있던 모든 것에 그가 생명을 불어넣은 것 같았다. 그는 풀이고 먼지고 태양이고 하늘이었다.

"안녕, 내 사랑." 그가 부드럽게 말했다. "사람들이 당신이 아프다고 하던데."

그녀는 그에게 웃어 보이며 손을 뻗었다. 그의 뒤에 서 있던 시종 아이가 고개를 꾸벅하더니 방을 나섰다.

"안 좋아 보여."

그녀는 고개를 흔들며 그에게 다시 웃어 보였다.

---

* 중세 시대에 사용되던 현악기.

난 괜찮은 것 이상이에요. 완벽하다고요.

그가 그녀를 자신의 방으로 부르지 않고 직접 찾아온 것은 처음이었다. 그는 뿔피리와 모자와 망토를 벗으며 묘하고 아름다운 눈으로 그녀를 바라보았다. 그는 행복해하고 있었다. 그에게서 평소와 다른 느낌이 묻어났다. 무슨 일이 있는 거였다.

그는 침대로 파고들어 그녀의 옆에 눕더니 이불을 덮고 그녀를 끌어당겨 매끈한 허리를 두 팔로 감싸안았다. 그가 목과 턱에 키스하자 그녀는 싱긋 웃었다.

"아까보다 좀 나아졌지?" 그가 물었다.

레니아는 고개를 끄덕이고 그의 냄새를 들이마셨다. 이렇게 붙어 있는 정도로는 만족할 수 없었다. 차라리 그의 안으로 녹아들어버리고 싶었다. 그녀가 원래 속했던 세계에 이런 것은 전혀 없었다.

정말 나 기억 못해요?

"당신은 정말 다정해." 그가 그녀를 향해 미소를 지었다. "아름답고."

날 사랑해줘요.

"당신 시종이 얘기해줬는데, 아무래도 당신이 임신한 것 같다고……"

그녀는 혼란스러워하며 그를 쳐다보았다. 그는 마냥 부드러운 눈길로 그녀를 보고 있었다. 따뜻한 손으로 그녀의 목과 가슴과 배를 어루만지다 배에 가만히 손을 얹었다. 그러자 또다시 메스꺼움이 스멀스멀 배에서 목까지 치솟았다가 이내 가라앉았다.

임신이라고?

그녀는 머리를 절레절레 흔들며 그에게서 떨어졌다.

"임신 때문에 당신 몸이 안 좋은 거라고 들었어……"

그녀는 손을 배에 대보았다. 그러고는 자신의 부드럽고 창백한 살결을 내려다보았다. 예전에는 밝은 녹색이 도는 은빛 비늘로 덮여 있던 피부였다. 그녀의 몸속에서 아기가 자랄 수 있을까? 이 세계에서 그녀는 어떤 아기를 낳게 되는 걸까?

그녀는 갑자기 울컥 솟아오르는 격렬한 역겨움을 가라앉히기 위해 안간힘을 썼다.

그는 그녀가 고통스러워하는 걸 알아채고 걱정스러워했다. "또 속이 안 좋아?"

그녀는 고개를 저으며 억지로 웃어 보였다.

그는 안심하며 팔을 뻗어 그녀의 머리카락을 쓰다듬었다. 그의 손가락은 목을 지나 등으로 움직이며 그녀의 피부에 전율을 선사했다. 그가 아이를 반가워하고 있구나. 그녀는 생각했다.

"내 첫아이." 그가 그녀의 턱에 키스하며 말했다. "아들일 거야. 아주 아름답겠지. 제 어머니를 닮아서."

*

그날 밤의 만찬은 그야말로 성대했다. 테이블 상석에 앉은 왕과 왕비는 여느 때보다 훨씬 더 잘 차려입고 있었고, 요리 또한 특별히 더 사치스러워 보였다. 은빛 접시에 섬세한 공작 모양의 장식이 꼬리를 활짝 편 모양으로 놓여 있었고, 꿩이며 멧돼지며 양고기가 그득했다. 연주자들이 연회장 앞에서 연주했고 광대가 재주를 부렸다. 교외의 영지에서 성을 방문하러 온 몇몇 귀족들이 긴 테이블 끝에 자리를 잡고 앉아 있었다. 온통 밝고 유쾌한 분위기였다.

아직 메스꺼움이 다 낫지 않은 상태였지만 레니아는 기분이 좋았다. 아무도 대놓고 말하는 사람은 없었으나 세상 모두가 그녀의 임신을 축하해주는 느낌이었다. 크리스토퍼가 이번에도 부왕의 테이블이 아닌 그녀의 옆자리에 있었고, 카트리나는 그들을 보며 옅은 미소를 짓고 있었다.

식사가 반쯤 진행되었을 때 왕이 자리에서 일어나 연주자들에게 연주를 멈추라는 신호를 보냈다.

크리스토퍼가 어깨를 으쓱하고는 레니아를 보며 한쪽 눈썹을 치켜세웠다.

"오늘 이 자리에서 알려드릴 것이 있소." 왕이 입을 열자 떠들썩하던 연회장이 단숨에 조용해졌다. "우리는 오랫동안 전쟁을 치러왔고 그 결과 수많은 아들들을 잃었소. 비록 지금은 평화로우나 정보에 따르면 북국에서는 동쪽 해안에서 새로운 공격을 준비하고 있다 하오. 이미 병사들을 동원해두기는 하였으나, 더이상의 유혈 사태가 발생하지 않기를 진심으로 바라고 있소. 다들 잘 아시겠지만 우리 모두는 오랫동안 이 싸움의 평화적인 해결을 바라왔소. 우리들의 오랜 소원은 북국과 남국이 다시 하나가 되어 과거의 영광을 되찾는 것이오.

오늘 아침, 나는 부하들을 파견해 우리 성에 새로운 손님을 모셔오게 하였소. 바로 북국 왕의 딸, 마르그레테 공주요. 공주는 스스로 결혼 동맹을 자청했소. 그것이 앞으로 이 땅에 영원한 평화를 가져올 유일한 방법이오. 북국에서 찬성한다면 말이오. 이 동맹으로 인해 두 왕국의 혈통은 하나로 묶이고, 비로소 다시 완전한 하나의 나라가 될 것이오. 우리는 그녀의 안전을 보장하였소. 또다른 부하들이 지금 우리의 조건을 전달하기 위해 북국의 왕에게 가고 있는 중이오. 그의 답을 받기 전까지 마르그레테 공주는 이 궁정의 손님으로 머무르게 될 것이오. 모든 것이 우리가 바라던 대로 이루어진다면 마르그레테 공주와 크리스토퍼 왕자는 결혼을 하게 될 것이고 우리는 평화를 이룩하게 될 것이오. 옛 왕국의 평화와 영광을 되찾는 것이오."

왕이 잔을 들었다. 장내는 왕의 말이 깊숙이 스며들기라도 한 듯, 온통 침묵으로 가득했다.

레니아는 고개를 휙 돌려 크리스토퍼를 바라보았다. 격노한 그의 얼굴은 잿빛을 띠었고, 턱은 단단하게 굳어 있었다. 그런 모습은 처음이었다.

왕이 잔을 비운 뒤 내려놓았다. "그럼 이제," 왕이 말했다. "여러분께 장래의 내 며느리를 소개해드리려 하오. 북국에서 온 마르그레테 공주요."

사람들이 어떻게 반응할 새도 없이 경비병이 연회장 옆에 난 문을 열었고, 밝은 청색 드레스를 입고 금색 머리장식 위로 검은 머리를 맵시 있게 틀어올린 젊은 여인이 등장했다. 그녀는 당당하고 차분하게 앞으로 걸어나와 왕 앞에 멈추어 서서 허리 숙여 인사했다. 그녀는 검은 눈동자로 궁정의 사람들을 바라보았다.

레니아는 그녀를 뚫어지게 바라보았다. 입이 절로 벌어졌다. 난생처음, 순수한 '경악'이라는 감정을 느끼게 되었다.

마르그레테.

레니아의 눈에는 마르그레테의 소매 속에 남은, 자신이 만졌을 때 묻은 다이아몬드빛 흔적이 보였다. 저 소녀 마르그레테가 그렇게 말했었다. 자신은 북국 왕의 딸이라고. 그제야 레니아는 모든 걸 이해할 수 있었다. 자기 연인의 아버지가 방금 장황하게 설명했던 그 이야기들을 말이다.

안 돼, 그는 나와 결혼해야 해. 눈가 가득 눈물이 고이더니 볼을 타고 흘러내렸다. 그녀의 얼굴은 해저에 있었을 때처럼 물기가 가득했다.

두려움 속에서 레니아는 마르그레테의 시선이 방 곳곳을 훑다 크리스토퍼에게 멈추는 것을 보았다. 마르그레테의 태도가 한결 부드러워지더니 그와 눈이 마주치자 얼굴이 살짝 붉어졌다. 그리고 그 홍조 덕에 마르그레테는 한층 더 아름다워 보였다.

하지만 크리스토퍼는 마르그레테를 제대로 보려고 하지도 않았다. 그는 잠시 그녀를 흘깃 보는 듯하더니 이내 분노로 얼굴이 딱딱하게 굳었다.

장내는 거의 아수라장이었다. 박수를 치고 환호성을 지르는 사람이 있는가 하면 분노에 차 소리를 치는 사람도 있었다.

"그만!" 왕은 정숙을 요구하는 손짓을 했다. "전쟁은 지금까지 해온 것으로 충분하오!"

왕자가 자리에서 일어섰다. "아버님," 그의 목소리는 격심한 분노로 떨렸다. "지금까지 제 인생은 제가 스스로 이끌어나가는 것이라 생각했는데, 그것은 착각이었던 것입니까?"

왕자의 발언에 마르그레테의 얼굴은 눈에 띄게 창백해졌지만, 그녀는 금세 당당함을 되찾았다. 표정 전환이 워낙 신속해 자세히 보고 있던 사람이 아니라면 전혀 눈치채지 못할 듯했다.

"이것이 네 사명이다, 아들아." 왕이 대답했다. "이 왕국을 위해 네가 해야 할 일이야."

장내가 고요했다. 곧 일어날 일에 대비해 마음을 다잡는 분위기였다.

부자가 대치하는 그 몇 분 동안, 장내엔 마치 아무도 없는 것만 같았다.

모두들 만일의 사태에 대비해 슬며시 손을 무기로 가져갔다. 그곳의 모든 이들은 왕을 지키기 위해서라면 어떤 대가도 치르겠다고 맹세한 이들이었다. 설령 적이 왕의 후계자일지라도 말이다.

그러나 크리스토퍼의 행동은 모두가 놀랄 만큼 의외였다. 그는 레니아에게 가 손을 내밀었다. 레니아는 그의 손을 잡았다. 눈물범벅인 그녀의 얼굴이 확 달아올랐다.

"가자, 내 사랑." 그가 말했다.

그는 부드럽게 그녀를 자리에서 일으켰다. 그러고는 등을 꼿꼿이 펴고, 머리를 높이 들고 그녀의 손을 잡고 조용히 연회장을 빠져나갔다.

문밖을 나서며 레니아는 다시 한번 마르그레테를 흘끔 돌아보았다. 그녀는 연회장 상석에 우두커니 선 채로, 마치 수백 명의 남자들이 무기를 꺼내 자신을 조준하고 있기라도 한 것처럼 그들을 쳐다보고 있었다.

*

그날 저녁, 왕비의 방 외실에 있던 레니아에게 카트리나 공주가 다가갔다. 절대 부왕의 계획의 일부가 될 수 없다며 날뛰는 왕자를 레니아가 한참 동안 진정시킨 뒤였다.

"아버지 말씀에 의하면 그 여자는 북국에서 온 공주래." 카트리나가 말했다. "아버지랑 그 여자 사이에 평화를 위한 모종의 거래가 있었던 모양이야. 그래서 우리 오빠가 억지로 결혼을 하게 되는 거지." 그녀는 아주 무미건조하게 말했다. 그런 얘기를 들어도 레니아는 전혀 마음 아파하지 않을 거라는 태도였다. "어머, 너 우는 거야? 왜 울어? 오, 이런. 혹시 우리 오빠랑 결혼하고 싶었던 거야? 사실 이런 평화조약 따위가 아니었어도 우리 오빠는 너랑 결혼 못해. 왕자잖아. 스스로 아내를 고를 자유 같은 건 없다고."

카트리나는 한숨을 내쉬고는 자신의 시녀들에게로 몸을 돌렸다. "난 결혼 같은 건 안 하고 싶어. 절대로. 난 오현금을 연주하고 시를 쓰는 게 좋아. 그냥 궁정 음유시인의 한 사람처럼 살아가고 싶어. 멋지지 않아? 오빠처럼 나라를 구한답시고 억지로 결혼 같은 것 안 하고 말야. 하지만 사실, 나도 올해 안에는 그런 식으로 결혼하게 될 거야."

"널 감당하게 될 남자를 찾을 수 있다면 말이지." 왕비의 말에 모두들 웃음을 터뜨렸다.

단 한 사람, 레니아를 제외하고. 그녀는 멍하니 앉아 손으로 뚝뚝 떨어지는 눈물이 엉성한 자수 무늬를 그리는 것을 보고 있을 뿐이었다.

17장
공주

마르그레테는 바다의 미풍이 반짝이는 작은 소금 알갱이들을 남기며 그녀의 몸을 스쳐지나가자 천천히 잠에서 깼다. 그녀는 밤새 바다에 관한 꿈을 꾸었다. 인어와 둘이서 손을 잡고 함께 헤엄을 치고 새가 날듯 물속을 가르면서, 점점 더 깊은 바다로 잠수해 나갔다. 반대쪽 팔은 옆으로 활짝 펼치고 있었다. 마르그레테는 맞잡은 손을 통해 부드러운 금속처럼 단단한 인어의 피부를 느낄 수 있었다. 그들이 근사하고 신비로운 곳, 나이든 수녀님들이 신에 대한 사랑에 전율하면서 보는 환시만큼이나 아름다운 어딘가로 향하고 있다는 걸 그녀는 알았다. 어느 순간 물이 구름과 별로, 인어는 어머니로 바뀌더니 그녀를 위쪽 어딘가로 데려갔는데…… 그녀는 눈을 뜰 수가 없었다. 빛이 너무 밝았다. 찬란한 사랑이 그녀에게 내리쬐고 있었다.

그녀는 일어나 앉았다. 철렁 가슴이 내려앉았다. 에델 역시 잠에서 깨어 창가에 앉아 밖을 바라보고 있었다. 그 뒤로 탁한 푸른빛으로 물들어가는 하늘이 펼쳐져 있었다.

"꿈꾸셨나봐요." 에델이 마르그레테를 돌아보며 말했다.

"응." 마르그레테는 천천히 침대에서 일어났다. 그녀는 자기가 누웠던 자리에 주글주글한 주름을 남기고, 창가에 있는 친구에게 다가갔다. "에델, 내가 엄청난 실수를 한 것 같니?"

에델이 그녀를 돌아보았다. "아뇨," 그녀가 말했다. "공주님은 옳은 일을 하셨어요. 하지만 어떤 일도 일어날 수 있잖아요. 그걸 아니까 제가 여기까지 같이 온 거죠. 그 왕자는 아직 공주님이 누군지 못 알아본 게 틀림없어요. 예전에 만났던 그 여인이라고는 상상도 못하는 거예요. 게다가 왕자는 뒤통수를 맞은 거나 마찬가지잖아요. 왕이 그를 얼마나 모욕했는지 보세요."

마르그레테는 고개를 끄덕였다. "너 다 봤니?"

"네. 저는 그때 남국 공주님의 시녀들과 함께 앉아 있었어요. 공주님이 절 보셨을 거라고 생각했는데."

"그때 내 눈에 뭐가 보였겠니. 그렇게 깜짝 놀랐는데."

잠시 두 사람 사이에 침묵이 오갔다. 둘은 탑 위에서 바닷가만 내려다보았다. 해변에는 경비병들이 있었고, 작은 보트들이 앞뒤로 흔들거렸다. 둘 다 같은 생각을 하고 있었지만, 입 밖에 내려 하지는 않았다. 왕자의 연인에 대해서 말이다. 아스트리드, 그것이 그녀의 이름이라고 했다.

"어떤 꿈을 꾸셨어요?" 에델이 애써 밝은 목소리를 꾸며내며 물었다. "말해주세요." 그녀는 마르그레테의 손을 잡았다. 놀랍게도 친구의 동작에 마르그레테는 마음이 편안해지기 시작했다.

"아무것도 아냐. 그냥 바보 같은 꿈." 그녀는 머리를 흔들었다. "인어랑 함께 헤엄치는 꿈이었어."

"인어요?"

"응." 마르그레테가 미소를 지었다. "인어가 바닷속의 온갖 아름다운 것들과 비밀스러운 것들을 보여주고 있었어."

에델은 한숨을 쉬었다. "저도 그런 환상적인 꿈 좀 꿔봤으면 좋겠어요. 어쩐지 참 행복해 보이시더라고요. 전 꿈속에서 늘 실 조각이나 잃어버린 귀걸이 한쪽을 찾으러 다녀요. 잠에서 깨면 허탈하기가 이를 데 없죠."

마르그레테는 미소를 지었다. "그렇게라도 다른 어딘가에 가니 좋긴 좋더라. 사람들은 우리가 여기 있는 걸 못마땅해해, 에델. 그도 우리가 여기 있는 걸 좋아하지 않고. 난 정말 모르겠어. 앞으로 일이 잘 풀릴지, 혹시 그냥 우리 두 사람의 무덤을 파는 행위가 되지는 않을지. 크리스토퍼 왕자…… 그 사람, 날 보려고 하지도 않았어. 그 사람과 내가 함께 있었던 건 불과 얼마 전 일인데, 그는 벌써 다른 누군가를 사랑하고 있어."

"왕자님은 왕에게 화가 났던 거예요, 공주님이 아니고요. 그에게도 시간이 필요해요. 어차피 그 여자와는 결혼 못할 거란 거 아시잖아요."

마르그레테는 고개를 저었다. "그가 나와 결혼하지 않는다면…… 아, 그건 정말 생각조차 할 수 없어. 결혼이 수포로 돌아간다면 모든 게 끝이야. 우리 둘만 적국의 요새에 와 있는데, 남국 왕이 우리를 보호해줄 이유가 없어질 거라고."

"여기도 우리를 도와줄 사람들은 많아요. 왕도 우리에게 친절하잖아요. 제발요, 공주님. 사랑하는 내 친구. 벌써 그렇게 절망하지 마세요."

그러나 마르그레테가 아무리 애써도 그런 어둡고 비극적인 감정은 가시지 않았다. 그녀가 상상했던 것들은 아무것도 이루어지지 않았다. 적국의 성에 있다는 현실, 지난밤에 벌어졌던 일들. 이곳에 오기 전에는 목적이나 사명 의식이 뚜렷했었다. 살면서 그렇게 자신감 넘쳤던 적이 없었고, 그것은 모두 인어에게서 비롯된 것이었다. 그런데 이제 그 인어는 그저 꿈에 불과했다. 서서히 사라져가는 꿈.

문득 머릿속을 스치는 것이 있었다. 아스트리드라는 여자, 레니아와 너무 많이 닮았다.

화가 난 마르그레테는 벌떡 일어나 창가로 다가갔다. 그리고 다시 한번 그녀의 심장이 쿵 내려앉았다. "저기 좀 봐." 그녀가 말했다.

에델이 마르그레테가 가리키는 곳을 쳐다보았다. "뭔데요?"

"여기, 내 쪽으로 좀더 와봐. 봐. 저기 밑에."

왕자였다. 그는 바닷가를 산책하고 있었다. 아스트리드와 팔짱을 끼고.

둘은 창문에 꼭 붙어 조용히 그 모습을 지켜보았다.

"행복해 보여, 안 그래?" 마르그레테가 물었다.

"그러게요." 에델이 조용히 말하며 한 팔을 마르그레테의 어깨에 걸쳤다. "하지만 좀더 두고보세요. 어쨌든 그도 남자니까요."

마르그레테가 남자와 여자 사이에 이렇게 행복의 빛이 감도는 모습을 본 건 그 해변에서 인어가 크리스토퍼를 바라보던 때 이후 처음이었다. 그녀는 애써 기억을 떨쳤다. 저 여자가 아무리 신화 속 그 생물을 닮았어도 엄연히 진짜 인간 여자였다. 온전하게 건강을 되찾은 왕자도 애정 가득한 눈빛으로 여자를 바라보고 있었다.

"속이 안 좋아."

"쉬잇." 에델이 그녀를 위로했다.

"이게 어떤 의미인지 모르겠어. 난 말이야…… 저 사람과 함께 했던 그 시간들이…… 무척이나 특별했다고 생각했어. 그래서 그 순간들이 우리 사이를 유지시켜주고 결국은 사랑의 씨앗이 될 거라고 생각했어. 하지만 이젠 잘 모르겠어. 그렇게 변덕스러운 사람인 걸까? 날 새까맣게 잊을 정도로?"

"그런 건 전혀 중요하지 않아요, 마르그레테 공주님. 중요한 건 두 분이 결혼해서 두 왕국을 통일하는 거라고요."

마르그레테는 심호흡을 한 뒤 고개를 끄덕였다. "네 말이 맞아. 그게 진실이지."

저 아래에서는 왕자가 그 여인을 팔로 감싸안고 있었다.

*

다음날 아침, 마르그레테와 에델은 왕비의 기도실에서 열리는 미사에 참석했다. 조용히 머리를 숙이고 들어가 기도석 마지막 줄에 나란히 앉았다. 신부님의 말씀에 집중하려 했지만 마르그레테의 시선은 아스트리드가 눈을 감고 입을 살짝 벌려 영성체를 받는 모습으로 향하고 말았다. 에델과 함께 영성체를 받는 줄에 서자 마르그레테는 왕비와 남국의 공주, 왕자의 연인의 눈길이 모두 자신의 등에 꽂히는 기분이 들었다.

그녀는 머리를 흔들면서 어떻게든 그들에 대한 생각을 지워버리고 영성체와 기도에만 집중하자고 스스로를 다잡고 기도석 끝줄로 돌아왔다. 그러나 마음속은 수치심으로 활활 타올랐다. 그 누구도 그녀가 거기 있는 걸 원하지 않았다. 심지어 미래의 남편조차. 모든 위험을 감수하고 여기까지 온 이유가 자신을 원하지 않는 남자와 결혼하기 위해서라니.

마르그레테는 앞으로 며칠 동안은 점심과 저녁을 방으로 가져다 달라고 부탁했다. 아직 여독이 풀리지 않았다는 이유였다.

"얼굴을 자주 비춰서 부담을 주지 말고 어쨌든 이 사람들이 우리 생각에 익숙해질 수 있게 하자." 그녀의 말에 에델은 이의를 표하지 않았다.

*

약 일주일 뒤 그들은 왕비의 처소에 초대를 받았다. 마르그레테는 가는 수밖에 없다고 생각했다.

그들은 화려하게 장식된 큰 방으로 들어섰다. 벽에는 금실로 수놓은 밝은색 태피스트리들이 걸려 있었다. 그러지 않으려 해도 어쩔 수 없이 마르그레테의 머릿속에는 어머니의 처소가 떠올랐다.

언제나 어머니가 초대한 친구들로 북적이던 방은 이곳보다 훨씬 더 따뜻한 곳이었다. 남국의 왕비는 근엄하고 위압감 넘치는 사람이었고, 그 차가운 느낌은 방에서도 배어났다.

왕비는 붉은 드레스를 입고 검은 머리카락을 뒤로 넘기고 있었다. 마르그레테는 왕비가 그녀의 아들만큼이나 매력적이라고 생각했다. 왕비의 눈 역시 왕자와 같은 금빛 도는 초록색이었는데, 강렬한 색채의 조화 때문인지 상당히 야성적인 느낌을 주었다. 왕비는 한 시녀와 카드놀이를 하고 있다가 마르그레테와 에델이 들어오는 것을 보고 목례를 건넸다.

마치 축제를 준비하는 듯한 방 곳곳에는 십여 명의 여인들이 앉아서 카드놀이를 하거나 책을 읽거나 바느질을 하고 있었다.

마르그레테는 아스트리드와 눈이 마주치자 자기도 모르게 그녀를 빤히 쳐다보았다. 가까이서 보니 더 아름다웠다. 무언가 사람을 홀리게 하는 매력이 가득했고, 어디선가 본 듯한 얼굴이었다. 마치 꿈속에서 본 사람처럼. 그녀의 마음속에 다시 레니아가 떠올랐다. 해변에서 빛나던 인어의 참을 수 없을 정도의 아름다움이, 그리고 그녀의 몸 아래서 죽어가던 왕자가 다시 생각났다. 아스트리드는 그만큼 아름다웠다. 끔찍한 상실감에 마르그레테는 가슴이 찢어질 듯 아팠다. 이 세상에서 그런 아름다운 광경은 두 번 다시 볼 수 없으리라는 느낌. 이 여인에게도 인어와 같은 종류의 아름다움이 있는 듯했다. 어떻게 그녀가, 마르그레테가 저런 여인과 경쟁을 한단 말인가.

"어서 와요." 왕비가 말했다. 마르그레테는 아스트리드에게서 눈을 돌렸다. 표정에서 티가 나지 않기만을 바랄 뿐이었다.

마르그레테는 고개를 숙여 인사했다. "감사합니다." 그녀가 말했다. "베풀어주신 후의에 진심으로 감사드립니다. 언젠가는 꼭 이 은혜를 갚을 날이 오기를 바랍니다."

왕비는 고개를 끄덕였다. "같이 해요, 어서요." 그녀는 방안에 있는 여인들을 둘러보았다. "모두들 내 아들의 정혼자를 환영해주세요." 왕비는 마르그레테에게 웃어 보였지만, 마음속 깊숙이 따뜻하게 맞아주는 웃음은 아니었다.

마르그레테와 에델은 어색하게 자리에 앉았다. 다른 사람들과 약간 떨어진 곳의, 색유리로 장식된 거대한 창가에 놓인 의자였다. 그들은 근처에 있는 카드를 집어 카드놀이를 하기 시작했다.

다른 여인들은 웃으며 담소를 나누고 있었다. 마르그레테는 아스트리드가 한마디도 하지 않고 무척 불안한 기색을 보이고 있다는 것을 눈치챘다. 그녀는 바느질을 하고 있었는데 몹시 서툴렀다. 손 모양새는 완벽하고 우아하기까지 했지만, 그 움직임이란 어린아이만큼이나 엉성했다.

에델이 아주 조용하게 속삭였다. "그녀가 공주님을 보고 있어요."

"그래?"

마르그레테가 아스트리드를 똑바로 쳐다보자 둘의 시선이 마주쳤다. 아스트리드의 불꽃 같은 푸른 눈동자가 그녀의 눈을 바라보았다. 마르그레테는 신경질적으로 얼른 눈을 돌려버렸다. 아스트리드의 눈빛에는 어딘가 묘하고 고통스러운 면이 있었다.

"내가 그녀의 연인과 결혼하러 이곳에 온 거야." 마르그레테는 그 말을 내뱉으며 승리감을 느끼는 자신에게 조금 놀랐다. 전에는 이런 감정을 느껴본 일이 전혀 없었다. 언제나 그레고르와 함께 공부하고 책에 파묻혀 지냈으니까. 그리고 성안의 모든 사람이 다 그녀를 흠모했으니까.

심술이 났다. 이 일이 단지 나라를 위한 게 아니라, 그녀 자신을 위한 일이기도 하다는 것을 깨달았다. 그녀도 크리스토퍼와 함께 바닷가를 거닐고 싶었고, 인어가 했던 것처럼 그의 위로 몸을 굽혀 이마에 입을 맞추고 싶었다. 정식 청혼뿐 아니라 그의 사랑도 원했다. 그가 그녀를 기억하기만 한다면, 그녀와 바다에서의 그 순간을 기억하기만 한다면, 그에게서 다른 여자의 존재는 깨끗이 잊힐 것이었다. 심지어 아스트리드는 말도 못한다고 했다. 아무리 아름답다 한들, 어떻게 왕자가 말도 못하는 여자를 사랑할 수 있단 말인가. 그와 함께 웃어줄 수도 없고, 그를 도발할 수도 없고, 그의 아이를 낳아도 자장가를 불러줄 수 없는데? 그러나, 그럼에도 불구하고 사랑받는 여자가 저기 있었다. 왕비의 발치에 앉아, 주위 사람들이 수다를 떠는 동안 한마디도 하지 않는 저 여자가.

마르그레테는 왕자의 연인을 증오했다. 증오의 감정이 피어나 그녀는 하마터면 자리에서 벌떡 일어날 뻔했다. 소리라도 지를 것 같았다.

"저 여자 앞에서 그렇게 대놓고 흥분하지 마세요." 에델이 속삭였다.

마르그레테는 목까지 빨개지는 것을 느꼈다.

"터무니없는 소리 마." 그녀가 대꾸했다.

에델이 그녀의 눈을 들여다보았다. "아무래도 왕자님을 한번 만나러 가셔야겠어요. 왕자님에게 필요한 건 그게 다라고요, 아시죠? 가서 그분과 얘기하세요."

마르그레테는 고개를 끄덕였다.

잠시 후, 그녀는 자리에서 일어났다. "좀 피곤하네요." 그녀가 말했다. "저와 제 시녀는 오늘밤은 여기까지 하겠습니다."

"편한 대로 하십시오." 왕비는 고개를 끄덕였다.

어쩐지 왕비의 얼굴에서 비웃음의 기운이 느껴져 마르그레테는 짜증이 났지만, 지금은 왕자의 어머니까지 신경쓸 시간이 없었다. 일단 그를 정복해야 했다.

*

왕비의 방에서 나오자마자 마르그레테는 에델을 돌아보며 격양되어 말했다.

"왕자에게 갈 거야." 그녀가 말했다. "지금 당장. 네 말이 맞아. 내가 그와 직접 얘기하겠어."

"잘 생각하셨어요." 에델이 마르그레테의 어깨에 손을 올렸다. "명심하세요. 당신은 공주예요. 북국에서 가장 아름다운 여인이고요. 그리고 심지어 조금 똑똑하기까지 하다고요."

마르그레테는 웃음을 터뜨렸다. 늘 그녀를 편하게 해주는 에델이 고맙기만 했다.

"그 사람은 공주님을 사랑해요." 에델은 경비병이 모퉁이를 돌아

복도로 모습을 드러내자, 목소리를 낮추며 말했다. "얼른 가세요!"

마르그레테는 위풍당당한 태도로, 그들 쪽으로 다가오고 있는 경비병에게 몸을 돌렸다. "왕자님은 어디 계시죠?" 그녀가 물었다. "당장 왕자님과 이야기해야 해요."

"아마 폐하와 함께 계실 겁니다."

"저를 그분께 데려가주세요."

"알겠습니다." 그는 좀 짜증은 났어도 딱히 공주를 거스를 생각은 없는 듯했다.

그녀는 경비병을 따라 왕의 집무실까지 이어진 복도를 따라 걸어내려갔다. 왕자에게 어떤 말을 해야 할지 생각하면서. 당신, 저 알죠? 그녀는 소리치고 싶었다. 세상의 끝에서, 당신이 내 손에 키스했잖아요! 내가 당신의 생명을 구했다고요, 기억해요? 날 천사라고 불렀잖아요. 기억 못한단 말이에요? 내가 아니었으면 당신은 죽은 목숨이었어요. 이제는 그것이 진실인지조차 신경쓰지 않았다. 내가 바닷물 속에서 당신을 구해냈다고요!

왕의 집무실로 다가가는데, 갑자기 문이 벌컥 열리더니 왕자가 뛰쳐나왔다.

그는 분노가 서린 얼굴로 그들을 스쳐지나갔다.

"크리스토퍼 왕자님." 그녀가 말했다.

그가 분노로 일그러진 표정을 하고 돌아보았다.

"당신." 그가 말했다.

마르그레테의 가슴이 두방망이질했다. "네. 맞아요." 그녀는 움츠러들었다.

그는 그녀를 뚫어지게 쳐다보았다. 그녀도 겁에 질린 큰 눈으로 그를 응시했다. "당신. 나를 속였군요. 당신이 수녀인 줄로만 알았는데, 당신은…… 당신은……" 그는 그녀에게 절망의 몸짓을 보였다.

"하지만 난……" 그녀는 말문을 열었다. 그 누구도 그녀에게 이렇게 말한 적이 없었다. 너무나 두려워 눈에서 눈물이 왈칵 쏟아졌다. 그녀는 성난 듯 눈물을 홱 훔쳤다. "나도 당신이 누구인지 몰랐다고요!"

"당신은 날 속였어! 잘도 나를 거기 세워두고 내가 사랑을 고백하게 만들었겠다, 마르그레테 공주!" 그는 그녀의 이름을 분노를 실어 강조했다. "바보같이 말이야."

"하지만 난 그때 숨어 지내는 중이었어요." 그녀가 말했다. "거기서는 아무도 내가 누군지 몰랐다고요. 누구에게도 말해서는 안 됐어요. 내가 뭘 어떻게 했어야 한다고 생각하는 거죠?"

"당신 이름을 제대로 말했어야지. 당신이 누구인지. 난 거의 죽을 뻔했어. 내가 당신한테 어떻게 했어야 한다고 생각하지? 우린 그때 신의 집에 있었다고!"

그녀는 그저 입만 벌리고 있었다. 그의 분노가 너무나 커 혼란스러웠다. "무슨 소리예요?" 그녀가 말했다. "당신은…… 적국의 사람이었잖아요!"

"그래. 그랬지." 그가 조용히 말했다. 그의 눈에서 처음으로 상처가 보였다. 그는 그녀가 자신을 속였다고 생각했다. 그랬나? 그녀에게는 말도 안 되는 일이었다. 모든 것이 정말 말도 안 되었다.

"미안해요." 그녀가 속삭였다.

잠시 그의 얼굴이 풀어졌다. 그제야 바다에서 만났던 그 남자의 모습이 희미하게 보였다.

그때 경비병이 왕의 집무실에서 나와 그들에게 다가왔다. "도움이 필요하십니까?" 그가 묻자 마르그레테와 크리스토퍼는 동시에 그를 돌아보았다.

그는 왕자에게 물은 것이었고 왕자는 고개를 끄덕였다. "그저 내 방으로 돌아가던 길이었어." 크리스토퍼가 말했다.

"당신, 날 알잖아요." 그녀가 속삭였다. 어떻게든 그때로 되돌리고 싶었다.

크리스토퍼는 그녀를 차갑게 쏘아보았다. "내가 아는 사람은 수녀님이었죠. 북국의 공주 같은 사람은 모릅니다." 그는 거의 내뱉듯이 말하고 그녀를 경비병과 함께 남겨둔 채 자리를 떴다. 다행히도 옆에 있던 경비병은 지금 일어난 일은 전혀 보지 못한 척해줄 만한 신사적인 사람이었다.

18장

인어

마르그레테가 도착하고 얼마 뒤, 의녀 아그네스가 레니아를 찾아와 그녀가 왕자의 아기를 임신한 것이 맞다고 확인해주었다. 왕자가 그녀에게 아기의 씨를 심어주었고 그 씨가 자라 아기가 될 거라는 말이었다. 그의 아기. 그녀의 아기. 아그네스는 레니아의 아기는 비범한 성장 속도를 보이고 있는데, 그녀도 처음 보는 경우라고 했다.

"아기의 심장이 느껴지는군요." 아그네스가 그녀에게 말했다. 레니아는 구역질이 올라오는 것을 계속 안으로 삼켜야 했다. "당신이 처녀였다는 걸 내가 직접 확인하지 않았다면, 당신이 여기 왔을 때 이미 임신중이었다고 생각할 수밖에 없었을 거예요. 잘은 모르겠지만 당신도 아이도 아주 건강해 보여요."

시빌의 물약을 마시고 지상 세계로 올라온 지 이제 두 달 남짓. 레니아는 해변에 서서 저멀리 바다를 바라보며 마녀의 말을 다시 한번 상기했다. 만일 그가 다른 사람과 결혼을 한다면, 다음날 동틀 무렵 그대의 심장은 산산조각 나고, 그대는 물거품으로 변해버릴 거예요.

파도가 밀려와 높게 솟아올랐다 이내 사그라들며 물거품으로 변하고, 그 자리에는 아무것도 남지 않았다. 마치 처음부터 아무것도 없었던 것처럼. 바다에 있을 때 레니아는 내내 이곳 지상 세계를 꿈꿨다. 그리고 지금은 그토록 갈망하던 곳에 있으면서 바다를, 자신이 뒤로한 모든 것을 그리워했다. 앞으로도 언제나 그럴까?

그녀는 마음속으로 아기에게 말을 걸었다. 이게 바다야. 네 이모들과 할머니와 할아버지와 사촌들이 살고 있는……

다시 속이 메슥거렸다. 그녀는 제법 불러온 배를 움켜쥐었다. 그녀의 몸이 바뀌고 있었다. 마치 뱃속에 물고기 한 마리가 갇혀 있는 기분이었다. 배의 움직임이 잠시 멎자, 그녀는 몸을 굽히고 바다에 토했다.

도대체 뱃속에 있는 것은 뭘까? 뭐가 될까?

혹시 반은 인어이고 반은 인간인, 양쪽 세계 그 어디에서도 환영받지 못하는 돌연변이가 태어나는 건 아닐까? 그녀는 무서웠다. 그러나 그저 기다릴 수밖에 없었다.

그녀의 원래 삶, 아름다운 육체가 지녔던 우아함은 모두 영원히 사라져버린 것만 같았다. 그녀는 그저 먹고 싶고, 자고 싶고, 그와 함께 있고 싶었다. 크리스토퍼는 여전히 그녀를 자주 찾아오거나 자기 방으로 불렀지만, 함부로 무언가 하기를 주저하며 마치 그녀가 부서지기라도 할 것처럼 조심스럽게 끌어안을 뿐이었다.

"난 안 할 거야." 그는 손으로 그녀의 머리카락을 쓸어넘기며,

그녀의 배를 어루만지며 맹세했다. "어찌되었든, 내 진짜 아내는 당신이야."

사람들이 궁정에서 한없이 즐겁게 놀 때, 레니아는 점점 더 많은 시간을 예배실이나 바닷가에서 보냈다. 이제 모든 것은 북국 왕의 손에 달렸다는 것을 그녀도 알고 있었다. 왕이 허락한다면, 크리스토퍼와 마르그레테는 결혼을 하고 북국과 남국에는 평화가 찾아올 것이며 레니아는 죽을 것이었다. 만약 왕이 허락하지 않는다면, 크리스토퍼와 마르그레테는 결혼할 수 없다. 그리고 그래야만, 오직 그래야만 왕자는 레니아와 결혼할 수 있는 자유를 얻을 것이었다. 비록 카트리나가 안 될 일이라고 하긴 했지만, 아주 작은 가능성만 있어도 크리스토퍼는 자신과 결혼하려 할 것이라고 레니아는 확신하고 있었다. 단둘이 있을 때 그가 레니아를 바라보는 눈빛…… 그가 그녀의 머리를 쓰다듬고 그녀의 귀와 배에 속삭여줄 때, 모든 의심은 사라졌다.

남국 왕이 북국으로 사자를 보낸 지도 이제 이 주가 넘었다. 이제 조만간 에릭 왕의 답장이 도착할 것이었다.

그녀는 인간이 믿는 신, 예수와 성모마리아에게 기도했다. 그녀는 예배실에 걸린 십자가를 바라보았다. 고통받는 한 남자가 얼굴에 피를 뚝뚝 흘리며 머리에 가시면류관을 쓰고 있었다. 인간의 죄를 위해 대신 죽으려고 아버지에 의해 이 땅으로 내려보내진 분이라 했다. 그의 아름다운 얼굴은 고통에 일그러져 옆을 향하고 있었다. 레니아는 그의 야윈 몸을 한번 만져보고 싶었다.

그가 저와 결혼하게 해주세요. 그녀는 기도했다. 하지만 인간의 신이 그녀의 기도를 들을지는 확신할 수 없었다. 저와 제 아기에게 힘이 되어주세요.

기형이거나 괴물 같을지라도, 지상 세계에서도 해저 세계에서도 본 적 없는 흉측한 생물일지라도, 그녀는 아기를 사랑했다. 뭐가 어찌됐든 그녀의 아기였다. 그녀의 아기이자 왕자의 아기였고, 둘이 함께 만든 사랑의 결실이었다. 아기를 살리기 위해서라면 그녀는 백번도 더 죽을 수 있었다.

레니아가 할 수 있는 것이라고는 기도하고 기다리고, 또 기도하고 기다리는 것뿐이었다. 북쪽 왕의 대답, 아무래도 허락일 가능성이 높은 그 대답이 올 때까지는 말이다.

19장
공주

마르그레테는 침대에 누워 있었지만 쉽게 잠이 오지 않았다. 지금까지 누군가를 이런 식으로 느껴본 적이 없었다. 누구도 미워한 적 없었다. 그러나 지금 마르그레테는 왕자의 연인을 미워하고 있었다. 아스트리드. 그녀가 사라져주기를 간절히 원하고 있었다. 기회만 된다면 그녀를 맨손으로 죽여버릴 수도 있을 것 같았다. 마르그레테는 매일 밤 왕자에게 키스하는 꿈, 인어 대신 자신이 그 바닷가 바위 위에서 몸을 굽혀 왕자의 맨살에 가슴을 기대고 있는 꿈을 꾸는 끔찍한 고문을 겪어야 했다.

그녀는 카트리나 공주의 시종들로부터 왕자의 연인에 대한 이런저런 얘기를 들었다. 아스트리드가 처음 성에 나타났을 때 아무것도 입지 않고 단지 엄청나게 비싸고 아름다운 목걸이 하나만 건 상태였다거나, 말을 못한다거나, 왕자와 함께 있지 않을 때는 대부분 방에 틀어박혀 있거나 바다를 산책하며 시간을 보낸다는 얘기였다. 정말 이상한 여자였다. 처음에 아스트리드에게 호의를 베풀어 준 건 카트리나 공주였고, 아스트리드를 보자마자 왕자가 한눈에 반해서 지금까지 온 거라는 얘기도 들었다. 모든 여인들은 아스트리드가 진짜 지루하고 매력 없는 여자라고 생각했고, 왕자의 그러한 사랑에 놀라워하는 중이었다.

"아기 때문이에요." 한 시녀가 말했다. "왕자님은 좋은 남자죠. 그 여자가 여기 오자마자 임신부터 시켜버린 응큼쟁이기도 하고요."

홀로 남게 되면 마르그레테는 거울 속 자신을 바라보며 온갖 트집을 잡았다. 이 정도로는 예쁘다고 할 수 없는 걸까? 그래서 그가 원하지 않는 건가? 그녀는 자신의 길고 검은 머리카락과 갈색 눈동자, 창백한 피부와 가냘픈 몸을 찬찬히 훑어보았다. 사람들은 모두 그녀가 그녀의 어머니처럼 똑똑해 보인다고 말했다. 예전에는 늘 그것이 칭찬이라고 생각했다. 하지만 지금의 그녀는 따분하고 음침해서 남자의 사랑을 받기보다는 수녀원에 가는 게 더 어울리는 여자처럼 느껴졌다. 그녀의 몸매는 아스트리드처럼 풍만하거나 굴곡지지 않았다. 스스로가 원망스러웠다.

그렇게 검은 머리카락과 마른 몸을 탓하는 것이 진실을 마주하는 것보다는 훨씬 쉬웠다. 크리스토퍼가 그녀를 배신자처럼 여긴다는 것보다, 그가 다른 여자를 사랑하고 있다는 것보다 훨씬.

에델은 종종 마르그레테를 달래주는 한편 그녀가 왜 여기 있는 것인지 상기시켜주었다. 하지만 그보다 훨씬 더 많은 시간 동안 미치도록 그리운 레이너를 찾으며 울었고, 사실은 그편이 훨씬 더 위로가 되었다.

성안의 모든 사람들이 각자 다른 이유로 초조해하고 있었다. 에릭 왕의 다음 행보에 모두의 이목이 집중됐다. 새로운 공습을 감행하든, 딸의 결혼식에 참석하든 조만간 그가 남국에 오는 것은 정해진 일이었다.

어릴 적부터 언제나 그러했듯, 마르그레테의 유일한 위안은 독서였다. 필사본을 펼쳐들고 정신없이 그 안의 세계로 빠져드는 거다. 깔끔하고 반듯하게 쓰인 그리스어가 부드러운 손처럼 그녀의 마음을 매만져주었다.

어느 날 오후, 마르그레테가 도서관에 앉아 필사본을 읽고 있는데 누군가가 들어오는 발소리가 들렸다. 그녀는 무심코 고개를 들었다가 깜짝 놀랐다. 책 속의 세계에서 헤엄치다 고개를 들었는데 크리스토퍼 왕자의 얼굴을 정면으로 보게 된 것이다.

순간적으로 그녀는 그가 돌아서서 나갈 거라 생각했다. 그러나 그의 호기심이 다른 모든 것을 이긴 듯했다.

"뭘 읽고 있었습니까?" 그가 물었다.

그녀의 가슴이 마구 뛰었다. 그 순간이 마치 실 위에 얹어둔 유리잔처럼 위태롭게 느껴졌다. 숨쉬기조차 두려울 정도였다.

"『오디세이』요." 그녀가 말했다.

"『오디세이』요? 그리스어를 읽을 줄 안단 말입니까?" 그는 한 발 앞으로 다가서더니 그녀 앞에 펼쳐진, 그녀가 읽던 페이지를 내려다보았다.

"네. 어머니께서 제가 꼭 교육을 받아야 한다고 주장하셨거든요. 아버님의 스승께서 저를 가르쳐주셨어요. 저도 재미있어했고요."

그는 깊은 인상을 받은 듯 그녀를 쳐다보면서도 놀란 기색을 하지 않으려 했다.

"이 책 얘기를 했었지요, 당신하고 나." 그녀가 말했다. "이마에 눈이 달린 남자들과 뱀으로 된 머리칼을 가진 여자 얘기요. 당신에게 마법을 건 여자 마법사 얘기도요." 그녀는 최악을 예상하며 그의 반응을 기다렸다.

그는 빙그레 미소를 지었다. "우리 같은 현대의 영웅들도 그런 모험을 할 수 있어요."

"물론이죠." 마르그레테가 대답했다.

"앉아도 되겠습니까?"

"얼마든지요." 그녀는 테이블 건너편을 가리켰다. "앉으세요."

그는 자리에 앉아 그녀를 바라보았다. 그녀는 숨을 깊게 들이쉬었다. 그는 정말로 미남이었다. 밝은 빛 아래서 보니 눈동자가 금색보다 초록색에 가까웠다. 그는 테이블이 작아 보일 정도로 덩치가 좋았다. 예전에도 그레고르와 함께 이런 식으로 앉아 있곤 했지만, 그는 키가 크고 호리호리해서 지금처럼 전사와 마주앉아 있는 것과는 전혀 다른 느낌이었다. 크리스토퍼는 언제나 밝은 태양 아래 있어야 하고, 화살을 쏘아 탑을 공격하거나 끝에 독을 묻힌 창을 들고 사슴을 쫓아야 할 것 같은 이미지였다.

먼저 말을 꺼낸 쪽은 크리스토퍼 왕자였다. "그렇게 화를 낸 것에 대해 사과하고 싶었습니다. 당신을 지나치게 비난했어요, 마르그레테." 그가 씁쓸하게 웃었다. "당신을 마르그레테라고 부르는 거, 어쩐지 어색한데요."

"저도 미안해요." 그녀는 두 손을 위로 올렸다. "모든 게 다요. 지금 당신의 그 난처한 입장도."

그가 고개를 끄덕였다. "처음 당신을 만났을 때는 정말 놀라웠어요." 그의 얼굴에는 감정이 그득했다. "마치…… 다른 세상 같았죠, 그곳은. 그리고 당신이 있었어요. 천사 같았죠. 당신이 저를 안고 물속을 헤엄쳤잖아요. 기억하고 있어요. 그러고는 온통 하얀 옷을 입고 제 옆에 서 있었죠. 그 순간 저는 변했어요. 난생처음 완전무결한 순수를 체험한 거예요. 저는 죽어가고 있었고 부하들은 모두 사라졌는데 눈앞에 천사가 나타났으니…… 그런데 그렇게 만났던 여자가 천사가 아니라 마르그레테 공주였다는 거잖아요……" 그는 머리를 흔들었다. "사기당한 기분이었어요. 게다가 당신이 여기 온 이유가 아버님이 제게는 묻지도 않고 진행한 결혼 동맹 때문이라니……"

"그리고 새로운 분을 만나시기도 했고요." 그녀의 목소리가 떨렸다.

그는 천천히 고개를 끄덕인 뒤 시선을 다른 곳으로 돌렸다. "당신 생각을 했습니다. 하지만 당신은 영원히 내 손에 닿을 수 없는 곳에 있었어요. 신의 여자니까요. 아직도 전 꿈속에서 당신 목소리를 들어요."

"제 목소리요?"

"당신이 물속에서 나를 데리고 헤엄칠 때 말입니다. 노래를 불러줬잖아요."

그가 살짝 미소를 지었다. 그녀는 잠시 얼어붙고 말았다.

하지만 그 인어는 이제 영원히 사라져버리지 않았던가. 그 깊고 신비하고 불가사의한 바닷속으로.

"맞아요." 그녀가 대답했다.

그의 표정이 바뀌었다. "마르그레테, 이 결혼은 말입니다. 우리 두 왕국 모두에게 이득이 될 겁니다. 선왕의 시대처럼 다시 하나의 왕국으로 돌아갈 수 있을 거예요. 저도 당신이 여기 온 이유를 십분 이해합니다. 당신이 이렇게 해주지 않았다면 지금 저는 아마도 전쟁터에 있었겠죠. 북국의 군사가 우리 문 밖까지 와 있을 거고, 전쟁이 일어났을 거예요. 그렇게 되면 또다시 친구와 형제를 잃었을 겁니다. 저도 제 아버지와 같은 생각이에요. 이제 전쟁은 지긋지긋해요. 하지만 우리 나라를 당신의 부왕에게 넘기고 노예가 될 생각은 없습니다."

그녀는 고개를 끄덕였다. 눈물이 날 것 같았다. 이것 때문에 그녀가 여기까지 온 것 아니었던가.

"곧 아버지의 답이 도착할 거예요." 그녀는 아래를 내려다보며 말했다. 그러고는 다시 그의 얼굴을 올려다보았다. "그다음은 당신이 결정할 차례지요."

그가 슬프게 웃은 뒤 그녀에게 손을 내밀었다.

그녀는 조심스럽게 그의 손 위에 자신의 손을 얹었다. 그리고 그가 몸을 앞으로 숙이고 그녀의 손을 자신의 입술로 가져가는 모습을 지켜보았다. 꼭 그때 그 정원에서처럼. 피부에 닿은 그의 입술을 느끼자 온몸에 전율이 일었다.

"제 삶이 예측하지 못한 방향으로 흘러갑니다, 마르그레테. 우리가 지금 여기로 오기까지 참 신기한 여정이었던 것 같습니다. 그렇지 않나요?"

그녀는 대답 대신 고개를 끄덕였다.

*

다음날 아침 마르그레테는 이곳에 온 이래 가장 가벼운 기분으로 자리에서 일어났다. 그가 무언가 약속을 해준 것도 없고 분명하게 사랑을 말하지도 않았지만, 그래도 무언가 시작되었다는 것이 중요했다.

기회였다.

마르그레테는 이기적으로 생각했던 자기 자신을 질책했다. 이 일은 단순히 그녀의 행복만을 위한 것이 아니라 왕국의 평안과 번영에 관한 것이었다. 이 세상에서 그녀의 힘은 미력했지만, 그래도 어쨌든 해내지 않았던가.

게다가 그는 아직도 그녀를 잊지 못하고 있었다.

그녀는 침대에 누워 아주 잠깐 동안 스스로에게 감정의 호사를 허락했다.

마르그레테는 옆에서 자고 있는 에델을 쳐다보았다. 아직 이른 시간이었다. 이제 막 해가 떠올라 어둠 속으로 달콤한 빛을 드리우고 있었다. 왠지 가슴이 먹먹했다. 갑자기 그가 다시 보고 싶어졌다. 아직 하고 싶은 말이 많았다.

그녀는 조심스럽게 옷을 입고 방을 나서서 바깥에 서 있는 경비병에게 자신이 가고 싶은 곳을 말했다.

"그곳에 가셔도 괜찮으실지 모르겠습니다. 공주님." 그가 말했다.

"아, 그래요." 그녀가 말했다. "전 괜찮아요. 데려다주세요."

경비병은 마지못해 그녀를 데리고 나선형 계단을 내려갔다. 그리고 복도를 지나, 대연회장을 지나, 왕자의 방으로 올라갔다.

그녀가 다가가자마자 문이 열리며 아스트리드가 밖으로 걸어나왔다. 그녀는 긴 머리칼을 어깨 아래까지 늘어뜨리고 있었고, 피부에서는 아주 희미한 광채가 나고 있었다.

마르그레테는 걸음을 멈추었다. 두 사람의 눈이 마주쳤다. 어찌할 바를 몰라하며 마르그레테는 벽 쪽으로 몸을 돌렸다. 얼굴이 화끈거렸다. 왕자의 연인은 재빨리 그곳을 빠져나갔다.

그녀는 벽에 이마를 대고 가만히 서 있었다. 가슴이 몹시 두근거렸다.

그녀는 가던 길을 되돌아 복도를 마구 달려갔다. 그녀의 높은 이상은 이 사실 하나에 모두 땅으로 추락하고 말았다. 바로 이것. 왕자가 저 여자와 사랑에 빠졌다는 것. 다른 여자. 자신보다 아름다운 다른 여자와.

마르그레테는 탑으로 돌아가는 길에 마주치는 사람들을 쳐다보지 않고 쏜살같이 달려 탑 꼭대기까지 이어진 계단을 올랐다. 마음이 놓이자 마구 울어버리고 싶었다. 그녀는 경비병을 지나쳐 안으로 들어갔다.

에델은 이제 막 잠에서 깨어 졸음 가득한 얼굴로 창가에 앉아 있었다. 난로 안에서는 탁탁 소리를 내며 불이 타고 있었다. 창밖 바다는 조용하고 깨끗했다.

"어디 다녀오시는 길이에요?" 에델이 물었다.

"그냥 산책 좀 했어." 마르그레테가 그녀의 눈을 피하며 말했다.

"술을 좀 가져다달라고 했어요." 에델이 말했다. "케이크도요. 어떤 기분이실지 몰라서."

"나도 모르겠어." 마르그레테가 말했다. "나는……" 머리를 흔들자 눈물이 터져나왔다. 고통스러운 흐느낌 속에 말이 간간히 섞여나왔다. "어제, 그 사람과 이야기했어. 드디어. 이야기했어. 그 사람은 나를 기억해, 잊은 게 아니었어. 내가 보기에 그 사람에게도 아직 감정이 남아 있어. 아침에 그 사람 방에 갔었어. 좀더 얘기를 하고 싶었거든. 그런데 그 여자가 나오는 걸 봤어. 그는 그 여자와 밤을 보냈다고, 에델."

"잠깐만요," 그녀의 친구가 이마를 찡그리며 말했다. "뻔히 알았던 일이잖아요. 안 그래요?" 마르그레테가 아무런 대답이 없자 에델은 말을 이어나갔다. "결혼을 하시면 달라질 거예요."

"알아."

"그리고 결혼하시게 될 거고요. 모두들 그렇게 말해요. 폐하의 답장이 그렇게 늦어지는 이유는 그거 하나밖에 없다고요. 결혼할 수 있어요. 그러면 그때 그 여자를 없애버릴 수 있다고요."

"알아." 마르그레테가 말했다. "그냥 너무 힘들어. 그냥……"

"이런 일에 힘들어하지 않을 여자는 없어요." 에델이 상냥하게 말했다.

"그 여자," 마르그레테가 말했다. "심지어 말도 못해. 그냥 강아지처럼 눈을 반짝거리며 그 사람을 쳐다보기만 할 뿐이라고. 그게 그녀가 하는 전부야. 그리고 그는 그걸 좋아한다는 거야."

"공주님이 왕자님에게 가르쳐주세요."

"만나보니까 전혀 다른 사람인 것 같았어. 그때는 몸도 다치고 겁을 먹고 있었잖아. 그건 그 사람이 아니었던 거야."

"하지만 그렇게 될 수도 있다는 걸 보여준 거죠. 안 그래요?"

그때 문 두드리는 소리가 나더니 시종 한 명이 술 단지 하나와 작은 간식 접시를 들고 방으로 들어왔다.

"이걸 먹으면 기분이 좀 나아질 거예요." 에델이 말했다. "와인이랑 단것. 그리고 카드놀이해요. 아셨죠?"

"그래." 마르그레테는 고개를 끄덕였다. 하지만 식욕이 전혀 없었다. 당장 여기서 가장 먼 곳으로 떠나고 싶다는 생각 외에는 아무 의욕도 없었다. 되도록 왕자와 그 여자에게서 먼 곳으로.

시종은 문가에서 안절부절못하며 꾸물거리고 있었다.

"이제 됐어요." 에델이 손을 저으며 말하자 시종은 도망치듯 방을 빠져나갔다.

에델은 케이크를 한 조각 집어올려 마르그레테에게 내밀었다. "단것 좀 드시겠어요?"

마르그레테는 고개를 저었다. "됐어. 이따가 술이나 좀 마실래."

"좋아요." 에델은 커다란 잔에 자기가 마실 와인을 따랐다.

마르그레테는 에델의 행복을 질투하며 그녀를 바라보았다. 그녀는 사랑받고 있었다. 사랑받는 소녀. 에델. 어떤 사람들에게는 참 쉬운 일인 모양이었다. 정원에서 왕자와 함께 있던 그날, 사실 마르그레테는 자신도 그런 사람일 줄 알았다. 남자들이 반하고 욕망하는 소녀.

갑자기 에델이 숨막히는 듯한 소리를 냈다. 마르그레테는 퍼뜩 몽상에서 깨어나 쇼크에 빠진 자신의 친구를 바라보았다. 에델은 두 손으로 목을 잡고 있었다. 얼굴이 붉게 물들어가고 있었다. 에델은 바닥으로 쓰러지며 힘겹게 마르그레테의 이름을 불렀다.

"에델!" 마르그레테는 비명을 지르고 벌떡 일어나 문가로 달려갔다. 시종이 문밖에서 기다리고 있었다. "사람을 불러, 어서!" 그녀는 소리쳤다.

시종은 탑 꼭대기로 올라가 저 아래에 있는 경비병 두 명에게 소리쳤다. "의사를 데려와요!"

순식간에 방은 아수라장이 되었다. 사람들이 방으로 뛰어들어왔고 의사는 에델에게 달려가 그녀를 안아들었다.

20장

인어

마르그레테 공주와 그녀의 시녀를 암살하려던 시도는 성 전체의 분위기를 바꾸어놓았다. 잔잔해 보이는 수면 아래 흐르고 있던 팽팽한 긴장감이 일거에 밖으로 드러난 것이다. 왕은 그 누구라도 이 사건에 연루된 자는 즉시 교수형에 처하라고 명령했다. 에델은 다행히 목숨은 건졌지만 독에서 완전히 회복될 때까지 며칠간 더 의무실 신세를 져야 했다. 술을 가져다준 시종은 자신이 연루되었다는 것과 그녀를 사주한 귀족의 이름을 빠르게 털어놓았다. 결국 귀족 네 명과 시종 두 명이 교수형에 처해졌다.

레니아는 다른 시녀들과 함께, 죄인들이 교수대에 올라 얼굴에 덮개가 씌워지는 모습을 지켜보았다. 처형인이 나와서 그들 목에 밧줄을 걸었고, 발 아래 낙하문이 열리자 그들은 그 아래로 떨어졌다. 목이 툭 부러지고 몸은 밧줄에 대롱대롱 매달렸다. 레니아는 그 장면을 모두 지켜보며 그들의 영혼을 찾아보았다. 해저의 난파선에서 그랬던 것처럼.

일전에 남국 왕은 북국 왕의 결정을 기다리는 동안 마르그레테 일행을 탑 위의 방에 묵도록 허락한 바 있었다. 그렇기 때문에 이번에는 그녀를 참여시켜 좀더 거창한 쇼를 보여줘야 할 필요가 있었다. 마르그레테는 왕 옆에 앉아 반역자들이 교수대에 매달리는 모습을 지켜보았다.

그리고 매일매일 새로운 보고가 속속 도착했다. 북국 왕이 마침내 누그러져 결혼 동맹의 구체적인 사항을 논의중이라고 했다.

요즘 들어 레니아는 걸을 때마다 엄청난 수고를 해야 했는데 몸이 참을 수 없을 정도로 무거웠기 때문이다.

그녀의 몸안에서 자라고 있는 물고기는 정말 말도 안 되는 존재였다. 그녀의 자궁 안에 들어앉아서는 마구 꼬물거렸다. 이미 아플 만큼 아픈 그녀의 다리가 더욱 무겁고 불편해졌다. 그래서 그녀는 매일 밤 바다 꿈을 꾸었다. 꿈속의 그녀에게는 다리도 없고 자궁도 없었다. 그저 힘세고 미끈하고 완벽한 꼬리가 그녀를 물속에서 자유로이 움직이게 해주었고, 아무 고통도 느끼지 않는 튼튼한 피부도 있었다. 바위 틈새에선 언니들의 알이 온전하고 완벽한 모양새로 빛을 내고 있었다.

어느 날 오후, 레니아가 침대 커튼을 내리고 누워서 쉬는데 바깥에서 노크 소리가 들렸다. 한 시종이 대답하더니 이내 돌아와 커튼을 걷었다.

"왕자님이십니다."

그는 바로 침대로 다가왔다. 그녀는 마치 그가 옛 노래 속에서 들어본 이방인인 것처럼 바라보았다. 그는 언제나처럼 멋있었다. 늠름했다. 물속에서 죽어가던, 그래서 그녀가 품에 안고 아득히 먼 거리를 헤엄쳐야 했던 그 사람이 맞나 싶을 정도였다. 그때 그녀의 육체는 지금처럼 이렇게 연약하지 않았다.

지금의 그녀는 거의 움직일 수도 없는 상태였다. 크리스토퍼가 그녀 앞에 우뚝 섰다. 그의 등뒤에서 횃불이 타오르고 있었다. 아름다웠다.

그는 이 세상의 위대한 영웅, 위대한 지도자가 될 것이었다.

"내 사랑." 그는 침대에 걸터앉아 손을 그녀의 얼굴에 가져다 댔다. 그녀는 그의 피부에서 전해지는 따스함 속으로 점점 빨려들어갔다. 이런 순간에도 그녀는 그의 뜨거운 피를 느낄 수 있었다. "괜찮아?"

레니아는 고개를 끄덕였다.

그는 그녀의 얼굴을 어루만졌다. "우리 아기는? 의녀가 그러는데 지금까지 자기가 본 아기들보다 훨씬 빠른 속도로 자라고 있대. 위대한 전사가 될 거야, 우리 아들은."

그녀는 싱긋 웃으며 아기가 발로 차고 있다는 시늉을 했다. 그러자 그는 손바닥을 배 위에 가져다대고 아기의 움직임을 느껴보려 했다.

"하지만 말야, 아스트리드." 그는 한숨을 내쉬었다. 그의 목소리가 평소와 다름에도 불구하고, 그가 직접 지어준 이름으로 그녀를 불러줄 때면 황홀해지는 건 어쩔 수 없었다. "난 아무래도 결혼을 해야 할 것 같아. 선택의 여지 없이."

마치 그가 레니아의 목을 조르는 것처럼 느껴졌다. 꼬리가 둘로 갈라지고 혀가 잘려나가 한낱 핏덩어리로 변해갔던 것처럼 그녀의 심장이 쪼개지는 것 같았다. 지금까지 그녀는 말이라는 것이 이 연약한 피부를 베어낼 칼이 될 수도 있다는 것을 잘 몰랐다. 하지만 그는 여전히 그녀의 곁에 있었다. 그의 아름다운 얼굴도 여전했다. 그는 사랑과 절망을 담은 두 눈동자로 그녀를 바라보고 있었다.

"부왕께서 방금 북국으로부터 답장을 받으셨어. 우리 왕국에게는 더없이 행복한 날이겠지. 하지만 나는 그저 달곰씁쓸한 기분일 뿐이야. 당신과 결혼하고 싶었으니까."

그녀는 고개를 끄덕였다. 숨을 쉴 수가 없었다.

어떻게 이런 일이 일어난 걸까?

어떻게 그가 마르그레테가 아닌 자신과 결혼할 거라고 그렇게 굳게 믿고 있었을까? 목소리도 잃은 주제에!

"지금 얼마나 위태로운 상황인지 당신이 이해해줬으면 좋겠어. 많은 이들의 목숨, 그리고 이 나라의 평화와 안보가 걸려 있는 문제야. 마르그레테는 위험을 무릅쓰고 이곳에 올 만큼 용감했어. 그리고 그녀는……"

그는 말을 멈추었지만, 레니아는 그가 감추고 싶어하는 또다른 진실이 무엇인지 알 수 있었다. 마르그레테가 바로 그가 레니아에게 말했던 그 여자라는 것.

그는 자신을 구한 것이 마르그레테라고 생각한다는 것.

그는 그녀도 사랑하고 있다는 것.

레니아는 소리를 지르고 싶었다.

"나는 당신을 보살필 거야." 그가 말했다. "우리 아이는 아무 부족함 없이 자라게 될 거고…… 당신 또한 여기서 안락한 생활을 누릴 수 있을 거야."

*

며칠 뒤, 마르그레테 공주와 크리스토퍼 왕자의 결혼식이 공식적으로 발표되었다. 남국과 북국 간의 평화조약이 체결되고 나면 오 일 안에 지체 없이 결혼식이 거행될 예정이었다. 필요 이상으로 시간을 지체해 안 그래도 불안한 이 동맹에 실금 같은 위협이라도 가는 것은 그 누구도 바라지 않았다.

에릭 왕이 북국 궁정의 주요 인사들을 데리고 남국으로 오는 중이었다. 큰 환영 파티가 열릴 예정이었다.

*

결혼식에 대한 공식 발표가 있던 순간, 레니아는 예배실에 앉아 있었다. 저 아래 대연회장에서 들려오는 거대한 함성이 그녀가 알아야 할 모든 것을 말해주었다.

때가 왔어. 그녀는 만삭의 배를 의식하며 말했다.

이제는 눈물도 나오지 않았다. 그녀는 자신이 역사의 소용돌이에 휘말렸다는 것을, 뱃속에서 자라고 있는 아이를 구해낼 수 있는 건 오직 자신뿐이라는 것을 알았다. 이제 육 일 뒤면 그녀는 물거품이 될 것이었다. 마르그레테와 크리스토퍼의 결혼식 다음날 아침, 레니아의 심장은 산산조각 나고 그녀는 해가 떠오르는 것과 함께 바다로 돌아갈 것이었다.

그녀의 심장은 이미 부서진 것이나 다름없었다.

하지만 이 몸, 이 아이에게는 희망이 있을지도 모를 일이었다. 어쨌든 아이만은 구해야 했다.

그녀는 방으로 돌아와 몸이 엄청나게 아픈 것처럼 침대 위에서 몸부림치며 배를 붙들었다. 레니아의 예상대로 즉각 아그네스가 불려왔다. 늙은 의녀가 도착하자 레니아는 시종들에게 나가라는 시늉을 했다. 원래 이런 내밀한 진료중에는 의녀와 환자 단둘이 남는 것이 일반적이기도 했다. 시종들이 모두 나가자 그녀는 아그네스의 팔을 붙들었다.

"저 좀 도와주세요." 그녀는 나이든 여인의 얼굴을 뚫어지게 쳐다보며 입을 벙긋벙긋 움직여 입모양으로 말을 했다.

"왜 그래요? 뭐가 잘못됐어요?"

"난 이제 죽어요." 그녀가 입을 벙긋거렸다. "난 죽을 거예요. 도와주세요." 그녀는 모든 힘을 쏟아 열심히 생각했다. 나 이제 곧 죽어요. 내 아기를 살릴 수 있게 도와주세요.

"아파요?" 아그네스는 몸을 굽혀 그녀의 배에 손을 가져다댔다.

레니아는 고개를 저었다. 어떻게든 아그네스에게 알려야 했다.

아그네스는 그녀를 진찰하더니 레니아의 몸 상태에 대한 놀라움을 감추지 못했다. "아주 좋아 보여요, 아가씨. 도대체 왜 이런지는 모르겠지만 아기의 성장 속도가 내가 지금까지 본 것 중 가장 빨라요. 당신 몸 상태도 아주 좋고요. 모르긴 몰라도 이제 곧 아이를 낳을 수 있을 것 같아요."

레니아는 고개를 끄덕였다. 그녀는 아그네스의 손을 잡아 자기 배에 가져다대고 아래로 내리며 아기가 자신의 몸에서 빠져나오는 것을 나타냈다. 아그네스의 손은 딱딱하고 차가웠고 매우 작았다.

만약 이 아기가 왕자의 결혼식 다음날 아침 동틀 무렵 전까지 태어나지 못한다면, 물거품으로 변해버릴 거예요. 레니아는 눈을 감고 그 장면을 떠올렸다. 그녀의 몸이 사라지고, 아기도 그녀와 함께 사라지고, 둘이 함께 물거품으로 변해 물속으로 사라지는 모습을.

도와주세요. 내 아기는 반드시 살아야 해요.

아그네스는 성호를 그리고는 목소리를 낮춰 속삭였다. "아이를 지우려고요? 이런, 그러기엔 이미 너무 늦었어요. 게다가 이 아이는 왕자의 아이잖아요."

레니아는 고개를 저었다.

그녀는 아그네스를 침대 옆으로 밀어세우고는 창가의 테이블 위에 놓인 커다란 보석 상자로 다가갔다. 그것을 열자, 안에 들어 있던 다이아몬드와 루비와 에메랄드가 찬란한 빛을 냈다. 모두 왕자에게 선물 받은 것으로, 가보로 내려오는 것들과 그가 그녀를 위해 특별히 주문 제작한 것들이 섞여 있었다. 사파이어는 그녀의 눈동자에, 루비는 그녀의 입술에 맞춘 것들이었다.

레니아는 보석들을 한 움큼 움켜쥐고 아그네스에게 돌아서서 손을 펴 보였다.

아그네스는 레니아의 손 위를 보다가 이내 그녀의 얼굴을, 그리고 다시 손을 보았다. "도대체 뭘 해달라는 건지 모르겠어요. 당신은 건강해요."

레니아는 보석들을 아그네스의 손 위로 떨어뜨리고 그 손을 덥석 쥔 뒤 고개를 끄덕여보았다. 그러고는 배를 가리키며 손짓으로 아기가 태어나 잘 자라나는 것을 나타내 보였다. 튼튼하고 건강한 인간이 되는 것을.

도와줘요.

"그러니까…… 애를 낳게 도와달라는 거군요?"

레니아는 고개를 끄덕이고는 해를 가리키며 사 일이라는 뜻으로 손가락 네 개를 펴 보였다.

"아이를 빨리 낳고 싶은 거예요?"

레니아가 다시 고개를 끄덕였다. 어느새 눈물이 그녀의 얼굴을 타고 흘러내렸다.

제발요.

아그네스는 고개를 가로저었다. "그러니까, 왕자님이 그 공주랑 결혼하기 전에 아기를 낳고 싶다는 얘기로군요. 맞죠? 난 당신이 그런 바보 같은 짓은 안 했으면 좋겠어요. 당신 몸을 해치게 되거든요. 당신이 왕자를 사랑한다는 건 알아요. 그래서 지금 벼랑 끝에 선 기분이라는 것도. 하지만 나이 많은 여자로서, 당신에게 한 가지 가르쳐줄 게 있어요. 목숨씩이나 걸 만한 가치가 있는 남자는 세상에 단 한 명도 없어요."

레니아는 고개를 끄덕였다. 맞아요. 그녀는 모든 감정과 힘을 한데 모아 내면에 집중했다. 부탁해요. 아그네스의 눈을 응시하는데 무언가 이상한 기운이 느껴졌다. 잠시, 자신이 시빌의 동굴로 돌아와 있는 것 같은 느낌이 들었다. 그녀는 시빌이 옆으로 다가와 칼을 혀에 대던 그 순간처럼 자기 얼굴을 부여잡았다.

아그네스는 이상하다는 듯 그녀를 쳐다보았다. "왜 그래요?" 그녀가 물었다. "뭐 이상한 거라도 보여요?"

레니아는 고개를 가로저었다. 아그네스는 그녀의 앞에 섰다. 그녀의 옅은 빛깔 눈동자와 현명한 얼굴은 여전했다. 하지만 그 순간, 레니아는 그녀에게서 시빌을 봤다고 확신할 수 있었다. 진주를 녹인 것과 같은 광채, 분홍빛으로 빛나는 머리카락. 그리고 같은 종류의 깊은 슬픔.

혹시 아그네스도 예전에 인어였던 게 아닐까?

레니아는 이내 생각을 떨쳐버렸다.

그 순간이 지나가고, 아그네스는 크게 한숨을 쉬었다. "나는 당신이 왜 이런 짓을 하려는 건지 도저히 이해가 안 가요." 그녀가 말했다. "이걸 권할 수도 없고요. 하지만 어쨌든, 당신의 임신 상태는 충분히 진행되어 있긴 해요. 도대체 왜 그런지는 모르겠지만, 그래요. 내 생각에…… 당신은 무사할 것 같아요. 그리고 당신이 이러는 이유가 있을 거라고 믿고요." 그녀는 손을 펴고 보석들을 창가 옆 보석 상자에 도로 집어넣었다. "이 반지 하나만 받도록 하지요." 그녀는 루비 반지 하나를 집어내 주머니 속에 넣었다. "안 그러면 사람들이 내가 당신에게 강도짓을 했다고 할 테니 말이에요."

레니아는 기쁘게 웃었다. 안도감이 밀려왔다. 지상 세계로 온 이후 느꼈던 여러 인간적인 감정들처럼 강하게 몰려왔다.

"자, 그럼 이제……" 아그네스가 손뼉을 치며 말했다. "내게 출산을 유도하는 약초들이 좀 있어요."

그녀는 가방을 뒤져 필요한 약초를 추려낸 뒤 막자사발에 넣고 천천히 갈았다. 레니아는 그 광경을 홀린 듯 지켜보았다.

작업을 마치고 다시 레니아에게 다가섰을 때, 아그네스의 표정은 적잖이 어두워져 있었다. "이 가루를 드리지요." 그녀가 말했다. "앞으로 삼 일 동안 매일 밤 음식과 함께 복용하세요. 넷째 날 밤, 아이가 태어날 겁니다. 장담할 수는 없어요. 당신의 몸은 벌써 아이가 언제 태어날지 알고 있어요. 그걸 속이는 건…… 따라서 무척 위험한 일입니다. 그냥 아이를 기다려도 괜찮은 상황이 된다면, 꼭 그렇게 하라고 충고해주고 싶어요. 당신을 위해 기도할게요."

"고마워요." 레니아는 아그네스에게서 꾸러미를 받아들며 입을 벙긋거렸다.

늙은 의녀가 떠난 뒤 레니아는 침대에 앉아 한 손으로는 약초 가루를 꼭 쥐고 다른 한 손으로는 배를 쓰다듬었다.

제발. 그녀는 생각했다. 그리고 그 생각을 담아 간절히 기도했다. 제발, 무사하게, 건강하게 태어나게 해주세요.

그녀는 눈을 감고 상상했다. 아이. 그녀의 아이. 팔과 다리와 머리카락이 있고, 부드러운 사람의 피부와 목소리를 가진 아이를.

21장
공주

성은 온통 소란스러웠다. 모든 시종과 신하들이 크리스토퍼 왕자와 마르그레테 공주의 결혼식과 북국의 에릭 왕과 그 신하들에 대한 영접을 준비하는 데 투입되었다. 모두들 다가올 결혼식에 들떠 있는 듯 보였다. 단 한 사람, 신부 본인만 빼고.

마르그레테는 자꾸만 무거워지는 마음을 어쩔 수 없었다. 자신이 얼마나 큰 피바람과 슬픔을 막아냈는지 잘 알면서도, 앞으로 그녀가 이 세상을 위해 할 수 있는 일들이 이제 겨우 시작됐다는 것을 잘 알면서도 말이다. 그녀는 스스로 생각했던 것 이상으로 낭만적인 아가씨였다. 그녀는 그레고르와 그가 들려준 전설들을 원망했다. 라틴어로 되어 있던 모든 이야기들이 원망스러웠다. 만약 그레고르가 그리스어로 된 것만 읽으라고 했다면 지금보다 훨씬 나았을지도 몰랐다. 그러나 이미 늦은 원망이었다. 그녀는 왕자로부터 열렬하고 진실한 사랑을 받고 싶었다. 선택의 여지가 없기 때문에 어쩔 수 없이 하는 결혼이 아니라. 다른 사람을 사랑하면서 껍데기만 그녀와 결혼하는 게 아니라.

하지만 마르그레테는 자신의 이기심이 부끄러웠다. 그녀는 여왕이 될 사람이었다. 바보 같은 소녀가 될 수는 없었다. 이렇게 공상이나 하며 시간을 버리기에는 중요한 일들이 너무도 많았다.

왕자와 결혼함으로써 지금까지 천적으로 여겨왔던 아스트리드를―사실 천적이라는 것 자체도 그다지 적절하지 못한 단어였다―드디어 없앨 수 있게 되었다는 은밀한 만족감도 최대한 억눌렀다. 그렇게 해봤자 공허한 승리에 불과할 것이었다. 대신 그녀는 흙바닥에 인어를 그리던 소년과 지금 그리고 앞으로 그녀가 구제해야 할 고통에 신음하는 백성들을 하루에도 여러 번 되풀이해 떠올렸다. 그냥, 마음속으로 바라는 그것은 하나도 중요한 게 아니라고 스스로 납득시킬 수 있으면 참 좋은 것 같았다. 굳이 다스려야 할 왕국 전체까지 생각하지 않고도 말이다.

에델은 암살 기도로부터 빠르게 회복되었다. 곧바로 그녀는 마르그레테의 결혼 준비에 몰두했고, 자신의 옷장 속 옷을 싹 갈아치웠다. 며칠 동안 제대로 먹지 못한 탓에 살이 빠져 몸이 호리호리해졌기 때문이었는데, 그것이 그녀가 겪은 사건이 남긴 유일한 흔적이었다. 어느 아침, 에델은 마르그레테에게 그 사건은 나름대로 좋은 기회였다고 털어놓았다. 특히, 마르그레테와 크리스토퍼의 결혼에 참석하겠다고 약속한 레이너가 언제라도 성에 도착할 수 있는 이런 상황에는.

"기억해둘게." 마르그레테가 말했다. "나중에 네가 살이 쪘네 어쩌네 불평할 때 보자고."

*

결혼식 이틀 전, 마르그레테는 바닷가로 산책을 나갔다. 북국의 바다와는 사뭇 다른 모습이었다. 밝은 푸른빛 바다와 반짝이는 금빛 모래, 해변을 따라 곳곳에 자라난 나무들, 나무로 된 부두에 정박해 있는 수많은 배들, 참으로 아름다운 바다였다. 하지만 그녀는 왠지 북쪽 바다의 음울한 아름다움이 그리웠다. 끝없이 펼쳐진 바위와 얼음과 은빛 하늘. 마치 세상 끝에 서 있는 듯한 그 감각.

해변을 따라 거닐며 마르그레테는 레니아를 생각했다. 그때 레니아는 어떤 기분이었을까? 왕자를 구하고 폭풍우 속에서 그를 안고 헤엄쳤을 때, 도대체 그를 데리고 얼마나 먼 거리를 헤엄쳤던 걸까? 그를 구해야 했어. 죽도록 내버려둘 수는 없었어. 바닷속에 그토록 풍요로운 삶이 있다니. 그곳에 살던 생물이 지상으로 올라오고, 이곳의 밋밋하고 따분한 세상에 오히려 호기심을 느낄 수 있다니.

마르그레테는 문득 걸음을 멈추고 물가에 무릎을 꿇고 앉았다. 손으로 젖은 모래를 쓸어보기도 하고 손가락 끝으로 그린 선을 가만히 지켜보기도 했다. 그리고 잠시 후, 파도가 밀려와 모래와 그녀의 손가락을 덮쳤고, 모래 위에 그린 선도 깨끗이 사라졌다.

바로 그때, 바다 위로, 물고기 꼬리 하나가 튀어나왔다.

그녀는 머리를 흔들었다. 그만해. 그녀는 생각했다. 그녀는 벌떡 일어섰다. 안으로 돌아갈 시간이야. 완전히 미쳐버리기 전에 성으로 돌아가야 한다고 생각했다. 결혼식 준비도 해야 했다.

그녀는 다시 바다를 흘끔 쳐다보았고, 그것을 보고 말았다. 틀림없었다. 빛나는 얼굴 하나가 물속에서 그녀를 보고 있었다. 찰나의 시간이 지나고, 얼굴은 이내 사라져갔다.

인어였다. 그녀가 모를 리 없는 바로 그 존재.

또다른 흔적을 찾으려고, 그녀는 물속을 헤치고 들어가고 해안을 따라 천천히 걷다가 작은 숲에 다다랐고 그곳에서 무언가를 발견했다. 빛나는 돌이었다. 그 누구도 알아볼 수 없겠지만 그녀는 광채의 흔적과 그 의미를 단숨에 알아챘다. 그녀는 돌을 집어들고 부적처럼 간직하리라 결심했다. 레니아가 왕자를 구한 뒤 바위에 남기고 떠난 굴 껍데기를 보관해둔 그곳에 같이.

마르그레테는 미소를 지으며 행운을 기원하듯 돌을 꽉 쥐었다.

그리고 그날 밤, 다시 인어의 모습을 찾으려고 백번째로 창가로 향했다가, 마르그레테는 비로소 아스트리드의 정체를 깨달았다.

22장

인어

결혼식 사 일 전, 레니아는 시종이 방으로 가져다준 저녁식사에 아그네스가 준 가루를 뿌렸다. 부드러운 채소와 고기가 잔뜩 든 따뜻한 수프였다. 그녀는 가루가 마치 수면에 닿은 눈처럼 수프 속으로 사라지는 것을 지켜보다 이내 그릇을 들고 마셨다.

그후로 며칠 동안 레니아는 열여덟 살 생일날에 대한 꿈을 꾸고 또 꾸었다. 그녀는 한밤중에 허공을 마구 움켜쥐며 잠에서 깨어나곤 했다. 꿈속에서 레니아는 크리스토퍼를 물속으로 끌고들어가게 될까봐 두려워했다. 그녀가 몇 분만 다른 곳에 정신을 팔아도 그의 입이 물속에 잠기고 폐에 물이 꽉 차 결국 그는 그녀의 품속에서 죽게 될 것이었다. 그녀가 보았던 다른 죽은 인간들과 마찬가지로 말이다. 그녀는 침대에서 뒤척이며 절박하게 그의 몸을 찾았고, 덮치는 파도를 느끼며 공포에 떨었다. 그리고 그녀는 기억해냈다. 그녀의 배를. 레니아는 지금 그녀의 뱃속에 있는 아기를 뭍으로 데려가려고 애썼다.

그녀는 나흘간 침대에서만 보냈다. 매일 밤 그녀는 악몽 속에서 잠을 깼고, 시종이 가져온 수프에 가루를 뿌려 꾸역꾸역 들이켰다.

나흘째 되던 날 밤, 몸속에서 끔찍한 경련이 일어났다. 시종이 접시를 치우러 들어왔다가 레니아를 보더니 소리를 지르며 들고 있던 술잔을 떨어뜨렸다.

"큰일났어요!" 그녀가 소리를 지르며 방밖으로 뛰쳐나갔다. "아그네스를 불러와요!"

레니아는 땀범벅이 되어 침대 시트를 붙들고 있었다. 끔찍한 고통이 온몸을 훑으며 모든 것을 뒤덮어버렸다.

그녀의 몸속에 있는 아기. 아기가 그녀의 몸안에서 움직이며 세상 밖으로 나오려 하고 있었고, 레니아는 죽고 싶을 만큼 고통스러웠다. 차라리 시간을 빠르게 돌려 물거품이 되어버리는 게 나을 것 같았다. 지금 당장 죽어버리면 칼로 온몸을 써는 것과 같은 이런 고통, 온몸이 안팎으로 난자되는 것 같은 이런 고통은 모두 사라져버릴 테니까.

제발 아이를 살려주세요. 그녀는 기도했다.

곧 그녀는 시종들과 여자들에게 둘러싸였다. 고통과 열망으로 모든 것이 벌겋고 흐릿하게 보였다.

"힘줘요, 숨쉬고, 내 손을 잡아요." 여기저기서 무언가를 지시하는 소리가 들려왔다.

그녀의 몸이 계속해서 열렸다 닫혔고, 몸안에 있는 존재는 강하게 앞으로 밀고 나왔다. 그녀의 몸이 확장되었고 머릿속에 떠오르는 것은 단 하나뿐이었다. 내 아기를 살려야 해. 이 육체, 이 연약한 인간의 육체는 언제라도 수명이 끝날 수 있었다. 추위와 질병에 약하고 칼과 바다 앞에서도 무력했다. 하지만 그녀가 상상했던 것보다 강한 것이기도 했다. 몸안에서 이런 존재를 만들어낼 수 있고, 그것이 온전하게 살아 있는 인간의 아이가 되어 세상으로 나올 수 있게 하는 육체였다.

기적. 그것은 그녀에게 이런 식으로 이루어지는 것이었다.

시간이 흘렀다. 그녀는 의식과 무의식을 오갔다. 고통으로 정신이 몽롱한 가운데, 누군가가 그녀의 이름을 불렀다. 그녀의 진짜 이름을.

"레니아."

꿈일 거라고 생각했다. 바다로 돌아가 언니들과 함께 있는 꿈을 꾸는 중이라고 생각했다. 벨라 언니는 즐겨 수집하던 펄떡거리는 바다 생물을 안고 있었고, 레지타 언니 옆에는 작은 꼬리가 이제 막 밝은 녹색을 띠기 시작한 그녀의 아들이 덩실덩실 춤을 췄다. 레지타 언니의 쌍둥이인 볼렛 언니는 그 옆에 있었다. 틸라 언니가 그녀를 돌아보고 있었고, 나딘 언니는 틸라 언니 뒤에 있었다.

"레니아! 너지? 맞지?"

끔찍한 소리가, 비명이지만 비명이 아닌 소리가 그녀의 몸안에서 울려퍼졌다.

몸이 찢겨나가는 듯한 고통과 함께 아기가 나오고 있었다. 흐느끼는 듯한 아기 울음소리. 그리고 그녀는 눈을 떴다.

"레니아."

그녀는 눈을 들어 마르그레테의 얼굴을 보았다. 마르그레테의 뒤에서 아그네스가 레니아의 아기를 안고 있었다. 두어 명의 시종을 제외하고는 모두 밖으로 나간 상태였다.

"딸이에요." 아그네스가 레니아와 마르그레테를 돌아보며 말했다.

레니아는 아기와 마르그레테를 번갈아가며 보았다.

"너 맞지, 그렇지?" 마르그레테가 말했다. "하나도 모르겠어. 어떻게 이런 일이 일어난 건지. 하지만 사실이야. 그렇다는 걸 알겠어." 마르그레테의 눈에는 눈물이 가득했다. 해산대解產臺 앞에서 몇 시간이나 서성인 듯 잔뜩 흐트러졌지만, 어디로 보나 여전히 공주님의 자태였다. 보랏빛 드레스를 입고 검고 긴 머리는 틀어올려서 그 위에 보석을 한 줄 걸쳤다. "미안해, 전부 다 미안해. 정말 너일 거라고는 상상도 못했어. 지금까지 일어난 모든 일이 다 미안해."

레니아는 고개를 끄덕였다. 생각조차 하기 어려울 만큼 지쳐 있었다.

그녀는 팔을 뻗으며 입을 벙긋거렸다. "내 아기요." 아기를 안아보고 싶어 미칠 지경이었다. 그러자 마르그레테가 웃으며 아그네스를 돌아보았다. 아그네스는 아기를 하녀가 들고 온 작은 욕조에서 씻기는 중이었다.

잠시 후, 마르그레테가 아기를 데려와 레니아의 품에 안겨주었다.

아기는 정말 작았다. 바닷가재만했다.

아기가 밝은 푸른빛 눈동자로 레니아를 빤히 쳐다보았다.

"아기가 널 보고 있어." 마르그레테가 말했다. "정말 신기하다."

레니아는 아기를 내려다보았다. 까딱 잘못하다 아기한테 상처를 입히지나 않을까 겁이 났다. 안고 있다는 느낌이 거의 없을 정도로 아기는 작고 가벼웠다.

그녀는 아기를 꼼꼼히 살피며 지느러미나 꼬리가 없나 찾았다. 아기의 피부는 빨갛고 부드러웠다. 작고 완벽한 얼굴에 머리에는 하얀 머리카락이 무성하게 자라 있었다. 아기는 그렇게 세상에 나와 레니아를 바라보고 있었다. 그러고는 장미꽃 봉오리 같은 입을 열어 날카롭게 울었다.

"당신 아기는 흠잡을 데가 없어요." 아그네스가 다가왔다. "당신은 정말 운이 좋군요." 아그네스는 빙그레 웃었고 그 미소에 레니아는 확신했다. 알고 있구나.

아기가 그녀의 관심을 요구하며 품안에서 마구 요동쳤다. 엄청난 사랑이 마음속에서 용솟음쳤다. 지금까지 느꼈던 모든 감정을 무색하게 만들었다. 내 아이, 하고 그녀는 생각했다. 그녀의 인간 아기, 해저 세계에서는 절대 살아가지 못할 아이.

미안해. 널 보살펴줄 수 없어서……

"얘 좀 봐!" 마르그레테가 말했다.

아기가 레니아를 빤히 쳐다보고 있었다. 아기의 살결에선 반짝이는 광채가 났다. 아기는 작고 완벽한 두 다리로 허공을 찼다.

23장
공주

마르그레테는 레니아 옆에 앉아 그녀와 아기를 지켜보았다. 두 사람 모두 잠들어 있었다. 둘의 완벽한 얼굴 곡선은 거의 똑같이 닮아 있었다. 아기의 헝클어진 머리는 달빛 색깔이었다. 유모가 레니아의 다른 한쪽에 있는 의자에 조용히 앉아 기다리고 있었는데, 연적의 출산을 몇 시간이나 함께 지켜보던 속을 알 수 없는 외국 공주와 되도록 눈을 마주치지 않기 위해 조심하는 중이었다.

어두운 방에 횃불 하나만 엄마와 아기를 밝히고 있었다.

마르그레테는 아기에게 손을 뻗어 부드러운 이마를 쓰다듬고, 손가락으로 부드럽고 흰 속눈썹을 조심스레 쓸었다. 레니아의 깨끗하고 창백한 피부와 달리 아기 피부에서는 반짝거리는 광택이 나는 게 보였다. 무척이나 비현실적이면서 신기해 보였다.

마르그레테는 아스트리드가 왠지 낯이 익다고는 생각하고 있었다. 옅은 빛깔의 머리카락, 푸른 눈, 비현실적인 아름다움. 그러나 그녀가 사실 인어라는 건 절대 일어날 리 없는 일이었다. 크리스토퍼의 방에서 나오던 그녀와 마주쳤던 그날까지는. 달빛 머리카락을 풀어헤친 아스트리드의 모습에서 아주 희미한 광채가 느껴진 것이다. 그냥 환상일 뿐이라고, 아스트리드의 피부가 은은히 빛나는 듯 보였던 건 그저 착각일 뿐이라고 생각하려 했지만, 그녀는 똑똑히 보았다. 그전까지는 그런 일이 가능할 거라고 상상해본 적도 없었다. 어떻게? 도대체 어떻게 인어가 바다를 떠나 지상으로 올라올 수 있을까? 그런 일은 말도 안 되는 것이라고, 그렇게 생각했다. 그러나 그다음, 그녀는 바닷속에서 자신을 바라보고 있는 두 번째 인어를 보았다. 그 순간 모든 의심이 증발했다.

"왜 이렇게 한 거야?" 마르그레테가 속삭였다.

그녀는 모두들 자신을 찾고 있으리란 걸 알았다. 북국에서 내려오는 부왕을 맞을 준비도 해야 했고, 그다음에는 바로 결혼식이 이어질 예정이었다. 하지만 지금 이 순간만큼은 그 모든 것이 중요하지 않게 여겨졌다. 바다에서 올라온 인어를 내려다보던 순간만큼 아름다운 것은 지금까지 그녀 인생에 없었다.

그 순간을 되돌릴 수 있다면 모든 것을 다 주어도 아깝지 않았다.

노크 소리가 들렸다. 마르그레테는 깜짝 놀랐다. 크리스토퍼 왕자가 머뭇머뭇 조용히 걸어들어왔다. 그는 마르그레테를 보고 깜짝 놀라 걸음을 멈추고 몸을 돌려 나가려 하는 것 같았다.

마르그레테는 그에게 이리 오라고 손짓하고 입술에 손가락을 대더니 말했다. "쉿. 자고 있어요."

크리스토퍼는 그녀에게 다가가 물끄러미 바라보고는 희미한 불빛이 새어나오는 횃불 쪽으로 발걸음을 옮겼다.

마르그레테는 그에게 고개를 끄덕인 뒤 아기를 가리켰다. "너무 예뻐요." 그녀는 작은 소리로 말했다.

크리스토퍼는 잠시 망설이다 몸을 돌려 아기를 안고 있는 레니아를 바라보았다. 마르그레테의 시선에 불편함을 느끼고 있었음에도 그의 표정이 한결 부드러워졌다.

그는 환한 얼굴로 마르그레테를 돌아보았다.

마르그레테는 안도감과 슬픔이 섞인 눈빛으로 그를 보았다. "어서요." 그녀가 속삭였다. 그는 금방이라도 눈물을 흘릴 듯한 얼굴이었다.

그가 허리를 숙이고 아기의 작은 손을 건드리자 아기는 반사적으로 그의 손가락을 잡았다. 그는 방긋 웃으며 아기의 뺨에 키스하고 헝클어진 머리카락을 손으로 쓸었다.

그는 아무것도 모르는구나. 마르그레테는 생각했다.

아기가 눈을 뜨고 크리스토퍼를 올려다보더니 시끄럽게 울어대기 시작했다. 그 바람에 잠이 깬 레니아는 얼른 몸을 일으키고 앉아 아기를 품에 안았다.

자리에서 일어선 유모가 낮은 목소리로 말했다. "아기가 배가 고파서 우는 것 같아요."

레니아의 얼굴에 두려운 기색이 스치는 듯했으나 그녀는 이내 품에 안고 있던 아기를 조심스럽게 유모에게 건네주었다. 유모는 조용히 방을 나갔고 레니아는 크리스토퍼와 마르그레테를 번갈아 쳐다보았다.

"기분은 좀 어때?" 크리스토퍼가 물었다.

레니아는 고개를 끄덕이며 애써 미소를 지었다.

"생각해봤는데…… 아기 이름을 크리스티나로 하는 게 어때? 우리 할머님의 성함이야."

레니아는 다시 고개를 끄덕이며 부드럽게 미소를 지었다. 그 미소가 너무도 눈부셔서 마르그레테는 눈을 돌려야 했다.

어찌 감히 이런 피조물과 경쟁할 생각을 했던 걸까?

"크리스티나." 그가 다시 말했다.

마르그레테는 두 사람을 바라보았다. 가슴속을 흐르는 강렬한 감정에 몸이 마비되는 듯했다. 엄청난 고통과 희열. 마음이 이토록 쓰라림에도 불구하고, 이 세상은 그녀가 버티기조차 힘들 정도의 아름다움과 마법을 품고 있었다는 것에서 느껴지는 그 감각. 그 모든 것 앞에 그녀의 고통 따위가 무슨 문제가 된단 말인가.

"이제 좀 쉬어." 그는 레니아에게 말했다. "나중에 다시 보러 올게. 당신과 크리스티나, 그러니까, 내 딸."

레니아가 고개를 끄덕였고, 크리스토퍼는 마르그레테에게 어색한 미소를 지어 보인 뒤 방을 나섰다.

두 여자는 그가 나가는 모습을 지켜보고 나서 서로 마주보았다.

마르그레테의 눈에 눈물이 맺혔다. 그리고 이내 울음을 터뜨렸다. 크고 굵은 눈물이 쉴새없이 얼굴로 흘러내렸다.

"정말 미안해." 그녀가 말했다. 눈물 너머로 레니아가 자신의 손 위로 그녀의 손을 포개고 마음을 표현해주는 것이 흐릿하게 보였다. "넌 줄 몰랐어. 너라는 건 있을 수 없는 일이라고 생각했어."

레니아는 줄곧 마르그레테의 손을 앞뒤로 어루만졌다.

"네가 그를 나에게 데려다주었지." 마르그레테가 속삭였다.

레니아가 고개를 흔들었지만, 아주 희미한 몸짓이어서 마르그레테는 자신이 상상한 거라고 생각했다.

"난 네가 그를 나에게 데려다줬다고 생각했어." 마르그레테가 말했다. "그건 내가 그를 사랑하게 될 운명이라는 뜻이라고 생각했고."

레니아는 그 푸른 눈으로 그녀를 물끄러미 바라보았다.

"나 기억해? 네가 나에게 그를 데려다줬잖아. 함께 해변에서 얘기도 나눴고. 난 말야……" 그녀의 목소리가 갈라졌다. "네가 사는 세계를 볼 수 있다면 그 무엇도 아깝지 않을 것 같았어. 그런데 넌…… 너는 지금 여기 있어. 도대체 뭐가 뭔지 모르겠어."

그들을 둘러싼 모든 것이 허물어지는 듯했다. 창백하고 상처 입은 피부, 아기를 낳느라 피를 흘리고 지친, 예전의 빛을 잃은 인어의 모습에 마르그레테의 가슴이 미어졌다.

"난 아름다움과 신비와 마법을 믿게 됐어, 바로 너 때문에. 내 생각에……"

마르그레테의 머릿속에 이곳에 온 첫날 보았던, 왕자를 바라보던 레니아의 눈빛이 떠올랐다. 레니아의 얼굴에 드러나 있던 그 열렬한 사랑. 그것은 마르그레테가 원하는 것이기도 했다. 그 사랑을 느껴보는 것. 수녀님들에게서 보았던, 주체할 수 없이 끓어오르는 그 사랑을.

"넌 바다에서 그를 봤어. 그리고 아마도…… 사랑했을 거야. 그래서 목숨을 구해준 거고. 넌 그를 사랑했어. 네 덕분에 살아난 유일한 사람이었지. 그리고 지금 난…… 난 이해할 수 없었어. 그래서 말을 못하게 된 거야? 너에게 혀가 없다고 하던데. 그게 혹시…… 혹시 그게 네가 여기 올 수 있게 된 이유야?"

레니아가 고개를 끄덕였다. 피하지 않고 마르그레테의 눈을 똑바로 들여다보았다.

"네 목소리와 혀와 꼬리를 인간의 다리와 맞바꾼 거야?"

레니아는 고개를 끄덕였다. 그녀는 입을 벌려 마르그레테에게 혀가 잘려나간 자리를 보여주었다. 보자마자 몸이 움츠러들 정도로 끔찍했다.

마르그레테는 목소리를 줄이고 속삭였다. "혹시…… 다시 되돌릴 수도 있어?"

레니아는 고개를 저었다. 하지만 그다지 슬퍼 보이지는 않았다.

"정말 미안해." 마르그레테가 말했다.

마르그레테는 자신의 손으로 이 세상의 모든 아름다운 것들을 파괴한 기분이었다. 동시에 그녀는 왕자를 사랑했다. 정말이었다. 하지만 자신이 왕자를 통해 인어를 얼마나 사랑하게 되었는지는 잘 몰랐다. 그때 그 해변에서 레니아가 그의 몸에 기대어 있는 모습을 보지 못했더라도, 그의 몸에 묻은 빛나는 흔적을 보지 못했더라도 과연 그를 사랑하게 되었을까?

암울하고 바람이 불던 그곳에서, 인어가 바다로 돌아간 뒤 크리스토퍼는 세상에서 마법과 가장 가까운 존재였다.

"난 그와 결혼해야 해." 마르그레테는 침대에 걸터앉아 한 손을 레니아의 팔에 올렸다. "그를 포기할 수 있어. 모든 걸 다 포기할 수 있어. 그저 나 자신을 위해서라면 말이야. 지금 당장 죽어버려서 네가 그를 갖게 해줄 수도 있어. 하지만 나는 그와 결혼을 해야만 해. 아버지가 허락하셨고, 신하들과 함께 지금 이곳으로 오고 계셔. 평화가 찾아올 거야. 두 왕이 같은 방에서 함께 빵을 나누고, 그렇게 다시 두 왕국은 하나가 될 거야. 예전처럼…… 이 전쟁 때문에 지금까지 너무 많은 사람들이 죽고 고통받았어. 그리고 우리의 결혼은 백성들의 모든 고통을 종식할 거야."

레니아는 천천히 고개를 끄덕였지만 마르그레테는 그녀의 감정을 읽어낼 수가 없었다. 무감각했다. 체념한 듯했다. 평화로워 보였다.

그때 유모가 방으로 돌아왔다. 두 여자는 유모의 팔에 안겨 있는 아기를 올려다보았다.

"크리스티나." 마르그레테가 말했다. "정말 예쁜 아이야."

유모는 아기를 레니아에게 건네주었고 레니아는 아기를 품에 꼭 끌어안았다. 아기는 엄마 품으로 녹아들 것 같았다. 그 순간 마르그레테는 레니아로부터 무감각이나 체념 따위가 아닌 기쁨을 보았다. 아주 순도 높은 기쁨 그 자체.

"너랑 크리스티나가 가장 행복하게 살 수 있도록 내가 할 수 있는 건 다 할 거야." 그녀가 말했다. "여기, 이 성에서."

그러나 레니아가 다시 그녀를 돌아보았을 때, 마르그레테는 깜짝 놀라 차마 말을 잇지 못했다. 레니아의 볼을 따라 눈물이 작은 다이아몬드처럼 반짝거리며 조용히 흘러내리고 있었기 때문이었다.

*

그날 북국 왕과 그의 신하들이 성에 도착했고 성대한 환영식이 거행되었다. 며칠에 걸친 열정적인 준비 끝에 남국의 궁정은 그를 환영할 준비를 완벽히 끝냈고, 두 왕은 몇십 년 만에 처음으로 같은 홀에 나란히 서서 악수를 하고 공동의 목표, 즉 왕국의 통일을 맹세했다. 성안으로 엄청난 인파가 몰려들었다. 항의 시위를 하는 사람들도 있었지만 대부분은 전쟁이 끝나고 새로운 시대가 열리는 것을 축하하는 사람들이었다. 무장한 경비병이 사방에 배치되었다.

마르그레테는 아무것에도 집중할 수 없었다. 북국과 남국의 교외에서 온 외교관과 귀족, 손님들로 성이 온통 북적이고 성대한 연회가 열려 사람들이 춤을 추고 온갖 종류의 여흥이 펼쳐지고 병사들이 모든 출입구를 지키고 있는 상황에서도, 마르그레테는 자신에게 허락되는 모든 틈을 타 레니아와 함께 있었다.

심지어 결혼식 날 재봉사들이 그녀가 입을 결혼 예복의 이곳저곳을 정신없이 수선하고 있는 동안에도, 에델이 마지막 손질을 도와준답시며 마구 날뛰는 와중에도, 마르그레테의 마음은 그저 무감각할 뿐이었다. 머릿속은 온통 레니아와 그녀의 아기, 그리고 레니아가 원래 살던 세계에 대한 상상으로 가득했다. 인어들로 넘쳐나는 바닷속의 세계.

마르그레테의 마음은 자꾸만 그날 해변에서의 순간으로 되돌아갔다. 레니아가 크리스토퍼의 몸에 기대어 그를 내려다보던 모습, 크리스토퍼에게 키스하는 순간의 표정이 자꾸만 떠올랐다. 그랬던 게 아닐까? 그때의 그 감정이 레니아가 자신의 세계를 떠나도록 결심하게 만든 것 아닐까? 상상하기조차 어려울 만큼 아름다운 세계를 기꺼이 뒤로할 정도로 간절하게 원하고 바라게 만든, 그런 감정.

침대에 누워 온몸을 비틀며 소리도 지르지 못하던 레니아의 고통스러운 표정이 떠올랐다. 인어가 그런 고통을 겪는다니, 마르그레테로서는 생각할 수도 없는 일이었다. 게다가 그녀 자신도 그런 고통을 제대로 겪게 될 터였다.

"왜 울고 계세요?" 에델이 재봉사들에게 멈추라는 손짓을 하며 물었다. "좀 쉬고 싶으신 거예요?"

"아니야." 마르그레테는 고개를 저으며 말했다. "너무 중요한 날이라 감정이 좀 북받쳐서. 내 결혼식 날이잖아." 그녀는 잠시 입을 다물고 있다가 물었다. "아스트리드는 어디 있어?"

에델이 그녀를 빤히 쳐다보았다. "공주님, 공주님 결혼식 날이에요. 오늘은 그 여자 생각하지 마세요."

마르그레테는 고개를 끄덕였다. 그녀는 슬픔으로 한없이 멍한 상태였고, 어떤 것도 그 슬픔을 덜어줄 수 없었다. 그렇다고 한 소녀 때문에 나라를 저버릴 수는 없는 일이었다. 하지만 마음속 가장 깊은 곳에선 지상으로 올라온 인어만큼 중요한 것이 세상에 또 있을까 싶었다.

"왜 이렇게 속상해하시는데요? 공주님 결혼하시는 거잖아요!"

"이런 식으로 결혼하고 싶지는 않았어."

"그 여자는 잊어버리세요." 에델이 말했다. "알아요, 힘들다는 거. 하지만 그분은 왕자님이고 이게 그에게 주어진 길이에요. 삶을 사랑하는 분이고, 공주님이 오기 전에 그녀를 만났지만 결국 그가 선택한 건 공주님이잖아요."

"그에게 선택의 여지 같은 건 없었어." 마르그레테가 말했다. 그리고 에델을 돌아보았다. "에델, 너한테 할말이 있어."

*

결혼식은 무척 성대했다. 모든 남자들은 성당으로 들어서기 전 자신의 무기를 풀어놓았다. 두 왕은 제단 양 끝에 우뚝 섰다. 가장 좋은 성의聖衣를 입은 사제가 남국의 왕자와 북국의 공주가 연합해 부부가 되었음을 아름다운 목소리로 선포했다.

마르그레테와 크리스토퍼는 함께 복도를 걸어들어왔다. 마르그레테의 뒤로는 긴 은빛 레이스 베일이 늘어져 있었다. 두 사람은 제단에 도착해 서로 마주보았고, 크리스토퍼는 마르그레테의 얼굴 위로 드리운 베일을 걷어올렸다.

그의 얼굴을 바라보며 마르그레테는 어떤 감정을 느껴야 할지 도저히 알 수 없었다. 그는 그녀의 손에 반지를 끼워주었다. 그녀의 마음은 이미 산산조각 나 있었다. 그녀는 그를 사랑했고 이제 드디어 새로운 세계를 열 기회가 찾아왔다. 하지만 그 참혹한 대가는 어떻게 해야 할까? 한 생명체가, 그가 가지고 있던 모든 아름다움의 가능성이 짓밟혀버렸는데.

"그대들은 이제부터 남편과 아내입니다." 사제가 말했다. "이제 두 사람은 같은 영혼과 같은 피를 지니게 되었습니다."

같은 영혼, 같은 피.

크리스토퍼는 몸을 굽혀 그녀에게 키스했다. 그녀는 눈을 감고 자신의 입술에 닿는 그의 입술, 따뜻한 감촉을 느꼈다. 그 모든 것에도 불구하고 그의 입술이 남긴 감촉은 그녀의 온몸에 전율을 일으켰다. 잠시 그녀는 눈 내리던 그날의 정원을 상상했다. 만일 그가 그곳에 머물 수 있었다면, 그녀에게 키스를 했다면, 두 사람 사이에 왕이나 왕국 같은 건 존재하지 않았다면. 하지만 그녀의 마음은 이미 산산조각이 나버렸고, 도저히 그렇지 않은 척할 수는 없었다.

결혼식과 축제가 끝난 뒤 크리스토퍼 왕자와 마르그레테 공주는 두 명의 왕과 사제가 이끄는 공식 행렬을 따라 신방으로 인도되었다.

그리고 마침내, 두 사람만 남게 되었다.

마르그레테는 고개를 돌려 그를 바라보았다. 그녀의 얼굴은 마치 인어가 왕자의 몸에 기댄 채 보여주었던 표정처럼 사랑으로 환하게 빛나고 있었다. 하지만 그녀는 왕자가 너무도 먼 곳에 있는 것만 같았다. 마치 자신이 방 한구석을 맴도는 천사라도 된 기분이었다.

그의 목소리는 한없이 부드러웠다. "당신이 이곳에서 견뎌내야 했던 모든 것들에 대해 사과하고 싶어요." 그가 말했다. "하지만 우리는 행복해질 거예요. 새로운 세계를 만들어낼 거고요."

그녀는 얼굴을 돌렸고, 그래서 그는 그녀의 얼굴에 드러난 슬픔을 보지 못했다. 그는 그녀의 드레스 매듭을 풀었다. "사랑해요." 그는 그녀의 목에 가만히 속삭였다.

그녀는 눈을 감고 자신이 해저 세계에 있다고 상상했다. 그의 손이 그녀의 몸 위로 움직이는 게 느껴졌다.

그리고 그녀는 물속에서 헤엄치는, 보석처럼 아름답고 단단한 피부를 가진, 그를 품에 안고 있는 자기 모습을 상상했다.

*

얼마 후, 마르그레테는 그가 잠든 모습을 지켜보았다. 슬픔과 죄책감에도 불구하고 그녀는 그를 사랑했다. 그러나 자꾸만 레니아와 크리스티나가 떠오르는 것은 어쩌지 못했다. 그녀는 조심스럽게 자신의 어깨 위에 있는 그의 팔을 풀었다.

"곧 돌아올게요." 그녀는 그의 볼에 입을 맞추며 가만히 속삭였다.

마르그레테는 잠옷을 걸쳐 입고 침대 옆에 놓인 작은 횃불을 하나 챙아들었다. 그러고는 문밖에 배치되어 있는 경비병들 옆을 지나갔다.

"마르그레테 공주님." 한 경비병이 허리 숙여 인사하며 말했다. "지금 이런 시간에 밖에 나가시는 것은 위험합니다. 제가 모셔다 드려도 되겠습니까?"

"자리를 지키세요." 그녀는 그들이 뭐라 항의를 하기도 전에 재빨리 그들을 밀치고 나아갔다.

그녀는 빠른 걸음으로 성을 가로질러 레니아의 방으로 향했다. 크리스티나가 우는 소리가 복도에 가득했다. 그녀는 노크를 한 뒤 문을 열고 안으로 들어갔다.

유모가 아기를 품에 안고 자리에 앉아 있었다. 아이를 달래려 해보지만 별 소용이 없는 듯했다. 레니아는 방안에 없었다.

"어디 갔나요?" 마르그레테가 물었다.

유모는 그녀를 보더니 흠칫 놀라며 아기를 안고 우물쭈물 자리에서 일어났다. "공주님." 유모가 말했다.

"아뇨, 괜찮습니다." 마르그레테는 손을 뻗어 그녀에게 앉으라는 손짓을 했다. "일어나실 것 없어요. 당신의 여주인이 어디 갔는지만 말씀해주세요."

여인은 자리에 앉았다. 품안에는 보채는 아기가 있고 눈앞에는 마르그레테가 있으니 도대체 어찌해야 할지 모른 채 허둥거리는 모양새였다. 방안에선 젖냄새가 진동했다.

"모르겠습니다, 공주님. 좀 이상하게 행동하셨어요. 아기를 제게 맡기고 가셨어요. 왠지 속상해하시는 듯했고요. 아기를 잘 봐달라고 하시는 것 같았어요."

"어디 있나요?"

"나가셨어요. 어디론가 급하게 가셨어요. 언제 돌아오실지는 모르겠어요."

마르그레테는 충격에 휩싸였다. "다른 사람에게 얘기 안 했어요?" 그녀의 목소리는 날카롭고 컸다.

"아기가 계속 울고 있었어요. 울음을 그치지 않아서 도저히……"

품안의 아기가 마구 꿈틀거리자 여인은 분주하게 아기를 달랬다. 그녀는 금방이라도 울 것 같았다.

"걱정 마세요." 마르그레테가 목소리를 부드럽게 가다듬으며 말했다. "아기를 잘 돌봐주세요. 제가 찾아보도록 하죠. 아무 일 없을 거예요."

마르그레테는 방을 나섰다. 머리가 깨질 듯 아파왔다. 만일 레니아가 다치기라도 했으면 어쩌지?

그녀는 돌계단을 달려내려가 대연회장을 지나치며 한밤중의 고요한 성을 미친듯이 뒤지고 다녔다. 성은 몹시 넓었고 대리석과 돌로 만들어진 복도에는 아무도 없고 너무 휑해서 마치 공동묘지를 달리는 기분이었다. 선조들의 흉상이 사방에 놓여 있었다. 한때 이 세상을 살아갔지만 더는 존재하지 않는 사람들.

왕비의 예배실에는 아무도 없었다.

그녀는 방향을 돌려 바다로 이어진 거대한 문으로 달려갔다. 문 앞을 지키고 있던 병사 두 명이 그녀를 보자 바로 인사를 했다.

"혹시 아스트리드를 보았나요?" 그녀가 물었다.

"조금 전에 여기 계셨습니다. 밤에 종종 이곳으로 나오……"

마르그레테는 경비병들의 말이 끝나기도 전에 쏜살같이 달려 문밖으로 나가 바다로 이어진 길을 마구 내달렸다. 기름처럼 번들거리는 밤바다가 그녀 앞에 펼쳐졌다.

마르그레테는 부두에 도착했다. 바다는 살아 있는 생물체처럼 숨을 들이쉬고 내쉬고 있었다. 그 어디에도 레니아의 모습은 보이지 않았다.

마르그레테의 발걸음은 부두에서 약간 떨어진, 그리고 성에서 꽤 먼 곳에 있는, 그녀가 빛나는 돌을 발견했던 작은 숲에 가 닿았다. 그곳을 지나치는데 저멀리 해변에 희미한 형체 하나가 앉아 있는 것이 보였다. 레니아의 금발머리가 달빛 아래 밝게 빛났다. 안도감에 기절할 것만 같았다.

마르그레테는 들키지 않도록 나무 사이에 몸을 숨기며 살그머니 레니아에게 다가갔다. 가까이 다가가자 그녀의 친구가 달빛을 받고 있는 게 보였다. 레니아의 머리카락이 미풍에 흩날리는 게 보였다. 이렇게 물가에 있는 것을 보니 몇 달 전 그날 아침, 그녀가 왕자를 안고 있던 모습을 보는 것만 같았다. 그녀는 바다를 바라보며 마치 그곳에 누가 있기라도 한 것처럼 손짓을 하고 있었다.

좀더 가까이 다가섰다가 마르그레테는 숨막히는 광경을 보게 되었다.

그곳, 바닷속에, 인어들이 있었다. 다섯 인어가 바닷가에 모여 있었다. 그들의 민머리가 마치 다이아몬드를 입힌 듯 환히 빛나고 있었다. 그들은 레니아 주변에 모여 그녀를 바라보며 뭐라고 말했고 레니아는 무릎을 꿇고 앉아 그들의 이야기를 듣고 있었다.

이렇게 아름다운 광경은 처음이었다.

어느새 눈물이 볼을 타고 흘러내렸다. 마르그레테의 온몸에 전율이 감돌았다. 잠시, 그녀는 모든 것을 잊을 수 있었다. 별이 가득한 밤하늘 아래 빛나고 있는 저 바닷속의 인어들, 지금 그녀에게는 오직 그것만이 소중했다.

마르그레테는 맨발로 돌 위에 섰다. 그녀는 살금살금 가까이 다가갔다. 그들이 이야기를 나누고 있었다. 그들의 목소리는 아주 작아서—대화 내용을 거의 알아들을 수 없었다—마치 아름다운 음악 소리처럼 들렸다. 그녀는 최근에 다시 읽었던 시 중에서 오디세우스가 돛대에 자신의 몸을 묶어서 사이렌의 노랫소리를 듣고도 목숨을 건졌다는 이야기를 떠올렸다.

좀더 가까이 다가가자 비로소 그들의 말소리가 들렸다. 천사의 목소리 같았다. 그리고 그녀는 보았다. 레니아가 울고 있는 것을.

"레니아. 넌 꼭 해야만 해. 우린 너를 구하러 온 거야. 막내야, 제발 너를 구하게 해줘."

레니아는 고개를 저었다. 그녀의 얼굴에 하염없이 눈물이 흐르고 있었다.

마르그레테는 홀린 듯 지켜보았다. 인어의 목소리가 그녀의 온몸에 울려퍼졌다.

"우린 널 지켜보고 있었어. 그는 이제 결혼을 해버렸잖아. 그러니 동이 트면 넌 물거품으로 변해버릴 거야. 그게 네가 했던 거래의 내용이지. 시빌이 모든 걸 말해줬어. 이제 몇 시간 남지 않았어. 우린 널 살려달라고 그녀에게 구걸하듯 빌었어. 시빌이 널 살릴 방법이 딱 하나 있다고 했어. 그리고 그 대가로 우리의 머리카락을 받아갔고."

한 인어가 물속에서 칼을 꺼냈다. 달처럼 서늘한 은빛 칼이었다.

"그를 찔러, 레니아. 그를 찔러서 나오는 피를 네 다리에 바르면 다리가 다시 꼬리로 변할 거야. 마법이 풀릴 거고 그럼 우리에게 돌아올 수 있어. 그러니까 너는 그를 찔러야 해."

레니아는 세차게 고개를 저으며 무언가 몸짓을 하고 어떻게든 말해보려 애썼다.

"하지만 레니아, 그러지 않으면 네가 죽어."

"제발, 막내야!"

그들은 울며 애원했지만 레니아는 바닷가에 주저앉아 흐느끼며 괴로워할 뿐이었다. 마음속 어딘가에서 크리스토퍼의 목숨이 위험하다고 경고했는데 지금 마르그레테의 머릿속에는 그의 존재가 거의 없었다. 지금 이것을 위해서라면 그도, 그녀 자신도 희생할 수 있다는 생각마저 들었다.

언니 중 한 명이 번득이는 칼을 들고 다가왔다. 그녀는 물가로 올라왔다. 그녀가 움직일 때마다 달빛에 빛나는 꼬리가 조금씩 시야에 들어왔다.

마르그레테는 숨을 쉴 수 없었다. 처음 해변에서 레니아를 보았을 때가 생각났다. 그때와는 모든 것이 달랐다. 그때 그녀는 순수한 사랑과 희망을 느꼈다. 견디기 힘든 아름다움과 함께.

레니아는 칼을 받아들고 돌아섰다. 그리고 뒤로 물러서더니, 칼을 공중에 던졌다. 칼은 나무들 사이로 모습을 감추더니 이내 마르그레테 근처 모래 위로 떨어졌다. 칼이 반짝반짝 빛났다.

"안 돼!" 언니들이 울부짖었다. "레니아! 그는 그저 인간일 뿐이야! 어차피 곧 죽을 거라고. 네가 살아갈 날들을 생각해보란 말이야!"

"그는 너를 사랑한 게 아니야, 막내야. 그들은 우리와 달라. 어서 돌아와!"

마르그레테는 최대한 조용히 모래밭을 가로질러 칼을 주워들었다. 무거웠다. 너무 무거워서 그녀는 자칫 칼을 떨어뜨릴 뻔했다. 칼은 불타는 듯 뜨거웠다.

마르그레테는 다시 모래밭에 몸을 숨기고 지켜보았다.

레니아의 언니들 모두가 수면 위로 떠올라 해변을 향해 길고 빛나는 팔을 내밀고 있었다. "레니아, 그 사람을 위해서 죽겠다고 하지 마." 그들 중 한 명이 말했다. "제발, 이제 동틀 때가 다 됐어."

마르그레테는 레니아가 언니들의 손을 향해 팔을 뻗는 것을 보았다. 별빛 아래 보이는 그들의 얼굴은 슬프고 아름다웠다. 그들 모두 레니아가 그들이 부탁한 대로 하지 않을 거라는 걸 알고 있었다.

갑자기, 마르그레테는 긴 잠에서 깨어나는 것 같은 기분을 느꼈다. 지금까지 마치 사이렌의 목소리에 최면에 걸렸던 듯했다. 동이 튼다. 레니아의 한 인어 자매가 그렇게 말했다. 이제 곧 해가 떠오를 것이다. 모든 언니들이 레니아가 물거품이 되려 하는 것을 속수무책으로 기다리고 있었다.

레니아는 자신의 목숨을 구하기 위해 크리스토퍼를 죽이기를 거절했다. 크리스티나는 엄마 없이 성에 홀로 남겨져 왕자의 혼외 자식으로 자랄 것이었다.

바로 그 순간, 마르그레테는 자신이 무엇을 해야 할지 깨달았다. 그녀는 얼른 성 쪽으로 방향을 돌려 마구 달리기 시작했다.

24장

인어

진하고 눈부신 파란색 하늘이 어두운 바다로 녹아들어가고 있었다. 바다는 잔잔하고 고요했다. 별들이 반짝거리며 빛났다. 빛의 오케스트라 같았다. 저멀리 수평선에서 희미하게 움직이는 색의 향연이 새날이 밝아오고 있음을 알려주었다.

레니아는 바닷가에 앉아 자신이 처음으로 보았던 일출을 추억했다. 왕자를 품에 안고 뭍으로 헤엄칠 때 본 것이었다. 그때는 모든 것이 다 기적과도 같았다. 그의 따뜻한 피부, 두근두근 뛰는 심장, 하늘이 열리며 한 번도 본 적 없고 상상해본 적도 없는 빛깔을 쏟아내는 것도 전부. 모든 것이 얼마나 새롭고 놀라웠던가. 지상 세계로 올라와 지금까지 그녀는 수많은 일출을 보았다. 매일 아침 동이 트기 직전, 그녀는 로브를 입고 곁에 왕자가 잠들어 있는 침대를 빠져나와 아직 모두 잠들어 있는 성을 천천히 걸어 전망 창으로 가서 바다를 바라보곤 했다. 그곳에 서서, 여전히 그녀의 몸에 남아 있는 크리스토퍼의 입술과 손의 온기를 느끼면서, 꽃향기를 들이마시거나 바다에서 불어오는 짭짤한 미풍에 몸을 맡기곤 했다.

그녀는 미소 지으며 추억에 잠겼다.

이제는 기다리는 것 말고는 아무것도 남지 않았다. 몸의 모든 세포가 슬픔으로 반짝였지만 그녀는 오히려 그 순간을 음미하고 있었다. 지금까지 겪었던 모든 사랑과 고통, 딸을 품에 안기까지 겪었던 육체적 고통, 그 모든 것들이 조금만 있으면 그녀와 함께 이 세상에서 영영 사라지게 될 것이기 때문이었다. 하지만 지금, 아직까지는, 그녀는 살아 있었다.

레니아의 눈앞, 바닷속에는 언니들이 해가 떠오르기를 조용하게 기다리고 있었다. 언니들이 그녀를 구하기 위해 큰 희생을 치렀다는 사실은 잘 알았지만, 이 세계로 온 것은 어디까지나 그녀 자신의 선택이었다. 결코 왕자를 벌할 수는 없었다.

레니아 뒤로 하늘 높이 우뚝 솟아 있는 그 성 안에서라면 그녀의 아기는 무사할 것이었다. 그녀는 이제야 알 것 같았다. 크리스토퍼가 그녀에게 입을 맞췄을 때, 그녀의 깊은 곳에서 그의 몸이 움직였을 때 그녀가 느꼈던 것, 그것은 바로 크리스티나였다. 왕자의 영혼이 그녀의 몸으로 들어오는 것이 아니라, 새로운 영혼이 몸안에서 만들어진 것이었다. 그리고 그것이야말로 그녀의 영원한 생명이었다.

틸라가 레니아에게 다가가자 나머지 언니들도 그녀의 뒤를 따랐다. 레니아는 몸을 일으켜세운 뒤 천천히 바다로 걸어들어갔고, 언니들 한 명 한 명과 작별인사를 나누었다. 틸라, 볼렛, 레지타, 나던, 그리고 벨라까지. 그녀를 구하기 위해 그 무엇도 할 수 있었으나 결국 마지막 한 가지, 사랑하는 남자의 몸에서 피를 내야 한다는 것까지 설득하지는 못한, 너무도 아름다운 언니들이었다.

레니아에게 평안이 찾아왔다. 이제 곧 그녀는 무無의 상태로 돌아갈 것이었다. 그것은 지금까지 그녀가 가장 두려워한 일이었다. 그녀는 사랑과 영원한 삶, 그리고 영혼을 얻을 수 있는 기회를 위해 그녀가 알았던 모든 것을 포기했었다. 그녀는 별을 바라보았다. 지상 세계에는 해저 세계만큼이나 많은 신비가 펼쳐져 있었다. 아마 이 세상 사람 그 누구도 그녀가 알았던, 저 바닷속 깊은 곳의 세계에 대해 알지 못하리라. 그리고 지금, 레니아는 죽음 뒤에 영원히 도사리고 있는 신비의 세계에 대해 전혀 알지 못했다.

그녀는 바다로 돌아가게 될 것이다. 나고 자랐던 바로 그곳으로. 먼저 살다간 다른 인어들이 모두 그러했던 것처럼.

*

그런데 갑자기 그녀의 뒤쪽 해변에서 소리가 들려왔다. 발소리와 목소리, 그리고 울음소리였다. 언니들에게 알리려 얼른 고개를 돌렸으나, 그들은 이미 안개 속으로 몸을 숨긴 뒤였다.

마르그레테였다. 그녀의 뒤에는 에델이 있었다. 그리고 마르그레테의 품에는 크리스티나가 안겨 있었다.

레니아의 온몸이 공포로 휘청거렸다. 안 돼! 레니아는 그들에게 손짓했다. 돌아가!

레니아가 그들의 접근을 막으려 애쓰고 있는데 크리스티나가 그녀를 보았다. 아기의 새파란 눈이 제 엄마에게 머물러 있었다. 그러고는 제 엄마를 향해 작고 빛나는 팔을 뻗었다.

안 돼!

하늘의 빛깔이 바뀌며 그녀를 둘러싼 안개를 비췄다.

"레니아!" 마르그레테가 소리쳤다. "무슨 일인지 다 알아. 너 지금 여기서 죽음을 기다리는 거지?"

레니아는 혼란스러운 표정으로 마르그레테를 바라보았다. 마르그레테는 주머니에서 무언가를 꺼냈다.

"넌 죽지 않아도 돼!"

칼날이 마치 하늘에서 떨어진 한 조각 달처럼 번뜩였다.

레니아는 입을 벌려 소리지르려 했다. 안 돼! 그다음 순간, 그녀의 눈에 보이는 것은 마르그레테와 칼, 마르그레테의 품에 무력하게 안겨 있는 자신의 딸뿐이었다. 충격과 공포가 치솟아 온몸의 핏줄을 타고 돌았다.

"레니아. 이제 난 결혼한 여자야. 그의 영혼은 내 영혼이고, 그의 피는 내 피야."

레니아가 크리스티나를 향해 몸을 앞으로 뻗으려는데, 이제 막 떠오르려 하는 태양에 그녀의 몸이 조금씩 변하기 시작하고 있었다. 마르그레테는 조심스럽게 에델에게 크리스티나를 건네고는 바닥에 털썩 주저앉아 칼을 들었다. 그리고 자신의 허벅지를 세게 찔렀다.

그의 영혼은 나의 영혼. 그의 피는 나의 피.

마르그레테의 다리에서 터져나오는 피를 보며 에델은 비명을 질렀다.

"크리스티나는 내가 돌볼게." 마르그레테가 헐떡이며 말했다. "내 딸처럼 키울 거야. 아빠의 사랑도 듬뿍 받을 거고 건강하고 훌륭하게 자라날 거야. 약속할게."

레니아가 앞으로 달려나와 그녀의 옆에 주저앉아, 마르그레테의 머리를 끌어안았다.

"왜 이런 짓을 했어?" 레니아가 울부짖었다. 그녀의 목소리, 그녀의 말이 공기중에 맑고 낭랑하게 울려퍼졌다. 그녀는 목에서 나온 소리를 꽉 붙들기라도 하듯 두 손으로 목을 잡았다. 그러고는 아래를 내려다보았다.

마르그레테의 피가 그녀의 다리 위로 뚝뚝 떨어지고 있었다. 마르그레테의 허벅지에 난 상처가 번들거렸다. 그녀의 피가 반짝반짝 빛나며 솟아올라 그녀의 옷자락을 흠뻑 적시고, 마침내 레니아의 발 위로 떨어졌다.

크리스티나는 울고, 에델은 도와달라며 소리를 질렀다.

태양이 하늘 위로 떠올랐다.

그리고 마침내 그 순간이 찾아왔다. 온몸의 욱신거리는 고통이 사라졌다. 하늘은 오렌지색, 분홍색과 파란색, 그리고 수백만 가지의 색깔이 하나로 어우러져 있었다. 레니아는 마구 울고 있는 자신의 딸을 바라보았다. 모든 것이 단숨에 무너져내렸다. 그녀의 심장, 피부, 하늘, 온 세상이 산산이 부서졌다. 그녀의 딸은 그 모든 것 위로 우렁찬 울음소리를 토해냈다.

그녀는 기도했다. 처음으로, 무를 위해 기도했다. 물거품으로 돌아가기 위해, 거대한 바다의 품으로 사라지기 위해, 그리고 잊기 위해.

모든 것이 암흑으로 바뀌고, 마침내, 그녀의 몸은 고통에서 자유로워졌다.

*

그녀는 하늘을 향해 눈을 떴다. 눈을 깜빡거려보았다. 수평선 부근에서 해가 밝게 빛나고 있었다. 등뒤로 땅의 감촉이 느껴졌다. 하늘은 오렌지색과 노란색과 파란색이 섞인 색이었다. 긴 구름의 흔적이 하늘을 가로질렀고 별들이 그 뒤에 숨어 있었다.

그녀는 눈을 감았다. 마치 꿈을 꾸는 것 같았다. 혹시 지금 이것이 몸이 물거품으로 녹아들어가는 과정은 아닐까 궁금했다.

하지만 아무 일도 일어나지 않았다. 등 아래로 느껴지는 땅의 감촉은 여전히 딱딱했다.

그녀는 눈을 떴다. 틸라가 그녀를 바라보고 있었다.

"돌아왔구나." 그녀가 말했다. 틸라의 얼굴은 여전히 아름다웠다. 커다란 눈이 안도와 사랑으로 빛났는데, 혹시 그럴 수만 있다면 인간처럼 눈물을 흘릴 것 같았다. 머리카락은 잘리고 없었지만, 그래서 더 빛나는 피부와 얼굴이 돋보였다.

"돌아왔다고?"

볼렛이 틸라 바로 옆으로 얼굴을 들이밀었고, 그다음으로는 레지타와 나딘의 얼굴이 나타났다.

저멀리, 성이 잠에서 깨어나는 소리가 들렸다.

레니아는 몸을 일으켜 앉았다. 그녀는 단단하고 빛나는, 모든 고통이 사라진 자신의 피부를 신기하게 들여다보았다. 힘센 꼬리가 모래 위에 곡선을 그리고 있었다. 다시 꼬리가 생겼다.

잠시, 아주 잠시, 느낄 수 있는 모든 감정이 한꺼번에 몰려왔다. 가장 강렬한 희열과 가장 쓰라린 고통이 동시에 느껴졌다. 한순간 그녀는 모든 것을 잃었고, 또 모든 것을 되찾았다.

모든 게 다 꿈이었던 걸까?

냄새도, 맛도 다른 세계의 꿈.

그녀와 몇 피트 떨어진 곳에 마르그레테가 의식을 잃고 쓰러져 있었다. 에델은 안절부절못하며 자기 옷을 찢어 마르그레테의 상처를 지혈했다.

레니아는 주변을 둘러보며 크리스티나를 찾았다. 벨라가 해변에 앉아 아기를 품에 안고 있었다. 크리스티나가 이모를 올려다보며 웃었다.

레니아는 혼란스러운 표정으로 틸라를 돌아보았다.

"아무 일 없을 거야, 막내야." 그녀가 말했다. "네 친구 말이야. 너를 위해 자기 몸에 상처를 냈어."

"이해가 안 가." 그녀가 말했다. "도대체 어떻게 된 거야?"

그의 피는 나의 피, 그의 영혼은 나의 영혼.

레니아는 좀더 자세히 마르그레테의 다친 다리와 모래에 남아 있는 그녀의 핏자국을 살폈다.

"이제 사람들이 올 거야. 경비병이 바로 저기 있어." 틸라가 가리켰다. "이 여자를 돌봐줄 사람들을 데리러 갔어. 비명소리를 들었거든. 이제 우리는 가야 해."

"간다고?"

"이제 가야 할 시간이야, 막내야." 벨라가 말했다. "다들 괜찮을 거야."

그제야 레니아는 모든 것을 이해할 수 있었다. 마르그레테는 그녀의 생명을 구했다. 그리고 이제 그녀는 원래의 세계로 돌아가야 한다.

경비병들이 바닷가로 달려왔다. 왕자의 새신부가 사라졌는데 바닷가에 상처를 입고 쓰러져 있었다. 아마 성에선 커다란 소동이 일어날 것이다.

선택의 여지가 없었다.

레니아는 모든 것이 잘될 거라 믿기로 했다. 사람들이 마르그레테를 치료해줄 것이고, 마르그레테가 크리스티나를 돌봐줄 것이고, 크리스티나는 바다 옆의 성에서 사랑을 받으며 아름답게 자라날 것이라고 믿기로 했다. 아이가 혹시 바다를 보며 뭔가를 느끼게 될까? 무언가 강한 이끌림을 느낄까? 나중에 언젠가, 살면서 한 번쯤은, 크리스티나가 모든 것을 이해할 만큼 자라고 나면, 레니아도 그녀를 보러 올 수 있을지 모른다. 그때쯤에는 틸라가 여왕이 되어 있을 것이고, 레니아는 아마도 남자 인어와, 아직도 그녀에 대한 마음을 버리지 않았다면 팔케와 짝을 짓게 될 것이다. 그리고 그들의 아이들에 둘러싸여 살아가게 될 것이었다. 그 아이들에게 그들의 또다른 자매에 대한 이야기를 들려줄 수 있을 것이다. 지상 세계에서 인간 아버지와 살고 있는, 별빛 아래 살고 있는 자매에 대해서.

그녀는 마르그레테를 돌아보았다. 마르그레테가 눈꺼풀을 떨다가 이내 눈을 뜨고 그녀를 바라보았다.

마르그레테에게 하고픈 얘기가 너무나 많았다. 하지만 해는 이미 하늘 높이 떠올랐고, 경비병들이 다가오고 있었다. 궁정의 의사와 왕자도 바다를 향해 달려오고 있었다. 이제는 그녀의 언니들을 생각해야 했다. 언니들은 이미 물속으로 들어가 레니아가 돌아오기만을 기다리고 있었다.

레니아는 아기를 안고 있는 벨라를 돌아보았다. "아기한테 작별인사 해." 언니가 속삭였다. "아기는 여기서 무사히 지낼 거야. 앞으로 잘살 거야."

레니아는 울음을 터뜨리며 딸을 받아 안았고, 마치 아기를 빨아들이기라도 할 것처럼 가슴에 꼭 끌어안았다. 그녀가 맡는 딸의 마지막 향기가 될 것이고, 아마 죽어도 잊지 못할 것이었다. 크리스티나가 자신을 바라보자 레니아는 심장이 찢어질 듯 아파왔다. 레니아는 이전에 자신이 잘못 생각했다는 걸 깨달았다. 시빌이 혀를 잘라낼 때보다도, 물약을 마시고 몸이 두 갈래로 쪼개질 때보다도 지금이 훨씬 더 고통스러웠다. 지금, 바로 이 순간이.

"잘 있어, 사랑하는 아가." 그녀는 조용히 속삭였다. 그녀의 말이 딸의 가슴에, 영혼에, 작은 몸속 어딘가 있을 빛의 줄기에 닿기를, 그래서 이 기억이 영원히 살아 숨쉬기를, 죽은 뒤에도 간직되기를 간절히 소망했다. 레니아는 마르그레테에게 말했다. “부탁이야.” 그녀가 말했다. “이 아이를 지켜줘.”

마르그레테가 고개를 끄덕였다.

에델이 레니아에게 다가왔다. 그녀는 초조한 듯 어깨 너머로 사람들이 다가오는 모습을 계속 쳐다보았다. “이제 가셔야 해요.” 그녀는 부드럽게 말했다. “아기는 제가 안을게요.”

레니아는 불타는 듯한 빨강머리의 소녀에게 고개를 끄덕인 뒤 조심스럽게 크리스티나를 건네고 담요로 아기를 튼튼하게 둘러주었다. 아기가 에델의 품에 안겨 빛나는 파란 눈을 조용히 감는 걸 지켜보았다. 아기에게 해주고 싶은 말도, 이 세상에서 도와주고 싶은 것도 정말 많았지만 이제는 시간이 없었다.

“가자, 막내야.” 틸라가 불렀다.

마지막으로 아기를 한 번, 첫번째 인간 친구이자 유일한 인간 친구를 한 번 돌아본 뒤 레니아는 힘차게 꼬리를 움직여 바다로 돌아갔다.

에필로그

공주

그날의 사건은 성의 복도를 타고 정원을 지나 대연회장의 긴 의자 사이사이로 흘러들어갔다. 두 왕의 회합 자리와 마르그레테 공주와 크리스토퍼 왕자의 결혼식에 참석했던 사람들이 그 이야기를 가지고 각자 거대한 영지로, 혹은 눈으로 뒤덮인 교외로, 그리고 그 당시엔 북국이었던 북쪽 지역으로 돌아갔다. 모래밭에서 아무것도 걸치지 않고 루비 목걸이 하나만 하고 있는 인어를 발견한 나이든 여인, 인어의 품에서 크리스티나를 받아든 공주의 시녀, 바닷속으로 사라지고 있는 인어와 그녀의 언니들을 언뜻 보았다는 병사들. 그 병사들은 바다에서 빛나는 인어를 보았다고 주장하면서, 인어가 이 세계를 영원히 떠나기 직전 잠시 한번 더 이 세상을 돌아볼 때 그 푸른 눈동자가 물속에서 형형히 빛나는 것을 보았다고 말했다. 사람들은 자신이 본 것에 대해 말했고, 그 이야기는 세월이 흐르는 동안 계속 되풀이되며 조금씩 바뀌어갔다.

마르그레테와 크리스토퍼는 크리스티나를 자신들의 딸로 키웠고, 그들 사이에서 낳은 아들 하나와 딸 둘이 더 있었다. 새로운 왕국 초창기에 그 아이들은 모두 바닷가 옆 성에서 함께 자랐고, 결국 모든 사람들이 크리스티나가 원래는 다른 누군가가 낳은 아이라는 사실을 잊어버리게 되었다. 사람들은 모두 아이를 낳기에는 그 인어가 성에 있던 기간이 너무 짧았다고—어쨌든 그녀가 성에 머문 건 겨우 몇 달도 안 되었으니까—말했다. 그리고 모두들 결혼식 직전에 마르그레테가 해산실로 사라져 몇 시간이나 거기 있었다는 사실을 기억했다. 결혼식이 그래서 그렇게 서둘러 치러진 거라고 속닥거리는 사람들도 있었다. 아기는 달빛 같은 머리카락과 달콤한 목소리를 가진 아주 예쁜 소녀로 자라날 때까지, 누구도 그녀의 출생의 비밀에 관해 생각하지 않게 될 때까지 궁정에서 길러졌다.

최근 들어 마르그레테는 크리스티나가 바다를 바라보고 있는 장면을 종종 보았다. 크리스티나는 해변을 따라 산책하다 이따금씩 바닷물에 발을 담그곤 했다. 마르그레테는 궁금했다. 언제나 바다의 그늘 아래서, 언제나 바다가 육지에 부딪히는 소리를 듣고 달과 별과 해가 그 위로 반사되는 모습을 보며 살아가는 아이에게 자신이 어디서 왔는지에 대해 어떤 느낌이 있는지, 혹시 저 바닷속 세계에 어떤 끌림을 느끼고 있는지. 하지만 크리스티나는 보통의 아이들과 별다를 것 없는 소녀였다. 다만 한참 나이가 든 후에도 그녀의 피부는 여전히 반짝였고 평생 동안 그녀의 목소리는 듣는 이들을 홀릴 만큼 아름다웠다.

모든 것을 바꿔놓을 만한 엄청난 사건이 언제 일어날지 아는 사람이 있을까? 지금으로부터 몇 세기 전 마르그레테가 세상 끝에 자리한 얼어붙도록 추운 수녀원의 정원에 서 있었을 때, 그녀는 자신이 기적을 목도하게 되리라는 걸 꿈에도 알지 못했다. 아직도 지상 세계를 그리워하는 인어들이 남아 있던 마지막 시대에 지상 세계에 올라온 마지막 인어를 보리라는 걸. 인생의 황혼기에 접어들어 마르그레테는 종종 생각했다. 열여덟 살 소녀 시절 세상 끝 어딘가에 서 있을 때, 바로 그 시간에 정확히 바다를 보지 않았다면 아마 모든 기적을 놓쳐버렸을 거라고. 나이가 아주 많이 들어서도 마르그레테는 종종 빠르게 책을 들추었다. 어린 시절 즐겨 읽던 전설 이야기들을 읽으면서, 반짝 나타났다 곧 사그라지는 마법의 불빛을 놓치지나 않을까 두려워하곤 했다.

사람들은 바다 여왕의 딸이 인간 세계로 올라와 엄청난 고난을 겪은 뒤로 두 번 다시는 그 누구도 바다에서 육지로 올라오지 않았다고 했다. 누구도 장담하지는 못했지만. 이야기는 바뀌고 발전해 가면서 인간 왕자를 사랑해 인간의 영혼을 갈구한 어린 인어공주의 전설로 변모했다. 아무도 그 인어가 남기고 간 것에 대해 말하지 않았다.

대부분의 아이가 그러듯, 크리스티나도 어른이 되어 자신의 아이를 낳았고 그 아이들이 다시 아이를 낳았다. 세상이 점점 더 커지고 넓어지면서 아이들은 세상 곳곳으로 퍼져나갔다. 그들은 모두 호기심과 모험에 대한 사랑으로 불타올랐는데, 마치 크리스토퍼 왕이 젊은 시절에 세상의 끝을 찾아 나선 것과 같은 종류의 열정이었다.

인어가 지상으로 올라왔다가 떠나간 그 시절로부터 여러 세기가 흘렀다. 많은 딸들과 아들들이 태어났고 마음속에 인어를 품은 사람들이 세상에 널리 퍼졌다. 지상에 없을 듯한 아름다움과 갈망, 어두운 바닷속에 살면서도 천국에 닿고자 했던 인어의 소망을 품은 사람들이.

감사의 말

이 책을 만드는 데 도움을 주신 분들께 무한한 사랑과 감사를 전하고 싶다. 여러 아이디어 리스트 중 인어에 관련된 책을 사와 하나 써보라고 닦달한 캐서린 코베인, 이 책의 구상 단계에서 많은 도움을 주고 심도 있게 파고들 만한 캐릭터로 공주를 지적해준 일레인 마크슨과 게리 존슨, 그 아이디어를 채택해 (끈질기고 현명하게) 이 책이 탄생할 수 있게 도와준 헤더 러자, (역시 끈질기고 현명하게) 바다 건너에서 마법을 부려준 샬럿 멘델슨, 역사 속의 전쟁과 라이벌 왕국에 대한 브레인스토밍을 도와준 나의 친구 매시 존스와 롭 호닝, 특히 이 책의 초안을 읽어주었을 뿐 아니라 오스트리아에서 체코로 가는 기차 안에서 아직도 초안을 만드는 중이라고 말했을 때도 크게 개의치 않았던 롭에게 감사를 전한다. 나의 좋은 친구 메리 맥미니, 조이 브로젝, 그리고 에릭 쉬널. 그들의 경이롭고 끊임없는 조언이 아니었다면 아마 나는 죽었거나, 최소한 매력적인 방법을 아쉬워하며 흑흑 울고 있었을 것이다. 그리고 또다른 친구인 제닌 커민즈는 인어가 이 책 분량의 절반 정도를 차지해야 한다며 일반적인 조언을 많이 해주었다. 만약 이 책이 완전히 당신의 마음에 들지 않는다면, 그건 아마도 그녀의 잘못일 것이다.

어머니 진, 아버지 앨프리드, 그리고 언니 캐서린에게 감사를 드린다. 나의 어마어마한 조력자인 그들이 환상적인 편집자와 작가여서 참 편하다.

이 책을 집필하던 시간 대부분을 보낸 뉴욕 콘월-온-허드슨의 투 앨리스와 그레일, 독일 베를린의 알함라에도 감사 인사를 전한다.

스리 리버 프레스와 헤드라인의 모든 분께도 감사를 드린다.

그리고 아무나 흉내낼 수 없을, 너무도 멋진, 전적으로 근사한 괴짜, 한스 크리스티안 안데르센에게 가장 큰 감사를 드린다.

옮긴이의 말

『인어공주』의 결말이 마음에 들지 않았다. 어린 시절 내내 그랬다. 도대체 이 꼬리 달린 소녀가 무슨 잘못을 했기에 이런 비극적인 결말을 맞아야 하는지 이해가 되지 않았다. 동화책 마지막 장을 수놓았던, 바다 위에 물거품이 두둥실 떠 있는 그림을 보며 울고 울고 또 울며 모든 것을 원망했다. 마녀가 밉고, 왕자가 밉고, 안데르센이 미웠다.

그래서 디즈니 판 〈인어공주〉가 나왔을 때 몹시 반가웠다. 사랑스러운 에리얼이 물거품이 되는 대신 동화 속 공주다운 결말을 거머쥐는 것을 보며 마음 한구석이 시원해지는 기분이었다. 애타게 그리워하던 그녀를 눈앞에 두고도 못 알아보던 바보 왕자가 디즈니 판에서 멋진 전사로 변신하여 불공정거래의 원흉인 마녀를 무찌르기까지 했다. 마녀가 불필요할 정도로 사악한 게 좀 떨떠름했지만 그 정도는 넘어가줄 수 있었다. 반드시 눈물을 짜야만 하는 줄 알았던 『인어공주』 결말에 유쾌하고 행복한 상상력을 더해준 것이 고마웠으니까.

그리고 그후로도 한참을 지나 또하나의 인어공주를 만났다. 작가 캐럴린 터전이 새롭게 구성해낸 인어공주의 세계다. 구도는 우리가 알고 있는 안데르센이나 디즈니의 〈인어공주〉와 같다. 열여덟 살 되는 해 인간 세상으로 나갔던 바다 여왕님의 막내딸이 왕자의 목숨을 구해준 뒤 그에게 반하고, 인간이 되기 위해 마녀와 거래하여 다리를 얻는, 그러나 결국 사랑을 쟁취하는 데는 실패하는 내용 말이다.

그러나 캐럴린 터전의 인어공주는 원전이나 디즈니 버전보다 훨씬 섬세하고 다층적이다. 우선, 공주가 나온다. 원전에서는 갑자기 튀어나와 왕자를 채갔던 얄미운 타자로 몇 줄 묘사되었을 뿐인 이웃나라 공주가, 여기서는 당당한 주인공으로서 한 축을 담당하고 있다. 이 인간 공주는 심지어 매력적이기까지 하다. 초자연적 미모의 인어공주보다는, 갈등하고 고민하고 지혜를 짜내고 열등감도 느끼지만 그걸 극복해낼 줄 아는 인간 공주가 적어도 내게는 훨씬 더 와닿는 존재였다.

어느 관점으로 보느냐에 따라 응원하는 대상은 달라질 수 있겠지만, 결말부에는 아마 대부분 만족하지 않을까 싶다. 인간 공주는 사랑하는 남자의 마음을 반쯤밖에 얻지 못했고, 인어공주는 그와의 현실을 얻지 못했다. 그러나 그 둘은 서로가 서로를 얻었다. 인어공주 이야기가 종족과 삼각관계를 넘어선 두 소녀의 성장과 우정의 이야기로 끝맺음 되는 것, 괜찮지 않은지?

아마존 등의 서평을 보면 계속 '어둡다'라는 얘기가 나오는데, 어둡다기보다는 현실적이라는 느낌을 받았다. 원작 동화의 이야기가 실제 중세를 배경으로 펼쳐졌다면 아마 이렇게 전개되지 않았을까 싶다. 물론 디즈니 버전에 비하면 어둡다. 아이가 어른이 되면서 마음의 그늘이 생긴 느낌이랄까.

나는 이 소설을 내내 즐기면서 읽었다. 인간 공주와 인어공주의 시점이 맞물리며 탄탄하게 진행되는 스토리도 재밌거니와, 묘사가 뛰어나 마치 영화 한 편을 보는 느낌으로 읽을 수 있었다. 책을 보는 내내 키라 나이틀리 닮은 인간 공주와 스칼릿 조핸슨 닮은 인어공주가 텍스트 안에서 일렁거렸다. 다른 분들은 책을 읽으며 레니아와 마르그레테로 누구를 가상 캐스팅 하실지 궁금해진다. 저자가 눈앞에 그리고 있던 그림을 독자에게 전달하는 역할을 내가 잘 수행했기를 바라며 이만 글을 줄인다.

정숙영

옮긴이 **정숙영**

여행작가 겸 번역가. 2004년 초겨울 여행 웹진 〈노매드〉의 기자가 된 것을 시작으로 10년 넘게 여행 글 쓰는 일을 하고 있다. 세계 곳곳으로 여행을 다니고, 정보를 모으고, 사람을 만나고, 감동받은 것을 글과 사진으로 풀어낸다. 『노플랜 사차원 유럽여행』『무대책 낙천주의자의 무규칙 유럽여행』『사바이 인도차이나』 등의 여행 에세이와 『런던 내비게이션』『앙코르와트 내비게이션』 등의 가이드북, 『금토일 해외여행』『일주일 해외여행』 등의 여행 기획물을 책으로 펴냈다. 옮긴 책으로는 『옵티미스트』『사라진 것들』『고양이가 기가막혀』 등이 있다.

문학동네 세계문학

인어공주: 우리가 몰랐던 이야기

초판인쇄 2016년 6월 23일 | 초판발행 2016년 6월 30일

지은이 캐럴린 터전 | 옮긴이 정숙영 | 펴낸이 염현숙
책임편집 홍유진 | 편집 이현자 신소희 | 모니터링 이희연
디자인 김마리 이원경 | 저작권 한문숙 박혜연 김지영
마케팅 정민호 이미진 정진아 | 홍보 김희숙 김상만 이천희
제작 강신은 김동욱 임현식 | 제작처 영신사

펴낸곳 (주)문학동네
출판등록 1993년 10월 22일 제406-2003-000045호
주소 10881 경기도 파주시 회동길 210
전자우편 editor@munhak.com | 대표전화 031) 955-8888 | 팩스 031) 955-8855
문의전화 031) 955-1927(마케팅) 031) 955-1929(편집)
문학동네카페 http://cafe.naver.com/mhdn | 트위터 @munhakdongne

ISBN 978-89-546-4153-1 03840

www.munhak.com